I0594112

HILFE FÜR LARYN

DIE RESCUE ANGELS
BUCH 1

SUSAN STOKER

Titelbild entworfen von: Chris Mackey, AURA Design Group

ISBN Taschenbuch: 978-1-64499-460-3

Besuchen Sie Susan im Netz!
www.stokeraces.com
facebook.com/authorsusanstoker
twitter.com/Susan_Stoker
bookbub.com/authors/susan-stoker
instagram.com/authorsusanstoker
Email: Susan@StokerAces.com

EBENFALLS VON SUSAN STOKER

Zuflucht für Henley
Zuflucht für Reese
Zuflucht für Cora
Zuflucht für Lara
Zuflucht für Maisy
Zuflucht für Ryleigh

Ein Spiel des Glücks
Ein Beschützer für Carlise
Ein Prinz für June
Ein Held für Marlowe (1 Aug)
Ein Holzfäller für April (1 Okt)

Die Männer von Silverstone
Vertrauen in Skylar
Vertrauen in Taylor
Vertrauen in Molly
Vertrauen in Cassidy

Die Zuflucht in den Bergen
Zuflucht für Alaska
Zuflucht für Henley
Zuflucht für Reese
Zuflucht für Cora
Zuflucht für Lara
Zuflucht für Maisy
Zuflucht für Ryleigh

Das Bergungsteam vom Eagle Point
Ein Retter für Lilly
Ein Retter für Elsie
Ein Retter für Bristol
Ein Retter für Caryn
Ein Retter für Finley

Ein Retter für Heather
Ein Retter für Khloe

SEALs of Protection: Legacy
Ein Beschützer für Caite
Ein Beschützer für Brenae
Ein Beschützer für Sidney
Ein Beschützer für Piper
Ein Beschützer für Zoey
Ein Beschützer für Avery
Ein Beschützer für Kalee
Ein Beschützer für Jane

Die SEALs von Hawaii:
Die Suche nach Elodie
Die Suche nach Lexie
Die Suche nach Kenna
Die Suche nach Monica
Die Suche nach Carly
Die Suche nach Ashlyn
Die Suche nach Jodelle

Delta Team Zwei
Ein Held für Gillian
Ein Held für Kinley
Ein Held für Aspen
Ein Held für Jayme
Ein Held für Riley
Ein Held für Devyn
Ein Held für Ember
Ein Held für Sierra

Mountain Mercenaries:
Die Befreiung von Allye

Die Befreiung von Chloe
Die Befreiung von Morgan
Die Befreiung von Harlow
Die Befreiung von Everly
Die Befreiung von Zara
Die Befreiung von Raven

Ace Security Reihe:
Anspruch auf Grace
Anspruch auf Alexis
Anspruch auf Bailey
Anspruch auf Felicity
Anspruch auf Sarah

Die Delta Force Heroes:
Die Rettung von Rayne
Die Rettung von Emily
Die Rettung von Harley
Die Hochzeit von Emily
Die Rettung von Kassie
Die Rettung von Bryn
Die Rettung von Casey
Die Rettung von Wendy
Die Rettung von Sadie
Die Rettung von Mary
Die Rettung von Macie
Die Rettung von Annie

SEALs of Protection:
Schutz für Caroline
Schutz für Alabama
Schutz für Fiona
Die Hochzeit von Caroline
Schutz für Summer

Schutz für Cheyenne
Schutz für Jessyka
Schutz für Julie
Schutz für Melody
Schutz für die Zukunft
Schutz für Kiera
Schutz für Alabamas Kinder
Schutz für Dakota

Eine Sammlung von Kurzgeschichten
Ein langer kurzer Augenblick

ANMERKUNG DER AUTORIN

Dies ist ein Werk der Fiktion. Ich habe mir bei vielen Dingen, die mit der US-Armee und speziell mit den Night Stalkers zu tun haben, große Freiheiten genommen. Dienstgrade, Missionen, Einsätze, die Leute, die mit den geschätzten Piloten zusammenarbeiten, der Ort, an dem sie stationiert sind ... all das. Ich habe den größten Respekt vor allem, was mit dem Militär zu tun hat, aber mir ist klar, dass viele Dinge in diesem Buch und in der Serie für eine Armeeeinheit wie die sechs Männer, die ich als Night Stalkers dargestellt habe, unwahrscheinlich oder sogar unmöglich sind. Genießen Sie die Geschichten als das, was sie sind ... Triumphe des Guten über das Böse, Liebe und Respekt, und einige starke Frauen, die sich durchsetzen.

KAPITEL EINS

Laryn Hardy fluchte, als der Schraubenschlüssel, den sie benutzte, abrutschte und sie sich die Knöchel aufschürfte.

»Alles in Ordnung?«, fragte einer ihrer Lieblingsmitarbeiter bei der Armee, Sergeant Wells – oder Chuck, wie sie ihn nannte –, sie.

»Ja!«, antwortete Laryn fröhlich. Aber ganz ehrlich? Es war nicht in Ordnung. Sie war frustriert, hungrig und, ehrlich gesagt, erschöpft. Sie mochte eine der besten MH-60-Mechanikerinnen der Welt sein, aber sie war auch ein Mensch. Und im Moment wollte sie einfach nur aus dem Hangar gehen und ihren Job, die Arbeit mit der Armee und den ganzen Mist, mit dem sie sich täglich herumschlagen musste, zum Teufel schicken.

Ihr schlimmster Albtraum war letzten Monat wahr geworden, als einer »ihrer« Hubschrauber im Irak abstürzte und somit verloren war. Die Armee flippte aus. Die Marine flippte aus. Alle wollten wissen, ob es den Piloten gelungen war, den Hubschrauber zu zerstören, damit die streng geheimen Informationen an Bord und die Maschine selbst nicht in die Hände des Feindes fielen.

1

Aber Laryn erinnerte sich an den ersten Gedanken, den *sie* hatte, als sie von dem Absturz hörte. Es ging nicht um die Tausende von Stunden, die sie damit verbracht hatte, den Hubschrauber so sicher wie möglich zu machen. Es ging nicht um die vielen zusätzlichen Stunden, die sie in Zukunft damit verbringen musste, all die Arbeit zu wiederholen, die durch eine einzige feindliche Panzerfaust zerstört worden war.

Es war die absolute Panik, die sie empfunden hatte, weil sie nicht wusste, ob die Menschen an Bord den Absturz überlebt hatten.

Vor allem Hubschrauberpilot Tate »Casper« Davis.

Seufzend ließ Laryn sich gegen die Seite des Hubschraubers sinken und schloss die Augen, als die Angst und die Sorge, die sie in dem Moment empfunden hatte, in dem sie von dem Absturz erfahren hatte, erneut über sie hereinbrachen.

Sie war fast vom ersten Moment an in den Night-Stalker-Piloten verliebt gewesen, aber es war mehr als offensichtlich, dass er nicht dasselbe empfand. Was nicht wirklich eine Überraschung war. Sie war nicht die Art von Frau, in die Männer sich Hals über Kopf verliebten. Sie war eher klein, eins fünfundsechzig groß. Ihr langes dunkles Haar war nichts Besonderes, vor allem wenn es im Nacken zu einem Dutt zusammengebunden war, um es von den Motoren und mechanischen Teilen fernzuhalten, an denen sie jeden Tag arbeitete. Sie trug nie Make-up; es hatte keinen Sinn, denn sie hätte es vor zehn Uhr morgens weggeschwitzt. Ihre Alltagskleidung bestand aus übergroßen Overalls, die meist mit Fett und anderen Dingen verschmutzt waren.

Ihre Nägel waren kurz und oft abgebrochen. Ihre Hände waren mit alten Narben und Schorf von jüngeren Verletzungen übersät – wie die, die sie gerade ihrer Sammlung von Schrammen hinzugefügt hatte. Und da sie das einzige Kind eines alleinerziehenden Vaters war, dessen Vorstellung von Spaß darin bestand, sie zu den Geländerennen im ländlichen

Tennessee mitzunehmen, wo sie aufgewachsen war, um ihr alles beizubringen, was man über die Arbeit unter den Motorhauben von Autos wissen musste ... Nun, sie fühlte sich in der Nähe von älteren, etwas groben Hinterwäldlern wohler als in der Nähe von geschmeidigen, selbstbewussten Helikopterpiloten, die zu den Besten gehörten.

Doch als sie Tate zum ersten Mal sah, verliebte sie sich schnell und heftig.

Was lächerlich hätte sein sollen. Er war ... nun, er war *Casper*. Der erstklassige Night Stalker. Wahrscheinlich eingebildet, und das zu Recht. Doch als sie ihm vorgestellt worden war, hatte er ihr in die Augen gesehen, ihr das Gefühl gegeben, dass er sich hundertprozentig auf sie und das, was sie sagte, konzentrierte ... und er hatte ihr *nicht* das Gefühl gegeben, dass sie unter ihm stand, wie es viele andere Piloten getan hatten, nur weil sie eine Mechanikerin war.

Zwanzig Minuten lang hatten sie ein ausführliches, intensives Gespräch über die Verbesserungen geführt, die sie an seinem Hubschrauber vornahm. Er hatte gute Einsichten und Vorschläge gehabt, und wenn sie ihm widersprach, wurde er nicht komisch oder egoistisch. Als er dann wegging und seinen perfekten Hintern im Fliegeranzug zur Schau stellte, hatte er jede Chance auf eine Beziehung mit jemand anderem zunichtegemacht, die sie vielleicht gehabt hätte.

Es war dumm. Absurd. Jugendlich. Und doch war Laryn in den drei Jahren, seit sie ihn kennengelernt hatte, mit niemandem ausgegangen. Sie hatte sich an die winzige Hoffnung geklammert, dass er sie vielleicht eines Tages, wenn sie großes Glück hatte, nicht nur als Chefmechanikerin für seinen kostbaren Hubschrauber sehen würde.

Seitdem waren sie und Tate in eine seltsame Art von Tanz verfallen, was ihre Beziehung anging ... wenn man das, was sie hatten, überhaupt eine Beziehung nennen konnte. Sie schimpfte mit ihm, weil er ihr »Baby«, seinen Hubschrauber, zu grob behandelte, und er zog sie auf, weil sie zu perfektionistisch war. Sie nörgelten gutmütig aneinander herum. Die Dinge zwischen ihnen waren leicht und oberflächlich, und Laryn hatte keine Ahnung, wie sie das ändern sollte. Sie mochte es, dass er sich mit ihr wohlfühlte – zumindest dachte sie das –, aber sie hasste es, dass sie nicht über persönliche Dinge sprachen.

Und überhaupt, warum sollten sie? Sie war nur eine Mechanikerin. Er war ein Night Stalker. Einer der höchstdekorierten Piloten der Armee. Er und sein Team von fünf anderen Piloten hatten sogar einen begehrten Sonderauftrag aus Norfolk, Virginia erhalten, was äußerst ungewöhnlich war. Sie wurden bei Sondermissionen mit den Navy SEALs eingesetzt und sogar für gefährliche Rettungseinsätze in der zivilen Welt herangezogen. Sie wurden regelmäßig auf Abruf eingesetzt und konnten buchstäblich an einem Tag am anderen Ende der Welt sein, zwischen Berggipfeln, über Ozeane oder durch Täler voller Soldaten fliegen, die sie abschießen wollten, und am nächsten Tag in ihrem Lieblingslokal, dem *Anchor Point*, faulenzen.

Und weil sie die Beste der Besten war, war sie als Chefmechanikerin eingestellt worden, die sich um die Hubschrauber der Night Stalkers kümmerte – sie war also überall dabei, wo *sie* hingingen. Im letzten Jahr hatte sie mehr Zeit auf großen Marine-Schiffen verbracht als in ihrer eigenen kleinen Wohnung in der Nähe des Stützpunktes.

Ihre Gedanken kreisten zurück zu dem Moment, in dem sie gehört hatte, dass Casper und sein Co-Pilot Pyro abgestürzt waren, und sie erschauderte. Sie hatte schreckliche Angst gehabt, dass der Mann, in den sie sich verliebt hatte, gestorben war. Auf die Erleichterung, die sie empfunden hatte, als sie hörte, dass es ihm gut ging und alle im Hubschrauber am Leben waren, folgte die Entschlossenheit, nicht länger so ein

Feigling zu sein. Den Mann wissen zu lassen, dass sie an ihm interessiert war ... persönlich.

Aber von dem Moment an, in dem sie nach Virginia zurückgekehrt waren, hatte sie bis zum Hals in Hubschrauberteilen gesteckt. Sie wollte sicherstellen, dass der nächste Hubschrauber, den Tate flog, genauso sicher war wie der, den er verloren hatte. Sie waren wieder in ihr übliches Geplänkel verfallen ... Tate scherzte mit ihr, als sei sie ein männlicher Kumpel, und sie schimpfte mit ihm, weil er unvorsichtig war und seine Sicherheit nicht ernster nahm. Mit anderen Worten, sie fiel in die Rolle zurück, die sie schon früh angenommen hatte – die einer pingeligen Harpyie.

»Schläfst du während der Arbeit?«

Laryns Augen weiteten sich und sie sah zu Chuck hinüber. Er stand neben der Tür des Hubschraubers und starrte zu ihr hinein.

»Nein«, sagte sie ein wenig abwehrend. »Ich ruhe meine Augen aus.«

»Warum fährst du nicht nach Hause?«, fragte er. »Du bist schon ...«, er schaute auf die Uhr an seinem Handgelenk, »... viel zu lange hier.«

»Ich muss noch das Tauwerk für die Seile nachrüsten«, protestierte Laryn. »Ich muss sicherstellen, dass alles perfekt ist für den Testflug in ein paar Tagen.«

»Nein, das musst du nicht. Es ist alles in Ordnung. Dafür hast du schon gesorgt. Du musst mehr als drei Stunden Schlaf am Stück bekommen. Fahr nach Hause«, beharrte er.

Er konnte ihr nicht befehlen, etwas zu tun. Chuck war in der Armee. Laryn war es nicht. Sie war eine freie Militärdienstleisterin. Ja, sie musste sich an einige der Regeln der Armee halten, aber sie war die leitende Mechanikerin. Die Person, die das Sagen hatte. Die Chefin. Im Hangar war sie sogar *sein* Boss. Aber die Wahrheit war ... sie war bereit für eine Pause.

»Okay«, sagte sie etwas verspätet.

»Okay?«, fragte er skeptisch.

Laryn lachte. »Ist das so überraschend?«

»Nun, ja. Du tust nie, was dir gesagt wird. Ich glaube, wenn jemand dir sagen würde, du sollst aus einem brennenden Haus laufen, würdest du stattdessen *hineinlaufen*, nur um widersprüchlich zu sein.«

»So schlimm bin ich nicht«, protestierte Laryn.

Daraufhin hob er nur eine Augenbraue.

Chuck war mit seinen vierundzwanzig Jahren noch ziemlich jung, aber er war ein hervorragender Mechaniker, und Laryn arbeitete gern mit ihm zusammen. Doch im Moment presste sie wegen seiner Reaktion die Lippen aufeinander.

Sie konnte nichts dafür, wie sie war. Ihr Vater hatte sie gelehrt, stark, zäh und unabhängig zu sein. Er ließ sich keine Ausreden von ihr gefallen. Schon als sie in der Grundschule gewesen war, hatte er sie auf die Rennbahn und unter die Motorhauben von Fahrzeugen geschickt. Hausaufgaben wurden auf die lange Bank geschoben. Jungs waren *definitiv* vom Tisch, als sie älter wurde. Aber sie hatte jede Minute mit ihrem Vater verbracht, die sie konnte. Als er unerwartet gestorben war, als sie neunzehn und bei ihrer ersten Dienststelle in der Armee gewesen war, war sie am Boden zerstört gewesen.

Also ja ... sie war die Tochter ihres Vaters, und sie mochte es nicht, wenn jemand ihr sagte, was sie zu tun hatte. Und wenn jemand es wagte, ihr zu sagen, sie könne etwas *nicht* tun? Sie sei nicht stark genug, nicht klug genug, nicht groß genug ... dann tat sie, was immer nötig war, um demjenigen das Gegenteil zu beweisen.

Und jetzt war sie die begehrteste Hubschraubermechanikerin im ganzen Land. Sogar international. Sie hatte in den letzten Jahren mehrere sehr lukrative Angebote bekommen, für die Regierungen anderer Länder im Ausland zu arbeiten, aber sie hatte sie alle abgelehnt.

Wegen einer dummen Verliebtheit.

Tate würde ohne sie zurechtkommen. Wahrscheinlich würde er nicht einmal merken, dass sie gegangen war. Und doch konnte sie sich nicht überwinden zu gehen. Diese Schwäche war lächerlich.

Laryn schüttelte die Gedanken ab, die sie in eine selbstironische Abwärtsspirale zu schicken drohten, und steckte den Schraubenschlüssel, den sie benutzt hatte, als sie sich eine weitere Hautschicht von den Knöcheln geschabt hatte, in eine der tiefen Taschen an ihrem Oberschenkel, bevor sie aufstand. Das Innere des Hubschraubers war hoch genug, dass sie zur Öffnung gehen konnte, ohne sich bücken zu müssen. Chuck trat zurück, da er es besser wusste, als ihr seine Hand anzubieten, um ihr herauszuhelfen, und sie hüpfte flink auf den Boden.

»Fährst du wirklich nach Hause?«, fragte er.

»Ja. Ich bin morgen Nachmittag wieder da«, sagte Laryn und traf eine blitzschnelle Entscheidung.

Seine Augen weiteten sich. »Du nimmst dir den Rest des Tages *und* den größten Teil von morgen frei?«

»Ja. Ich habe mir den Arsch aufgerissen. Ich brauche eine Pause. Und du hast recht, ich brauche auch Schlaf. Sehr viel davon.« Da Laryn eine Dienstleisterin war, waren ihre Arbeitszeiten nicht so starr wie die der Soldaten, mit denen sie arbeitete. Und da sie die Chefin war, hatte sie mehr Spielraum, um zu kommen und zu gehen, wie sie wollte. Aber es war nicht so, dass sie das auf unfaire Weise ausgenutzt hätte. Normalerweise war sie die Erste, die kam, und die Letzte, die ging. In vielen Nächten hatte sie noch um ein oder zwei Uhr morgens gearbeitet. Sie hasste es, Dinge unerledigt zu lassen, und wenn sie daran dachte, was passieren könnte, wenn sie bei der Arbeit nachlässig wurde – nämlich, dass Piloten wegen etwas, das sie getan oder nicht getan hatte, verletzt wurden –, wurde ihr übel.

Aber Chuck hatte recht, sie hatte sich den Arsch aufgerissen, um diesen Hubschrauber auf Vordermann zu bringen, und er war so weit, wie er nur sein konnte. Sie hatte keinen Zweifel daran, dass Tate und Pyro bei ihrem Testflug keinen Fehler finden würden.

»Wow, okay. Genieß deine Auszeit«, sagte Chuck zu ihr und klang dabei aufrichtig.

»Schraub nicht an meiner Maschine herum«, warnte Laryn ihn mit zusammengekniffenen Augen. »Ich meine es ernst. Halte alle von ihr fern.«

»Das werde ich«, beruhigte er sie. »Wir wissen alle, wie du mit deinen Hubschraubern bist. Wir würden es nicht wagen, ohne deine Zustimmung auch nur eine Schraube anzurühren.«

Laryn zuckte innerlich zusammen. Da war sie wieder, übermäßig kontrollierend. Es war gut, dass sie nur mit Männern zusammenarbeitete, denn Frauen würden ihre forsche und fordernde Art nicht ertragen können. Sie musste zugeben, dass sie im Laufe der Jahre immer schlimmer geworden war, während sie sich anzupassen versuchte, eine von den Jungs zu sein.

Jetzt wollte sie zum ersten Mal seit langer Zeit *keine* der Jungs sein. Sie wünschte, sie hätte ein paar Freundinnen, die sie für einen Frauenabend anrufen könnte. Wein. Entspannen. Lächerliches Reality-TV gucken und Junkfood essen. Stattdessen hatte sie nur ihre leere Wohnung, Kollegen, die sich halb vor ihr fürchteten und viel zu jung waren, um mit ihr abzuhängen, und einen Mann, nach dem sie sich sehnte und der nicht wusste, dass sie existierte, außer wenn er eine Frage zu seinem kostbaren Hubschrauber hatte.

Nicht zum ersten Mal kam ihr der Gedanke, dass sie aus dem Trott, in dem sie sich befand, herauskommen musste. Vielleicht sollte sie tatsächlich eines der Angebote, die sie erhalten hatte, annehmen und von Norfolk wegziehen. In die Türkei gehen und für die Spezialeinheit der Jandarma arbeiten. Die hatten ein paar MH-60 und hatten verzweifelt versucht, Laryn anzuwerben, um für sie zu arbeiten. Tate Davis und seine Kollegen von den Night Stalkers würden nicht einmal merken, dass sie weg war. Sie war nur eine weitere Mechanikerin. Jemand anderes konnte ihre Hubschrauber warten.

Natürlich war es nicht so einfach, denn was sie jetzt tat, war streng geheim, und die US-Regierung würde sie nicht einfach achselzuckend für ein anderes Land arbeiten lassen. Es gäbe Geheimhaltungsvereinbarungen zu unterschreiben und eine Menge anderer rechtlicher Hürden zu überwinden.

Aber sie machte sich lächerlich. Sie würde nicht gehen. Egal wie viel Geld ihr geboten wurde, um sie von ihrem derzeitigen Posten wegzulocken. Nicht, solange Tate Davis ihre Hubschrauber flog. Der Gedanke, seine Sicherheit jemand anderem zu überlassen, war ... unvorstellbar.

Laryn nickte Chuck zu und machte sich auf den Weg zur Hangartür, wobei sie sich auf die Hitze einstellte. Es war Ende August und das Wetter hier an der Küste von Virginia war immer noch heiß und schwül. Bald würde die kühlere Luft einziehen, und Laryn konnte es kaum erwarten.

Sie war so außer sich vor Hunger und Erschöpfung und all den Gedanken, die ihr über ihre Zukunft und ihr erbärmliches Sozialleben durch den Kopf gingen, dass sie fast mit jemandem zusammenstieß, der den Hangar betrat.

»Hoppla!«, sagte die tiefe Stimme. Seine Hände landeten auf ihren Schultern und hinderten sie daran, auf den Hintern zu fallen.

Als sie aufblickte, sah sie, dass es der einzige Mann auf der Welt war, den sie unbedingt sehen wollte, aber auch der letzte Mann, dem sie in diesem Moment gegenüberstehen wollte.

Tate.

»Wo willst du hin? Ich dachte, du wohnst hier im Hangar«, scherzte er.

Aber Laryn war nicht in der Stimmung dazu. Auch wenn er nicht ganz unrecht hatte. »Nach Hause. Ich war den ganzen Tag hier und bin völlig fertig. Ich nehme an, du bist hier, um meine Arbeit zu überprüfen. Wenn du etwas findest, was nicht stimmt, lass es Chuck wissen. Er wird deine Beschwerden weiterleiten, sobald ich morgen Nachmittag zurück bin.«

»Ich bin nicht hier, um dich zu kontrollieren. Ich war nur neugierig, was du schon geschafft hast«, protestierte Tate. Pyro, sein Co-Pilot, war hinter ihm. Er klopfte ihm auf die Schulter und ging weiter zu dem Hubschrauber, den Laryn gerade hinter sich gelassen hatte.

»Ich habe *alles* geschafft«, erklärte sie ihm mit einem Seufzer und ohne ihre übliche Frechheit. »Er ist mehr als bereit, damit du ihn in ein paar Tagen testen kannst. Und ich habe dem Colonel gesagt, dass ich den Hubschrauber erst dann für fertig erkläre, wenn ich hundertprozentig sicher bin, dass er fertig ist, und wenn du, der Pilot, ihn für fertig hältst.«

»Ich weiß, deshalb bist du eine fantastische Mechanikerin«, sagte Tate zu ihr.

Sie starrte ihn an, und wie immer, wenn sie in seine blauen Augen blickte, durchfuhr sie ein Stich. Er hatte einen Zwillingsbruder, Nate, aber sie fand, dass Tate der Schönere von beiden war. Was irgendwie albern war, wenn man bedachte, dass sie eineiig waren. Aber für sie gab es subtile Unterschiede. Tate war selbstbewusster, aufgeschlossener, und obwohl er erst vierunddreißig war, hatte er im Gegensatz zu seinem Zwillingsbruder ein bisschen Silber im Haar, was ihm eine vornehmere Ausstrahlung verlieh. Sein Haar war auch etwas länger, als es die militärischen Regeln vorschrieben, aber sie nahm an, dass er als erstklassiger Night Stalker in dieser Hinsicht ein wenig Spielraum hatte.

Und sie konnte nicht leugnen, dass die Sommersprossen in seinem Gesicht bezaubernd waren. Sie fragte sich, ob sie ihn ... überall bedeckten.

Laryn war sich bewusst, dass ihre Gedanken dorthin gingen, wohin sie immer gingen, wenn sie in der Nähe dieses

Mannes war, und war deshalb schroffer als sonst. »Sind wir hier fertig?«

Tate blinzelte. »Ja.«

Laryn nickte ihm zu, trat zur Seite und setzte ihren Weg fort. Ihre Haut kribbelte, als spürte sie seinen Blick auf sich, während sie ging, aber sie weigerte sich, zu ihm zurückzuschauen.

Sie wollte nach Hause gehen, sich eine Tiefkühlmahlzeit aufwärmen, duschen und dann hoffentlich acht Stunden schlafen.

Doch ihr Vorsatz, Tate nicht anzusehen, geriet ins Wanken, und bevor sie den Hangar verließ, konnte sie nicht umhin, einen Blick über ihre Schulter zu werfen.

Ihr Herzschlag erhöhte sich, als sie Tate dort stehen sah, wo sie ihn verlassen hatte. Und er starrte sie tatsächlich direkt an. Er nickte ihr zu, wie sie es bei ihm und seinen Pilotenkollegen immer wieder sah. Er grinste sie nicht an wie sonst. Er sah ernst und ... besorgt aus.

Nein, das musste sie sich einbilden, denn Tate Davis schaute sie nicht besorgt an. Niemals. Sie war einfach die Mechanikerin, auf die er sich verließ, um seinen Hubschrauber in Topform zu halten.

Aber irgendetwas an der Art, wie er sie betrachtete und sich nicht von der Stelle bewegte, an der sie ihr kurzes Gespräch geführt hatten, kam ihr ... untypisch vor. Tatsächlich verhielt er sich ihr gegenüber etwas anders, seit er im Iran abgestürzt war. Sie war sich nicht sicher warum oder sogar *wie* anders es genau war, bis zu diesem Moment. Jetzt wurde ihr klar, dass der alte Tate ihre Worte mit einem Achselzucken abgetan hätte und weiter in den Hangar gegangen wäre, um zu sehen, wie die Arbeiten an seinem Hubschrauber vorankamen.

Auch im letzten Monat hatte sie mehr als einmal seinen Blick auf sich gespürt. Sie ertappte ihn dabei, wie er sie anstarrte, fast so, als wollte er sie durchschauen.

Auf keinen Fall durfte er erfahren, dass sie seit Jahren in ihn verknallt war.

War das überhaupt das richtige Wort? Verknallt? Sie glaubte es nicht. Sie war nicht dreizehn. Sie war eine erwachsene Frau. Sie bewunderte Tate. Respektierte ihn. Liebte ihn.

Seufzend ging sie weiter zu ihrem Wagen. Es war der alte Honda Civic Hatchback von 1990 ihres Vaters. Er sah uralt aus, aber Laryn hielt ihn so gut am Laufen wie ein brandneues Fahrzeug. Sicher, sie hatte den Motor und die meisten Teile austauschen müssen, aber jedes Mal, wenn sie ihn sah, musste sie lächeln, weil sie an ihren Vater denken musste und an all die Zeit, die sie zusammen darin verbracht hatten, um zu Rennen zu fahren. Es war das erste Auto gewesen, bei dem sie das Öl selbst gewechselt hatte ... natürlich unter den wachsamen Augen ihres Vaters.

Sie war kaum noch wach, als sie zu Hause ankam. Sie stolperte die Treppe zu ihrer Wohnung im ersten Stock hinauf und beschloss, dass Essen und Duschen warten konnten. Nachdem sie ihre Stahlkappenstiefel ausgezogen hatte, ließ sie sich auf die Couch fallen und griff nach der flauschigen Decke, die sie achtlos über die Lehne drapiert hatte. Sie war innerhalb von Sekunden eingeschlafen, und nicht einmal das Rätsel, warum Tate sich in ihrer Gegenwart so anders verhielt, konnte sie wach halten.

KAPITEL ZWEI

Casper starrte Laryn hinterher ... und konnte nicht umhin, den Blick auf ihren Hintern zu senken. Sie war ein kraftvoller Dynamo in einem kleinen Paket, und sie ging ihm nicht mehr aus dem Kopf. Es hatte auf dem Deck des Marineschiffes begonnen, nachdem er von dieser beschissenen Rettung zurückgekehrt war. Zum Glück waren sein Bruder Nate, die Frau, die mit ihm zusammen in Gefangenschaft der iranischen Regierung gewesen war, Nates Teamleiter und Pyro alle wohlauf, nachdem ihr Hubschrauber abgeschossen worden war und sie in den Bergen des Irak hatten landen müssen.

Er hatte sich irgendwie davor gefürchtet, Laryn zu begegnen, wenn sie herausfand, dass ihr kostbarer Hubschrauber zerstört worden war. Und sie hatte alles gesagt, was er erwartet hatte, und ihn in der Luft zerrissen. Aber es war der Ausdruck in ihren Augen, der ihn innehalten ließ. Der Ausdruck der Angst.

Angst um *ihn*.

Er kannte Laryn seit drei Jahren, und in all dieser Zeit hatte er nur genau das gesehen, was sie den anderen präsentierte:

13

eine unglaubliche Mechanikerin. Die Person, die es einem leicht machte, Pilot zu sein, ohne sich Gedanken über das Innenleben des Hubschraubers machen zu müssen, den er flog. Aber als er an diesem Tag den Kummer in ihren Augen sah und wusste, dass sie sich tatsächlich Sorgen um *ihn* gemacht hatte und nicht um die Maschine, um die sie sich liebevoll kümmerte, hatte ihn das erschüttert.

Dabei wurde ihm klar, wie viel er nicht über die erstaunliche Frau wusste, die buchstäblich sein Leben in den Händen hielt, wenn er flog. Eine nicht festgezogene Schraube, ein übersehener Routinewartungspunkt konnte den Unterschied zwischen Leben und Tod für ihn und seinen Co-Piloten bedeuten.

Casper war schon mit vielen Frauen ausgegangen. Aber die, die ihn am meisten zu wollen schienen, waren speziell auf der Suche nach einem Piloten. Sie wollten ihn nicht wegen seiner selbst, sondern wegen dem, was er tat, und wegen des Status, den er ihnen ihrer Meinung nach verleihen konnte.

Als er ein Night Stalker geworden war, hatte er die Aufmerksamkeit aufgesogen. Er hat sie genossen. Und jetzt? Diese Frauen gingen ihm auf die Nerven. Wenn er mit seinen Kollegen ins *Anchor Point* ging, wollte er sich entspannen. Ein oder zwei Bier trinken. Keine Frauen abwehren, deren Parfüm ihm die Tränen in die Augen trieb oder die um Aufmerksamkeit buhlten und Kleider trugen, die zwei Nummern zu klein waren.

Diese Frauen waren ein krasser Gegensatz zu Laryn. Er konnte sich nicht erinnern, wann er die zierliche Mechanikerin jemals in etwas anderem als einem grauen Overall gesehen hatte. Das Kleidungsstück hing locker an ihrem Körper, was bedeutete, dass er bisher nicht wirklich viel davon zu sehen bekommen hatte. Außer ihrem Hintern. Dort war sie wohlgerundet, was ihn vermuten ließ, dass der Rest von ihr genauso war. Der Gedanke, seine Finger in ihr weiches Fleisch zu graben, während er sie an sich drückte, ließ seinen Schwanz sofort steif werden.

Das war eine weitere Veränderung ... nicht die Erektion an sich, sondern dass er jedes Mal eine bekam, wenn seine Gedanken an Laryn auch nur ein wenig abschweiften. Er war extrem neugierig auf die Frau geworden, die in den letzten Jahren zu seinem Leben gehört hatte, über die er aber so wenig wusste.

Er ging auf den Hubschrauber zu, an dem sie und ihr Team arbeiteten und den er und Pyro bald testen würden. Sein Co-Pilot unterhielt sich gerade mit Sergeant Wells, einem jüngeren Mechaniker, den Casper schon oft mit Laryn hatte arbeiten sehen.

»Wie geht es ihr?«, fragte Casper.

In den nächsten fünf Minuten hörten er und Pyro einen Monolog des eifrigen jüngeren Mechanikers, der ihnen alles erzählte, was an der Maschine gemacht wurde und wie sie seiner Meinung nach noch besser laufen würde als die zerstörte.

Casper hörte interessiert zu, und als der junge Mann Luft holte, ergriff er die Gelegenheit, ihn zu unterbrechen und klarzustellen, was er mit seiner früheren Frage *eigentlich* gemeint hatte. »Wie geht es *Laryn*? Sie sah erschöpft aus, als sie ging.«

»Oh, das ist sie«, sagte Chuck mit einem leichten Schulterzucken. »Sie ist wie ein Hund mit einem Knochen. Sie weigert sich, eine Pause zu machen, wenn etwas nicht richtig funktioniert. Sie erinnert uns alle ständig daran, dass es für die Piloten um Leben und Tod gehen kann, wenn etwas kaputtgeht oder nicht richtig installiert ist oder wenn ein Teil nicht perfekt geschmiert wird.«

»Sie scheint eine knallharte Chefin zu sein«, mischte Pyro sich ein.

»Ja und nein«, sagte er. Die Bewunderung und Loyalität, die er für Laryn empfand, waren in seiner Stimme deutlich zu hören. »Sie ist sicher eine Perfektionistin und erwartet das Gleiche von jedem, der unter ihr arbeitet. Aber sie ist auch die Erste, die uns sagt, dass wir nach Hause fahren sollen, wenn sie meint, dass wir überlastet sind. In dieser Hinsicht ist sie wie eine Glucke. Sie will sich immer vergewissern, dass wir gegessen haben und dass wir keine Dummheiten machen, wie zum Beispiel am Wochenende Alkohol trinken und danach Auto fahren.«

Aus irgendeinem Grund überraschte das Casper. Er fühlte sich beschissen. Er hatte sich Laryn einfach nicht als die Art von Frau vorgestellt, die so beschützend mit den jüngeren Männern umging, die unter ihr arbeiteten. Was nicht fair war. Sie schimpfte darüber, wie hart er seinen Hubschrauber flog und wie viel Arbeit das für sie und ihr Team bedeutete, aber sie fragte auch immer, wie seine Missionen gelaufen waren, bevor sie fragte, wie die Maschine während seiner Einsätze flog. Sie wollte sich vergewissern, dass es ihm und dem Rest seiner Night-Stalker-Kollegen gut ging. Und wenn er sprach, hörte sie aufmerksam zu, was er sagte ... wenn die Lenkung nicht zu funktionieren schien, wenn die Rotoren ungewöhnliche Geräusche machten, wenn die Motoren härter zu arbeiten schienen, als sie sollten.

Sie gab ihm das Gefühl, als seien sie die einzigen beiden Menschen auf der Welt, wenn sie miteinander sprachen.

Erst in dieser Sekunde wurde ihm klar, wie selten das war. Die meisten Menschen waren ständig mit ihren Handys beschäftigt, schauten mitten im Gespräch darauf. Oder sie waren von den Menschen und Dingen um sie herum abgelenkt und ließen den Blick schweifen. Vor allem die Frauen, denen er begegnete, schauten sich ständig um, als hielten sie nach jemandem Ausschau, der vielleicht einen höheren Rang oder mehr Geld hatte.

Selbst seine Teamkameraden waren nicht ganz auf ihn oder einander konzentriert, wenn sie zusammen abhingen. Ihre Aufmerksamkeit galt halb ihrem Gespräch, halb ihrer unmittelbaren Umgebung. Auch Casper war dessen schuldig. Aufgrund ihrer Ausbildung, der Missionen, die sie erlebt hatten, und des allgemeinen Lebens, das sie führten, waren sie ständig in Alarmbereitschaft. Sie achteten darauf, wer zur Tür hereinkam, wer um sie herumlief, welche Taschen derjenige bei sich trug ... wer unschuldig aussah, aber in Wirklichkeit ein Selbstmordattentäter sein könnte.

Es war eine intensive Art zu leben, aber Lebenserfahrung und Ausbildung hatten sie zu dem gemacht, was sie waren.

Bei Laryn war das nicht der Fall. Ihre ganze Aufmerksamkeit galt demjenigen, mit dem sie sprach, oder dem, was sie gerade tat. Casper runzelte die Stirn, als er darüber nachdachte. Das war nicht sicher, so vertieft in den Moment zu sein.

»Sie ist nach Hause gefahren?«, platzte es plötzlich aus ihm heraus, weil er eine Bestätigung für das wollte, was sie ihm gesagt hatte. Und wahrscheinlich klang er wie ein Verrückter, als er sich in das lockere Gespräch zwischen Pyro und Chuck über die bevorstehenden Flugtests einmischte, die für den Hubschrauber in zwei Tagen angesetzt waren.

»Laryn? Ja. Das hat sie gesagt«, antwortete Chuck.

Casper spürte, wie Pyro ihn aufmerksam anstarrte, und er hatte das Gefühl, dass er verhört würde, sobald sie allein waren.

»Ich muss mit ihr über ein Problem mit der Hydraulik sprechen, das wir beim letzten Testflug hatten«, log Casper. Der letzte Test war perfekt gelaufen. Der Hubschrauber flog wie ein Traum. Die Steuerung war extrem reaktionsschnell, und er und Pyro hatten nichts gefunden, was nicht richtig funktionierte.

»Oh, etwas, über das noch nicht berichtet wurde? Laryn wird das nicht gefallen. Du weißt, wie sie ist«, sagte Chuck mit einem besorgten Stirnrunzeln.

Casper *wusste* es. Wenn er tatsächlich vergessen hätte, ihr etwas zu sagen, das bei einem Testflug nicht in Ordnung gewesen war, hätte sie ihm den Arsch aufgerissen. Aber da er nur nach Informationen fischte und nicht die Absicht hatte, seiner Mechanikerin zu sagen, dass etwas mit ihrer Arbeit nicht in Ordnung war, war er nicht allzu besorgt.

Casper ignorierte die Art und Weise, wie sein Gehirn Laryn als *seine* Mechanikerin beansprucht hatte, und gab sein Bestes, um völlig unbekümmert zu klingen, als er seine nächste Frage stellte. »Die Sache ist die, dass ich nicht weiß, wo sie wohnt. Kannst du mir ihre Adresse geben, damit ich mit ihr reden kann?«

Chucks Stirnrunzeln vertiefte sich. »Ich glaube nicht, dass ...«

»Ich könnte sie anrufen, aber wir wissen beide, wie sie ist. Und du hast es selbst gesagt. Sie war heute schon zu lange hier und arbeitet zu viel. Ich kann einfach auf dem Heimweg vorbeischauen und ihr sagen, was ich ihr sagen muss, und gleichzeitig dafür sorgen, dass sie nicht in ihren Wagen steigt und wieder hierherfährt, um die Dinge sofort zu überprüfen. Weißt du, wo sie wohnt?«, fragte Casper und betete gleichzeitig, dass der junge Mechaniker die gewünschten Informationen hatte. Er versuchte, den Wunsch zu unterdrücken, den Mann zu Brei zu schlagen, weil er möglicherweise wusste, wo Laryn wohnte, während es ihm nicht bekannt war. Es war irrational, und Casper war nicht gerade glücklich über diese neuen Gefühle, die ihn durchströmten.

Aber seit sein Zwillingsbruder eine Frau gefunden hatte, mit der er den Rest seines Lebens verbringen wollte, hatte Casper das Gefühl, dass ihm die Zeit davonlief. Er wollte, was Nate hatte. Sein Bruder war durch die Hölle gegangen. Er hatte seine SEAL-Kameraden bei einer Mission verloren und war dann bei einer anderen Mission gefangen genommen worden. Aber jetzt ging es aufwärts für ihn ... er war verlobt, hatte ein neues Team, mit dem er sich gut verstand, und es schien, als hätte er die mentale Scheiße überwunden, mit der er zu kämpfen hatte, seit seine früheren Kameraden verletzt und getötet worden waren.

Casper freute sich für seinen Zwilling, aber er hatte das Gefühl, etwas zu verpassen, nachdem er gesehen hatte, wie zufrieden und glücklich Nate mit seiner Verlobten Josie war.

»Ich bin mir immer noch nicht sicher«, antwortete Chuck. Je mehr der Spezialist zögerte, desto entschlossener war Casper, Laryns Adresse zu bekommen. »Hör zu, ich vertraue ihr mehr als meinen eigenen Instinkten«, drängte er. »Sie hält buchstäblich mein Leben in ihren Händen. Es ist ihre Arbeit, die meinen Arsch in der Luft hält.« Das war ein wenig weit hergeholt, denn so fantastisch Laryn auch war, es waren *seine* Fähigkeiten im Cockpit, die ihn durch einige extrem erschütternde Missionen gebracht hatten. Aber er würde alles sagen, was nötig war, um Chuck dazu zu bringen, Laryns Adresse auszuplaudern. »Ich werde sie nicht verletzen oder so, das wäre einfach dumm. Außerdem weißt du, dass ich dorthin fahre, also *falls* ihr etwas passiert, gehst du einfach zur Militärpolizei und sagst, dass ich der Letzte war, der sie gesehen hat.«

»Stimmt.«

»Und Laryn kann auf sich selbst aufpassen. Ich wette, sie hat einen dieser riesigen Schraubenschlüssel, die sie täglich benutzt, direkt neben ihrer Tür, bereit, jemandem den Kopf einzuschlagen, wenn er sie nur schief ansieht.«

Zu seiner Erleichterung lachte Chuck. »Nicht wahr? Ich kann mir gut vorstellen, wie sie jemandem einen Schraubenschlüssel anstelle einer Pistole vors Gesicht hält. Sie wohnt nicht allzu weit von hier. Sie sagte, sie wolle einen Ort in der Nähe für den Fall, dass sie schnell hierherkommen müsse. Sie wohnt in der Little Creek Road 147. Das ist eine kleine Wohnanlage. Sie ist in 2B.«

Casper wollte unbedingt fragen, woher Chuck so viel über

seine Chefin wusste, aber er hielt den Mund. Er wusste, wo alle seine Night-Stalker-Kollegen wohnten, also war es nicht verwunderlich, dass Chuck die gleichen Informationen über *seine* Kollegen hatte. Diese neue Eifersucht, die sich bemerkbar machte, war ärgerlich und überraschend zugleich.

»Danke«, sagte er so beiläufig, wie er konnte.

»Wenn sie sauer ist, weil du dort auftauchst, wirst du ihr doch nicht sagen, dass ich dir verraten habe, wo sie wohnt, oder?«, fragte Chuck besorgt.

»Nein. Sie wird zu verärgert sein, dass ich vergessen habe, ihr die nötigen Informationen zu geben, um sich darüber Gedanken zu machen.«

»Okay. Sie hat gesagt, dass sie nicht vor morgen Nachmittag wiederkommen will, hoffentlich kannst du sie daran erinnern«, sagte Chuck.

»Das werde ich«, schwor er.

Jemand rief Chucks Namen von der anderen Seite des Hangars.

»Ich muss los«, sagte der Mechaniker.

Casper nickte und versteifte sich, als der junge Mann wegging. Natürlich stürzte Pyro sich sofort auf ihn.

»Was zum Teufel, Mann? Irgendetwas war nicht in Ordnung und du hast weder mir noch Laryn etwas gesagt?«

Er wandte sich an seinen Co-Piloten. Seinen Freund. Einen seiner *allerbesten* Freunde, dem er hundertprozentig vertraute und der ihm immer den Rücken freihielt. Sie waren schon in mehr als einer beschissenen Situation gewesen, und jedes Mal hatte Pyro sie gerettet. »Mit dem Hubschrauber ist alles in Ordnung«, sagte er.

Pyro runzelte die Stirn. »Was sollte das dann?«

»Ich weiß es nicht«, antwortete Casper ehrlich.

»Kumpel«, sagte Pyro.

»Ich … irgendwas ist mit Laryn los und ich will nach ihr sehen. Das ist alles.«

Pyro starrte ihn gut zwanzig Sekunden lang an, ohne ein Wort zu sagen. Lange genug für Casper, um sich zu winden. Er tat es nicht, denn er war darauf trainiert worden, sich nicht anmerken zu lassen, was er dachte oder fühlte. Aber es war äußerst schwierig, das, was in seinem Kopf vorging, vor einem seiner besten Freunde zu verbergen.

»Du hast noch nie das Bedürfnis verspürt, nach ihr zu sehen«, sagte Pyro schließlich. »Du wirst doch nicht die beste Mechanikerin verarschen, die die Armee je eingestellt hat, oder? Denn wir brauchen sie.«

Verärgerung durchströmte Casper, aber seltsamerweise war er froh, dass Pyro sich um Laryn sorgte. »Nein.«

»Was hat sich geändert?«, fragte Pyro und legte den Kopf schief. »Weil du in den letzten drei Jahren nie das Bedürfnis hattest, nach jemand anderem als Obi-Wan, Chaos, Edge, Buck oder mir zu sehen. Und natürlich nach deinem Bruder. Nicht dass ich dich für gefühllos halte, du bist nur ... konzentriert. Deine einzige Beziehung besteht mit den Hubschraubern, die wir fliegen. Hat das etwas mit der Verlobung deines Bruders zu tun?«

»Nein. Vielleicht. Ich gebe zu, dass der Auftrag, Nate abzuholen, mich erschüttert hat. Und ihn mit Josie zu sehen ließ mich darüber nachdenken, was ich verpassen könnte. Aber das ist nicht der Grund, warum ich nach Laryn sehen will. Nicht ganz. Sie ist jetzt seit drei Jahren bei uns, und wir wissen nichts über sie. Das ist nicht richtig. Ich weiß *alles* über dich und die Jungs. Sie hat sich buchstäblich den Arsch aufgerissen, um dafür zu sorgen, dass unsere Hubschrauber top sind und wir uns nie um irgendetwas Mechanisches kümmern müssen, wenn wir fliegen. Ich fühle mich wie ein Idiot, weil ich sie nicht besser kenne. Das ist alles.«

Pyro warf ihm noch einen langen Blick zu. Schließlich sagte er: »Du hast recht.«

Caspers verkrampfte Muskeln entspannten sich. Doch bei

den nächsten Worten seines Freundes spannten sie sich wieder an.

»Ich komme mit dir.«

»Nein!«

Die Worte kamen viel schärfer heraus, als Casper beabsichtigt hatte.

»Ich meine ... danke, aber das ist schon okay. Ich werde nur schnell vorbeischauen und mich vergewissern, dass es ihr gut geht, dann fahre ich nach Hause und ruhe mich aus. Die nächsten paar Tage werden anstrengend, weil der Testflug ansteht. Und du weißt ja, wenn alles gut geht, werden wir wieder in den Nahen Osten verlegt.«

Auf Pyros Gesicht bildete sich ein Grinsen – und Casper wurde klar, dass er gar nicht die Absicht gehabt hatte, mit ihm zu kommen. Und er war direkt in die kleine Falle seines Co-Piloten getappt.

Dann verblasste das Grinsen und Pyro wurde ernst. »Wenn du nur schnellen Sex suchst, gibt es im *Anchor Point* viele Frauen, die gern in dein Bett hüpfen würden. Verdammt, wenn du etwas Aufregung willst, kannst du eine von ihnen zum Hangar bringen und es mit ihr im Hubschrauber treiben. Fick nicht unsere Mechanikerin«, warnte er. »Wir brauchen sie.«

»Ich bin nicht auf einen schnellen Fick aus«, sagte er gereizt. »Ich will nur nach ihr sehen.«

»In Ordnung. Ruf an, wenn du einen Flügelmann brauchst«, sagte Pyro mit einem Augenzwinkern.

Casper verdrehte die Augen und tat sein Bestes, um seine Schultern zu entspannen, die sich auf die Warnung seines Co-Piloten hin abwehrend zusammengezogen hatten. »Wenn ich das täte, würde ich Edge anrufen.«

Pyro schnappte übertrieben nach Luft und legte eine Hand auf seine Brust. »Ich bin beleidigt«, sagte er.

»Wie auch immer.«

»Im Ernst, Bruder. Wenn du etwas brauchst, rufst du mich an. Ich halte dir den Rücken frei«, sagte Pyro zu ihm.

»Ich weiß, und ich weiß es zu schätzen. Ruh dich aus. Wir werden übermorgen mit den Tests alle Hände voll zu tun haben.«

»Ich sehe nur noch kurz nach dem Rechten und fahre dann nach Hause. Geh, Casper. Stille deine Neugierde auf Laryn. Glaube nicht, dass ich nicht bemerkt habe, dass sich in Bezug auf sie etwas an dir verändert hat. Geh und schau, ob du herausfinden kannst, was es ist. Denn wir können es nicht gebrauchen, dass dein Kopf in zwei Tagen irgendwo anders ist als hinter dem Steuerknüppel.«

»Ich bin immer konzentriert, wenn ich es sein muss, und das weißt du«, beschwerte Casper sich.

»Außer als wir geflogen sind und du gehört hast, dass das Team deines Bruders ausgeschaltet wurde«, erinnerte Pyro ihn. Er nickte anerkennend. Sein Freund lag nicht falsch. Er hatte Nates Verzweiflung an diesem Tag gespürt.

»Oder als er im Iran gefoltert wurde.«

»Richtig, ich habe verstanden«, sagte Casper gereizt.

»Eine Frau ins Spiel bringen? Jemanden, der dir etwas bedeutet? Du wärst ein verdammtes Chaos auf dem Pilotensitz, falls ihr etwas zustößt. Und hey, ich will dir nichts ausreden oder so. Ich denke, du könntest jemanden gebrauchen, der deine rauen Kanten ausbügelt. Das könnten wir alle. Geh schon. Und sei kein Arsch, wie du es sonst zu ihr bist. Sei nett ... Du *kannst* doch nett sein, oder?«

»Verpiss dich.«

»Okay, vielleicht kannst du *nicht* nett sein«, stichelte Pyro.

Casper drehte sich um und ging von seinem Co-Piloten und dem Hubschrauber weg, wobei er seine Hand mit ausgestrecktem Mittelfinger hochhielt.

Er konnte Pyro lachen hören, als er sich den großen

Hangartoren näherte. Aber er konnte nicht leugnen, dass sein Freund nicht ganz unrecht hatte. Er und Laryn waren in eine Art Routine verfallen. Sie zogen einander auf, aber Casper hatte es nie wirklich böse gemeint. So waren sie nun mal. Aber wenn er daran dachte, dass Laryn erschöpft war, weil sie Doppelschichten geschoben hatte, nur um sicherzustellen, dass der Hubschrauber, den er fliegen würde, in bestmöglichem Zustand war, krampfte sich sein Magen zusammen.

Er wollte nicht mehr nur das Arschloch von Pilot sein, das ihre Hubschrauber flog. Was wollte er für sie sein? Er war sich nicht sicher. Aber er musste es herausfinden. Und dieser Abend war die perfekte Gelegenheit, den ersten Schritt zur Veränderung ihrer Beziehung zu tun.

Er wollte ihr Freund sein ... vorerst.

Drei Jahre lang war Laryn überall hingegangen, wohin die Night Stalkers kamen. Warum er und die anderen sie nie eingeladen hatten, mit ihnen etwas zu trinken oder mit ihnen zu essen, war ihm nicht klar. Er und seine Pilotenkollegen schliefen zusammen, aßen, kackten und duschten zusammen. Sie klebten förmlich aneinander. Er hatte nicht zweimal darüber nachgedacht, wo Laryn schlief, wann sie aß oder was sie in ihrer Freizeit tat.

Bei den Nachbesprechungen von Missionen war sie in der Regel im Hintergrund dabei, hörte zu, wenn die Leistung der Hubschrauber besprochen wurde, und erfuhr, mit welcher Art von feindlichem Beschuss sie eventuell konfrontiert worden waren. Dann ging sie, während die Nachbesprechung fortgesetzt wurde, um zu tun, was immer sie tun musste, um dafür zu sorgen, dass ihre Hubschrauber wieder perfekt funktionierten. Casper sah sie oft erst wieder, wenn er zu einer anderen Mission aufbrach.

Er fühlte sich jetzt scheiße, weil er nicht wirklich darüber nachdachte, wo sie war, was sie während der Tage, Wochen oder sogar Monate tat, die sie bei Missionen auf Flugzugträgern der Marine verbrachten. Sie war einfach immer da, im Hintergrund, zuverlässig wie die Männer, mit denen er flog.

Eine Beziehung mit Laryn war nicht vom Tisch. Sie war nicht mehr in der Armee, sie war eine Dienstleisterin. Es gab keine wirklichen Hindernisse für eine Freundschaft zwischen ihnen ... oder mehr.

Bei diesem Gedanken beschleunigte Casper sein Tempo, als er zu seinem Ford Taurus ging.

Seine Kumpel zogen ihn wegen seines unscheinbaren Wagens auf, aber er mochte seine Hubschrauber auffällig, nicht seine Fahrzeuge. Er wollte sich auf der Straße einfügen. Ihm kam ein Gedanke – vielleicht konnte er seinen Wagen als Vorwand benutzen, um an Laryns Tür zu klopfen. Er machte ein komisches Geräusch, und er könnte sie fragen, ob sie ihn sich mal ansehen würde. Es wäre zwar immer noch seltsam, wenn er aus heiterem Himmel auftauchte und sie bat, sich seinen Wagen anzusehen, aber es war besser, als über die Leistung seines Hubschraubers zu lügen oder zuzugeben, dass er sich nach den drei Jahren, in denen er sie kannte, plötzlich Sorgen um ihr Wohlergehen machte. Ob sie genügend Schlaf bekam. Ob sie aß.

Da er sich jetzt besser fühlte, weil er einen Plan hatte, selbst wenn er lahm war, schloss Casper die Tür zu seinem Wagen auf und setzte sich auf den Fahrersitz. Er gab die Little Creek Road in die Karte auf seinem Handy ein und ließ den Motor an. Erst auf halber Strecke bemerkte er, dass sein Herz schnell schlug und er sich so fühlte, wie er sich normalerweise auf einer Mission fühlte. Adrenalin strömte durch seine Adern und er freute sich auf das, was gleich passieren würde.

Casper lächelte. So hatte er sich schon lange nicht mehr gefühlt, wenn er eine Frau sah. Er hoffte, dass das ein gutes Zeichen für das war, was noch kommen würde. Wenn nicht, stand er kurz davor, einen *heftigen* Absturz zu erleben ... und er könnte die Beziehung ruinieren, die er und seine Kollegen von

den Night Stalkers mit der besten Mechanikerin hatten, die sie
je hatten. Seine Freunde würden ihm das nie verzeihen.

Aber vielleicht würde es ja doch noch klappen. Die Zeit
würde es zeigen.

Casper drückte den Fuß etwas fester auf das Gaspedal und
war gespannt, wie dieser Abend sich entwickeln würde.

KAPITEL DREI

Laryn träumte, dass sie irgendwo in Afrika war, nachdem sie entführt worden war, und vor einem Haufen verschiedener Auto- und Flugzeugteile stand. Sie sollte sie zu einem Hubschrauber zusammenbauen. Währenddessen trommelten die Stammesältesten hinter ihr, während sie ein riesiges Lagerfeuer vorbereiteten, um sie zu kochen, sollte sie es in zwei Stunden nicht schaffen.

Keuchend setzte sie sich aufrecht hin und blinzelte. In ihrer Wohnung war es nicht allzu dunkel, also war es noch nicht lange her, dass sie auf ihrer Couch zusammengebrochen und offensichtlich sofort eingeschlafen war. Aber dieser Traum war beschissen.

Erst nachdem sie ein paarmal geblinzelt hatte, merkte sie, wie heiß ihr war. Die Decke, die sich vorher so gut angefühlt hatte, fühlte sich jetzt an, als würde sie sie ersticken. Und die Trommeln, die sie in ihrem Traum gehört hatte, waren in Wirklichkeit die Schläge von jemandem, der beharrlich an ihre Tür klopfte.

Verärgert und noch immer durcheinander vom Aufwachen und dem verrückten Traum, stand sie abrupt auf und marschierte zur Tür. Sie hatte keine Ahnung, wie spät es war, aber es war mit Sicherheit zu spät, um so unausstehlich zu klopfen. Sie hatte keinen Besuch. Niemals. Also musste es jemand sein, der ihr etwas verkaufen wollte. Sie kannte ihre Nachbarn nicht, also glaubte sie nicht, dass sie es sein könnten. Und wenn es einen Notfall auf dem Stützpunkt mit ihren Hubschraubern gegeben hätte, hätte jemand angerufen. Er wäre nicht persönlich vorbeigekommen.

Deshalb machte sie sich nicht die Mühe, durch den Spion zu schauen. So wie sie sich fühlte – gereizt und noch überhaupt nicht ausgeschlafen –, erwartete sie nicht, dass jemand gekommen war, um ihr etwas anzutun. Sie zog den Riegel zurück und löste die Kette, bevor sie die Tür aufriss und herausplatzte: »Was?«

Ihr Gehirn brauchte einen Moment, um den Anblick zu verarbeiten.

Was um alles in der Welt hatte Tate vor ihrer Wohnungstür zu suchen? Sofort überkam sie Panik.

»Tate! Geht es dir gut? Und den anderen? Gehen wir auf Mission? Du hattest noch keine Gelegenheit, den Hubschrauber zu testen! Er ist nicht bereit ...«

»Atme, Laryn. Mir geht es gut. Allen geht es gut. Wir gehen nicht auf Mission, noch nicht, das wird bis nach den Tests warten. Und ich habe nicht den geringsten Zweifel, dass der Hubschrauber absolut perfekt ist. Wie könnte es auch anders sein, wenn *du* an ihm gearbeitet hast?«

Laryn blinzelte verwirrt. »Und ... was machst du dann hier?«

Zu ihrer Überraschung sah Tate ein wenig nervös aus. Hatte sie ihn jemals nicht selbstbewusst gesehen? Sie glaubte es nicht.

»Warum nennst du mich Tate, wenn alle anderen mich Casper nennen?«

»Was?« Sie hatte Probleme zu verstehen, was genau vor sich ging.

»Manchmal – vor allem wenn wir unter Freunden sind – nennst du mich Casper, aber meistens heiße ich Tate. Nicht dass es mich stört. Ich mag es sogar irgendwie. Kaum jemand hier benutzt meinen richtigen Namen. Ich habe mich nur gewundert.«

Wenn sie nicht gerade einen Albtraum gehabt hätte, wenn sie nicht noch halb schlafend und erschöpft gewesen wäre, hätte Laryn ihm wahrscheinlich die Tür vor der Nase zugeschlagen und wäre zurück ins Bett gegangen. Aber da sie immer noch nicht ganz auf der Höhe war, zuckte sie mit den Schultern und gab ihm eine ehrliche Antwort. »Du kommst mir nicht wie ein Casper vor. Du bist gebräunt, und Casper, der Cartoon-Geist, ist weiß. Und so freundlich. Und lächelnd. Und du bist nicht so.«

Tate lachte. »Ich sollte wahrscheinlich beleidigt sein, aber ich bin es nicht. Du hast recht. Ich bin ganz und gar nicht so. Aber du weißt, dass ich das Rufzeichen bekommen habe, weil ich wie ein Geist am Himmel bin. Ich tauche wie aus dem Nichts auf, um den Bösewichten Schaden zuzufügen.«

Laryn rollte mit den Augen. »Pfft. Natürlich wusste ich das.«

»Darf ich reinkommen?«

Ihr Gehirn hatte Mühe, seinem schnellen Themenwechsel zu folgen. »Warum?«, fragte sie.

»Weil.«

Laryn war zu müde, um etwas Cleveres zu erwidern, und machte einen Schritt zurück.

Tate nahm das als Zustimmung und trat über die Schwelle in ihre Wohnung. Sobald sie die Tür hinter ihm geschlossen hatte, wusste Laryn, dass sie einen Fehler gemacht hatte. Den Mann, in den sie so verknallt war, in ihrer Wohnung zu haben, würde den Raum für immer verändern. Von nun an würde sie ihn sich ständig dort vorstellen.

Er ging durch den winzigen Flur in den Wohnbereich, lehnte sich an den Tresen, der ihn von der Küche trennte, und starrte sie einen langen Moment an, ohne ein Wort zu sagen.

»Was?«, fragte sie ein wenig abwehrend. Als sie an sich herunterschaute, sah Laryn, dass sie immer noch den Overall trug, den sie bei der Arbeit stets anhatte. Verdammt, der Schraubenschlüssel, den sie in die Tasche am Oberschenkel gesteckt hatte, war auch noch drin. Ihr Haar steckte wahrscheinlich nicht mehr in dem ordentlichen Dutt, den sie immer trug, um es bei der Arbeit aus dem Weg zu halten. Sie fühlte sich neben ihm schmuddelig, und das ärgerte sie.

»Du bist sofort eingeschlafen, als du nach Hause kamst, was?«

»Ja. Und ich würde immer noch schlafen, wenn du mich nicht so unsanft geweckt hättest«, sagte sie ein wenig mürrisch. Das war eine Lüge. Dieser Traum hatte sie definitiv geweckt, noch bevor er an ihre Tür geklopft hatte.

»Richtig. Das tut mir leid.«

Laryn starrte Tate an und wartete darauf, dass er den Grund seiner Anwesenheit erklärte. Als er das nicht tat, legte sie verwirrt den Kopf schief. »Wenn wir nicht kurz vor einer Mission stehen und es allen gut geht, warum bist du dann hier, Tate?«

Er fuhr sich mit der Hand durch die Haare, und Laryn war überrascht, dass seine Wangen heiß wurden.

Tate Davis wurde rot. *Rot.* Es war verwirrend und … liebenswert.

Als er ihren Blick erwiderte, waren seine Haare zerzaust und seine Stirn gerunzelt. »Ich hatte mir diese ganze Geschichte ausgedacht, dass mein Wagen ein komisches Geräusch macht und ich wollte, dass du es überprüfst, aber ich will nicht, dass du nach unten stapfst und an etwas arbeitest, nur um herauszufinden, dass es nichts Wichtiges ist. Und du solltest wissen, dass ich Chuck gesagt habe, dass ich deine

Adresse brauche, damit ich mit dir darüber reden kann, dass beim letzten Testflug etwas mit der Hydraulik nicht in Ordnung war, wovon ich dir nichts erzählt habe.«

»Warte – was?«, fragte Laryn ungläubig. »Etwas mit der Hydraulik war nicht in Ordnung? Mit der Seilanlage? Als ich heute daran gearbeitet habe, ist mir nichts aufgefallen. Warum hast du mir das nicht vorher gesagt? Mist! Jetzt muss ich zurück in den Hangar und sehen, ob ich vor dem nächsten Testflug herausfinden kann, was los ist. Wenn die Hydraulik mitten in einer Operation ausfällt, könnte das ernste Folgen für alle haben. Ich sollte ...«

Sie beendete ihren Gedanken nicht, denn als sie schnell an Tate vorbeiging, um die Stiefel zu holen, die sie an der Wand abgestellt hatte, nahm er ihren Oberarm in seine Hand und hielt sie auf. »Ich sagte, dass ich das *Chuck* erzählt habe. Aber es war eine Lüge. Die Hydraulik ist in Ordnung. So wie alles andere auch.«

Laryn konnte Tate nur anstarren, während sie zu verarbeiten versuchte, was er sagte.

Er lockerte seinen Griff um ihren Arm, ließ sie aber nicht los. Sogar durch den Overall hindurch schien ihre Haut dort zu kribbeln, wo er sie berührte. Das war schlecht. Sehr schlecht. Sie musste etwas Abstand zwischen sie bringen. Aber sie war wie erstarrt. Sie wollte, dass er sie weiter berührte, und hoffte gleichzeitig, dass er sie losließ.

»Geht es dir gut?«, fragte Tate. »Du hast sehr hart gearbeitet. Und du sollst wissen, dass alles, was du für uns, für mich, getan hast, zur Kenntnis genommen und gewürdigt wurde. Aber du solltest dich nicht zu Tode arbeiten.«

»Bist du betrunken? Oder high?«, flüsterte Laryn. Rauschmittel schienen die einzige Erklärung für diese abrupte Verhaltensänderung zu sein. Er hatte noch nie gefragt, ob es ihr gut ginge. Nicht auf diese Weise. Nicht, indem er sich die Zeit nahm, um herauszufinden, wo sie wohnte, und einfach beiläufig vorbeikam. Irgendetwas musste falsch sein.

Aber er lachte. »Nein. Nichts dergleichen. Ich mache mir nur Sorgen um dich.«

Er machte sich *Sorgen* um sie? »Warum? Habe ich etwas falsch gemacht? Habe ich etwas verbockt?«

»Nein«, sagte Tate wieder, und diesmal klang er mehr wie er selbst. Ein wenig irritiert. Abrupt. Aber auch ein wenig seltsam. »Kann ich nicht vorbeikommen, um nach einer Freundin zu sehen? Vor allem wenn sie vierzehn- und sechzehnstündige Arbeitstage hat, um den Hubschrauber umzurüsten, den ich in einer Woche während einer Mission fliegen werde?«

Laryn hatte das Gefühl, dass ihr der Mund offen stand, aber sie konnte es nicht verhindern. Tate Davis hatte sie eine Freundin genannt. Das war mehr, als sie je erwartet hatte, und gleichzeitig so viel weniger.

»Wir sind doch Freunde ... oder nicht?«, fragte er.

Ähnlich wie seine Nervosität, als er vor ihrer Tür stand, hatte er jetzt einen Hauch von Unsicherheit in seinem Tonfall. Dies war ein Mann, der in allem, was er tat, selbstbewusst war. Das musste er auch sein, um ein Night-Stalker-Pilot zu sein.

»Ja, natürlich.« Die Worte waren bestätigend, aber sie hatte das Gefühl, dass ihr Ton nicht ganz so glaubwürdig war.

Er zog eine Grimasse.

Ja, sie war noch nie eine gute Lügnerin gewesen. Ihr Vater schien immer zu wissen, wann sie die Wahrheit dehnte.

»Hast du schon gegessen?«, fragte er.

Laryn schüttelte den Kopf. »Nein. Als ich nach Hause kam, war ich zu müde.«

»Warum ziehst du dich nicht um? Ich werde sehen, was ich für uns machen kann.«

Ihr Mund war wieder offen. Laryn konnte es nicht verhindern. »Du wirst kochen?«

»Nun, das hängt davon ab, was du hast. Aber ich dachte

eher daran, etwas zusammenzustellen, zum Beispiel Sandwiches. Aber wenn du etwas hast, das ich kochen soll ... Auflauf, Steaks, gegrilltes Hähnchen und Gemüse ... sag mir einfach Bescheid.«

»Ich habe vielleicht etwas für Sandwiches«, sagte Laryn, die schnell versuchte, eine mentale Bestandsaufnahme ihres Kühlschranks zu machen.

»Gut. Nur zu. Geh duschen. Zieh dich um. Entspann dich. Ich mache das schon.«

Aber sie zögerte immer noch. Das war eine ganz schlechte Idee. Die schlechteste überhaupt. Sie war sich immer noch nicht ganz sicher, warum er dort war, aber sie konnte ihn nicht rauswerfen. Davon hatte sie jahrelang geträumt. Tate in ihrer Wohnung zu haben, in ihrer Küche, wo er ihr Abendessen machte. Okay, vielleicht hatte sie *das* nicht geträumt, aber dass er mit ihr sprach, als sei sie eine normale Frau und nicht nur die Mechanikerin, die für die Hubschrauber verantwortlich war, die er flog? Ja.

»Es ist in Ordnung, Laryn. Alles ist gut. Ehrlich.«

Es war, als könnte er ihre Gedanken lesen. Langsam löste er seinen Griff um ihren Oberarm, und eine Sekunde lang wünschte sie sich, ihre Arme seien nackt, damit sie seine schwielige Hand auf ihrer Haut spüren könnte. Herausfinden, wie seine Berührung sich an anderen, intimeren Stellen ihres Körpers anfühlen würde.

Aber sie schob diesen Gedanken sofort beiseite. So sehr sie auch auf ihn stand, sie hatte nicht vor, einen One-Night-Stand zu haben.

War es *das*, was er wollte? Dachte er, sie sei verzweifelt genug, um mit ihm zu schlafen? Musste er vor den Flugtests seinen Spaß haben?

»Ich schlafe nicht mit dir«, platzte sie heraus.

Tate schien durch diese Frage nicht im Geringsten beleidigt zu sein. »Okay.«

»Okay?«

»Ja. Das ist nicht der Grund, warum ich hier bin. Nicht dass ich dagegen wäre ... aber noch einmal, deswegen bin ich nicht hier.«

Sie wusste immer noch nicht, warum er gekommen war, aber jetzt konnte sie an nichts anderes denken als daran, dass er gesagt hatte, er hätte nichts dagegen, mit ihr zu schlafen. Was würde er tun, wenn sie sich jetzt auf ihn stürzen würde? Ihn einfach anspringen und ihm den Fluganzug abreißen würde? Die Vorstellung brachte ihre Lippen zum Zucken.

»Ist irgendetwas witzig?«, fragte er mit einer gehobenen Augenbraue.

Laryn schüttelte fast hektisch den Kopf. »Nein. Nichts. Ganz und gar nicht. Ich werde nur ...« Sie gestikulierte mit dem Daumen den Flur hinunter. »Du weißt schon.«

Er grinste. »In Ordnung.«

»Ja.«

»Gibt es etwas, das du auf deinem Sandwich nicht magst?«, fragte er, als sie begann, sich von ihm zu entfernen.

»Ananas.«

Er zog eine Grimasse. »Ekelhaft. Ist das ein guter Zeitpunkt, um über Ananas auf Pizza zu sprechen?«

Laryn zuckte mit den Schultern. »Kommt drauf an, auf welcher Seite du stehst.«

Er grinste sie an. »Geh«, befahl er und hob das Kinn in Richtung des Flurs.

Verdammt, das war sexy. Laryn drehte sich um, um in ihr Schlafzimmer zu gehen, und bemerkte, dass sie lächelte. Das geschah nicht oft, nachdem sie mit Tate gesprochen hatte. Normalerweise ärgerte er sie oder behandelte sie, als sei sie seine kleine Schwester oder so. Aber im Moment hatte sie nicht das Gefühl, dass er sie wie eine kleine Schwester sah.

Sie beschloss, dass es ihr egal war, warum er da war, wichtig war nur, dass er da war. Es war möglich, dass sie immer noch

träumte, und wenn das der Fall war, wollte sie nie mehr aufwachen. Denn wenn sie dachte, dass sie den Tate Davis mochte,
den sie von früher kannte, war das nichts im Vergleich dazu,
wie sehr sie *diesen* Tate Davis mochte.

Casper sah zu, wie Laryn von ihm wegging, und wie immer
wurde sein Blick von ihrem Hintern angezogen. Er hatte keine
Ahnung, wie es möglich war, dass ihr Overall überall schlab-
berig war, nur nicht an ihrem Hintern. Aber es gefiel ihm
verdammt gut.

Sein Herz klopfte noch immer heftig von ihrer beiläufigen
Bemerkung über Sex. Er war entsetzt darüber, dass sie dachte,
er sei zu einem Schäferstündchen aufgetaucht, aber er hatte
nicht gelogen, als er sagte, er hätte nichts gegen Sex mit ihr.

Laryn Hardy war verdammt sexy. Er hatte bis vor Kurzem
nicht bemerkt, dass er sich zu ihr hingezogen fühlte, und jetzt
konnte er sich nichts anderes vorstellen. Sie hatte Ecken und
Kanten, sie wich nicht zurück, wenn sie herausgefordert wurde,
sie hatte gern das Sagen, ließ sich von niemandem etwas gefallen, hatte keine Angst vor harter Arbeit und ... verdammt. Sie
war *ihm* sehr ähnlich. Und sie war das Gegenteil der meisten
Frauen, die ihn anmachten.

Casper drehte sich um und ging in ihre kleine Küche. Sie
war nichts Besonderes, Arbeitsflächen aus Linoleum, billige
Geräte, kein Geschirrspüler ... er fühlte sich wie in seiner
eigenen Küche. Aber als er ihren Kühlschrank öffnete, hatte sie
nicht annähernd so viele Lebensmittel wie er. Allerdings hatte
sie ein wenig Wurst und Käse. Er nahm sie heraus, zusammen
mit etwas Mayo und Senf, wobei er sich nicht sicher war, was
sie vorziehen würde. Auf der Theke lag auch eine Packung
Bagels, die er als Brot benutzte.

Es dauerte nicht lange, die Sandwiches zusammenzustellen, und während er auf Laryn wartete, nutzte er die Zeit, um sich in ihrem Wohnzimmer umzusehen.

Sie hatte eine Couch, die schon bessere Tage gesehen hatte, aber bequem aussah. Eine Decke hing von den Kissen herunter, als hätte sie sie weggeworfen, als sie aufgestanden war, um die Tür zu öffnen. Der Rest des Zimmers bestand aus einem übergroßen, abgewetzten Ledersessel an einer Seite, der breit genug für zwei Personen war, einem mittelgroßen Fernseher und einem Regal, das bis zum Rand mit Büchern gefüllt war – bei näherem Hinsehen war es eine Mischung aus Geschichte, Liebesromanen, Handbüchern über Dirt-Racing und natürlich einigen Ratgebern über Motoren. Einige waren alt, zerfleddert und zerrissen, andere wiederum sahen tadellos aus. Ihr Bücherregal war so wie die Frau selbst: vielseitig.

Es gab ein Bild von einem Mädchen, von dem Casper annahm, dass es sich um Laryn als Kind handeln musste, die vor einem alten Chevy Camaro auf einem Feldweg stand und ihren Arm um einen älteren Mann gelegt hatte. Sie strahlten beide, und Casper konnte die Ähnlichkeit zwischen dem Mädchen und dem Mann erkennen.

»Das bin ich mit meinem Vater, als ich etwa neun Jahre alt war. Das ist das Auto, das wir von Grund auf neu gebaut haben, und der alte Kumpel meines Vaters ist damit bei dem Dirt-Track-Race in unserer Stadt gefahren. Ich war so stolz.«

»Wie du es hättest sein sollen«, begann Casper, als er sich umdrehte. Was auch immer er sonst sagen wollte, blieb ihm im Hals stecken, als er die Frau vor sich anstarrte. Hätte er nicht mit eigenen Augen gesehen, dass Laryn die Wohnung nicht verlassen hatte, hätte er sie nicht erkannt.

Die Frau, die dort stand, sah ganz anders aus als die Mechanikerin, die er so oft gesehen hatte. Zum einen war ihr Haar offen. Casper konnte sich nicht erinnern, dass er Laryn schon jemals mit offenem Haar gesehen hatte. Und es war wunderschön. Dunkelbraun mit hellbraunen Strähnchen, lang genug, um ihre obere Brust zu berühren. Es war noch feucht von der Dusche, und es kostete Casper jedes Quäntchen Beherrschung, nicht die Hand auszustrecken und mit den Fingern durch die seidig aussehenden Strähnen zu fahren.

Und sie roch ... köstlich. Anders konnte er es nicht sagen. Nicht dass er jemals zuvor wirklich bemerkt hätte, wie sie roch. Wahrscheinlich weil er so sehr an die Gerüche des Hangars und der Hubschrauber, an denen sie arbeitete, gewöhnt war. Öl, Schmiere, Schweiß. Aber jetzt roch sie buchstäblich nach Keksen. Vielleicht nach Kuchen. Vanille. Ihm lief das Wasser im Mund zusammen.

Und der Körper, über den er so intensiv nachgedacht hatte, war nicht mehr durch einen der Overalls, die sie immer trug, verdeckt. Sie trug eine Jogginghose und ein T-Shirt, beides schmiegte sich an ihre Kurven ... und was für Kurven das waren.

Er hatte recht. Laryn war verdammt kurvig – und er hatte noch nie etwas Anregenderes gesehen.

»Was? Habe ich etwas im Gesicht?«, fragte sie verlegen.

»Nein«, sagte Casper. »Ich habe nur daran gedacht, dass ich dich noch nie in etwas anderem als einem Overall gesehen habe ... so gut wie nie.«

»Das ist nicht wahr«, protestierte sie.

Casper zuckte mit den Schultern. Er versuchte immer noch, seine Gedanken zu ordnen. Diese Frau ... sie war wie Clark Kent. Oder Diana Prince. Sie machte sich praktisch unsichtbar. Das war ihre Superheldenform.

»Du bist mit Autos aufgewachsen?«, platzte er heraus und versuchte verzweifelt, nichts Dummes zu sagen. Sein Gehirn feuerte nicht auf allen Zylindern.

»Ja«, sagte sie glücklich. »Ich habe es geliebt. Mein Vater hat mir alles beigebracht, was er wusste. Er nahm mich jedes Wochenende mit auf die Rennstrecke. Er sagte, ich sei sofort in meinem Element gewesen. Er war so stolz auf mich, als ich noch während meiner Highschool-Zeit ein paar Zertifikate von der Volkshochschule im Automobiltechnikprogramm erhielt.«

»Ich wette, er ist heute *sehr* stolz auf dich«, sagte Casper.

»Er starb, als ich neunzehn war«, erwiderte Laryn nüchtern.

»Oh, Scheiße. Das tut mir leid.«

»Das muss es nicht. Ich meine, es ist scheiße, aber er war *immer* stolz auf mich. Ich war Daddys kleines Mädchen und konnte nichts falsch machen.«

»Ich wette, ihr wart euch sehr ähnlich«, vermutete er.

»Das waren wir.« Laryn lächelte ihn an, bevor ihr Magen plötzlich ein lautes Knurren von sich gab.

Sie legte sofort eine Hand auf ihren Bauch, und Casper konnte nicht anders, als an der Stelle hinunterzusehen, an der sie sich selbst berührte. Er konnte die kleine Rundung unter ihrer Hand sehen, und er musste sich beherrschen, um ihre Hand nicht wegzuziehen und sie durch seine eigene zu ersetzen.

Es war fast beunruhigend, wie sehr er diese Frau begehrte. Warum jetzt? Was hatte sich geändert? Er war sich nicht sicher. Abgesehen von dem besorgten Blick, den sie ihm auf dem Marineschiff zugeworfen hatte, nachdem er mit seinem Bruder und den anderen zurückgekehrt war, als sein Hubschrauber abgestürzt war. Er hatte zum ersten Mal ihre wahren Gefühle gesehen und war fasziniert gewesen. Und jetzt war er hier und wollte unbedingt alles über Laryn wissen.

»Ich war mir nicht sicher, ob du Senf oder Mayonnaise auf deinem Sandwich haben willst«, sagte er zu ihr, während er sich abwandte und in Richtung Küche ging, mehr damit sie die Erektion in seinem Fliegeranzug nicht sah, als dass er ihr Gespräch wirklich beenden wollte.

»Beides«, antwortete sie und trat an ihm vorbei.

Wieder einmal stieg ihm ihr sauberer, süßer Geruch in die Nase, und Casper wollte sich am liebsten vorbeugen und an ihrem Hals schnuppern. Eigentlich wollte er noch mehr tun, aber die Gedanken, die er über seine Mechanikerin hatte, machten ihm mit ihrer plötzlichen Dringlichkeit irgendwie Angst. Also hielt er Abstand, als sie eine gesunde Menge an Soße auf die obere Hälfte ihres Bagels spritzte, dann das Sandwich aufhob und einen großen Bissen nahm, genau dort, wo sie in der Küche standen.

Das war noch etwas, was sie gemeinsam hatten. Casper setzte sich zum Essen nicht oft hin. Er war es zu sehr gewohnt, unterwegs zu essen. Und wenn er allein in seiner kleinen Wohnung war, machte er sich nicht die Mühe, einen Tisch zu decken. Manchmal aß er auf seiner Couch, während er Fußball schaute, aber normalerweise sparte er Zeit, indem er seine Mahlzeiten auch im Stehen in der Küche einnahm.

Er war auch nicht überrascht über die Geschwindigkeit, mit der Laryn aß. Wie er hatte sie einen Beruf, bei dem ein gemütliches Essen ein Luxus war. Sie waren beide in wenigen Minuten mit ihren Sandwiches fertig.

»Das war köstlich«, sagte sie. Dann standen sie ein wenig unbeholfen da, bevor sie fragte: »Willst du dich setzen?«

Casper nickte, und sie gingen zu ihrer Couch hinüber. Sie setzte sich auf das eine Ende und er ließ sich auf dem anderen nieder.

»Also ... du bist vorbeigekommen, um nach mir zu sehen. Mir geht's gut. Und wie geht es dir? Wie geht's deinem Bruder und Josie? Hast du viel mit ihnen gesprochen?«

Casper hätte nicht überrascht sein sollen, dass sie sich an den Namen der Verlobten seines Bruders erinnerte, und doch war er es irgendwie. Er glaubte nicht einmal, dass die beiden einander auf dem Marineschiff vorgestellt worden waren, aber sie hatte offensichtlich irgendwie Josies Namen herausgefunden.

»Es geht ihnen gut. Sie haben sich verlobt.«

»Wirklich? Das ist großartig«, sagte Laryn, wobei ihr Gesicht vor Freude strahlte.

Sie schien sich aufrichtig für sie beide zu freuen. Casper hatte ein schlechtes Gewissen, weil er diese Frau so oft für einen Roboter gehalten hatte, der emotionslos und stoisch seiner Arbeit nachging. Es war offensichtlich, dass sie viele tiefe Gefühle hatte – sie hatte sie nur in *seiner* Gegenwart unter Verschluss gehalten. Und das war aus irgendeinem Grund ein Schlag ins Gesicht.

Wieder herrschte peinliches Schweigen, und Casper wusste nicht, was er sagen sollte.

»Alsooo ...«, sagte sie und zog das Wort in die Länge. »Wenn du nicht wegen deines Wagens hier bist und auch nicht, um mir zu sagen, dass etwas mit dem Hubschrauber nicht stimmt ... warum bist du dann *wirklich* hier?«

»Wir arbeiten jetzt seit etwa drei Jahren zusammen, richtig?«, fragte Casper.

»Ja. Warum?«

»In all den Jahren haben wir uns nie zusammengesetzt und zusammen zu Mittag gegessen. Oder etwas zusammen gemacht. Oder über etwas anderes als die Arbeit gesprochen. Warum ist das so?«

Laryn sah ihn an, als hätte er zwei Köpfe. »Weil. Ich bin die Mechanikerin und du bist der Pilot. Du bist so was wie ein Gott oder so. Ich bin ein Nichts.«

»Blödsinn!«, rief Casper aus und verzog das Gesicht, als Laryn zusammenzuckte. »Tut mir leid, ich wollte nicht so laut sein, aber das ist Blödsinn«, wiederholte er. »Jeder weiß, dass ein Pilot nur so gut ist wie der Mechaniker, der an seinen Maschinen arbeitet.«

»Jetzt erzählst *du* Blödsinn«, sagte Laryn mit einem kleinen Lachen. »*Keiner* nimmt uns wahr. Keiner kümmert sich um die Mechaniker hinter den Kulissen. Das war überall so, wo ich gearbeitet habe. Ohne Ausnahme. Die Fahrer bekommen all die Lorbeeren. Die ganze Aufmerksamkeit der Presse. Alle Frauen ... oder Männer. Und das ist gut so«, fügte sie schnell hinzu. »Ich halte mich gern im Hintergrund, sozusagen mit dem Kopf unter der Motorhaube, und sorge dafür, dass die Motoren schnurren.«

Casper ärgerte sich langsam über seinen Körper. Sein verdammter Schwanz wollte nicht unten bleiben. Als er von schnurrenden Motoren sprach, musste er an ganz andere Dinge denken als an Hubschrauber und Fahrzeuge. »Wie viele Jobangebote hast du erhalten, seit du an den MH-60 arbeitest?«, fragte er.

»Was hat das mit irgendetwas zu tun?«

»Wie viele?«, drängte er.

»Ein paar.«

Casper wölbte eine Augenbraue.

»Also gut. Ich bekomme etwa fünf oder sechs pro Jahr.«

»Laryn, du unterschätzt deinen Wert. Mir fallen auf Anhieb ein halbes Dutzend Unternehmen ein – oder besser gesagt *Länder* –, die alles tun würden, um dich abzuwerben und für sich arbeiten zu lassen. Willst du wissen, wie viele Unternehmen versuchen, *mich* für sich zu gewinnen?«

»Das ist nicht dasselbe. Du bist in der Armee. Du kannst nicht einfach aufgeben und gehen«, protestierte Laryn.

»Es ist ein bisschen anders, sicher, aber ich bleibe dabei. Ich bin ein guter Pilot. Aber gute Piloten gibt es wie Sand am Meer. Gute Mechaniker? Die ihren Lieblingshubschrauber wie ihre Westentasche kennen? Nicht so leicht zu finden.«

»Guter Pilot?« Laryn beugte sich ein wenig zu ihm vor. »Tate, du bist ein Night Stalker. Der Beste der Besten. Ich habe Videos von einigen der Dinge gesehen, die du mit einem Hubschrauber machen kannst. Es ist verdammt beängstigend und ebenso beeindruckend. Guter Pilot, von wegen.« Sie schnaufte den letzten Teil und lehnte sich zurück.

Casper konnte sich ein Grinsen über ihre Reaktion nicht verkneifen. Die Wahrheit war, dass er ein verdammt guter Pilot

SUSAN STOKER

war, aber er stand zu dem, was er gesagt hatte.»Hast du jemals darüber nachgedacht?«

»Worüber?«

»Darüber, diese Jobangebote anzunehmen.«

Sie senkte den Blick und sah überall hin, nur nicht zu ihm. Casper rutschte das Herz in die Hose.»Heilige Scheiße, Laryn. Das hast du.«

Sie zuckte mit den Schultern und richtete sich auf.»Ich wäre eine Idiotin, wenn ich die Angebote nicht zumindest in Betracht ziehen würde.«

»Was wird denn angeboten?«, fragte Casper und drehte sich zu ihr um.

»Viel mehr Geld, als ich jetzt verdiene, das kann ich dir sagen«, erwiderte Laryn mit einem nervösen Lachen.

»Und?«

»Ist das nicht genug?«, fragte sie etwas abwehrend.

»Bist du wirklich nicht glücklich hier?«, murmelte er leise. Er fühlte sich besiegt. War traurig.

»Das ist es nicht«, antwortete sie.

»Wenn ich etwas gesagt oder getan habe, das dir das Gefühl gab, nicht geschätzt oder nicht gewollt zu sein, tut es mir leid«, sagte er.

»Nein!«, rief sie sofort, was ihn ein wenig beruhigte.»Die Arbeit mit dir und den anderen Night Stalkers hat mich zu einer besseren Mechanikerin gemacht«, fuhr sie fort.»Es hat mir auf das Eindringlichste vor Augen geführt, dass alles, was ich tue, einen Unterschied macht. Wenn ich müde bin und mich nicht voll auf meine Arbeit konzentriere, kann das buchstäblich tödliche Konsequenzen haben. Wenn ich eine Schraube nicht richtig anziehe oder wenn ich an der falschen Stelle spare, könntest du sterben. Oder deine Freunde und die Navy SEALs, die du transportierst. Und wenn du eine Mission nicht zu Ende bringen kannst, könnte ein Bösewicht entkommen und einen weiteren Anschlag auf die USA

42

verüben. Das ist ein extremes Beispiel, aber daran denke ich jedes Mal, wenn ich ein Jobangebot aus einem anderen Land bekomme.«

»Von welchen anderen Ländern hast du gehört?«, fragte er.

»Oh ... von diesem und jenem«, entgegnete sie beiläufig.

»Von welchen?« drängte Casper.

»Bahrain, Griechenland, Saudi-Arabien, Türkei, Ägypten ... und sogar Australien. Ich würde gern nach Australien gehen. Hast du schon mal von diesen bezaubernden Tieren namens Quokkas gehört? Man nennt sie auch die Selfie-Könige und - Königinnen, weil sie auf Fotos so aussehen, als würden sie lächeln.«

»Laryn!«, platzte Casper heraus. »Du kannst nicht für Ägypten arbeiten! Oder für die Türkei! Oder für das verdammte Saudi-Arabien!«

»Warum nicht?«, fragte sie aufrichtig verwirrt.

»Weil!«

»Das ist keine Antwort. Und ich weiß, dass es einige Probleme zwischen diesen Ländern und den USA gab, aber das liegt in der Vergangenheit.«

Sie war so naiv, dass es gleichzeitig ärgerlich und liebenswert war. Casper zwang sich, tief einzuatmen.

»Außerdem ziehe ich es nicht *wirklich* in Betracht. Aber einige der Leute, die mir Jobs anbieten, sind ziemlich unerbittlich. Sie denken, dass ich mich nur ziere und auf bessere Angebote warte.« Sie lachte. »Mir wurde sogar mein eigener Harem von Männern angeboten, die bereit sind, alles zu tun, was ich will. Es ist eigentlich verrückt.«

Der Gedanke, dass Laryn mit einem anderen Mann zusammen war, bereitete Casper eine Gänsehaut. Es war eine überraschende Reaktion, wenn man ihre Vergangenheit bedachte ... oder deren Fehlen.

Sein Körper bewegte sich, bevor sein Verstand ihn einholen konnte, und er rutschte über die Couch, bis er direkt neben ihr saß. Sein Schenkel berührte ihren, und so nahe machte ihr Vanilleduft ihn verrückt. Er konnte nicht widerstehen und lehnte sich zu ihr, bis seine Nase fast ihren Hals berührte.

»Was machst du da?«, fragte sie fast panisch.

Casper hatte keine Ahnung, *was* er tat, außer dass es sich richtig anfühlte. Diese Frau war schon seit Jahren direkt vor seiner Nase, und er hatte nicht erkannt, was für ein Juwel sie war. Je länger er sich in ihrer Nähe aufhielt, je mehr er über sie erfuhr, desto faszinierter war er. Es war offensichtlich, dass sie sich nicht für Geld interessierte; wenn sie das getan hätte, wäre sie schon lange weg, weggelockt durch das Geldangebot eines anderen Unternehmens oder Landes. Sie war loyal und patriotisch. Sie war fleißig ... und das gefiel Casper verdammt gut.

Ihm war auch nicht entgangen, dass sie ausdrücklich erwähnt hatte, dass er Schaden nehmen könnte, sollte sie den einfachsten Weg wählen. Ja, sie hatte seine Pilotenkollegen und die SEALs, die sie oft mit transportierten, mit einbezogen, aber sie waren fast ein Nebengedanke.

Jetzt, da er genau hinschaute, war es nicht schwer zu erkennen, dass sie an ihm interessiert war. Casper war nicht eingebildet, weil er dachte, alle Frauen wollten ihn, aber er war im Laufe der Jahre sehr gut darin geworden, die Zeichen zu deuten. Und Laryn war nicht besonders gut darin, sich zu verstellen. Alle ihre Emotionen waren in ihren Augen zu lesen. In ihrer Körpersprache. Selbst jetzt, obwohl sie panisch klang, wich sie nicht zurück, sagte ihm nicht, er solle sich verdammt noch mal von ihr fernhalten. Sie saß steif, ja, aber er konnte ihr Herz in der Halsschlagader schlagen sehen und die sofortige Röte auf ihren Wangen, als er näher kam. Er konnte hören, wie ihr Atem schneller wurde.

»Du riechst köstlich. Ist das Seife? Lotion?«

»Beides. Warum?«

Er sollte sich von ihr fernhalten. Wenn er die beste Mechanikerin, die die Armee je hatte, verjagte, würde er sich beschissen fühlen. Aber er fühlte sich zu ihr hingezogen und machte sich Vorwürfe, dass er der schüchternen, gern im Hintergrund bleibenden Frau, die seit Jahren ein wichtiger Teil seines Lebens war, nicht mehr Aufmerksamkeit schenkte.

»Tate?«, fragte sie unsicher.

Das war eine andere Sache. Die Art, wie sie ihn Tate nannte, gab ihm das Gefühl, ein anderer Mann zu sein. Nicht der heiße erstklassige Night Stalker, von dem jeder ein Stück abhaben wollte. Die Armee wollte ihn kontrollieren. Frauen wollten ihn in ihrem Bett haben. Männer dachten, wenn sie ihm nahekommen könnten, würde etwas von seiner vermeintlichen Intensität auf sie abfärben.

Casper wollte nur er selbst sein. Jemanden finden, wie sein Zwillingsbruder es getan hatte, der ihn so sein ließ, wie er war ... der Typ, der gern las, anstatt abends fernzusehen, der gern kochte, der stundenlang in einem ruhigen Garten sitzen und die Natur genießen konnte.

War Laryn diese Person? Er hatte keine Ahnung, aber wenn er in ihrer Nähe war, fühlte er sich mehr wie der Mensch, der er gewesen war, als er der Armee beigetreten war – naiv und frisch, aufgeregt über die Zukunft –, als der zynische, abgestumpfte Mann, zu dem er im Laufe der Jahre geworden war.

Seine Nase streifte die Haut unter Laryns Ohr, und er spürte, wie sie bei der leichten Berührung erschauderte – bevor sie abrupt von der Couch aufsprang und sich mit einem Stirnrunzeln zu ihm umdrehte.

»Was zum Teufel war das?«

»Was?«, fragte Casper mit einem leichten Grinsen. Er hatte ihre Reaktion auf ihn definitiv gespürt. Es war berauschend. Er mochte es, ausnahmsweise der Verfolger zu sein. Es war Jahre her, dass er eine Frau gefunden hatte, an der er interessiert war und die ihn dazu brachte, sie zu umwerben. Und es war ganz klar, dass Laryn Hardy ihm nicht bei dem kleinsten Anzeichen, dass er sie wollte, in die Arme springen würde.

Nein, sie war nicht wie die Frauen im *Anchor Point*, die dort nach Matrosen und Piloten Ausschau hielten und denen es egal war, bei wem sie landeten.

»Du glaubst, du kannst hierherkommen, an meine Tür klopfen, mir Abendessen machen und mich dann überreden, mit dir ins Bett zu gehen? Das wird nicht passieren, Teufelskerl. Ich würde nicht mal mit dir schlafen, wenn du der letzte Mann auf dem Planeten wärst! Und ich finde es nicht gut, dass du versuchst, mich zu verführen, um mich von anderen Jobangeboten abzuhalten.«

»Das habe ich nicht getan!«, protestierte Casper, aufrichtig schockiert, dass sie so etwas dachte.

Sie schnaubte. »Ja, klar. Du erwartest von mir zu glauben, dass du nach drei Jahren plötzlich entdeckt hast, dass du mich willst? Mach mal halblang. So blöd bin ich nicht. Hau ab.«

»Laryn ...«, begann er.

Sie schüttelte den Kopf. »*Nein*. Ich will, dass du gehst, Tate. Sofort.«

Casper stand langsam auf. So hatte er sich den Verlauf der Dinge nicht vorgestellt. Er war sich nicht ganz sicher, *was* er gewollt hatte, aber er wollte nicht, dass sie wütend wurde und ihn hinauswarf. Aber wenn sie dachte, dass die Dinge zwischen ihnen wieder so werden würden, wie sie waren ... dann hatte sie sich sehr getäuscht.

»Ich werde gehen. Ich bin wirklich nicht hergekommen, um dich ins Bett zu kriegen. Ich würde nicht so respektlos mit dir umgehen. Ob du es glaubst oder nicht, ich bin gekommen, weil ... nun ja ... ich mir Sorgen um dich gemacht habe. Du arbeitest wirklich hart, und du hast tolle Arbeit geleistet, um den neuen MH-60 für den Testflug vorzubereiten. Ich habe keinen Zweifel daran, dass alles perfekt laufen wird und wir alle nächste Woche auf dem Weg in den Nahen Osten sein werden. Und ja, ich hatte während der letzten drei Jahre offenbar Scheuklappen auf, aber die sind jetzt weg. Ich sehe dich, Laryn Hardy, und mir gefällt, was ich sehe. Ich möchte eine Chance, dich besser kennenzulernen. Um Freunde zu sein. Und vielleicht auch etwas mehr. So oder so, die Dinge werden von nun an anders sein. Ich werde viel in der Nähe sein.«

»Und was ist, wenn ich dich nicht in der Nähe haben will?«, fragte Laryn. »Wenn ich Nein sage?«

Casper war frustriert, aber es war eine gute Frage. »Wenn du wirklich nicht meine Freundin sein willst, werde ich mich zurückziehen. Ich bin nicht der Typ Mann, der ein Nein nicht akzeptiert. Wenn du kein Interesse hast, können wir wieder Pilot und Mechanikerin sein und nur über die Hubschrauber und ihre Funktionsweise sprechen. Aber ich denke, wenn du mir eine Chance gibst, dir zu zeigen, dass es mir ernst damit ist, dich besser kennenlernen zu wollen, wirst du feststellen, dass ich ein ziemlich anständiger Kerl bin. Mein Vater hat Nate und mich dazu erzogen, Frauen zu respektieren. Sie richtig zu behandeln.«

Laryn antwortete nicht, sondern starrte ihn nur an.

Casper sah das als Sieg an ... vorerst.

»Es tut mir leid, dass ich dich erschreckt habe, das war nicht meine Absicht. Aber bitte ... nimm keinen der Jobs an, die du erwähnt hast. Noch nicht. Ich bin gern bereit, die Angebote für dich zu prüfen. Ich kenne Leute, die Leute kennen, und die können die Arbeitsbedingungen herausfinden und den Grund, warum einige dieser Länder dich vielleicht haben wollen.«

»Sie können mich nicht wollen, weil ich verdammt gut bin in dem, was ich tue?«, fragte sie.

»Natürlich ist das *einer* der Gründe, warum sie dich wollen. Aber Laryn, du arbeitest auch an streng geheimen MH-60, die du für die Vereinigten Staaten nachgerüstet hast. Glaubst du, die wollen diese Informationen nicht haben?«

»Ich habe ihnen gesagt, dass ich Geheimhaltungsvereinbarungen unterschrieben habe und über nichts davon sprechen oder ihnen irgendwelche Geheimnisse des US-Militärs verraten kann.«

Casper stieß einen scharfen Atemzug aus. »Und die Tatsache, dass du glaubst, sie würden einfach mit den Schultern zucken und Okay sagen, ist naiv und ärgerlich zugleich. Die Männer, die diese Programme leiten, können rücksichtslos sein. Sie tun alles, was nötig ist, um die Informationen zu bekommen, die sie wollen. Glaub mir, sie sind der Folter nicht abgeneigt.«

Etwas Farbe wich aus Laryns Gesicht, und Casper wollte sich am liebsten in den Hintern treten, weil er sie erschreckt hatte.

Aber vielleicht musste sie ja auch ein bisschen Angst haben.

»Einige von ihnen waren ein wenig ... aufdringlich«, gab sie leise zu.

Caspers Beschützerinstinkte stiegen schnell in ihm auf, aber er zwang sich, ruhig zu bleiben. Nicht zu verlangen, zu erfahren, was gesagt wurde und von wem. »Noch einmal, ich habe Freunde, die die Jobangebote, die du erhalten hast, recherchieren können.«

Sie nickte, sagte aber nichts.

»Ich gehe jetzt. Du nimmst dir doch morgen den Vormittag frei, oder?«

Laryn nickte erneut.

»Gut. Wir sehen uns dann am Nachmittag. Ich will die letzten Details für den Testflug durchgehen ... nicht dass ich mir Sorgen mache, ich will nur alles abhaken, okay?«

»Ja.«

»Schlaf gut, Laryn. Oh, und ich hoffe, dass du nach den Tests mit mir und den Jungs ausgehen wirst. Es ist Tradition, dass wir nach einem erfolgreichen Flugversuch Pizza essen und Bier trinken gehen.«

»Ich weiß.«

Natürlich wusste sie das. Und deshalb hatte Casper ein umso schlechteres Gewissen, dass sie nie eingeladen worden war, vor allem wenn man bedachte, welch große Rolle sie immer dabei gespielt hatte, dafür zu sorgen, dass die von ihnen getesteten Hubschrauber in einem tadellosen Zustand waren.

Es gab noch so viel mehr, was Casper sagen wollte. Er bedauerte, dass er den ruhigen Abend, den sie hatten, ruiniert hatte. Aber Laryn war müde, er hatte sie beim Schlafen gestört. Er fühlte sich besser, weil er ihr etwas zu essen gegeben hatte, und sie hatte duschen können. Was wiederum eine Umstellung für ihn war. Er hatte sich nie wirklich um eine Frau kümmern wollen; an manchen Tagen reichte es, sich um sich selbst zu kümmern. Aber es hatte sich gut angefühlt zu wissen, dass er Laryns Abend vielleicht ein wenig besser gemacht hatte ... bevor er alles vermasselt hatte.

Er drehte sich um und ging mit schweren Schritten auf die Tür zu ihrer Wohnung zu. Nachdem er den Riegel geöffnet hatte, hielt er inne und zog an der Tür. Als er sich umdrehte, um sie anzusehen, sah Casper, dass sie ihm gefolgt war und etwa einen Meter hinter ihm stand. Ihr Haar fiel ihr in Wellen um die Schultern, und ihre Jogginghose und ihr T-Shirt schmiegten sich an ihre gesunden Kurven.

»Schließ das hinter mir ab«, befahl er.

Laryn rollte mit den Augen. »Nein, ich werde die Tür offen lassen, damit jeder hereinspazieren kann, wann immer er will.«

Casper rümpfte die Nase. »Tut mir leid. Dumme Bemerkung meinerseits.« Er wollte sie hinhalten. Er wusste es, und er hatte das Gefühl, dass sie es auch wusste.

»Ich schiebe immer den Riegel vor und lege die Kette an. Und ich habe die schwere gusseiserne Rohrzange meines Vaters zur Selbstverteidigung«, sagte sie.

Das brachte Casper zum Schmunzeln, denn er erinnerte sich an sein Gespräch mit Chuck darüber, wie sie jemandem mit einem Schraubenschlüssel, den sie neben der Tür aufbewahrte, auf den Kopf schlagen würde. Sah aus, als seien sie nicht allzu weit von der Wahrheit entfernt gewesen. »Gut. Wir sehen uns morgen.«

»Tschüss.«

Die Tür schloss sich hinter ihm, und Casper wartete, bis er den Riegel einrasten hörte. Dann zwang er sich wegzugehen. Es gab so viel, was er noch nicht gesagt hatte, so viel mehr, was er über die Frau herausfinden wollte, an die er während der letzten Wochen ununterbrochen denken musste. Er war wie besessen, und je mehr er sich in ihrer Nähe aufhielt, desto klarer wurde ihm, dass das Interesse nicht nur einseitig war. Laryn war stachelig und abweisend, aber das verstand er. Er musste es langsam angehen, ihr Vertrauen gewinnen, ihr zeigen, dass er sie nicht übers Ohr hauen würde. Dass er sie wirklich kennenlernen wollte.

Er war ein Idiot, weil er nicht früher die Augen für das geöffnet hatte, was direkt vor seiner Nase lag. Er hatte das Gefühl, dass Laryn in naher Zukunft sehr wichtig für ihn sein könnte. Er konnte es kaum erwarten zu sehen, wie die Dinge sich entwickelten.

KAPITEL VIER

Am nächsten Nachmittag war Laryn der Entscheidung, was sie mit Tate machen wollte, nicht näher gekommen als gestern Abend, nachdem er gegangen war. Es hatte sie jedes Quäntchen Willenskraft gekostet, von der Couch aufzustehen, als er ihr praktisch den Hals geküsst hatte, und sie hatte total gelogen, als sie sagte, sie würde nie mit ihm schlafen. Verdammt, es war alles, wovon sie jemals geträumt hatte ... was das, was er getan hatte, noch verwirrender machte.

Warum jetzt? Warum hatte er Interesse an ihr gezeigt? Es hatte sich nichts geändert. Sie war immer noch nur die Mechanikerin, die an seinen Hubschraubern arbeitete. Und aus heiterem Himmel hatte er plötzlich eine Eingebung, dass er sie wollte? Sie traute dem nicht, nicht eine Sekunde lang.

Nur aus Selbsterhaltungstrieb hatte sie ihn gestern Abend rausgeschmissen. Es war viel zu schön gewesen, ihn dort zu haben. Sich mit ihm zu unterhalten. Dass er ihr etwas zu essen gemacht hatte. Daran durfte sie sich auf keinen Fall gewöhnen. An ihn. Es würde eine andere kommen und er würde das Interesse an ihr verlieren. Dessen war sie sich sicher.

Aber das Gefühl, wie er so nahe bei ihr saß, ging ihr nicht aus dem Kopf.

Sie hatte nicht vorgehabt, ihm von den Jobangeboten zu erzählen, die sie erhalten hatte. Zum Glück hatte sie nicht verraten, wie sehr der türkische Vertreter darauf bestanden hatte, dass sie seinem Team beitrat.

Altan, der Mann, der sie kontaktiert hatte, um für ihn zu arbeiten, war anfangs gut gelaunt und freundlich gewesen. Aber nachdem sie ihn ein paarmal vertröstet hatte, wurde er immer fordernder. Er schrieb ihr jeden Tag E-Mails und rief sie sogar an, obwohl sie ihm nie ihre Nummer gegeben hatte.

In letzter Zeit hatte sich sein Verhalten von Schmeicheleien zu regelrechten Drohungen gewandelt. Das war völlig unangebracht. *Er* hatte sich überhaupt erst an *sie* gewandt, und sie war bereit gewesen, sich seinen Vorschlag anzuhören. Als sie schließlich ihr entschiedenes Desinteresse bekundete, was ihr gutes Recht war, wurde er grenzwertig ausfallend.

Wenn sie daran dachte, was Tate am Abend zuvor über Folter gesagt hatte, schauderte sie. Es war verrückt, dass sie sich in einer solchen Situation befand. Sie war buchstäblich ein Niemand. Laryn Hardy, die Tochter des größten Hinterwäldlers, den sie kannte. Ihr Daddy hätte es nicht geduldet, wenn jemand sein kleines Mädchen belästigt hätte ... aber er war nicht mehr da, um sie zu beschützen. Außerdem hatte er ihr beigebracht, wie man sich selbst schützt, wie man für sich selbst einsteht, vor allem da sie in einer so männerdominierten Branche arbeitete.

Deshalb hatte sie auch nicht gezögert, Tate zu sagen, er solle gehen. Sie wollte sich nicht ausnutzen lassen, egal wie sehr sie den Mann begehrte. Wie sehr sie ihn in ihr Schlafzimmer führen und ihn vernaschen wollte. Sie konnte die Enttäuschung nicht ertragen, wenn sie mit ihm schlief und er sie danach wieder weitgehend ignorierte.

Der Schlaf, den sie letzte Nacht hatte nachholen wollen,

war nicht zustande gekommen, und sie war heute noch müder als gestern. Aber die Arbeit würde nicht warten. Sie musste zum Stützpunkt fahren und sich darum kümmern, dass mit dem Hubschrauber vor dem Testflug alles in Ordnung war. Tate hatte gesagt, dass er dort sein würde, worauf sie sich nicht freute.

Sie seufzte und schüttelte den Kopf. Sie hatte sich selbst belogen. Auch wenn sie keine Ahnung hatte, wie es jetzt zwischen ihnen weitergehen würde, wollte sie ihn *natürlich* sehen. Es war eine Krankheit. Ein Makel in ihr selbst.

»Laryn!«

Sie zuckte zusammen, als ihr Name gerufen wurde, sobald sie den Hangar betrat. Überrascht blickte sie auf und sah Tate in der Nähe des MH-60 stehen, zusammen mit all seinen Kollegen, den Night-Stalker-Piloten. Sie zögerte einen Moment, bevor sie die Schultern straffte und mit aller Zuversicht, die sie aufbringen konnte, auf sie zuging.

Nur weil die Dinge mit Tate eine seltsame Wendung genommen hatten, bedeutete das nicht, dass sie plötzlich ein anderer Mensch war. Sie hatte Dinge zu tun. Am wichtigsten war eine Maschine, bei der sie sicherstellen musste, dass sie nicht nur hundertprozentig sicher war, sondern auch alle Tests bestand, um in etwa einer Woche bei einer gefährlichen Mission eingesetzt werden zu können.

Sie kannte nie die Einzelheiten der Night-Stalker-Missionen, nur so viel, um zu wissen, dass sie keine Vergnügungsreise entlang der Küste des Landes machten, in dem sie gerade waren. Nein, ihre Aufgabe war es, Spezialkräfte in gefährliche Gebiete zu transportieren und Manöver durchzuführen, bei denen sich die meisten Menschen, sie selbst eingeschlossen, übergeben müssten, wenn sie diese Truppen ablieferten und zurückholten.

»Wurde auch Zeit, dass du kommst!«, rief Buck, als sie sich näherte.

Tate gab seinem Freund einen Klaps auf den Hinterkopf. »Halt die Klappe«, sagte er.

Buck grinste nur.

»Du siehst beschissen aus«, mischte Obi-Wan sich stirnrunzelnd ein.

»Verdammt, Mann, das reicht!«, schimpfte Tate.

Laryn schmunzelte. »Freut mich auch, euch zu sehen«, sagte sie trocken. »Und ich sehe vielleicht beschissen aus, aber ihr *riecht* auch so ... was ich für schlimmer halte.«

»Sie lügt nicht«, sagte Chaos, und alle lachten.

»Das SEAL-Team, mit dem wir auf Mission gehen, hat uns herausgefordert. Die Jungs sagten, wir könnten sie weder beim Laufen noch bei Liegestützen noch bei Burpees schlagen. Sie haben uns verspottet, indem sie sagten, wir seien nichts weiter als ein Haufen verweichlichter Piloten. Natürlich mussten wir ihnen zeigen, wie falsch sie lagen«, erklärte Obi-Wan.

Laryn grinste. Die sechs Piloten waren mit Sand bedeckt, als hätten sie sich abwechselnd am Strand eingegraben, so wie Kinder es taten. Ihre Haare standen ab und es war offensichtlich, dass sie in nicht allzu ferner Vergangenheit wie die Schweine geschwitzt hatten.

»Wer hat gewonnen?«, fragte sie.

»Machst du Witze?«, fragte Edge beleidigt.

»Wir haben ihnen in den Hintern getreten«, sagte Pyro stolz.

Wenn Laryn die Männer ansah, für deren Sicherheit sie in den letzten Jahren verdammt hart gearbeitet hatte, konnte sie nicht anders, als Stolz zu empfinden. Sie waren eingebildet, aber das hatten sie auch verdient, denn sie waren hervorragende Piloten. Die besten. Sie waren ein wenig ungehobelt, aber das war sie ja auch. Sie arbeiteten hart und feierten genauso hart. Aber keiner von ihnen war unansehnlich. Sie waren alle unglaublich gut aussehend. Stereotypische enthusiastische Piloten. Und sie mochte jeden einzelnen von ihnen.

Sie hing vielleicht nicht mit ihnen ab, wenn sie nicht im Dienst waren, aber sie feierte im Stillen ihre Triumphe und war am Boden zerstört, wenn bei ihren Missionen etwas schiefging. Sie kannte sie, vielleicht nicht wie ein echter Freund, aber sie waren ein wichtiger Grund dafür, dass sie keines der Jobangebote, die sie erhalten hatte, ernsthaft in Betracht gezogen hatte. Tate war vielleicht der Hauptgrund dafür, dass sie nicht gegangen war, aber die anderen fünf Männer waren kollektiv gesehen der zweitwichtigste Grund.

»Diese Schnellseilanlage, die du installiert hast, ist krass!«, sagte Pyro zu ihr, und die Aufregung in seiner Stimme ließ Laryns Grinsen noch breiter werden.

»Und ich habe gehört, dass die neue Infrarotkamera einen furzenden Käfer aus dreitausend Metern Entfernung erkennen kann. Wann bekommen wir dieses System?«, fragte Obi-Wan.

»Ich persönlich mag den Getränkehalter, den sie hinzugefügt hat«, sagte Chaos mit einem Grinsen.

»Das ist doch kein Getränkehalter«, stichelte Laryn ihn und rollte mit den Augen.

»Was ist es dann?«, fragte er herausfordernd.

Gut, er hatte sie. Es war auf jeden Fall ein Getränkehalter. Sie hatte ihn als Scherz hinzugefügt.

Zum Glück betrat der für die Night Stalkers zuständige Colonel Asher Burgess – dem sie, soweit es das Militär betraf, unterstellt war – den Hangar, bevor sie antworten konnte. Die sechs Männer um sie herum drehten sich alle zu ihm um und salutierten, als er auf sie zukam.

»Rühren. Wie weit sind wir damit, diesen Vogel in die Luft zu bekommen?«, fragte er ungeduldig.

Laryn trat vor und begann, es dem verantwortlichen Offizier zu erklären. Es dauerte fast zehn Minuten, bis er sich davon überzeugen ließ, dass der Hubschrauber wirklich für die Tests bereit war. Er wandte sich an die Piloten.

»Nachbesprechung in dreißig Minuten. In meinem Büro.

Wir haben viel zu besprechen, bevor wir nächste Woche in den Nahen Osten aufbrechen.«

»Sir.«

»Ja, Sir.«

Alle Piloten antworteten wie aus einem Mund und salutierten noch einmal vor ihrem befehlshabenden Offizier. Erst als der Colonel ging, atmete Laryn erleichtert auf. Sie hatte schon viele Offiziere kennengelernt, aber irgendetwas an dem Colonel hatte ihr immer Unbehagen bereitet. Er war ein guter Kerl, dem seine Piloten am Herzen lagen, aber er hatte eine energische und unnachgiebige Präsenz, die sie immer nervös machte.

»Verdammt«, brummte Pyro, »ich hatte gehofft, wir könnten sie heute Nachmittag hochbringen.«

»Keine Zeit«, sagte Tate zu ihm. »Nicht, wenn der Colonel sich mit uns treffen will.«

»Ich weiß.«

»Willst du morgen Abend mit uns hochgehen?«, fragte Tate Laryn.

Ihre Augen weiteten sich. »Ähm ... nein.«

»Nein? Willst du nicht sehen, wie dein Baby fliegt?«

»Nö. Nein. Auf keinen Fall. Vergiss es.«

Tate und die anderen Männer grinsten alle. »Warum nicht? Vertraust du Pyro und mir nicht?«

»Doch. Ich weiß, dass ihr gut seid in dem, was ihr tut. Aber ich fliege keine Hubschrauber. Oder kleine Flugzeuge. Eigentlich mag ich Flugzeuge generell nicht, aber sie sind ein notwendiges Übel, wenn wir ein Schiff mitten auf einem fernen Ozean erreichen müssen.«

»Hast du etwa Höhenangst?«, fragte Buck ungläubig.

»Nein. Ich habe Angst abzustürzen«, erwiderte Laryn.

Jetzt lachten alle Männer.

»Wir stürzen nicht ab«, informierte Obi-Wan sie.

»Wir landen manchmal hart, aber das ist nicht das Gleiche«, sagte Chaos mit völlig neutraler Miene.

Laryn rollte mit den Augen. »Es wird trotzdem nicht passieren.«

»Ich würde nie zulassen, dass dir etwas zustößt«, sagte Tate und klang dabei völlig ernst. In seinen Worten fehlte jegliches Anzeichen von Scherz. Was ungewöhnlich für ihn war. »Das würde keiner von uns. Wir würden uns ein Bein ausreißen, um dafür zu sorgen, dass du in Sicherheit bist.«

»Denn wer sonst würde deine Babys für dich zum Schnurren bringen?«, scherzte Laryn, da sie sich bei der Intensität hinter seinen Worten unwohl fühlte. Es würde eine Weile dauern, bis sie sich an diesen neuen Tate gewöhnt hatte. Der Mann, der ihr tatsächlich Aufmerksamkeit schenkte, der nicht nur mit ihr über »seine« Hubschrauber scherzte.

»Ich meine es ernst«, betonte er.

»Ja, du bist eine von uns«, sagte Edge.

Sie sah den ältesten der Piloten an – weil es sich sicherer anfühlte, als in Tates blaue Augen zu schauen – und schluckte schwer. »Danke.«

»Ich kann nicht glauben, dass du Höhenangst hast«, sagte Buck mit einem leichten Kopfschütteln.

»Ich sagte doch, ich habe keine Höhenangst. Nur vor dem Sturz in den Tod«, korrigierte sie ihn.

»Also ist Seilrutschen wohl raus.«

»Oder Fallschirmspringen.«

»Oder Drahtseillaufen.«

Laryn konnte sich ein Kichern nicht verkneifen. »Seilrutschen würde ich machen. Die anderen beiden definitiv nicht.«

Als sie zu Tate schaute, sah sie einen Ausdruck in seinem Gesicht, den sie nicht deuten konnte. Ihr wurde flau im Magen. Sie hatte gelernt, mit ihrer Verliebtheit in diesen Mann zu leben, hatte ihre Gefühle in den letzten Jahren ganz gut im Griff gehabt. Aber irgendwie waren an einem Abend, nachdem er unerwartet aufgetaucht war, ihr etwas zu essen gemacht hatte, gefragt hatte, wie es ihr ging, sich zu ihr hinuntergebeugt hatte, um sie zu *riechen*, alle Schutzschilde, die sie aufgebaut hatte, zu Staub zerbröckelt.

Er könnte sie verletzen. Sie *wirklich* verletzen. Und das Seltsame war, dass sie trotz des Wissens um die Möglichkeit, zerquetscht zu werden, wenn er beschloss, dass sie nicht ... genug für ihn war, und trotz ihrer Proteste gestern Abend immer noch Ja sagen würde, sollte er ihr jemals das Gefühl geben, dass er wirklich mit ihr ausgehen wollte.

»Wir haben etwa fünfzehn Minuten, willst du uns noch etwas Bestimmtes am Hubschrauber zeigen, bevor wir zu unserem Treffen mit dem Colonel müssen?«, fragte Pyro.

Laryn zwang sich, sich zu konzentrieren, und nickte. Sie war gerade erst eingetroffen, aber sie hatte vollstes Vertrauen, dass die anderen Mechaniker nichts angestellt hatten. Um ehrlich zu sein, hatten sie ein wenig Angst vor ihr, was für sie völlig in Ordnung war.

Sie schaltete in den Arbeitsmodus, ging zur offenen Hintertür des Hubschraubers und bückte sich, um nach dem kleinen Hocker zu greifen, den sie in der Nähe aufbewahrte, damit sie leichter in den Hubschrauber ein- und aussteigen konnte.

Bevor sie danach greifen konnte, spürte sie Hände an ihrer Taille.

Dann war Tates tiefe Stimme neben ihrem Ohr und sagte: »Spring.«

Instinktiv tat sie, was er verlangte, und ehe sie sichs versah, stand sie im Hubschrauber. Tate und die anderen Piloten sprangen ohne Probleme auf, und obwohl der hintere Teil des Hubschraubers Platz für mindestens ein Dutzend voll ausgerüsteter Soldaten einer Spezialeinheit bot, fühlte Laryn sich von den größeren Männern um sie herum beengt. Mit ihren eins fünfundsechzig war sie nicht gerade ein Zwerg, aber sie fühlte sich in der Nähe von Piloten, die alle größer waren als sie, definitiv im Nachteil.

Tate und Pyro saßen auf den Pilotensitzen, während die anderen Männer sich hinter Laryn aufhielten, als sie begann, die Verbesserungen zu erläutern. »Das Radar zur Geländeverfolgung und -vermeidung wurde verbessert. Die Steuerelemente sind etwas weiter rechts angebracht als früher.« Sie nickte, als Tates Hände sie ohne Schwierigkeiten erreichten. »Der AN/ZSQ-2-Sensorturm hat eine robuste Abdeckung, die ihn fast unempfindlich gegen Vereisung oder verirrte Kugeln macht, die ihn ausschalten könnten.«

Die Piloten nickten, und sie hörte ein anerkennendes Gemurmel von den vier Männern hinter ihr.

»Das FLIR-System wurde kalibriert, und der Turm verfügt auch über den Standard-Laserentfernungsmesser, den alle Hubschrauber haben, und kann mit lasergesteuerten Raketen und Flugkörpern bewaffnet werden. Diese sind natürlich noch nicht installiert, aber sie werden eingebaut, sobald die Tests abgeschlossen sind und bevor er in den Nahen Osten geschickt wird.«

»Ich nehme an, dass der Colonel mit uns darüber sprechen wird. Den Zeitplan. Wir müssen das Baby vor der nächsten Mission dorthin bringen, wo wir es brauchen«, sagte Pyro.

»Ihr habt auch die üblichen Störsender, Warnsensoren und Satellitenkommunikationsantennen. Solange ihr nicht wieder auf Panzerfäuste trefft, solltet ihr einsatzbereit sein«, sagte Laryn zu Tate und Pyro.

Alle lachten.

Die nächsten zehn Minuten hörte Laryn den Piloten zu, die über die Funktionsweise des Hubschraubers sprachen und darüber, was sie von den Tests erwarten würden. Sie würden morgen Abend stattfinden und auch simulierte Raketen beinhalten, die von Schiffen vor der Küste auf sie abgefeuert wurden. Das war nichts Neues für die Night Stalkers, aber es waren auch schreckliche Stürme vorhergesagt. Laryn hasste es, wenn einer ihrer Piloten bei schlechtem Wetter fliegen musste, aber dafür waren die Night Stalkers bekannt. Sie flogen bei schlechtem Wetter, in schwierigem Gelände und gelangten dank ihrer Flugkünste an Orte, ohne bemerkt zu werden.

Der morgige Tag würde für sie erschütternd sein, für Tate und Pyro hingegen lustig, daran hatte sie keinen Zweifel. Aber sie würde tun, was sie immer tat, und so tun, als würden die Risiken, die sie eingingen, sie nicht im Geringsten beeinträchtigen. Es würde sie jedes Quäntchen Schauspielkunst kosten, aber sie würde sie überzeugen. So wie sie es immer tat.

»Wir sind so weit. Ich bin bereit, dieses Baby in die Luft zu bringen«, sagte Pyro, als er sich umdrehte, um aus dem Co-Piloten-Sitz zu klettern. Sie machte einen Schritt zurück und stolperte dabei fast über Edge, der direkt hinter ihr stand. Er fing ihren Arm auf und bewahrte sie vor der demütigenden Erfahrung, vor den Jungs auf dem Hintern zu landen.

»Das tut mir leid«, sagte er mit einem kleinen Grinsen.

Laryn nickte und erwiderte sein Lächeln ... aber als sie sich wieder umdrehte, sah sie, wie Tate die Hand, die immer noch auf ihrem Arm lag, mit zusammengekniffenen Augen anstarrte.

Als der andere Mann zurückwich, sah sie Tate stirnrunzelnd an. »Was?«, fragte sie.

Sein Blick huschte zu ihr hinauf, und sie hätte schwören können, dass sie sah, wie seine Wangen rot wurden.

»Was, *was*?«, gab er zurück.

Kopfschüttelnd ließ Laryn das Thema fallen. Tate verwirrte sie zu Tode. Er hatte sie immer angeschnauzt und geärgert wie ein Bruder seine nervige kleine Schwester. Und sie hatte es erwidert, weil sie nicht wusste, wie sie sich sonst verhalten sollte. Aber das war alles neu. Diese ... Besorgnis. Eifersucht? Nein, das konnte es nicht sein. Edge war einer seiner besten

Freunde. Und er war nicht im Entferntesten an ihr interessiert. Keiner der Piloten war das.

Alle sprangen hinten aus dem Hubschrauber, und als sie sich setzen wollte, um leichter aussteigen zu können, sagte Tate:»Warte, Laryn.«

Sie zögerte, als sie sah, wie er leicht heruntersprang, sich dann umdrehte und nach ihr griff.»Ich habe dich.«

Sie starrte ihn verwirrt an. Er hatte sie? Was sollte das bedeuten?

»Laryn? Setz dich schon mal, ich helfe dir runter.«

Oh! *Das* hatte er gemeint. Sie errötete über ihr mangelndes Verständnis.»Ich schaffe das.«

»Natürlich schaffst du das, aber ich kann helfen.«

Sie hätte seine Hilfe auch weiterhin abgelehnt, aber sie hätte nur noch mehr Aufmerksamkeit auf sich gezogen, indem sie die Sache in die Länge zog. Also setzte sie sich schnell hin, und seine Hände schlossen sich erneut um ihre Taille, als er sie quasi aus dem Hubschrauber hob und auf die Füße stellte. Für den Bruchteil einer Sekunde bewegte sich keiner von ihnen. Tate starrte auf sie herab, und sie erwiderte seinen Blick.

Dann räusperte sich jemand, und beide traten einen Schritt zurück.

»Ich rufe dich nach unserer Besprechung an und sage dir, wie der Zeitplan für die Mission aussieht und ob es in Bezug auf die Tests morgen Abend irgendwelche Neuigkeiten gibt«, erklärte er ihr.

Das war sehr rücksichtsvoll von ihm ... und noch etwas, das er in der Vergangenheit nie getan hatte. Wenn Piloten sich aus irgendeinem Grund mit dem Colonel trafen – die Treffen dauerten oft stundenlang –, bekam sie normalerweise alle relevanten Informationen erst am nächsten Tag, wenn sie morgens zur Arbeit kam.

»Es ist okay. Ich kann es morgen herausfinden.«

»Ich werde dich anrufen. Du brauchst die Informationen

genauso sehr wie wir. Du gehörst genauso zu diesem Team wie wir.«

Er hatte nicht unrecht, zumindest was den ersten Teil anging, und Freude blühte in ihrer Brust auf, während erneut Röte ihre Wangen erwärmte. Ja, es kam drei Jahre zu spät, aber sie würde keine Informationen ablehnen, wenn er darauf bestand.

»Okay.«

»Scheiße. Musstest du jedes Mal bis zum nächsten Tag auf Neuigkeiten warten?«, fragte Obi-Wan.

Laryn zuckte mit den Schultern. »Es war keine große Sache.«

»Natürlich ist es das. Das ist Blödsinn«, fluchte Chaos. »Ehrlich, du solltest bei den Treffen mit uns dabei sein. Du hast genau wie wir eine Top-Secret-Freigabe.«

Laryn schüttelte schnell den Kopf. »Nein. Ich will nicht zu euren Treffen gehen müssen!«

Alle lachten darüber.

»Stimmt. Ich weiß, dass es nach all den Jahren wahrscheinlich nicht mehr viel bedeutet, aber wir werden dafür sorgen, dass du in Zukunft alle wichtigen Informationen erhältst«, erklärte Buck ihr.

Dieses warme Gefühl kehrte zurück. Auch hier hatte sie keine Ahnung, was sich in den letzten Monaten verändert hatte, seit Pyro und Tate bei der Rettung seines Bruders fast gescheitert wären, aber es gefiel ihr.

»Danke.«

»Geht ihr schon mal vor, ich komme gleich nach«, sagte Tate zu seinen Freunden.

Die anderen Jungs nickten ihr alle zu, was Laryn zu einem kleinen Lächeln veranlasste, dann spannte sie sich an und wandte sich an Tate. »Ist alles in Ordnung nach dem zu urteilen, was du von dem Hubschrauber gesehen hast?«

»Ja, natürlich. Ich wollte mich dafür entschuldigen, dass ich ein Arsch war.«

Sie blinzelte überrascht. »Was? Wann?«

»Die letzten drei Jahre.«

Laryn brach in Gelächter aus. »Ähm ... okay.«

»Ich meine es ernst. Du bist ein wesentlicher Bestandteil unseres Teams. Wir könnten nichts von dem, was wir tun, ohne dich tun. Glaube nicht, dass mir entgangen ist, wie oft du die ganze Nacht aufbleibst, um an den Hubschraubern zu arbeiten, nachdem wir von Missionen zurückgekehrt sind. Du sorgst immer dafür, dass alles perfekt ist, bevor wir wieder ausrücken müssen. Dafür habe ich dir noch gar nicht genug gedankt.«

»Das ist mein Job«, antwortete sie ehrlich.

»Ich weiß, aber du hast mehr getan, als die meisten Mechaniker tun würden.«

»Ich bin nicht wie die meisten Mechaniker«, sagte sie entschieden. »Mein Vater hat mir beigebracht, dass ein Fahrer oder Pilot nur so gut ist wie die Maschine, die er fährt oder fliegt. Und wenn ich für die Besten arbeiten wollte, musste ich dafür sorgen, dass er die Werkzeuge hat, die er braucht, um der Beste zu *sein*. Und du, Tate, bist definitiv einer der Besten. Ich sage das nicht, um dein ohnehin schon riesiges Ego aufzublähen, ich stelle nur Fakten fest. Und wenn ich irgendetwas tue, um dir die Arbeit zu erschweren, dann wäre das der ultimative Fehler meinerseits.«

War er näher an sie herangetreten? Das war er. Sie berührten sich nicht, aber er stand definitiv näher an ihr als jemals zuvor, wenn sie eine Diskussion geführt hatten.

»Ich war gestern Abend auch ein Arschloch. Ich habe meine Grenzen überschritten. Es wird nicht wieder vorkommen.«

Laryn war sich nicht sicher, was sie davon halten sollte.

»Aber ich werde trotzdem alles tun, um dir zu beweisen,

dass ich ein besserer Mensch bin als während der letzten drei Jahre.«

»Tate ...«, protestierte Laryn, aber er redete über sie hinweg.

»Ich meine es ernst. Ich weiß nicht, warum ich immer ein nerviges Arschloch zu dir war. Aber damit ist jetzt Schluss. Ich muss gehen. Wir sprechen uns später.«

Damit drehte er sich um und joggte seinen Freunden hinterher, während Laryn im Hangar neben dem Hubschrauber stand, immer noch völlig verblüfft über seine Verhaltensänderung. Sie hatte keine Ahnung, was sie getan oder nicht getan hatte, um ihn dazu zu bringen, eine Kehrtwende in seinem Verhalten ihr gegenüber zu vollziehen. Aber es gefiel ihr. Und zwar sehr.

Sie fühlte sich leichter als je zuvor vor einem Testflug, der zu den stressigsten Dingen gehörte, die sie als Chefmechanikerin zu ertragen hatte, und wandte sich dem Hubschrauber zu, um zu sehen, was vor dem morgigen Abend noch zu perfektionieren war.

KAPITEL FÜNF

»Was ist los?«, fragte Edge Casper nach ihrem Treffen mit dem Colonel. Es hatte viel länger gedauert, als jeder von ihnen erwartet hatte, und es war jetzt nach zweiundzwanzig Uhr.

»Womit?«, fragte Casper, obwohl er das Gefühl hatte, genau zu wissen, worauf sein Freund anspielte.

»Du und Laryn. Ich habe den Blick nicht übersehen, den du mir zugeworfen hast, als ich sie davor bewahrt habe, auf den Hintern zu fallen. Wenn Blicke töten könnten, wäre ich hinüber gewesen.«

»Nichts.«

»Hör auf mit dem Blödsinn. Seit dem Vorfall, als wir dich im Irak aufgegriffen haben, bist du in ihrer Nähe anders.«

Casper fuhr sich mit der Hand durch die Haare. Er war müde. Gestresst wegen der bevorstehenden Tests morgen Abend. Sie machten Spaß, waren aber auch erschütternd. Nicht lebensgefährlich, aber die Hoffnung, dass der Hubschrauber so funktionierte, wie er sollte, damit sie ihre nächste Mission in Angriff nehmen konnten, war immer nervenaufreibend. Vieles hing von seiner und Pyros Fähigkeit ab, den Hubschrauber auf Herz und Nieren zu prüfen, um sich davon zu überzeugen, dass er in der Hitze des Gefechts, wenn jedes Leben im Hubschrauber auf dem Spiel stand, das tat, was von ihm verlangt wurde.

»Willst du versuchen, sie ins Bett zu kriegen?«, fragte Edge grob.

Casper handelte, ohne nachzudenken. Er schubste seinen Freund so aggressiv, dass Edge mehrere Schritte zurückgehen musste, um das Gleichgewicht zu halten. Es war gut, dass der Parkplatz leer war, denn wenn jemand sie beim Kämpfen beobachtete, wäre das weder für sie beide noch für die Night Stalkers im Allgemeinen gut.

»Sprich nicht so über sie!«, knurrte Casper, während er auf seinen Freund zumarschierte.

Edge mochte acht Jahre älter sein als er und Anfang vierzig, aber der Mann war genauso gut in der Lage, sich zu verteidigen, wie Casper. Wenn es hart auf hart käme und sie tatsächlich kämpften, wäre es ein ausgeglichener Kampf, aus dem keiner ohne ernsthafte Verletzungen hervorginge.

Aber Edge schien nicht im Entferntesten bereit zu sein zu kämpfen. Er grinste und hob die Hände. »Tut mir leid, Kumpel. Wollte nur sichergehen.«

»Womit sichergehen?«, fragte er.

»Dass du sie nicht nur verarschst. Ich mag Laryn. Das habe ich schon immer. Sie arbeitet hart und ich respektiere sie verdammt noch mal. Wenn du nur darauf aus wärst, flachgelegt zu werden, hätte ich dich ausgeschaltet. Dafür gesorgt, dass du dich fernhältst. Aber deine Reaktion sagt mir alles, was ich über deine Absichten wissen muss. Meine einzige Frage ist – warum? Warum jetzt? Was hat sich geändert?«

Casper tat sein Bestes, um die Wut auf seinen Freund zu zügeln. Er schätzte es sogar, dass er sich um Laryn sorgte. »Ehrlich?«

»Natürlich.«

»Es war, nachdem wir den Hubschrauber im Irak verloren hatten. Sie traf mich auf dem Flugdeck und hat mit mir geschimpft, wie sie es immer tut. Wir unterhielten uns, sie wollte wissen, wie der Hubschrauber sich anfühlte, als er getroffen wurde, warum wir der Panzerfaust nicht ausweichen konnten, alles, was passiert war. Aber anders als in der Vergangenheit schien sie ... aufgebracht zu sein. Ihr Gesicht wurde weiß, als ich beschrieb, wie wir abstürzten, und sie begann buchstäblich zu zittern. In diesem Moment wurde mir klar, dass das stoische, mürrische Mechanikergesicht, das sie uns, *mir*, immer zeigt, eine Maske war. Sie sorgt sich um die Hubschrauber – natürlich tut sie das –, aber als sie erfuhr, was nach dem Absturz mit Pyro und mir geschah, wie ernst die Situation war, traf es sie hart.«

»Und?«, fragte Edge. »Das erklärt nicht, warum du dich jetzt für sie interessierst. Dass sie darüber aufgebracht war, dass du abgestürzt – äh ... so hart gelandet bist –, erklärt nicht, warum du mir plötzlich den Arsch aufreißen willst, weil ich sie angefasst habe.«

»Ich habe ihr im letzten Monat mehr Aufmerksamkeit geschenkt, und sie ist ... Sie ist alles, was ich in einer Partnerin gesucht habe. In einer Frau. Hart arbeitend, mitfühlend, witzig, freundlich ... und sexy.«

»Sexy? Laryn?«

Casper sah seinen Freund stirnrunzelnd an. »Ja. Unter diesem Overall verbirgt sich ein fantastischer Körper.«

»Hm. Ist mir gar nicht aufgefallen.«

»Gut. *Bleib dabei*«, knurrte er.

Edge lachte. »Na gut. Ich kaufe dir das alles ab.«

»Ich habe es langsam angehen lassen. Ich versuche, mit all diesen neuen Gefühlen zurechtzukommen und gleichzeitig herauszufinden, wie ich mich ihr nähern soll. Sie ist ein bisschen kratzbürstig.«

»Ein wenig?«

Diesmal lachte Casper. »Ja. Aber ich habe das Gefühl, dass sie die Jagd wert sein wird.«

»Solange du ihr nicht nur wegen Sex hinterherjagst. Den kannst du jederzeit und überall bekommen.«

»Ich weiß. Und nein, das ist nicht der Grund, warum ich sie besser kennenlernen möchte.«

»Okay. Nun ... lass mich wissen, wenn du etwas brauchst. Ich bewundere die Frau. Sie ist ziemlich erstaunlich.«

»Das ist sie. Jetzt muss ich sie anrufen und über das informieren, was der Colonel uns gesagt hat.«

»In Ordnung. Kommst du morgen früh?«

»Natürlich. Erst das Training, dann treffen wir uns im Hangar, um die letzten Dinge für die Tests zu besprechen.«

Edge nickte Casper zu und ging zu seinem Wagen. Casper lehnte sich gegen die Fahrertür seines Taurus und holte sein Handy heraus. Der Parkplatz war menschenleer und es war dunkel, aber er machte sich keine Sorgen, dass ihn jemand überfallen könnte. Nicht hier auf dem Stützpunkt am Hangar. Aus irgendeinem Grund hatte er noch keine Lust, in seine einsame, kleine Wohnung zurückzugehen. Sein Herz klopfte schnell, und er freute sich mehr darauf, Laryns Stimme zu hören, als er zugeben wollte.

Alles, was er Edge erzählt hatte, war richtig. Eine Sache hatte er jedoch *nicht* erzählt. Als er und Laryn im Besprechungsraum auf dem Schiff gewesen waren und er gesehen hatte, wie sie zitterte, als sie von seinen Erlebnissen im Irak hörte, hatte er auch gesehen, wie erleichtert und emotional sie war, dass es ihm gut ging.

In diesem Moment hatte etwas geklickt. Zumindest für ihn.

Knappe Ereignisse waren Teil seines Lebens als Night Stalker. Er arbeitete in einem gefährlichen Beruf und hatte ständig mit Situationen zu tun, in denen es um Leben und Tod ging. Niemand sprach darüber. Niemand in seinem Umfeld dachte wirklich viel darüber nach. Es war einfach ein Teil des Jobs, den sie alle liebten. Aber als er sah, wie erleichtert Laryn war, dass er am Leben und unverletzt war, wurde ihm klar, dass es der Mechanikerin, mit der er jahrelang zusammengearbeitet hatte, nicht egal war, ob er lebte oder starb.

Es war ein unvergessliches Gefühl. Eines, das eine plötzliche und fast erschütternde Gewissheit auslöste, dass Laryn für ihn bestimmt war.

Niemand würde ihm glauben, wenn er es zugäbe, aber es war so. Und er hatte den letzten Monat damit verbracht herauszufinden, was ihn so sehr an ihr reizte, vor allem wenn man bedachte, dass sie immer da gewesen war, im Hintergrund ... zumindest in den letzten drei Jahren.

Er war ein Idiot gewesen. Er hatte seine Augen nicht für die Möglichkeit geöffnet, dass die Frau, die ihn vervollständigte, die ganze Zeit genau vor seiner Nase war.

Und er hatte mit der Offenbarung gerungen. Also ... beobachtete er sie genau, beobachtete sie bei der Arbeit, im Umgang mit ihren Mechanikern und seinen Teamkameraden. Um zu sehen, wie sie tickte. Jetzt konnte er zugeben, dass das Gefühl, das er auf dem Schiff gehabt hatte, keine Anomalie war. Und seine Neugierde und die Anziehung zu ihr waren nur noch stärker geworden.

Gestern Abend war er schneller vorgegangen als beabsichtigt. Er hatte seine Karten zu früh gezeigt. Er hatte Laryn nicht erschrecken wollen, und er musste es langsamer angehen, sie kennenlernen und ihr Vertrauen gewinnen, bevor er versuchte, die Dinge zwischen ihnen zu mehr zu entwickeln.

Er tippte auf Laryns Namen in seinem Handy – er hatte ihre Nummer bekommen, als sie von der Mission zurückkehrten, bei dem sein Hubschrauber zerstört worden war, mit der Ausrede, er müsse sie bei Problemen kontaktieren können, während sie seinen neuen MH-60 umrüstete.

Es klingelte mehrere Male, und als ihre Mailbox ansprang, runzelte Casper die Stirn. Anstatt eine Nachricht zu hinterlassen, rief er gleich wieder an. Diesmal ging sie ran. Aber es klang nicht wie die Laryn, die er kannte.

»Hallo?«

»Laryn? Ich bin's, Casper ... äh ... Tate. Was ist denn los?«

»Nichts.«

Aber er war schon auf dem Weg zu ihr. Er öffnete die Tür seines Wagens und setzte sich hinter das Steuer, bevor er darüber nachdachte, was er tun wollte.

»Lüg mich nicht an. Was ist los?« Er konnte an ihrer zittrigen Stimme erkennen, dass etwas nicht stimmte. Er war sich nur nicht sicher, ob sie es ihm sagen würde. Er wäre der Erste, der zugeben würde, dass sie nicht gerade vertraute Menschen waren. Aber er wollte das ändern. Eine Menge Dinge in ihrer Beziehung ändern.

»Es ist nur ... Wirklich, es ist in Ordnung. Mir geht's gut.«

Sie hätte es ihm fast gesagt. Als Casper den Parkplatz verließ und auf die Ausfahrt des Stützpunktes zusteuerte, drängte er sie etwas mehr. »Sprich mit mir, Laryn. Ich kann an deiner Stimme hören, dass etwas nicht stimmt. Wenn du es mir nicht sagen willst, okay, aber lüge nicht und sage, dass nichts los ist, wenn ich hören kann, dass etwas los ist.«

»Du kennst mich nicht gut genug, um so etwas sagen zu können«, erwiderte sie.

Casper war nicht begeistert, dass sie ihm immer noch nicht sagen wollte, was er wissen wollte, aber wenigstens redete sie mit ihm. Wenn sie redete, atmete sie auch, was gut war. »Ich weiß, dass du bei deinen Werkzeugen sehr wählerisch bist. Ich weiß, dass du ein Softie bist, wenn es um streunende Tiere geht, und dass du versuchst, für sie ein Zuhause zu finden, auch wenn du sie selbst nicht halten kannst. Ich weiß, dass du ein Morgenmensch bist und kein Nachtmensch. Ich weiß, dass du es vorziehst, ein großes Frühstück und ein leichtes Abendessen zu dir zu nehmen, und dass du lieber nicht mit den

Soldaten und Matrosen an Bord der Flugzeugträger verkehrst –
mein Team eingeschlossen.«

Er konnte sie atmen hören, aber sie reagierte nicht sofort.

Erleichterung überkam Casper, als er den Stützpunkt verließ,
denn nun konnte er etwas schneller fahren, ohne befürchten
zu müssen, von der Militärpolizei angehalten zu werden, die
die Geschwindigkeitsbegrenzungen auf dem Stützpunkt streng
durchsetzte.

»Laryn?«

»Ich hätte gern einen Hund. Ich möchte einen Beagle. Ich
würde ihn Waffles nennen, und er wäre eine Nervensäge, aber
so süß, dass es mir nichts ausmacht. Ich mag das Gefühl nicht,
wenn das Essen wie ein Klumpen in meinem Bauch liegt, wenn
ich ins Bett gehe. Und es ist nicht so, dass ich nicht mit den
Leuten auf den Schiffen, auf denen wir landen, verkehren
möchte; es ist eher so, dass niemand mit *mir* verkehren möchte.«

»Was? Warum nicht?«

»Ich weiß es nicht.«

Sie klang so traurig. So verloren. Es tat Casper im
Herzen weh.

»Nun, an dieser Front wird sich einiges ändern. Du wirst
mit uns essen, und ich werde sehen, ob wir dir nicht einen
Platz in einem Zimmer in unserer Nähe besorgen können.«

»Es ist in Ordnung, Tate. Ich erwarte nicht, mit den Leuten
auf den Schiffen befreundet zu sein. Ich bin ein großes
Mädchen. Ich bin, wer ich bin, und wenn die Leute mich nicht
mögen, ist mir das egal.«

Casper hatte das Gefühl, dass es ihr nicht egal war. »*Ich* mag
dich«, platzte er heraus. »Buck, Obi-Wan, Pyro, Chaos und
Edge mögen dich auch. Chuck mag dich. Verdammt, die
meisten Mechaniker, mit denen du arbeitest, mögen dich.«

Daraufhin kicherte sie. Es war ein zittriger Laut, aber es war
definitiv ein Lachen. »Nein, das tun sie nicht.«

Jetzt war Casper an der Reihe zu lachen. »Klar. Weil sie faule Arschlöcher sind, die nicht gern arbeiten?«

»Oder Befehle von einer Frau entgegennehmen. Noch dazu von einer, die nicht in der Armee ist.«

»Ihr Pech«, sagte Casper. »Du bist die Beste in dem, was du tust, und sie sind Idioten, wenn sie nicht die Gelegenheit nutzen, jedes Quäntchen deines Wissens aufzusaugen, während sie für dich arbeiten. Also ... was ist heute Abend passiert, dass du so aufgebracht bist?«

Er hörte sie seufzen, aber sie antwortete nicht.

»Ich bin auf dem Weg zu dir«, informierte er sie. »Ich werde in ein paar Minuten da sein. Ist dort ein Kerl, den du nicht zum Gehen bewegen kannst? Wenn ja, dann sag ihm, er soll verschwinden, sonst bekommt er es mit mir zu tun.«

Laryn schnaubte. »Hier gibt es keinen Kerl.«

»Mädchen?«

»Auch kein Mädchen.«

»Gut. Wenn es also niemand ist, der physisch dort ist, was ist es dann? Hast du vom Colonel gehört? Ist es der Hubschrauber oder die Tests?«

»Nein.«

»Sprich mit mir, Laryn«, flehte Casper. »Ich muss dir sagen, dass ich langsam ausflippe, während ich versuche herauszufinden, was passiert ist, dass du dich anhörst, als seist du zwei Sekunden davon entfernt, entweder in Tränen auszubrechen oder aus deiner Wohnung zu laufen und lauthals zu schreien.«

»Ich weine nicht«, informierte sie ihn.

»Es spielt keine Rolle, ob du das tust oder nicht«, sagte er ehrlich.

Als er in die Little Creek Road einbog, hörte er, wie Laryn einen weiteren langen Seufzer ausstieß. »Es war nur ein Telefonanruf.«

»Es war nicht ›nur‹ irgendetwas, wenn es dich so sehr erschüttert hat«, sagte Casper. »Wer hat angerufen?«

»Gut. Altan Osman.«

»Wer zum Teufel ist das?«

Ein weiterer Seufzer, eine weitere Pause. »Du kommst doch nicht wirklich hierher, oder?«

Casper konnte nicht sagen, ob sie hoffte, dass er es tat, oder ob sie hoffte, dass er es nicht tat. »Doch. Ich werde in etwa zwei Minuten vor deiner Tür stehen. Wer ist Altan Osman und was hat er gesagt, um dich zu verärgern?«

»Du bist irgendwie nervig, weißt du das?«

»Ja. Pyro sagt es mir immer wieder. Wer ist Altan Osman?«, wiederholte er.

»Er ist bei der türkischen Jandarma für das MH-60-Projekt zuständig. Sie haben vor Kurzem ein paar Exemplare erworben, und er hat mit mir Kontakt aufgenommen, um für sie zu arbeiten und ihnen dabei zu helfen, die Hubschrauber kampftauglich zu machen.«

»Moment, die Türkei benutzt doch hauptsächlich den TAI T129 ATAK Kampfhubschrauber, oder nicht?«

»Ja. Das ist eine sehr gute Wahl. Aber sie wollen aufrüsten.«

»Und dieser Osman will, dass du sie für das Militär umrüstest?«

»Ja.«

»Wie ist er an deinen Namen gekommen?«

»Ich weiß es nicht.«

»Wie ist er an deine Nummer gekommen?«

»Ich *weiß* es nicht.«

»Und er hat dich heute Abend angerufen und in Panik versetzt?«

Eine Pause. Dann sagte Laryn leise: »Ja.«

»Ich fahre jetzt auf deinen Parkplatz. Wir treffen uns an deiner Tür«, befahl Casper.

»Tate, mir geht's gut. Es gibt keinen Grund für ...«

»Dreißig Sekunden, Laryn. Öffne die Tür für mich, wenn ich da bin.«

Sie stieß einen Atemzug aus. »Du bist *so* nervig.«

»Das hast du schon gesagt. Ich komme hoch.«

Casper nahm zwei Stufen auf einmal, als er in den ersten Stock lief. Er lief nicht den Flur entlang zu ihrer Tür, aber er bewegte sich auf jeden Fall schnell. Er hob die Hand, um zu klopfen, aber die Tür öffnete sich, bevor seine Fingerknöchel das Holz berühren konnten.

Laryn trug wieder eine Jogginghose, aber heute Abend hatte sie ein Trägerhemd an, was Casper sofort das Wasser im Mund zusammenlaufen ließ, als er sie sah. Ihre Brüste ... sie waren voll und üppig, und das Verlangen überkam ihn bei dem Gedanken, wie sie sich unter seinen Händen anfühlen würden, in seinem Mund ... wie sie aussehen würden, wenn sie rittlings auf ihm saß und ihn ritt.

Der Gedanke war verdammt unpassend, und er schämte sich für die Lust, die durch seinen Körper strömte, aber er konnte nicht anders. Laryn, die ihm Paroli bot, sich mit ihm anlegte, über die mechanischen Aspekte des MH-60 sprach, mit den Augen rollte und sich nicht von ihm verarschen ließ ... all das war heiß. Er war vor Kurzem zur Vernunft gekommen und hatte gemerkt, dass er sich *gern* mit ihr stritt. Er *mochte* ihr Geplänkel. Dass sie eine viel kompliziertere Frau war, als ihm je bewusst gewesen war.

Aber *diese* Laryn? Ohne ihren Overall, die Haare offen, Feuer in den Augen angesichts der Dreistigkeit, mit der er unangemeldet an ihrer Tür auftauchte, *wieder* mit nackten Schultern, die Hände in die Hüften gestemmt, Verärgerung – und ein Hauch von Erleichterung – in den Augen, weil er da war?

Er konnte ihr nicht widerstehen. Wollte ihr nicht widerstehen.

Er war ein Idiot gewesen, weil er so lange nicht gesehen hatte, was vor seiner Nase lag. Aber jetzt, da er es erkannt hatte, würde er alles in seiner Macht Stehende tun, um diese Frau davon zu überzeugen, dass er ihr Bestes im Sinn hatte und sie bei ihm sicher war. Dass sie ihm vertrauen konnte ... mit ihren Gedanken, ihren Ängsten, ihrem Körper.

»Mir geht es gut«, sagte sie nachdrücklich.

»Ich weiß«, sagte Casper, nutzte die Gelegenheit und schob sich an ihr vorbei in ihre kleine Wohnung. Der Anblick erinnerte ihn wieder einmal an seine eigene ... irgendwie karg. Aber aus irgendeinem Grund fühlte er sich hier zu hundert Prozent wie zu Hause.

Er hörte, wie sie die Tür schloss, verriegelte und die Sicherheitskette anlegte, bevor sie ihm folgte. Er drehte sich um und lehnte sich gegen die Theke, die die Küche vom Wohnbereich trennte. »Sag mir, was Osman gesagt hat, dass du so beunruhigt bist.«

»Ich bin nicht beunruhigt«, erwiderte sie.

»Das bist du. Was auch immer er gesagt hat, muss sehr heftig gewesen sein, denn du bist nicht die Art von Frau oder Mensch, die sich von vielem aus der Ruhe bringen lässt. Ich habe gesehen, wie du kaum mit der Wimper gezuckt hast, als du ein zerstörtes Lasersystem in einem meiner Hubschrauber gesehen hast. Drähte ragen in alle Richtungen, Funken fliegen, und du zuckst nur mit den Schultern und sagst, ich soll dir zwei Stunden Zeit geben, dann ist es so gut wie neu.« Casper milderte seine Stimme. »Bitte, Laryn. Was hat er gesagt?«

Es schien das »Bitte« zu sein, das sie schließlich erreichte. Ohne ein Wort zu sagen, ging sie in die Küche und öffnete den Kühlschrank. Sie holte eine Kanne mit gesüßtem Eistee heraus und goss etwas davon in einen großen Plastikbecher, der auf dem Tresen stand.

»Das Zeug wird dir die Zähne verfaulen lassen«, stichelte Casper sanft, wie er es schon so oft getan hatte, seit er erfahren hatte, dass sie das zuckersüße Getränk mochte.

»Wie auch immer«, murmelte sie, während sie den Krug zurück in den Kühlschrank stellte.

Sie hatte ihm nichts zu trinken angeboten, aber Casper war nicht zu einem gesellschaftlichen Besuch da.

Er ließ ihr einen Moment Zeit, um ihre Gedanken zu sammeln, und betete, dass sie ihm endlich sagen würde, was sie so aufgewühlt hatte, dass ihre Stimme während des Telefonats zitterte und seltsam klang, und wartete geduldig.

Sie setzte sich auf die Kante ihrer Couch und starrte ins Leere.

Behutsam ließ Casper sich neben ihr sinken. Er berührte sie nicht, war aber auch nicht auf der anderen Seite.

Laryn nahm einen langen Schluck von ihrem Tee und hielt dann den Becher mit beiden Händen, während sie sprach, ohne ihm in die Augen zu sehen. »Ich habe dir bereits gesagt, dass ich mich nach anderen Jobs umgesehen habe. Ich kannte einen Mann, der in Bahrain gearbeitet hatte, und habe ihn vor einer Weile kontaktiert. Ich sagte ihm, dass ich vielleicht nach einer Stelle außerhalb der USA suche.«

»Warum?«

Sie drehte sich um und sah ihn an. »Warum was?«

»Warum willst du von hier weg?«

Sie zuckte mit den Schultern. »Hatten wir dieses Gespräch nicht schon? Es spielt keine Rolle warum. Wie auch immer, ich habe ihn gefragt, ob er eine gute Stelle für Dienstleister kennt, nicht nur für Mechaniker, sondern für jemanden mit meinen Kenntnissen.«

Es *spielte* eine Rolle, warum sie gehen wollte, und er war nicht überzeugt, dass das, was sie ihm gestern erzählt hatte, der wahre Grund war, aber da sie redete, unterbrach Casper sie nicht.

»Er sagte, er würde sehen, was er herausfinden könne. Ehe ich michs versah, bekam ich Anfragen aus allen möglichen Ländern. Leute, die wussten, wer ich bin, was ich mache, an welchen Maschinen ich arbeite ... und es war überwältigend. Die meisten verstanden, als ich höflich ablehnte. Es gab ein paar, die ich ernsthaft in Erwägung zog, aber keiner von ihnen konnte mir einen so großen Umzug wirklich schmackhaft machen.«

Casper verstand das. Es war eine große Sache, aus den USA wegzuziehen, die Entschädigung und die Anreize mussten groß sein, um sie weglocken zu können. Er war erleichtert, dass sie zwar ihre Fühler ausgestreckt hatte, aber anscheinend nicht wirklich das Land verlassen wollte.

»Dann hat Altan mir eine E-Mail geschickt. Wir tauschten ein paar höfliche Nachrichten aus und schrieben einander. Er legte dar, wonach er suchte, und erklärte, dass er kürzlich einige MH-60-Hubschrauber erworben hatte, die aber wohl nur mit einer sehr einfachen Ausrüstung ausgestattet waren. Ich bin mir nicht sicher, was das bedeutet, da er nicht ins Detail ging, aber er sagte mir, dass die türkische Regierung einen Experten suche, der die Maschinen zu tödlichen Kampfmaschinen machen könne ... seine Worte, nicht meine. Er nannte eine sehr faire Entschädigung, aber ich sagte ihm, dass ich es mir inzwischen anders überlegt hätte und nicht daran interessiert sei, meine derzeitige Position aufzugeben. Er wurde hartnäckig. Er erhöhte das Gehalt, das er mir ursprünglich angeboten hatte, um eine ganze Menge. Er bot mir kostenlose Unterkunft, Verpflegung und Haushaltsführung an. Er bot mir sogar an, einen Ehemann für mich zu finden, was mich zum Lachen brachte.«

Je mehr sie redete, desto angespannter wurde Casper. Er ahnte, was kommen würde.

»Als ich ihm weiterhin eine Absage erteilte, merkte ich am Ton seiner E-Mails, dass er sauer wurde. Er war offensichtlich der Meinung, dass ich nur noch mehr Geld brauchen würde, um in die Türkei zu ziehen und für ihn und seine Regierung zu arbeiten. Er fing an, in seinen Nachrichten ziemlich aggressiv zu werden. Er sagte mir, ich sei ein Idiot, weil ich ihn abgewiesen habe. Er sagte, dass ich mit einem ihrer Generäle verheiratet sein könnte, dass ich Macht und Ansehen haben würde.«

»Macht und Prestige bedeuten dir nichts«, sagte Casper.

Laryn drehte sich zu ihm um. »Woher weißt du das?«

»Ich arbeite seit drei Jahren mit dir zusammen. Ich habe gesehen, wie du deine Fähigkeiten immer wieder heruntergespielt hast. Du hast anderen auf den Marineschiffen, auf denen wir waren, geholfen, ohne eine Entschädigung zu erwarten. Du scheust keine Mühen, um den niedrigsten Gefreiten, die gerade erst anfangen, alles beizubringen, was du weißt, und du weist jedes Lob und jede Anerkennung von dir, die dir entgegengebracht werden. Du lässt sogar andere, die für dich arbeiten, die Lorbeeren einheimsen. *Auf keinen Fall* würdest du einen Job wegen der Macht und des Prestiges annehmen, die er dir bringen könnte.«

»Danke«, sagte Laryn leise. »Ich liebe einfach, was ich tue. Ich will und brauche nichts anderes, als zu sehen, wie eine Maschine, an der ich gearbeitet habe, ihr volles Potenzial entfaltet.«

»Also ... Osman hat dich heute Abend angerufen?«

»Ja. Wie gesagt, ich habe keine Ahnung, wie er meine Nummer bekommen hat, denn ich habe sie ihm sicher nicht gegeben. Er hat versucht, mich davon zu überzeugen, dass es für meine Karriere das Beste sei, für ihn zu arbeiten. Er versuchte wieder, den Ehemann, den er für mich finden würde, als Anreiz zu benutzen. Schließlich musste ich streng werden und ihm sagen, dass ich an der Stelle nicht interessiert sei, obwohl ich das Angebot zu schätzen wüsste. Dann habe ich ihn gebeten, mich nicht mehr zu kontaktieren, und er wurde ... wütend.«

Casper fand, dass das ein zahmes Wort für das war, was wirklich geschehen war.

»Er fing an, mich in einer Sprache anzuschreien, die vermutlich Türkisch war. Bevor er auflegte, sagte er, ich würde einen Fehler machen. Sein Land brauche mich und ich sei – ich zitiere – *eine verdammte amerikanische Fotze* und ich würde es bereuen, ein so extrem großzügiges Angebot abzulehnen, auf das jede andere hässliche, alte, unverheiratete Frau anspringen würde.«

Casper war wütend. Er wollte diesem Altan Osman am liebsten die Scheiße aus dem Leib prügeln, weil er es gewagt hatte, Laryn zu beleidigen. Und sie zu bedrohen. Aber er war im Moment nicht hier. Laryn war hier. Und sie musste wissen, dass sie in Sicherheit war und dass es die richtige Entscheidung gewesen war, hart zu bleiben und den Mann abzuweisen.

Sie mochte die beste MH-60-Mechanikerin in den USA sein und mit Sicherheit zu den fünf besten der Welt gehören, aber das bedeutete nicht, dass sie diesem Arschloch auf Schritt und Tritt ausgeliefert war. Sie war nicht verpflichtet, ihre Fähigkeiten mit *irgendjemandem* zu teilen. Wenn sie kündigen und auf eine einsame Insel ziehen wollte, um fern der verdammten Zivilisation zu leben, war das ihr Recht und ihre Entscheidung.

Mit langsamen Bewegungen rutschte Casper auf der Couch näher an sie heran, bis sein Schenkel den ihren berührte. Er berührte sie auf keine andere Art und Weise, er hatte seine Lektion vom Vorabend gelernt, was zu schnelle Bewegungen in der Nähe dieser sprunghaften Frau anging. Er ließ einfach seine Körperwärme in ihre Haut eindringen.

»Ich kann verstehen, dass dieser Anruf dich verunsichert hat«, sagte er, wobei er seinen Tonfall so ruhig wie möglich hielt.

Als sie sich umdrehte und bei seinen Worten eine Augenbraue hob, merkte er, dass er nicht so ruhig klang, wie er gehofft hatte.

»Ich meine, er hatte nicht ganz unrecht. Ich bin tatsächlich alleinstehend, und manche würden mich für alt halten. Hässlich? Ich nehme an, das ist subjektiv.«

»Du bist nicht hässlich!«, rief Casper aus.

»Ich weiß. Ich meine, ich bin nicht fit für den Laufsteg oder für die hellen Lichter von Hollywood, aber ich bin okay, denke ich. Schlicht ist wahrscheinlich ein besseres Wort.«

»Laryn, du bist weder hässlich *noch* schlicht. Du bist *echt*. Und das ist viel attraktiver als alles, was ich mir vorstellen kann.« Er streckte eine Hand aus, Handfläche nach oben, und sagte: »Gib mir deine Hand.«

Sie sah verwirrt auf seine Hand hinunter, ließ aber den Becher los, den sie umklammerte, als hinge ihr Leben davon ab, und legte ihre Hand in seine.

Casper fuhr mit dem Daumen über ihren Handrücken, über die kleinen Narben, die sich dort befanden, über die frischen Kratzer und den winzigen Fettfleck, den sie nicht von ihrer Haut hatte schrubben können. »Diese Hand ist magisch. Sie kann einen Brocken Metall in ein schnittiges, schnurrendes Kraftpaket verwandeln, das mehrere Tonnen in die Luft heben kann. Diese Hand gibt mir Sicherheit, wenn ich hinter den Kontrollen im Cockpit sitze. Das Wissen, dass *du* es warst, die den Motor eingestellt, die Schrauben gedreht und jeden Zentimeter des Vogels, den ich fliege, überprüft hat – auf eine Art und Weise, für die Maschinen nie gedacht waren –, gibt mir das Vertrauen, das zu tun, was ich tue. Die Risiken einzugehen, die ich eingehe. Weil *du* diejenige warst, die sie flugbereit gemacht hat. Das ist verdammt schön.«

Laryn sah ihn mit großen Augen an, die so voller Emotionen waren, dass Casper das Gefühl hatte, er würde ertrinken, wenn er nur in diese wunderschönen braunen Augen starrte.

»Es tut mir so leid, dass du dir diese Belästigung anhören musstest. So sollte man nicht versuchen, jemanden für sich zu gewinnen. Beleidigungen sind nicht gerade ein guter Anfang für eine gesunde Arbeitsbeziehung.«

»Ich weiß.«

»Er hat dich bedroht«, sagte Casper mit leiser Stimme.

»Ja. Und er hat mir Angst gemacht. Ich gebe es zu«, sagte Laryn. »Aber jetzt geht es mir besser. Er ist in der Türkei und ich bin hier. Er weiß nicht, wo ich wohne. Es ist alles in Ordnung.«

»Du hast auch nicht geglaubt, dass er deine Nummer hat ... und trotzdem hat er angerufen.« Casper hasste es, das zu erwähnen, aber er musste sie dazu bringen, die Sache klug anzugehen. »Wenn er für die türkische Jandarma arbeitet, die Spezialeinheit, dann hat er wahrscheinlich Verbindungen.«

Laryn versteifte sich und versuchte, ihre Hand aus seinem Griff zu ziehen, aber Casper zog sie fester an sich. »Ich sage das nicht, um dir Angst zu machen.«

»Nun, *das* war ein großer Reinfall«, zischte sie.

In jeder anderen Situation hätte Casper wahrscheinlich über ihren Tonfall gegrinst. Aber dies war keine Situation zum Lachen. Jemand hatte sie verdammt noch mal bedroht. Das war inakzeptabel. »Lass mich mit ein paar Leuten reden. Mal sehen, was sie über diesen Osman herausfinden können. Mal sehen, ob er nur redet oder ob er die Mittel und die Fähigkeit hat, eine Drohung tatsächlich wahr zu machen.«

»Ich bin sicher, es ist nichts. Ich will niemandem auf die Nerven gehen.«

»Vertrau mir, du wirst niemandem auf die Nerven gehen. Und ganz bestimmt nicht meinem Kerl. Er liebt diesen Scheiß. Dreck über Leute zu finden, Informationen aufzuspüren, von denen sie denken, dass sie tief genug vergraben sind, um gefunden zu werden.«

»Ich möchte nicht, dass der Colonel oder mein Chef erfährt, dass ich mich überhaupt nach einem anderen Job erkundigt habe.«

Dieser Teil war schwieriger. »Ich denke, keiner der beiden Männer wird etwas vermuten, wenn sie von deinen Problemen mit Osman erfahren. Du bist die Beste in deinem Fach, Laryn. Sie werden wahrscheinlich denken, dass Osman nur hofft, dich mit einem Haufen Geld und natürlich dem Versprechen auf einen Ehemann wegzulocken. Sie werden sich mehr Sorgen machen, dass jemand versucht, dich abzuwerben. Verdammt, vielleicht bekommst du sogar eine Gehaltserhöhung«, sagte Casper, um die Stimmung aufzulockern.

Aber Laryn lachte nicht. »Ich will nicht noch mehr Geld. Ich verdiene so schon mehr als genug.«

Und das war ein Grund mehr, diese Frau zu mögen. Je mehr Casper in ihrer Nähe war, je mehr er sie kennenlernte, die *echte* Laryn, desto mehr wollte er sie.

»Lass mich mit ihm reden. Meinem Bekannten. Er wird ein paar Nachforschungen anstellen, während wir auf Mission sind, und wenn wir zurückkommen, wird er sicher alle Informationen haben, die wir brauchen, um herauszufinden, ob es sich um eine echte Bedrohung handelt oder nur um einen verzweifelten Mann, der seine Wut auslässt. Bitte?«

Sie seufzte. »Gut.«

Das war das zweite Mal, dass er mit dem Wort »bitte« bekommen hatte, was er wollte. Casper merkte sich das und schwor sich, die Macht, die dieses Wort anscheinend über sie hatte, nicht zu missbrauchen ... zumindest, wenn es von ihm kam. Er hatte gehört, wie einige der Mechaniker, die für sie arbeiteten, darum baten, früher gehen zu dürfen oder einen Tag freizubekommen, und sie war standhaft geblieben und hatte Nein gesagt.

»Ich muss morgen früh aufstehen, um zum Training zu gehen, und es ist schon spät, also sollte ich vielleicht etwas schlafen«, sagte Casper zu ihr.

»Richtig«, sagte Laryn und zerrte noch einmal an ihrer Hand.

Diesmal ließ Casper sie los, aber nicht bevor er sich das Gefühl ihrer schwieligen Handfläche, die seine eigene berührte, eingeprägt hatte.

»Danke, dass du gekommen bist«, sagte sie höflich zu ihm.

Casper nickte. »Gern geschehen. Hast du ein zusätzliches Kissen, das ich benutzen kann?«

Sie runzelte die Stirn. »Was?«

»Ein Kopfkissen. Ich kann die Decke benutzen, die du auf der Couch hast, aber ein Kissen wäre schön.«

»Du bleibst nicht hier«, sagte sie und klang dabei fast entsetzt.

»Doch, was werde ich«, erwiderte Casper entschlossen.

»Nein, das wirst du nicht«, sagte sie und klang dabei genauso streng.

»Laryn, du hast gerade mit einem Mann telefoniert, der dich bedroht hat. Er sagte, du würdest es bereuen, sein Angebot abzulehnen. Ein Mann, der im besten Fall Zugang zu einer Menge Geld hat, wenn er dafür verantwortlich ist, jemanden für die Ausrüstung von MH-60 anzuheuern, und im schlimmsten Fall Verbindungen zu den höchsten Ebenen der türkischen Regierung hat. Ich werde dich auf keinen Fall allein lassen.«

»Ich kann auf mich selbst aufpassen.«

»Ich weiß, dass du das kannst. Du bist erwachsen. Aber du bist keine ausgebildete Soldatin.«

»Ich bin eigentlich eine ausgebildete Soldatin. Ich habe die gleiche Grundausbildung durchlaufen wie du«, konterte sie.

»Außerdem bist du Pilot. Und ich sehe keine Hubschrauber in meiner Wohnung herumstehen.«

Verdammt, er bewunderte ihren Mumm. Aber er ließ sich nicht beirren.

»Wenn ich gehe, nachdem ich gehört habe, was du mir heute Abend erzählt hast, werde ich nicht schlafen können. Ich werde mir die ganze Nacht Sorgen um dich machen. Ich frage mich, ob Osman irgendwelche Kontakte hier in den Staaten hat. Ob jemand über Nacht in deine Wohnung eingebrochen ist und dich entführt hat. Morgen früh könnte ich aufwachen und du könntest auf der anderen Seite des Ozeans sein, auf dem Weg in die Türkei, um dort festgehalten und gezwungen zu werden, an ihren neuesten Errungenschaften zu arbeiten. Und obwohl du dich wehren würdest, weil du so bist, wie du bist, könnten sie dich foltern, um dich dazu zu bringen, die Geheimnisse über die neueste Technologie, die die USA in ihre Hubschrauber einbauen, zu verraten.«

»Oh mein Gott, du bist so hysterisch und übertreibst maßlos«, protestierte Laryn.

Casper setzte das erbärmlichste Gesicht auf, das er aufsetzen konnte, und schmollte sogar ein wenig.

»Ich kann nicht glauben, dass ich dem zustimme. Na schön. Aber nur für heute Nacht.«

Darauf wollte er sich nicht einlassen und lächelte nur.

Laryn schüttelte den Kopf, als sie aufstand und in die Küche ging, um den Tee wegzuschütten, den sie nicht ausgetrunken hatte. »Das werde ich noch bereuen«, murmelte sie.

Casper runzelte daraufhin die Stirn. Er folgte ihr schweigend in die Küche. Als sie sich von der Spüle umdrehte und überrascht war, ihn so nahe zu sehen, legte er seine Hände auf die Arbeitsplatte neben ihr und beugte sich vor. Sie hob die Hände und platzierte sie auf seiner Brust, aber sie stieß ihn nicht weg. Sie ließ sie einfach dort ruhen.

»Du wirst es nicht bereuen. Ich bin nur hier, um mich zu vergewissern, dass alles in Ordnung ist«, sagte er.

»Okay.«

»Ich meine es ernst. Du wirst nichts bereuen, Laryn.«

»Ich ... das ... es ist so eine Veränderung zu früher.«

»Ich weiß. Ich habe mich wie ein Idiot verhalten. Das habe ich dir gesagt. Und ich bin fertig damit. Ich setze mich für eine Freundin ein. Für jemanden, der mir den Rücken gestärkt und dafür gesorgt hat, dass ich so sicher wie möglich bin, während ich in der Luft bin. Ich tue jetzt dasselbe für dich, auch wenn es ein bisschen spät ist.«

Seine Worte schienen eine tiefe Wirkung auf sie zu haben.

Ihre Schultern entspannten sich und ihre Finger krallten sich in seine Brust.

»Danke«, flüsterte sie.

»Gern geschehen. Wir werden an deiner Fähigkeit arbeiten, um Hilfe zu bitten.«

Daraufhin verdrehte sie die Augen und schubste ihn ein wenig.

Casper grinste und trat zurück, um ihr etwas Raum zu geben.

»Gib nicht mir die Schuld, wenn du beschissen schläfst. Die Couch ist verdammt unbequem.«

»Scheiße«, murmelte er.

Laryn kicherte, und es war das unbeschwerteste Geräusch, das er heute Abend von ihr gehört hatte. Er freute sich darüber. Er hatte kein Problem damit, eine schreckliche Nachtruhe zu bekommen, wenn diese Frau sich dadurch entspannte.

Sie ging aus der Küche und Casper wartete, um zu sehen, was sie tat. Sie kam in weniger als zwanzig Sekunden mit einem flauschigen Kissen in der Hand zurück. Sie legte es auf die Couch und deutete in den Flur. »Das Bad ist dort im Flur. Wir müssen es uns teilen, ich habe nur eins.«

»Kein Problem. Ich sage dir Bescheid, wenn ich morgen früh losfahre.«

»Um wie viel Uhr ist das Training?«, fragte sie.

»Fünf Uhr dreißig«.

»Ich werde wach sein. Normalerweise stehe ich um halb fünf auf, um selbst zu trainieren.«

»Wirklich?«

»Mh-hm.«

Da kam Casper eine Idee. »Hast du Lust, mit mir und den Jungs zu trainieren?«

Laryn runzelte die Stirn. »Äh ... verdammt, nein.«

»Warum nicht?«

»Weil ihr wahrscheinlich um die sechzig Kilometer lauft,

tausend Burpees macht und diese riesigen Felsbrocken stemmt, die aus Sicherheitsgründen auf dem Stützpunkt herumliegen.«

Casper brach in Gelächter aus. »Nicht mal annähernd. Ich denke, wir werden morgen acht Kilometer laufen und dann auf dem Stützpunkt in den Park mit den Trainingsgeräten gehen – du weißt schon, der mit Klimmzugstangen, Sprungbänken, Trizeps-Dips und dieser kleinen Kletterwand. Komm mit uns. Das wird lustig.«

»Ich weiß nicht.«

Casper konnte sich nicht zurückhalten. »Bitte?«

Sie runzelte die Stirn. »Verdammt. Jetzt bist du schon wieder so nett. *Na schön.*«

Befriedigung durchströmte ihn. »Großartig. Wir werden gegen fünf Uhr fünfzehn hier losfahren. Da du so nahe am Stützpunkt wohnst, haben wir genügend Zeit, um uns mit den Jungs zu treffen.«

Laryn nickte und drehte sich um, um den Flur zurück in ihr Schlafzimmer zu gehen. Im letzten Moment drehte sie sich um. »Tate?«

»Ja?«

»Der letzte Mensch, der so etwas Selbstloses für mich getan hat, war mein Vater. Ich bin dankbar, dass du hier bist.«

Ihr Geständnis machte ihm das Herz schwer. Für diese Frau hätten sich alle möglichen Leute verbiegen müssen, um ihr zu helfen. Um nett zu ihr zu sein. Einschließlich ihm. Er hatte es ordentlich vermasselt. Aber er würde tun, was er konnte, um es wiedergutzumachen. Damit sie von nun an wusste, dass er ihr Freund war. Genau wie seine Pilotenkollegen. Laryn war ein wichtiger Teil ihres Teams. Sie hatten sie nicht als solches behandelt, aber das sollte sich ändern.

»Gute Nacht, Laryn.«

»Gute Nacht.«

Er stand in der Mitte des Wohnzimmers und starrte mehrere Minuten lang den Flur hinunter, während er hörte, wie sie in ihrem Schlafzimmer umherging. Als er sah, dass das Licht unter ihrer Tür erlosch, bewegte er sich schließlich und streckte sich auf der Couch aus. Sie hatte recht, sie war verdammt unbequem. Aber Casper war das egal. Er machte sich nicht die Mühe, seine Stiefel auszuziehen. Er wollte auf alles vorbereitet sein. Glaubte er wirklich, dass jemand die Tür eintreten würde, um an Laryn heranzukommen? Eigentlich nicht. Aber bis er mit Tex gesprochen hatte, dem Menschen, von dem er Laryn erzählt hatte, wollte er kein Risiko eingehen.

Tex würde in der Lage sein, diesen Altan Osman zu durchleuchten und den wahren Bedrohungsgrad zu bestimmen, den er darstellte. Bis dahin musste Laryn damit zurechtkommen, dass immer jemand in der Nähe war. Wenn er es nicht sein konnte, würde es Pyro sein. Oder Edge. Oder einer seiner Pilotenkollegen. Er war eigentlich dankbar, dass sie bald auf Mission geschickt werden würden. Nirgendwo war es sicherer als auf einem Marineschiff mitten auf dem Ozean. Während er und die anderen Night Stalkers ihr Ding machten, würde sie sicher an Bord sein. Sobald sie wieder in Norfolk waren, würden sie herausfinden, wie sie mögliche Bedrohungen entschärfen konnten.

Casper freute sich auf diese Mission. Darauf, Laryn zu zeigen, was es bedeutete, Teil eines Teams zu sein. Sie würde sich wahrscheinlich wehren, aber sie würde lernen, dass er und seine Freunde stur waren. Und wenn sie sich etwas in den Kopf gesetzt hatten – nämlich Laryn in ihren inneren Kreis aufzunehmen –, würde sie nichts und niemand davon abhalten, ihr Ziel zu erreichen.

KAPITEL SECHS

Laryn dachte, sie würde sterben. Sie trainierte dreimal in der Woche, aber der Versuch, mit Tate und seinen Freunden mitzuhalten, gab ihr das Gefühl, als würde sie gleich kotzen. Außerdem hatte sie letzte Nacht schlecht geschlafen – was ihrer Leistung heute Morgen nicht gerade zuträglich war –, weil sie nicht aufhören konnte, an Tate zu denken, der auf der anderen Seite ihrer Tür war. Auf ihrem Kissen. Auf ihrer Couch.

Wenn er nicht nur dortgeblieben wäre, weil er dachte, sie sei in Gefahr, hätte sie vielleicht mehr Freude an der Situation gehabt. Trotzdem konnte sie nicht leugnen, dass sie sich innerlich warm und weich fühlte, weil er sie sogar beschützen wollte.

Sie glaubte wirklich nicht, dass Altan hinter ihr her sein würde, auch wenn er am Telefon mehr als sauer geklungen hatte. So sehr, dass es ihre sonst so unerschütterliche Selbstsicherheit erschüttert hatte. Dass Tate gestern Abend da gewesen war, war eine große Erleichterung. Aber daran würde sie sich nicht gewöhnen. Er konnte nicht einfach auf unbestimmte Zeit bei ihr einziehen.

Und zu ihrem Entsetzen schien es ihm heute Morgen gut zu gehen. Als hätte ihre lumpige Couch ihn nicht im Geringsten gestört. Andererseits hatte er wahrscheinlich schon an schlimmeren Orten geschlafen. Es war allerdings ärgerlich, wie munter er wirkte. Er hatte den ganzen Weg zum Stützpunkt geredet und schien sich darauf zu freuen, seine Freunde zu treffen, um ihnen mitzuteilen, dass sie mit ihnen zum Training gehen würde.

Die Jungs schienen sich wirklich zu freuen, dass sie da war, was eine Art Überraschung war, da sie so eng zusammenhielten. Jeder wusste, dass das Team das Training allein durchführte, niemanden einlud und auf dem Stützpunkt im Allgemeinen unter sich blieb.

Und jetzt, nach der ersten Einladung, tat sie ihr Bestes, um das Wasser, das sie vor dem Start zum Joggen getrunken hatte, nicht wieder auszukotzen.

Als sie in den Park kamen, um die Geräte dort zu benutzen, war sie fertig. Laryn ließ sich ins Gras fallen und sagte: »Geht ihr schon mal vor. Ich mache einfach ein paar Sit-ups.«

Alle lachten, aber sie konnte erkennen, dass sie nicht *über* sie lachten.

Nachdem sie zu Atem gekommen war und ein paar Sit-ups gemacht hatte, stützte Laryn ihre Arme auf die hochgezogenen Knie und beobachtete die Piloten bei ihrem Ding.

Und ihr *Ding* war beeindruckend. Ebenso wie ihr Körperbau. Sie trugen alle von der Armee ausgegebene Shorts und passende graue T-Shirts mit dem Wort ARMY auf der Brust. Ihre Armmuskeln traten hervor, wenn sie Klimmzüge machten, und ihre Oberschenkelmuskeln kamen bei Kniebeugen und Burpees voll zur Geltung.

Obwohl es sich bei diesen Männern um Piloten handelte und ihr Job sie dazu zwang, lange Zeit am Stück zu sitzen, hatte Laryn keinen Zweifel daran, dass sie genauso fähig waren wie die Männer der Spezialeinheiten, die sie zu und von gefährlichen Missionen transportierten. Jeder der sechs Piloten hatte ein umfangreiches Training im Nahkampf absolviert und war in der Lage, feindlichen Truppen zu entkommen, falls ihre Hubschrauber, Gott bewahre, jemals hinter den feindlichen Linien abstürzen sollten.

Wenn sie sie trainieren sah, ihre Kameradschaft, die Art, wie sie scherzten und lachten, und sogar, wie sie sich gegenseitig ermutigten, vermittelte ihr das ein tieferes Verständnis für ihre Verbundenheit. Sie waren nicht einfach nur Kollegen, sie waren beste Freunde.

Zu ihrer Überraschung kamen die Jungs, nachdem sie mit dem Training fertig waren, und setzten sich zu ihr ins Gras. Buck und Obi-Wan streckten sich auf dem Rücken aus und stöhnten. Pyro und Chaos lachten und sagten ihnen, sie sollten sich damit abfinden. Edge grinste nur, und als Laryn zu Tate hinüberschaute, bemerkte sie, dass er seine Freunde nicht ansah. Stattdessen war sein Blick auf sie gerichtet.

Sie wurde sofort nervös und schaute weg.

»Also ... Laryn wird von einem Arschloch belästigt, das will, dass sie für ihn arbeitet.«

Sie schnappte nach Luft. Seine Worte schockierten sie umso mehr, da sie für kurze Zeit den Anruf vom Vorabend tatsächlich vergessen hatte.

»Was? Wer?«

»Aber sie hat doch einen Job.«

»Du verlässt uns doch nicht, oder, Laryn?«

»Wie belästigt?«

Die Fragen und Ausrufe kamen schnell und heftig.

»Lange Rede, kurzer Sinn«, sagte Tate, »wir alle wissen, dass Laryn die beste MH-60-Mechanikerin ist, die wir je hatten. Die Armee war so klug, sie einzustellen. Nun, anscheinend hat sich das herumgesprochen und jeder will, dass sie für ihn arbeitet. Und mit jeder meine ich andere Länder. Länder, die alles tun würden, um jemanden zu bekommen, der unsere Technologie wie seine Westentasche kennt. Ein Mann aus einem dieser Länder hat sie *intensiv* angeworben, und als sie sagte, sie sei nicht interessiert, hat er, anstatt sich zurückzuziehen, noch einen draufgesetzt. Er rief sie gestern Abend an, obwohl sie ihm nie ihre Nummer gegeben hat, und sagte einige Dinge, die beunruhigend waren. Ich werde mich so bald wie möglich mit Tex in Verbindung setzen, damit er dieses Arschloch unter die Lupe nimmt, um herauszufinden, ob seine Drohungen mehr als nur Frustration darüber waren, dass er sie nicht einstellen konnte.«

Laryn war peinlich berührt. Sie war sich nicht sicher warum, wenn man bedachte, dass sie das Opfer der bösen Drohungen war. Vielleicht weil sie das Gefühl hatte, sich Altans Verhalten geöffnet zu haben, indem sie ihn glauben ließ, dass sie auf sein Angebot eingehen könnte, nur weil sie ihm überhaupt zugehört hatte.

»Was brauchst du von uns?«, fragte Edge. Er sagte es lässig, als sei ihre Unterstützung eine sichere Sache.

Laryn öffnete den Mund, um zu antworten, aber Tate kam ihr zuvor.

»Ich habe gestern vorsichtshalber bei ihr übernachtet, aber ich kann nicht die ganze Zeit in ihrer Nähe sein. Je nachdem, was Tex sagt, müssen wir vielleicht abwechselnd auf sie aufpassen.«

»Erledigt.«

»Sicher.«

»Sag einfach Bescheid, wenn du uns brauchst.«

Ihre Unterstützung kam sofort und von Herzen.

Trotzdem konnte Laryn nicht umhin, sich über Tates Über-nahme der Situation zu ärgern. »Ich brauche weder einen Babysitter noch einen Leibwächter«, sagte sie so bestimmt, wie sie konnte. »Ich gebe zu, dass ich gestern Abend ein wenig durcheinander war. Aber jetzt, da ich Zeit hatte, über die Situa-tion nachzudenken, ist es unwahrscheinlich, dass Altan tatsächlich etwas tun wird. Das wäre nicht klug, denn wenn mir etwas zustieße, wäre es offensichtlich, wer es getan hat.«

»Glaubst du, das wird ihn aufhalten?«, fragte Chaos mit leicht geneigtem Kopf.

»Nun ... ja«, antwortete Laryn.

»Falsch«, erwiderte Buck mit leiser Stimme. »Du könntest gefangen genommen und gezwungen werden, die Arbeit zu tun, für die er dich früher bezahlt hätte. Und du müsstest tun, was er verlangt, denn die Alternativen wären nicht angenehm. Selbst wenn wir wüssten, wer dich entführt hat, wüssten wir nicht, *wohin* du gebracht wurdest.«

»Wir waren schon auf Rettungsmissionen für amerikanische Kriegsgefangene, und glaub mir, die Zustände, in denen diese Soldaten und Matrosen gefunden wurden, als wir sie geborgen haben, waren nicht schön.« Pyro klang ernst, und Laryn fröstelte, als er fortfuhr. »Selbst der stärkste Soldat der Spezialeinheiten ist oft nicht in der Lage, monatelange Folter zu überstehen. Du würdest zerbrechen, kleine Laryn. Du würdest jeden Eid brechen, den du unserer Regierung geschworen hast, das, was du tust, für dich zu behalten, und sei es nur, damit der Schmerz aufhört.«

»Genug!«, brüllte Tate seine Freunde an. »Niemand wird Laryn gefangen nehmen. Und ihr macht ihr Angst.«

»Meinst du nicht, dass sie ein bisschen Angst haben *sollte*?«, fragte Chaos. »Vielleicht versteht sie nicht, wie viel das Wissen, das sie in ihrem Kopf hat, wert ist. Wie verzweifelt die feindlichen Länder versuchen würden, es sich anzueignen ... mit allen nötigen Mitteln.«

»Ich meine es ernst, Schluss damit«, knurrte Tate mit einer Stimme, die so anders war als alles, was sie bisher von ihm gehört hatte, dass Laryn fast Angst vor *ihm* hatte. »Es ist nichts Falsches daran, dass Laryn ihren Wert kennt und sich aufgrund ihrer Fähigkeiten nach mehr Gehalt und besseren Leistungen umsehen will. Ist es nicht das, was wir alle getan haben? Wir kannten unseren Wert, also haben wir die Armee davon überzeugt, uns einen Sondervertrag zu geben, damit wir hier stationiert werden können, anstatt mit dem Rest des 160th Special Ops Aviation Regiments auf den Stützpunkten in Kentucky, Washington oder Georgia. Es spielt keine Rolle, wie oder warum Laryn auf dem Radar dieses Arschlochs gelandet ist, nur dass sie es ist, und es ist unsere Aufgabe, eine von uns zu schützen. Ich will keine verdammte Warnung mehr hören, die an Laryn gerichtet ist. *Punkt.* Seid ihr dabei oder nicht?«

»Dabei«, sagten alle fünf anderen Piloten gleichzeitig.

»Es tut mir leid«, sagte Laryn leise. Dass Tate sich so energisch und aggressiv für sie einsetzte, hatte sie überrascht.

»Dir muss gar nichts leidtun«, sagte er, ohne zu zögern.

»Ich glaube schon. Chaos lieg nicht ganz falsch. Ich habe einen Freund gefragt, ob er etwas über Dienstleister weiß. Wie sich das dann so schnell herumgesprochen hat, weiß ich nicht genau. Aber ich war in der Tat diejenige, die den ersten Schritt gemacht hat.«

»Warum?«, fragte Pyro. »Bist du hier so unglücklich? Mit uns?«

Diese Frage war schwierig zu beantworten. Und Laryn wollte auf keinen Fall zugeben, dass sie ihren Freund gefragt hatte, ob er von irgendwelchen Jobs wusste, da sie sich schlecht fühlte, weil sie ständig in Tates Nähe war, während er ihre Anwesenheit kaum zur Kenntnis nahm.

»Nein. Ich ... ich glaube, ich war in einem Trott. Ich dachte, wenn ich an einen neuen Ort gehe, würde ich mich ...« Ihre Stimme versagte. Fast zu spät wurde ihr klar, dass sie wahrscheinlich nicht aussprechen sollte, was sie dachte. Sie wollte niemandes Gefühle verletzen.

»Was?«, fragte Edge.

Laryn leckte sich über die Lippen, dann seufzte sie. »Eher wie ein Teil eines Teams fühlen«, sagte sie leise. »Ich meine, ich weiß, ich bin kein Pilot oder so, und ich mag die anderen

Mechaniker, mit denen ich zusammenarbeite, aber sie behandeln mich streng wie einen Chef. Ich habe schon seit Langem das Gefühl, in einer Blase zu arbeiten. Ich mache mein Ding, fahre nach Hause und komme zurück zur Arbeit. Ich schätze, ich wollte die Dinge irgendwie aufmischen.«

Sobald die Worte ihre Lippen verließen, hatte Laryn ein schlechtes Gewissen, denn alle sechs Männer um sie herum blickten entsetzt drein.

»Du *bist* ein Teil unseres Teams, Laryn«, sagte Pyro. »Glaubst du, wir könnten alles, was wir tun, ohne dich machen?«

»Ich weiß nicht, ob ich ohne dich beim Fliegen so sicher wäre«, stimmte Obi-Wan zu. »Ich zögere nicht, verrückte Dinge zu tun, weil ich weiß, dass der Vogel nicht unter mir zusammenbricht ... weil du ihn mit einem feinzahnigen Kamm durchgesehen hast, um sicherzustellen, dass alles richtig funktioniert.«

»Wir haben es offensichtlich versäumt, dir zu zeigen, wie wichtig du für uns bist«, stimmte Edge zu.

»Von jetzt an werden wir es besser machen«, beruhigte Buck sie. Dann grinste er. »Du wirst uns bald satthaben. Dass wir dir auf die Pelle rücken und wollen, dass du mit uns abhängst. Dass wir dich aus dem Bett zerren, damit du ins *Anchor Point* kommst, um ein Bier zu trinken und ein bisschen Cornhole zu spielen.«

»Ich spiele kein Cornhole mit euch«, sagte Laryn. »Ich könnte nicht einmal die breite Seite einer Scheune treffen, selbst wenn mein Leben davon abhinge. Ich bin sicher, dass ihr alle diesen blöden Ball bei jedem Wurf versenken könnt.«

Alle lachten.

»Er hat recht. Du hast recht«, sagte Obi-Wan leise. »Wir haben dich im Stich gelassen. Wir haben nicht dafür gesorgt, dass du erkennst, was für ein integraler Bestandteil unseres Teams du wirklich bist. Mein Gott, deshalb hat der Colonel überhaupt erst darauf bestanden, dass du in unseren Vertrag aufgenommen wirst, um hier in Norfolk stationiert zu werden. Casper hat dafür gesorgt, dass du als unsere leitende Mechanikerin eingesetzt wirst und überall hingehst, wo wir hingehen.«

Laryn sah Tate an. Wieder war sein Blick auf den ihren gerichtet. »Hast du das?«, fragte sie.

»Ja.«

Es war nur ein Wort, bei den Emotionen und der aufrichtigen Ehrlichkeit, die dahintersteckten, fühlte Laryn sich wie eine Idiotin, dass sie jemals woanders hatte arbeiten wollen.

»Das wusste ich nicht«, sagte sie lahm.

»Das war unser Fehler«, entgegnete Tate. »Wir haben nicht dafür gesorgt, dass du es weißt, und wir haben dir nicht das Gefühl gegeben, dass du eine von uns bist. Damit ist jetzt Schluss. Angefangen damit, dass wir dafür sorgen, dass dieses Arschloch Osman weiß, dass du tabu bist. Dass du nirgendwo hingehen wirst. Nein heißt nein. Und zu betteln, zu drohen oder dich anderweitig verletzlich zu machen wird dich nicht umstimmen. Wirst du dir von uns helfen lassen? Lässt du uns deinen den Rücken stärken, so wie du uns in den letzten drei Jahren den Rücken gestärkt hast?«

Wie könnte sie da Nein sagen? Laryn nickte.

»Gut. Ich bin noch nicht dazu gekommen, dir mitzuteilen, was der Colonel uns gestern Abend in der Besprechung gesagt hat. Das Wichtigste ist, dass er keinen Zweifel daran hat, dass die MH-60 die Tests bestehen wird, also hat er bereits veranlasst, dass sie ins Mittelmeer gebracht wird, zu dem dort positionierten Zerstörer. Das ist eine Planänderung gegenüber der ursprünglichen Zeit im Arabischen Meer. Wir werden folgen und uns mit Navy SEALs treffen, die sich auf Missionen in diesem Gebiet vorbereiten.«

Laryn nickte.

»Willst du über die Tests reden?«, fragte er, immer noch auf sie konzentriert.

»Eigentlich nicht. Der Hubschrauber ist bereit. Du bist bereit. Es ist keine große Sache.«

Natürlich war das eine große Sache. Das wussten sie alle. Falls etwas schiefging, falls eines der installierten Systeme nicht wie erwartet funktionierte, konnte das die bevorstehende Mission verzögern, was zu allen möglichen Störungen im Zeitplan geführt hätte.

»Richtig. Also ... ich stinke«, sagte Tate. »Ich könnte eine Dusche gebrauchen. Wie wäre es, wenn wir erst zu mir fahren, ich dusche, und dann zurück in deine Wohnung, damit du dich fertig machen kannst? Ich mache uns ein Frühstück, bevor wir zum Stützpunkt fahren.«

Laryn runzelte die Stirn. »Das ist nicht nötig, Tate. Setz mich einfach bei mir zu Hause ab und wir treffen uns später im Hangar.«

»Das wird nicht passieren. Laryn, ich war gestern Abend bei dir. Ich habe gesehen, wie sehr Osman dich erschreckt hat. Wir haben keine Ahnung, was für eine Reichweite er hat oder was er geplant haben könnte. Ich bin nicht bereit, dich ungeschützt zu lassen, bis wir mehr Informationen von Tex haben.«

»Wer ist dieser Tex eigentlich?«, fragte Laryn gereizt.

»Sein Name ist eigentlich John Keegan. Er ist ein ehemaliger Navy SEAL, der ein verdammtes Computergenie ist«, erklärte Buck, während er aufstand und sich das Gras vom Hintern klopfte.

»Er war an der Rettung von mehr Mitgliedern der Spezialeinheit beteiligt, als wir zählen können«, fügte Obi-Wan hinzu.

»Und vieler ihrer Partnerinnen«, stimmte Pyro zu.

»Die Regierung vertraut ihm, die SEALs vertrauen ihm, die Deltas vertrauen ihm ... verdammt, alle Männer und Frauen, die das Militär verlassen haben, vertrauen ihm. Er ist in der Lage, Informationen über alle und jeden auszugraben. Nichts ist zu tief begraben, als dass er es nicht finden könnte«, sagte Chaos.

»Er wird dich – und uns – wissen lassen, ob dieses Arschloch, das dir gestern Abend Angst eingejagt hat, wirklich ein Problem ist oder ob er nur etwas ›Ermutigung‹ von Tex in Form eines Virus braucht, der auf die Computer seines Landes losgelassen wird, damit er sich zurückhält«, sagte Edge grinsend. »Wo wir gerade dabei sind, woher kommt dieser Osman? Du hast doch gesagt, das sei sein Nachname, oder?«, fragte Pyro.

»Türkei«, antwortete Tate, bevor Laryn es tun konnte.

Die anderen fluchten oder murmelten etwas vor sich hin.

Alle folgten Bucks Beispiel und standen auf. Tate reichte Laryn eine Hand, um ihr aufzuhelfen. »Kommt schon. Die Uhr tickt. Und ich weiß, du willst nicht, dass jemand anderes vor den Tests an deinem Hubschrauber herumspielt. Wir müssen uns beeilen, damit wir noch duschen und frühstücken können, bevor wir loslegen müssen.«

Laryn griff, ohne nachzudenken, nach seiner Hand, und in dem Moment, in dem seine Finger sich um ihre schlossen, bildete sich eine Gänsehaut auf ihren Armen. Sie betete, dass Tate oder einer seiner Freunde sie nicht sah. Sobald sie auf den Beinen war, drehte Tate sich um und ging auf den Parkplatz zu, wo sie alle ihre Fahrzeuge abgestellt hatten ... ohne ihre Hand loszulassen. Sie hatte keine andere Wahl, als ihm zu folgen, wenn sie keine große Sache daraus machen wollte, dass er ihre Hand hielt.

Die anderen Jungs unterhielten sich über ihre Pläne für den Tag, ohne den Eindruck zu erwecken, dass das Händchenhalten zwischen ihr und Tate etwas Ungewöhnliches war. Und ihr wurde warm ums Herz, als sie in ihre Gespräche einbezogen wurde. Sie hatte so lange am Rande ihres Geplänkels gestanden. Es war etwas ganz anderes, jetzt Teil des inneren Kreises zu sein.

Wenn sie eine Entscheidung trafen, fackelten sie nicht lange. Sie waren hundertprozentig entschlossen. Was keine große Überraschung war. Night-Stalker-Piloten gehörten zu den zielstrebigsten und entschlossensten Menschen, die sie je getroffen hatte. Normalerweise ging es darum, eine Mission zu Ende zu bringen, egal was passierte. Aber anscheinend ging es auch darum, das zu korrigieren, was sie für falsch hielten ... nämlich dass sie sich nicht als Teil ihres Teams fühlte.

Und ehrlich gesagt war sie das auch nicht wirklich ... aber es war süß von ihnen, dass sie das *dachten*. Ja, sie war dafür verantwortlich, dass ihre Hubschrauber auch unter den härtesten Bedingungen funktionieren konnten. Sie sorgte dafür, dass die Motoren, ohne zu zögern, taten, was von ihnen verlangt wurde. Aber machte sie das zu einer von ihnen? In ihren Augen nein. Aber offenbar dachten diese sechs Männer anders.

Das Gefühl in ihrem Bauch war eines, das sie schon seit Jahren suchte. Zugehörigkeit. Ein Teil von etwas zu sein, das größer war als sie selbst. Ein wichtiges Rädchen im Getriebe zu sein. So hatte sie sich gefühlt, als sie mit ihrem Vater an den Fahrzeugen auf dem Dirt-Track gearbeitet hatte. Und so fühlte sie sich auch jetzt.

Sie war nicht gerade begeistert von der Idee, einen Babysitter zu haben, aber sie konnte nicht leugnen, dass sie sich dadurch ein kleines bisschen besser fühlte. Bis sie herausfand, ob Altan Osman tatsächlich eine Bedrohung darstellte, wäre es kein Problem, Tate bei sich zu haben. Sie musste nur ihre Gefühle unter Verschluss halten. Sie wollte nicht, dass er herausfand, wie sehr sie in ihn verknallt war. Das würde wahrscheinlich die neu entdeckte Kameradschaft mit ihm und seinem Team zerstören. Laryn konnte damit umgehen, seine Freundin zu sein. Vielleicht.

KAPITEL SIEBEN

Casper fühlte sich wie der König der Welt. Der Testflug war einwandfrei verlaufen. Der Hubschrauber reagierte wunderbar auf seine Befehle und all der Schnickschnack, in den die Armee investiert hatte, das Radar, das Nachtsichtgerät, die Raketenwerfer ... alles funktionierte perfekt. Und er konnte feststellen, dass Laryn sich beim Motor selbst übertroffen hatte, denn er fühlte sich besser an als der in seinem letzten Vogel. Was beeindruckend war, wenn man bedachte, dass das der einfachste Hubschrauber war, den er je geflogen hatte.

Seine Mechanikerin war ihm den ganzen Tag nicht aus dem Kopf gegangen. Er konnte nicht aufhören, daran zu denken, wie Laryn zugab, dass sie sich nicht als Teil eines Teams gefühlt hatte. Er schämte sich und machte sich Vorwürfe, dass er ihr dieses Gefühl vermittelt hatte. Er wusste besser als die meisten anderen, wie wichtig es war, dass sich jeder, mit dem er arbeitete, wertgeschätzt fühlte. Als rang-höchster Pilot in seinem Team von Night Stalkers hielt er es für seine Aufgabe, eine Führungsrolle zu übernehmen. Und in Bezug auf Laryn hatte er versagt. So sehr, dass sie sich auf Jobsuche begeben hatte.

Natürlich war sie eine erwachsene Frau, die ihre eigenen Entscheidungen über ihr Leben treffen konnte und sollte, aber er konnte sich des Gefühls nicht erwehren, dass er sie im Stich gelassen hatte. Dass sie irgendwie zum Teil wegen seiner Handlungen in der Situation war, in der sie sich befand. Wenn Casper seine verdammten Augen geöffnet und erkannt hätte, wie Laryn sich durch die fehlende Einbeziehung fühlte, hätte sie ihren Freund vielleicht nicht gebeten, sich nach potenziellen Stellen als Dienstleisterin umzusehen. Er wollte das in Ordnung bringen. Auf die eine oder andere Weise.

Der erste Schritt auf dem Weg zu diesem Ziel bestand darin, die Mechanikerin in die traditionelle Feier eines erfolgreichen Flugversuchs einzubeziehen.

Er spürte noch immer den Adrenalinstoß, den er verspürt hatte, als er den Hubschrauber mit Pyro an seiner Seite auf Herz und Nieren geprüft hatte, während der Rest seiner Night-Stalker-Kollegen die Rollen von Verbündeten und feindlichen Vögeln spielte, je nachdem, welches System gerade bewertet wurde – es war immer eine Herausforderung, es mit einem seiner Freunde aufzunehmen, denn sie alle waren hinter der Steuerung eines Hubschraubers unübertroffen –, und so ging er in Richtung der Stelle, an der Laryn mit zwei der jüngeren Mechaniker stand, die für sie arbeiteten.

»Ich werde mehr wissen, wenn ich mit Casper gesprochen habe, aber ich hatte den Eindruck, dass sie nach rechts gezogen hat. Wir müssen alles noch einmal überprüfen, um sicherzustellen, dass der Steuerknüppel richtig ausgerichtet ist. Wenn wir auch nur einen halben Zentimeter danebenliegen, kann das für alle im Hubschrauber verheerende Folgen haben, vor allem wenn die Piloten zwischen Gebirgszügen manövrieren.«

Sie hatte nicht unrecht. Und wieder einmal erinnerte es Casper daran, wie viel diese Frau über ihre Maschinen wusste. Er hielt es oft für selbstverständlich, wie einwandfrei sie funktionierten, wenn er flog, aber Laryn hatte recht. Wenn auch nur der kleinste Fehler auftrat, konnte das zu einer großen Katastrophe führen.

»Ich habe nicht bemerkt, dass er nach rechts gezogen hat, aber wenn du sagst, dass es so war, dann war es so«, sagte Casper, als er näher kam. Er legte Laryn einen Arm um die Schultern und umarmte sie kurz. »Sie hat sich wunderbar geschlagen. Ich danke euch allen für die harte Arbeit, die ihr geleistet habt, um sie startklar zu machen.«

Die Gesichter der jüngeren Mechaniker strahlten über das Lob, und da wurde Casper klar, dass er nicht nur Laryn mehr Aufmerksamkeit hätte schenken sollen. Diese Männer aufzubauen würde nicht nur ihm und seinen Freunden helfen, sondern auch allen zukünftigen Piloten, mit denen diese Mechaniker arbeiteten.

Während sich die beiden Männer – eigentlich Jungs – über bestimmte Manöver unterhielten, die er bei dem Testflug durchgeführt hatte, war Casper sich der Frau an seiner Seite sehr bewusst. Er hatte seinen Arm nicht von ihr gelöst, und sie hatte ihn nicht abgeschüttelt. Vielleicht bildete er sich das nur ein, aber er hätte schwören können, dass sie sich näher an ihn lehnte, während er sich geduldig das überschwängliche Lob ihrer Kollegen für seine fliegerischen Fähigkeiten anhörte.

Das wäre der perfekte Zeitpunkt gewesen, um die Beziehung zwischen ihm und den Mechanikern, die an ihren Hubschraubern arbeiteten, zu verbessern ... aber Casper war in diesem Moment nur an *einer* Beziehung interessiert. Der Beziehung zu Laryn.

»Danke, Leute. Aber ich glaube wirklich, dass ein Pilot nur so gut ist wie die Maschine, die er fliegt. Und dank Laryn und allen, die an meiner MH-60 gearbeitet haben, war ich heute einer der besten. Wenn ihr mich jetzt entschuldigen würdet, ich muss Laryn stehlen.«

»Natürlich.«

»Ja, ich bin mir sicher, ihr müsst an einem AAR teilnehmen.«

Casper wurde von Schuldgefühlen geplagt. Er wollte sie nicht dazu bringen, zu einer langweiligen Nachbesprechung zu gehen. Nein, er wollte sie überreden, mit ihm und seinen Kollegen von den Night Stalkers ins *Anchor Point* zu fahren, um den erfolgreichen Prozess zu feiern.

Er ließ seinen Arm von ihren Schultern gleiten und nahm stattdessen ihre Hand, drehte sie um und ging von den Mechanikern weg, die sie immer noch interessiert anstarrten. Widerwillig ließ er ihre Hand los, als sie außerhalb der Hörweite der Umstehenden waren. Es war verrückt, wie gut sich ihre Hand in seiner anfühlte.

»Was ist los?«, fragte sie mit leicht geneigtem Kopf.

»Komm mit uns ins *Anchor Point*«, sagte er ohne Vorrede.

Sie blinzelte, als sei sie überrascht. Dann stieß sie einen liebenswerten kleinen Atemzug aus. »Ich dachte, du wolltest mit mir über den Hubschrauber reden, der nach rechts zieht.«

»Nein. Ich möchte, dass du zustimmst, mit in die Kneipe zu kommen, um mit den Jungs und mir zu feiern. Das ist Tradition.«

»Ich weiß nicht«, sagte Laryn. »Ich habe Papierkram zu erledigen und möchte mir den Vogel ansehen, bevor er für den Zerstörer verladen wird. Ich will sicherstellen, dass sich bei den Tests nichts gelöst hat oder ersetzt werden muss.«

»Der Hubschrauber ist in Ordnung. Das können deine Leute machen. Komm mit. Geh mit uns aus.«

»Du fragst nur, weil du meinst, auf mich aufpassen zu müssen, nachdem du gestern Abend von dem Anruf gehört hast«, warf sie ihm vor.

»Überhaupt nicht«, sagte Casper. »Vergiss nicht, ich habe dir gestern Abend gesagt, dass ich möchte, dass du mit uns kommst, wenn wir den Flugversuch feiern. Und ich bitte dich, weil ich wirklich möchte, dass du mitkommst. Ich war ein beschissener Teamleiter, weil ich eine der wichtigsten Personen in meinem Team schon viel zu lange ausgeschlossen habe. Wir alle wollen mit dir feiern. Den Triumph teilen, wieder in der Luft zu sein, nachdem wir den Vogel im Irak verloren haben. Ich habe mich ohne Hubschrauber nackt gefühlt, und jetzt kann ich wieder das tun, worin ich gut bin.«

Er überlegte, ob er das magische Wort benutzen sollte, das diese Frau dazu zu bringen schien, alles zu tun, was er wollte, aber er wollte die Macht, die dieses Wort über sie zu haben schien, nicht missbrauchen.

»Ich verspreche, es wird lustig. Die Jungs und ich wollen dich besser kennenlernen. Wir sind nie betrunken und bleiben nicht zu lange weg.«

Laryn seufzte und blickte zurück zu ihren Mitarbeitern, dann zum MH-60 im Hangar und schließlich wieder zu ihm. »Gut. Aber nicht mehr lange. Es ist schon viel zu spät.«

Das war es. Es war zwölf Uhr dreißig. »Fantastisch. Und es wird nicht für lange sein, denn die Kneipe schließt um zwei.« Er wollte ihre Hand wieder ergreifen, aber er war sich der vielen Blicke bewusst, die auf sie gerichtet waren, und auf keinen Fall wollte er sie in Verlegenheit oder dazu bringen, unangenehme Fragen ihres Personals beantworten zu müssen. Es gab keine Regeln dagegen, dass sie sich mit einem Matrosen oder Soldaten traf, aber instinktiv wusste Casper, dass es ihr unangenehm wäre, wenn die Aufmerksamkeit auf sie oder ihre Handlungen gelenkt würde. Es war ihr viel lieber, unter dem Radar zu fliegen.

Der Gedanke brachte ihn zum Lächeln, denn dort fühlte er sich auch wohl ... im wahrsten Sinne des Wortes. Er flog seinen Hubschrauber unter dem Radar, sodass er für die feindlichen Kräfte unsichtbar war.

Stattdessen legte Casper eine Hand auf ihren Rücken und drängte sie in Richtung seiner Freunde, die geduldig warteten. Er hatte noch keine Gelegenheit gehabt, mit den meisten von ihnen unter vier Augen darüber zu sprechen, was mit ihm und Laryn los war, und ehrlich gesagt war er sich nicht sicher, was er ihnen sagen sollte. Dass er plötzlich bemerkt hatte, dass sie eine sehr attraktive Frau war? Dass er sich zu ihr hingezogen fühlte? Dass er sich wie ein Idiot fühlte, weil er sie so lange übersehen hatte? All das war wahr, aber er überlegte immer noch, wie er den anderen mitteilen sollte, was los war.

Aber das musste er wahrscheinlich auch gar nicht. Er hatte noch nie eine Frau zum Training mitgebracht. Und obwohl Laryn technisch gesehen zu ihrem Team gehörte, war es dennoch ungewöhnlich genug, dass er sich so intensiv dafür interessierte, was mit ihr geschah. So sehr, dass seine Freunde – abgesehen von Edge und Pyro, mit denen er sich bereits über Laryn unterhalten hatte – wahrscheinlich ahnten, dass sein Interesse nicht ganz professionell war.

»Gib mir fünf!«, rief Buck aus, als sie sich näherten.

Laryn lächelte und schlug mit ihm ein.

»Sie ist süß und stark geflogen!«, fügte Pyro hinzu und zog Laryn in eine Umarmung.

Sie quietschte, grinste aber immer noch, als sie seine überschwängliche Umarmung erwiderte.

»Hast du gesehen, wie Casper sie praktisch auf die Seite gedreht hat, als er uns von hinten umkreiste?«, fragte Obi-Wan.

»Ja«, sagte Laryn mit einem Nicken, nachdem Pyro sie losgelassen hatte.

»Ich habe mir fast in die Hose gemacht, als er die Triebwerke abgeschaltet hat, vierhundert Meter abgesunken ist, sie dann wieder gestartet hat und hinter uns aufgetaucht ist«, sagte Edge kopfschüttelnd.

»Casper, du bist ein verrückter Mistkerl, und ich bin froh, dass du auf unserer Seite bist«, stimmte Chaos zu.

»Du kommst doch mit uns, oder?«, fragte Buck Laryn. »Ins *Anchor Point*?«

»Eine Weile, ja.«

Die Männer jubelten alle.

»Dann lasst uns losfahren. Die Zeit läuft«, sagte Pyro, als er auf die Uhr sah.

»Steig auf«, befahl Chaos, während er Laryn den Rücken zuwandte und in die Hocke ging.

»Wie bitte?«, fragte sie mit hochgezogenen Augenbrauen.

»Steig auf«, wiederholte er. »Ich trage dich zu Caspers Wagen.«

Sie lachte. »Das glaube ich nicht.«

»Komm schon ... es ist ein Siegeszug.«

»Danke, nein.«

»Aber ...«

»Sie hat Nein gesagt, Chaos«, sagte Casper entschlossen und stieß seinen Freund an.

Chaos verlor das Gleichgewicht und wäre fast umgefallen, aber er konnte sich auf den Beinen halten und lachte schnaubend. »Gut, aber sag nie, ich sei kein Gentleman und hätte es nicht angeboten.«

»Ich laufe schon so viele Jahre allein, wie ich mich erinnern kann. Ich denke, ich werde es schaffen«, sagte Laryn trocken.

Alle verließen den Hangar in Richtung Parkplatz, und die Mechaniker, die noch anwesend waren, riefen Abschiedsgrüße und weitere Glückwünsche. Alle schienen gut gelaunt zu sein, und Casper war immer noch begeistert von den komplizierten Manövern, die er zuvor durchgeführt hatte.

Sobald sie den Hangar verlassen hatten, legte er seine Hand wieder auf Laryns Rücken und führte sie zu seinem Taurus. Als sie sich ihm näherten, lächelte sie und erinnerte ihn daran, wie aufgeregt sie gewesen war, als sie sein Fahrzeug zum ersten Mal gesehen hatte.

»Bei den Modellen von zweitausendfünf gab es Probleme mit Fehlzündungen bei Autobahngeschwindigkeiten. Hast du das erlebt?«, fragte sie.

»Nein.«

»Was ist mit dem Leerlaufluft-Bypassventil? Das kann manchmal Probleme mit der Motorleistung verursachen.«

»Nicht mit diesem Baby.«

»Der Magnet des Nockenwellensensors ist dafür bekannt, dass er Synchronisierungen beschädigt.« Sie sprach jetzt mehr mit sich selbst und strich mit einer Hand über die Motorhaube, als sie um die Vorderseite des Fahrzeugs herumging. Casper hatte das Gefühl, dass sie unbedingt die Motorhaube anheben und nachsehen wollte, was los war. »Ist bei dir jemals eine Dichtung geplatzt? Oder ist weißer Rauch aus dem Auspuff gekommen? Das könnte der Grund sein.«

Daraufhin ging er auf sie zu und nahm die Hand, die auf der Motorhaube ruhte, in seine eigene. Ohne ein Wort zu sagen, führte er sie zur Fahrerseite und öffnete die Tür. Er deutete auf den Sitz und sagte: »Warum fährst du nicht und siehst selbst, wie der Wagen läuft?«

»Wirklich?«, fragte Laryn und ihre Augen funkelten vor Eifer.

»Ich hätte es nicht angeboten, wenn es mir nicht ernst wäre«, erwiderte er.

Sie hob eine Augenbraue und sah skeptisch aus. »Die meisten Piloten, die ich kenne, sind Kontrollfreaks. Sie würden niemals jemand anderen ihren Wagen fahren lassen. Schon gar nicht eine Frau.«

»Ich bin nicht wie die meisten Piloten. Und es ist offensichtlich, dass du mehr über Fahrzeuge weißt, als ich es jemals tun werde. Ich vertraue dir mein Leben an, wenn ich in diesen MH-60 steige. Warum sollte ich dir nicht auch hinter dem Steuer meines Wagens vertrauen?«

Dennoch zögerte sie.

Casper ging das Risiko ein. Er drang in ihren persönlichen Bereich ein, er berührte sie zwar nicht, aber er bedrängte sie. Er musste ihr lassen, dass sie nicht zurückschreckte oder ihn zurückstieß. Sie hob einfach ihr Kinn an, um ihm weiterhin in die Augen sehen zu können.

»Ich habe deinen Wagen gesehen, Laryn. Ein Honda Civic aus den frühen Neunzigern. Sieht aus wie ein Schrotthaufen, aber er schnurrt, wenn man ihn anlässt. Der Zustand des Wagens von jemandem sagt mir viel über seine Person.«

»Was sagt dir meiner über mich?«, fragte sie leise.

»Dass du eine verdammt gute Mechanikerin bist, was ich bereits wusste. Dass du dich um das kümmerst, was dir gehört. Dass, nur weil etwas ein wenig rau aussieht, es nicht heißt, dass es nicht wert ist, geliebt zu werden. Dass du schätzt, was du hast. Dass du praktisch veranlagt bist. Soll ich weitermachen?«

Sie schüttelte stumm den Kopf.

Casper ging ein weiteres Risiko ein, hob eine Hand und strich mit dem Fingerrücken über ihre Wange. Ihre Haut war weich und glatt. Und selbst in den beschissenen Lichtern des Parkplatzes konnte er sehen, wie ihre Haut bei seiner Berührung errötete. Sie war so empfänglich, so ehrlich mit ihren unbewussten Reaktionen auf ihn. Es war berauschend zu wissen, dass er sie so sehr berührte, und nicht zum ersten Mal wollte Casper sich selbst dafür bestrafen, dass er es nicht schon früher bemerkt hatte.

»Danke für heute Abend. Dafür, dass du dafür gesorgt hast, dass alles in meinem Vogel erstklassig war. Sicher. Perfekt. Dass du bereit warst, ins *Anchor Point* zu kommen. Dafür, dass du bist, wie du bist.«

»Gern geschehen.«

Casper zwang sich, einen Schritt zurückzutreten, und klammerte sich mit Gewalt am Türrahmen fest. Entweder das, oder er musste den Arm um diese Frau legen und sie an sich ziehen, um herauszufinden, ob ihre Lippen genauso weich waren wie ihre Wangen. »Na los. Setz dich. Du kannst mir alles sagen, was der Wagen braucht, wenn wir in der Kneipe sind.«

Sie grinste und setzte sich auf den Fahrersitz. Casper schloss die Tür und joggte auf die andere Seite, wobei er sich umschaute, um die Umgebung zu überprüfen. In der Luft fühlte er sich ziemlich sicher, dass er die Gefahr, die auf ihn zukam, erkennen konnte ... oder die Instrumente um ihn herum konnten es. Aber das Böse konnte sich auf dem Boden leichter verstecken. Und obwohl er sich auf dem Marinestützpunkt sicher fühlte, bedeutete das nicht, dass er völlig gefahrlos war. Er und seine Freunde waren darauf trainiert, immer nach allem Ausschau zu halten, was ungewöhnlich erschien. Zum Glück schien der Parkplatz des Hangars im Moment sicher genug zu sein.

Er kletterte auf der Beifahrerseite in seinen Wagen – was sich seltsam anfühlte, aber das würde er Laryn gegenüber nie zugeben – und lächelte, als sie ungeduldig mit dem Kopf auf seinen Sicherheitsgurt deutete. Er schnallte sich an und nickte ihr zu.

Sie hatte den Sitz nach vorn bewegt, damit sie die Pedale bequemer erreichen konnte. Dann ließ sie den Motor aufheulen und fuhr aus seiner Parklücke heraus, als sei sie bei einem der Dirt-Rennen, die sie als Kind mit ihrem Vater so regelmäßig besucht hatte.

Casper lachte laut auf und griff nach dem Oh-Scheiße-Griff über seinem Kopf. Er war nicht nervös, hatte keine Angst. Laryn steckte voller Überraschungen – und er konnte es kaum erwarten, jede einzelne Kleinigkeit zu entdecken, die sie unter ihrem stoischen und ernsten Gesicht versteckte, das sie dem Rest der Welt zeigte.

KAPITEL ACHT

Als sie das *Anchor Point* erreichten, taten Laryn die Wangen vom Lächeln weh. Tate schien sich nicht im Geringsten über ihre Fahrweise aufzuregen. Sie wusste, dass sie einen Bleifuß hatte und etwas rücksichtslos auf den Straßen unterwegs war. Es half auch nicht, dass die Straßen ziemlich leer waren, denn es war kurz vor ein Uhr morgens.

Tates Taurus war für sein Alter in einem erstaunlich guten Zustand. Natürlich war er nicht so alt wie ihr Civic, aber es juckte sie trotzdem, unter die Haube zu gelangen und einen Blick darauf zu werfen. Die Bremsen fühlten sich an, als könnten sie neue Beläge gebrauchen, und es gab ein leichtes Ruckeln, als sie aufs Gaspedal drückte, was sie auf die Idee brachte, dass die Leitungen gespült werden müssten.

Sie parkte gekonnt am Straßenrand ein und sah dann zu Tate hinüber. Für den Bruchteil einer Sekunde machte sie sich Sorgen, dass sie das getan hatte, was sie normalerweise tat ... einen Mann abgeschreckt, weil sie sachkundiger war und mehr Fähigkeiten hinter dem Steuer hatte als er. Aber sie hätte es besser wissen müssen. Das hier war Tate. Er hatte genügend

Vertrauen in seine eigenen Fähigkeiten, um sich nicht darum zu scheren, dass jemand anderes besser hinter dem Steuer war. Wenn Hubschrauberfliegen ein olympischer Sport wäre, würde er jedes Mal Gold gewinnen. Und wahrscheinlich hätte er auch einen Haufen Werbeverträge.

»Und? Wie lautet das Urteil?«, fragte er.

»Ich würde ihm eine solide Zwei geben«, erklärte Laryn ihm.

»Nur eine Zwei?«, fragte er mit einem leichten Stirnrunzeln.

»Das ist besser als der Durchschnitt«, erinnerte sie ihn.

»Aber keine Eins«, gab Tate zurück. »Kannst du ihn auf Vordermann bringen?«

Als Antwort darauf lächelte Laryn nur und hob eine Augenbraue.

»Natürlich kannst du das«, antwortete er lachend auf seine eigene Frage. »Komm, lass uns reingehen und etwas trinken, bevor wir zu spät kommen und sie den Laden dichtmachen.«

Laryn nickte und stieg aus. Da sah sie zufällig an sich herunter ... und bemerkte erst dann, dass sie immer noch den Overall trug, den sie bei der Arbeit anhatte. Nicht gerade »Ausgeh«-Kleidung.

Die Zweifel trafen sie hart. Hinter dem Steuer oder unter einem Motor war sie selbstbewusst und sicher. Aber in der realen Welt? Nicht so sehr.

»Laryn?«, fragte Tate.

Sie hatte nicht bemerkt, dass er auf ihre Seite des Fahrzeugs gekommen war und nun vor ihr stand und sie besorgt ansah. Sie hatte keine Ahnung, wie lange sie dort gestanden hatte, ohne sich zu bewegen, aber offensichtlich war es lange genug, dass er sich fragte, was zum Teufel sie da tat.

»Ich bin nicht angemessen gekleidet«, platzte sie heraus.

»Was? Natürlich bist du das.«

Laryn stieß einen genervten Atemzug aus. »Tate, ich trage einen Overall.«

»Und? Ich trage meinen Fluganzug. Genau wie der Rest der Jungs. Keiner wird dich zweimal ansehen.«

Das war das Problem. Nur einmal wollte sie die Frau sein, die die Leute anstarrten, wenn sie einen Raum betrat. Nun ... aus einem anderen Grund als der Frage, was zum Teufel sie dort zu suchen hatte, weil sie völlig deplatziert aussah. Das war ihr schon mehr als einmal passiert, und sie freute sich nicht darauf, dass es *hier*, vor Tate, wieder passierte.

»Vielleicht sollte ich einfach ein Taxi nehmen und nach Hause fahren«, überlegte sie.

Erneut betrat Tate ihren persönlichen Bereich. Diesmal war die Tür hinter ihr geschlossen. Und er drängte sich nicht einfach an sie heran; er legte seine Hände auf ihre Schultern und lehnte sich dicht an sie heran.

Als er vorhin auf dem Stützpunkt ihr Gesicht gestreichelt hatte, konnte Laryn nicht anders, als sich in seine Berührung zu drücken. Jahrelang hatte sie davon geträumt, dass Tate Davis sie so ansah, wie er es auf dem Parkplatz des Hangars getan hatte. Und jetzt war er wieder da ... lehnte sich zu ihr, berührte sie. Mit den Daumen streichelte er sanft ihre Schlüsselbeine, und obwohl sie es durch den Stoff des Overalls, den sie trug, nicht spüren konnte, sandte es dennoch Wellen von Elektrizität bis hinunter zu ihren Zehen.

»Bist du darunter nackt?«, fragte er.

Laryn blinzelte schockiert über seine Frage. »Was? Nein!«

»Dann zieh ihn aus.«

»Hm?«

»Du bist nicht nackt. Zieh ihn aus, wenn es dir unangenehm ist, ihn drinnen zu tragen.«

»Aber ich trage nur Shorts und ein Trägerhemd«, protestierte sie.

»Und?«, fragte Tate mit einem leichten Schulterzucken. »Glaub mir, was auch immer du trägst, bedeckt wahrscheinlich viel mehr als das, was viele Frauen da drinnen tragen.«

Und das war ein ganz anderes Problem. Laryn war kurven-reich. Sie mochte die Overalls, weil sie einen Großteil des Gewichts verbargen, das sie im Laufe der Jahre zugelegt hatte. Ihre Shorts waren zwar nicht gerade Daisy Dukes, aber sie war sich immer noch nicht sicher, ob sie sich traute, sie in der Öffentlichkeit zu tragen.

Und das Trägerhemd war schwarz, Gott sei Dank, denn es machte schlanker als die weißen, die sie manchmal zu Hause trug, aber wie gesagt ... es war ein Trägerhemd. Und ihre Brüste waren nicht gerade winzig.

Während sie im Stillen ihre Optionen durchging, von denen es nicht viele gab, starrte sie Tate an. Er beobachtete sie geduldig. Es schien, als würde er so lange dastehen, wie sie brauchte, um sich zu entscheiden, was sie tun wollte. Er schaute nicht zur Tür hinüber, als sei er verärgert darüber, dass er warten musste, um zu seinen Freunden zu kommen. Seine ganze Aufmerksamkeit galt ihr ... und die ganze Zeit über strei-chelte er sie sanft mit den Daumen.

In der Hoffnung, dass sie ihre Entscheidung nicht bereuen würde, sagte sie: »Okay.«

»Okay?«, fragte er.

»Ja. Ich ziehe den Overall aus. Aber du musst zurücktreten.«

Er bewegte sich, ohne zu zögern, aber sein Blick wich nicht von ihrem. Erst als sie nach dem Reißverschluss an ihrer Brust griff. Als sie ihn öffnete, folgte er mit den Augen der Bewegung. Der Moment war geladen, und zum ersten Mal in ihrem Leben fühlte Laryn sich ... sexy. Der Reißverschluss reichte von ihrer Kehle bis zu ihrem Schritt, und Tate sah zu, wie sie ihn so weit wie möglich herunterzog.

Nervös, als würde sie sich zum ersten Mal vor einem poten-ziellen Sexualpartner ausziehen, zuckte Laryn mit einer Schulter und der Stoff fiel ihr über den Arm. Sie tat das Gleiche auf der anderen Seite und hielt den Stoff an ihrer Taille fest, damit er nicht zu Boden fiel.

Tate ließ den Blick nach oben schnellen, und sie sah, wie er schluckte, als ihr Trägerhemd entblößt wurde. Als sie nach unten schaute, bemerkte sie, dass ihre Mädels zum Glück vollständig von dem Baumwollstoff bedeckt waren, aber sie konnte von ihrem Blickwinkel aus ein ziemliches Dekolleté sehen.

Plötzlich fühlte sie sich eher verlegen als sexy und wackelte mit den Hüften, weil sie es hinter sich bringen wollte. Aber typisch für ihr oft ungeschicktes Wesen schätzte sie falsch ein, wo der Stoff war, als sie aus ihm herauszukommen versuchte. Zu Hause ließ sie den Overall immer einfach auf den Boden fallen und stieg aus ihm heraus. Da sie aber nicht wollte, dass er auf dem schmutzigen Boden landete – er konnte durchaus noch ein zweites Mal getragen werden, bevor sie ihn waschen musste –, zog sie ihren Fuß hoch, bevor der Stoff ihn freigegeben hatte.

Sie wäre auf den Hintern gefallen und hätte sich total blamiert, wenn Tate nicht seine Hände um ihre Taille gelegt hätte, um sie zu stabilisieren.

Der Overall fiel trotzdem zu Boden, aber Laryn konnte sich nicht dazu durchringen, sich darum zu scheren. Nicht, wenn Tates Hände auf ihr lagen und sie praktisch in seinen Armen war.

Er starrte ihr den Bruchteil einer Sekunde lang in die Augen, bevor er den Blick wieder sinken ließ. Als sie sich an den Blick auf ihr Dekolleté erinnerte, den sie den Bruchteil einer Sekunde zuvor wahrgenommen hatte, wusste sie, dass er von *seinem* Aussichtspunkt perfekte Sicht darauf hatte.

Zu ihrer Überraschung und Verwunderung spürte sie einen Moment lang seinen harten Schwanz an ihr, bevor er seine Hüften zurückzog.

Sie, Laryn Hardy, hatte Tate Davis eine Erektion verschafft? Sie hätte nicht schockierter sein können.

»Verdammt«, sagte er ehrfürchtig. Dann räusperte er sich und fragte:»Alles klar?«

Laryn nickte.

Er trat einen Schritt zurück, behielt aber eine Hand an ihrer Taille. Dann ließ er den Blick von ihrem Gesicht über ihre Brust zu ihren Hüften wandern, dann zu ihren Beinen und wieder nach oben. Daraufhin holte er tief Luft und beugte sich hinunter, um ihren Overall zu greifen, der in einem Haufen um ihre Knöchel lag.

»Steig raus«, befahl er.

Laryn legte eine Hand auf den Wagen hinter sich, um ihren Beinahesturz nicht zu wiederholen, und gehorchte.

Er stand mit ihrem Overall in der Hand auf und langte nach dem Türgriff der Rücksitzbank. Ohne weiter darüber nachzudenken, warf er das Kleidungsstück hinein und drehte sich dann wieder zu ihr um. Lange Sekunden sagte er kein Wort, während er sie noch einmal von Kopf bis Fuß musterte.

»Soll ich ihn wieder anziehen?«, fragte sie nach einem Moment, weil sie sich Sorgen machte, dass er dachte, sie würde den Anforderungen nicht genügen. Dass es ihm peinlich sein würde, mit ihr gesehen zu werden. Die Baumwollshorts und das Trägerhemd waren auch nicht gerade Ausgehkleidung, aber andererseits ging sie auch nicht wirklich viel aus, also was wusste sie schon?

»Nein!«, schrie er praktisch. Dann holte er tief Luft und sagte in einem ruhigeren Ton:»Nein. Du siehst gut aus. Großartig. Perfekt. Du solltest aber vielleicht ... ähm ... dein Oberteil etwas hochziehen.«

Als Laryn an sich herunterschaute, sah sie, dass ihr BH ein wenig über den Stoff des Trägerhemds hinausschaute. Sie spürte, wie ihre Wangen rot wurden, und zog das Trägerhemd hoch, um dafür zu sorgen, dass es sie vollständig bedeckte. Sie fummelte ein wenig daran herum, glättete es und strich mit den Händen nervös über ihre Oberschenkel.

»Jetzt fühle ich mich altbacken«, brummte Tate.

Laryn stieß einen Atemzug aus. »Als ob«, murmelte sie.

Aber er hatte es gehört. Und er grinste. »Ich meine, ich könnte meinen Fluganzug ausziehen, aber im Gegensatz zu dir trage ich nichts darunter.«

»Nichts?«, platzte Laryn heraus und stellte sich vor, wie er sich aus seinem Kleidungsstück schälte, so wie sie es getan hatte.

»Nun, ich trage eine Unterhose, aber glaub mir, die ist nicht annähernd so sexy wie das, was du anhast.«

Laryn rollte mit den Augen. »Das ist nicht sexy.«

»Von wegen«, sagte Tate fast atemlos.

Sie starrten sich einen langen Moment an, die Luft zwischen ihnen geladen, bevor Tate in Richtung Kneipe nickte.

»Komm schon. Die Jungs werden sich Sorgen machen, wenn wir nicht reinkommen. Du siehst wunderschön aus, Laryn. Ich hätte nie gedacht, dass meine Mechanikerin einen so tollen Körper unter diesem schlabberigen Overall versteckt.«

Dann nahm er ihre Hand in die seine, der Griff fest, als dachte er, sie könnte weglaufen oder jemand könnte versuchen, sie ihm zu entreißen, und ging auf die Kneipe zu.

Tate öffnete die Tür, und es dauerte einen Moment, bis ihre Augen sich an das hellere Licht im Inneren gewöhnt hatten. Es war zwar nicht völlig erleuchtet, aber doch viel heller als draußen. Und zu Laryns Überraschung war es viel belebter, als sie es für eine Stunde vor Ladenschluss an einem Wochentag erwartet hätte. Sie folgte Tate, ohne sich zu beschweren, als er sich durch die herumstehenden Gäste zu einem Tisch im hinteren Teil des Raumes schlängelte.

In der Erwartung, Fragen darüber zu hören, warum Tate sie eingeladen hatte, war Laryn angenehm überrascht, als sie auf dem Weg zu den anderen Night Stalkers nichts als fröhliche Begrüßungen hörte.

»Casper!«

»Wurde auch Zeit!«

»Heilige Scheiße, Laryn – bist du das?«

Sie konnte nicht anders, als über den Unglauben in Pyros Stimme zu seufzen. »Ich bin es«, sagte sie trocken.

Edge stand abrupt auf und hielt sich an der Lehne seines Stuhls fest, während er darauf zeigte. »Hier, nimm meinen Platz«, sagte er.

Laryn spürte die Röte auf ihren Wangen, aber sie lächelte ihn an und sagte: »Danke«, bevor sie sich setzte.

Sie spürte Tate in ihrem Rücken, und seine Finger strichen für den Bruchteil einer Sekunde über ihre nackte Schulter, was ihr erneut einen Schauer über den Rücken jagte.

»Verdammt, Mädchen. Du bist heiß!«, sagte Buck.

»Buck«, warnte Tate von oben.

»Was? Ich sag's ja nur.«

»Du bringst sie in Verlegenheit. Beruhige dich«, ermahnte Tate ihn in einem strengen Ton.

»Das wollte ich nicht. Tut mir leid, Laryn. Aber im Ernst – du bist heiß.«

»Buck!« Diesmal war sein Tonfall fast zornig.

Da sie nicht der Grund für einen Streit zwischen Freunden sein wollte und sich durch das Kompliment warm und wohlig fühlte – hatte jemand sie schon einmal heiß genannt? Sie glaubte es nicht –, sah Laryn zu Tate auf und fragte: »Holst du mir ein Bier?«

»Etwas Bestimmtes?«

»Was auch immer sie vom Fass haben.«

Er starrte sie so lange an, dass sie wieder ein wenig verlegen wurde. Jetzt, da sie saß und sich nicht mehr so zur Schau gestellt fühlte, ging es ihr besser, aber sie zappelte immer noch ein wenig unbehaglich auf ihrem Sitz.

»Du willst kein Mixgetränk? Vielleicht eine Frozen Margarita? Oder ein Glas Wein?«, fragte Obi-Wan von der anderen Seite des Tisches.

Sie blickte zu ihm hinüber. »Ich mag all diese Dinge. Und ich habe auch nichts gegen einen gelegentlichen Schnaps, aber heute Abend ist eher ein Bierabend. Außerdem fahre ich, und Bier wirkt auf mich nicht so stark wie harter Alkohol.«

»Heirate mich«, sagte Chaos dramatisch, als er sich von seinem Stuhl neben ihr erhob und auf die Knie sank.

»Steh auf, Arschloch«, sagte Tate und gab seinem Freund einen Klaps auf den Hinterkopf.

Alle lachten, als Chaos sich wieder auf seinen Platz setzte. Sogar Laryn lachte über seine Mätzchen.

»Ich bin gleich wieder da.« Tate hatte sich vorgebeugt und ihr die Worte direkt ins Ohr gesagt, was ihr erneut eine Gänsehaut auf die Arme trieb, während sein warmer Atem über die empfindliche Haut an ihrem Hals strich.

Sie war sich nicht sicher, was sie erwartet hatte, aber die Gespräche am Tisch drehten sich um die Tests und die eher technischen Aspekte des Fluges und um die Leistung des MH-60.

Das war ein Gespräch, mit dem Laryn gut zurechtkam. Als Tate zurückkehrte, ein Bier vor sie hinstellte und einen Stuhl von einem Tisch in der Nähe herüberzog, der vor Kurzem frei geworden war, hörte sie, ohne mit der Wimper zu zucken, zu und beteiligte sich gelegentlich an dem Fachgespräch.

Aber sie war nicht so in das Gespräch vertieft, dass sie Tates Bein nicht an ihrem eigenen spürte. Sie saßen alle ziemlich dicht gedrängt um den Tisch, und obwohl die Piloten nicht riesig waren, waren sie keineswegs kleine Männer.

Irgendwann stand Tate auf, um den Krug Bier, den sie sich alle teilten, nachfüllen zu lassen, und Laryn brauchte ein paar Minuten, um zu merken, dass er nicht sofort zurückkam. Als sie sich umdrehte, sah sie, wie er an der Bar stand und sich mit einer der Kellnerinnen unterhielt ... die einen knappen Push-up-Sport-BH und Shorts trug, die bis in ihre Arschritze hochgezogen waren und ihre Pobacken zeigten. Sie hatte lange blonde

Haare und flache Bauchmuskeln. Außerdem trug sie ein Paar Stöckelschuhe, die ihren Füßen wehtun mussten, nachdem sie den ganzen Abend darauf gestanden hatte, aber sie schien nicht im Geringsten beunruhigt zu sein.

»Das ist Barb«, flüsterte Chaos dicht an ihrem Ohr, als er sah, wohin ihr Blick gegangen war. »Sie will Casper schon, seit sie ihn zum ersten Mal gesehen hat. Er ist nicht interessiert. Nicht im Geringsten. Doch er ist auch viel höflicher als der Rest von uns. Aber glaub mir, da ist nichts.«

Laryn zwang sich, sich abzuwenden. »Das ist in Ordnung. Es macht nichts.«

»Nicht?«, fragte er leise und musterte sie, während er sich zurücklehnte, um richtig auf seinem Platz zu sitzen.

Laryn hatte das Gefühl, dass dem Abend etwas von seinem Glanz genommen worden war, und achtete mehr auf die Gespräche um sie herum und weniger darauf, was Tate tat.

Als er zum Tisch zurückkehrte, war Barb mit einem Tablett mit Schnapsgläsern in der Hand hinter ihm her.

»Das geht aufs Haus!«, rief sie dramatisch aus und lehnte sich grob zwischen Tate und Laryn, obwohl sie praktisch Schulter an Schulter waren. Sie legte Wert darauf, jedem der Männer zuerst ein Schnapsglas vor die Nase zu stellen – während sie sich tief bückte und ihre Brüste zur Schau stellte, die kaum von dem dünnen Sport-BH bedeckt waren –, bevor sie das letzte Glas vor Laryn abstellte.

Laryn nahm das Getränk in die Hand, roch daran und rümpfte die Nase. Das Getränk ging vielleicht aufs Haus, aber es war definitiv billiger Wodka, nicht die erstklassige Sorte, die sie bevorzugte.

Als Laryn einen Blick auf die glamouröse Kellnerin warf, sah sie, dass sie auf die andere Seite von Tate getreten war ... und aufmerksam auf das Schnapsglas in seiner Hand starrte. Sie hatte einen seltsamen Ausdruck in den Augen, der Laryn unbehaglich machte. Sie erinnerte sich an die Lektionen, die ihr Vater ihr über das Annehmen von Getränken von Fremden beigebracht hatte – und über das Lesen von Körpersprache –, und öffnete den Mund, um Tate zu sagen, dass er es nicht trinken sollte, aber sie war zu spät. Noch während sie darüber nachdachte, setzte er das Glas an den Mund und trank den Shot in einem Schluck.

Die Genugtuung in Barbs Augen reichte aus, um Laryn dazu zu bringen, ihr eigenes Glas mit einem dumpfen Schlag zurück auf den Tisch zu stellen.

»Oh, du verträgst es nicht? Das ist okay, Süße, das kann nicht jeder. Im Gegensatz zu mir. Ich kann mit *allem* umgehen, was diese Piloten austeilen wollen.«

Sie wartete nicht auf eine Antwort, sondern zwinkerte Tate einfach zu, dann sammelte sie die leeren Gläser ein und ließ Laryns noch volles Glas auf dem Tisch stehen, bevor sie so abrupt ging, wie sie gekommen war.

»Was zum Teufel sollte *das* denn?«, fragte Buck.

»Sie hat mich an der Bar in die Enge getrieben. Sie wollte nicht aufhören, mir zu erzählen, wie stolz sie auf uns sei, dass sie gehört habe, dass wir heute eine streng geheime Sache hätten, und dass sie uns mit Gratis-Schnaps beschenken wolle. Ich habe versucht, sie abzuweisen, aber sie wurde nur noch hartnäckiger. Ich dachte, es sei einfacher, einfach mitzumachen.«

Obi-Wan schüttelte den Kopf. »Sie ist ekelhaft. Und nein, Laryn, falls du dich über die Anspielung wunderst, die sie dir an den Kopf geworfen hat, keiner von uns hat sie angefasst. Ekelhaft. Niemals.«

Laryn konnte sich ein Lächeln nicht verkneifen, aber sie war immer noch besorgt über den Glanz in den Augen der Kellnerin, als sie Tate angesehen hatte. »Geht es dir gut?«, fragte sie.

»Ja, warum?«

Sie war wahrscheinlich paranoid. Auf keinen Fall würde Barb so unverfroren sein, Tate unter Drogen zu setzen, wenn er bei seinen Freunden war, oder? Sie war offensichtlich verärgert, dass er mit Laryn hergekommen war, aber das bedeutete nicht, dass sie dumm genug war, ihm etwas ins Glas zu tun. Das würde keinen Sinn ergeben. Wie sollte sie ihn ausnutzen, wenn er mit jemandem zusammen war?

Je mehr sie darüber nachdachte, desto überzeugter war Laryn davon, dass sie sich den Gesichtsausdruck der Frau nur eingebildet hatte.

»Da Casper den Nachschlag, den er an der Bar besorgen sollte, nicht mitgebracht hat, und weil sie bald die letzte Runde ausschenken werden, werde ich wohl nach Hause fahren«, sagte Chaos.

»Ich auch.«

»Ebenso.«

Und einfach so beschloss die Gruppe gemeinsam, dass sie mit dem Feiern fertig war.

Für Laryn war das in Ordnung. Die kleine Menge Alkohol, die sie getrunken hatte, machte sie müde. Es war ein langer Tag voller Stress und Adrenalinschübe gewesen. Sie freute sich darüber, die Piloten, für die sie arbeitete, besser kennengelernt zu haben, aber sie war mehr als bereit, nach Hause in ihre ruhige Wohnung zurückzukehren und zu schlafen.

»Ich kümmere mich um die Rechnung«, bot Buck an, als er aufstand.

»Das habe ich schon getan«, entgegnete Edge, wobei die Genugtuung in seinem Tonfall deutlich zu hören war.

»Scheiße, Mann, ich war dran«, sagte Buck stirnrunzelnd.

»Du musst schneller sein, Junge«, sagte Edge lachend. »Ich habe bezahlt, als ich vorhin zur Toilette gegangen bin.«

»Hinterhältiger Mistkerl«, brummte Pyro.

Es dauerte nicht lange, und alle waren auf dem Weg zur Tür.

Laryn sah sich nach Barb um, konnte sie aber nirgends entdecken, was ihr seltsam vorkam, aber sie war erleichtert, die schöne jüngere Frau nicht mehr sehen zu müssen.

Auf dem Parkplatz trennten sich die Wege, und Laryn ging mit Tate zu seinem Wagen auf der Straße. Seine Hand lag wieder auf ihrem Rücken, und es war fast beängstigend, wie sehr sie sich schon daran gewöhnt hatte.

Als sie den Wagen erreichten, tauchte Barb plötzlich aus dem Nichts auf und erschreckte Laryn so sehr, dass sie zusammenzuckte. Sie war etwas überrascht, dass Tate nicht auch erschrocken war.

»Fährst du nach Hause?«, fragte sie ihn, ohne Laryn anzusehen.

»Ja.«

»Du siehst nicht gut aus. Bist du okay?«

Laryn warf einen Blick auf Tate und erkannte, dass Barb recht hatte. Seine Augen sahen ein wenig glasig aus und er schwankte leicht.

Dieses verdammte Miststück! Sie hatte es gewusst! Barb hatte tatsächlich etwas in das Glas getan, das sie Tate gegeben hatte.

»Ich bringe ihn nach Hause«, sagte Laryn nachdrücklich, rückte näher an seine Seite und legte einen Arm um seine Taille. Sie war erleichtert, als er seinen eigenen um ihre Schultern legte.

»Nein. Ich werde das tun. Ich bin gerade mit der Arbeit fertig«, beharrte Barb und legte eine Hand auf Tates anderen Arm.

Laryn wollte sich nicht auf ein Tauziehen mit Tate zwischen ihnen einlassen, aber auf keinen Fall würde sie diese Schlampe mit ihm *irgendwo* hingehen lassen. Es war nicht üblich, dass Frauen Männer unter Drogen setzten und sie überfielen, aber es war auch nicht gänzlich unbekannt. Sie nahm an, dass Barb eine Geschichte parat haben würde, wenn Tate in ihrem Bett aufwachte. Die kleine Intrigantin könnte sogar schwanger sein, und natürlich würde sie behaupten, das Kind sei von Tate. Was dumm war, denn er würde auf jeden Fall auf einem Vaterschaftstest bestehen.

Oder vielleicht war Barb *nicht* schwanger ... noch nicht. Und sie hoffte, Tate zu vergewaltigen und schwanger zu werden ... dann hätte sie ihn am Haken, um Unterhalt für das Kind zu bekommen, und hätte sich mindestens für die nächsten achtzehn Jahre in sein Leben gedrängt.

Nicht mit Laryn.

»Hau ab, Miststück«, knurrte sie und lehnte sich drohend zu Barb. »Er ist mit mir gekommen, er geht mit mir.«

»Aber du bist ... *fett*!«, sagte Barb fast ungläubig.

»Ich bin kurvig, nicht fett«, korrigierte Laryn sie. »Und Tate scheinen meine Kurven nicht zu stören. Ich weiß, was du getan hast«, zischte sie mit zusammengekniffenen Augen. »Seinen Drink mit Drogen versetzt. Das ist verdammt mies. *Kriminell.* Und ich werde dafür sorgen, dass du dafür bezahlst. Aber zuerst werde ich ihn nach Hause bringen und dafür sorgen, dass das, was du Tate gegeben hast, ihn nicht umbringt.«

»Was? Ich? Ich habe nichts dergleichen getan!«, protestierte Barb.

Aber Laryn konnte die Angst in ihren Augen sehen.

»Geh. Weg«, knurrte sie.

Zu ihrer Überraschung trat Barb einen Schritt zurück.

In der kurzen Zeit, die sie brauchte, um dieses kleine Gespräch mit Barb zu führen, hatte Tate sich so sehr an sie gepresst, dass sie ihn praktisch aufrecht halten musste. Wenn sie ihn nicht in seinen Wagen brachte, würde er wahrscheinlich auf der Stelle auf den Boden fallen. Und sie hatte das Gefühl, dass er nicht wollte, dass sie einen Krankenwagen rief. Sie wünschte, seine Freunde wären noch da. Sie wusste, dass sie sich dafür schämen würden, dass sie nicht gewartet hatten, bis sie alle sicher in ihren Fahrzeugen saßen, um loszufahren, sobald sie gehört hatten, was passiert war.

Wenn sie wirklich das Gefühl hatte, dass Tates Leben in Gefahr war, hätte Laryn nicht gezögert, einen Krankenwagen zu rufen. Aber sie erkannte ein Opfer von K.-o.-Tropfen, wenn sie eines sah. Ihr Vater hatte ihr die Gefahren der Droge erklärt, als sie ein Teenager war, und Jahre später hatte sie gesehen, wie eine Frau in einer Kneipe ohnmächtig wurde, nachdem sie etwas davon bekommen hatte. Zum Glück hatten ihre Freundinnen gesehen, was passiert war, und sie nach Hause gebracht, bevor sie ausgenutzt werden konnte. Tate würde mit Kopfschmerzen aufwachen und sich an nichts mehr erinnern können, nachdem er diesen Schnaps getrunken hatte. Es war gut, dass er am nächsten Morgen freihatte.

Ohne ein weiteres Wort an die verdammte Kellnerin zu richten, lenkte Laryn sie zum Taurus. Sie schaffte es, die Beifahrertür zu öffnen und Tate hineinzusetzen. Nachdem sie ihn angeschnallt und die Tür geschlossen hatte, schaute sie zurück zu der Stelle, an der sie Barb zuletzt gesehen hatte, aber die Frau war nirgends zu sehen.

Sie schwor sich, am nächsten Tag die Kneipe zu kontaktieren und zu berichten, was Barb getan hatte, ging zur Fahrerseite und schloss die Tür. Immer noch wütend und sauer auf sich selbst, weil sie nichts gesagt hatte, *bevor* Tate unter Drogen gesetzt worden war, startete sie den Motor und fuhr zu ihrer Wohnung.

Es war nicht leicht, Tate ins Haus zu bekommen. Zum Glück brauchte sie keinen seiner Freunde zu Hilfe zu rufen. Sie hatte immer noch vor, es ihnen zu sagen, damit sie in Zukunft nicht Opfer von Barbs Blödsinn werden würden – nicht dass sie dort noch länger arbeiten würde, hoffentlich –, aber im Moment galt ihre ganze Aufmerksamkeit Tate.

Er stolperte die Treppe zu ihrer Wohnung hinauf, während sie sich an seiner Seite festklammerte. Sie dachte, er würde auf sein Gesicht fallen, als sie ihn für einen Moment loslassen musste, um ihren Schlüssel aus der Tasche zu holen und die Tür zu öffnen, aber zum Glück blieb er aufrecht.

Sobald sie ihn in ihr Schlafzimmer gebracht hatte – sie brachte es nicht übers Herz, ihn auf das klumpige Sofa zu legen –, fiel er mit dem Gesicht nach unten auf die Matratze. Sie schaffte es, ihm Stiefel und Socken auszuziehen, aber jetzt kam der schwierige Teil.

Sie hatte vor, es ihm bequem zu machen und dann ins andere Zimmer zu gehen, um ein wenig zu schlafen – zwischendurch würde sie alle paar Stunden aufstehen, um nach ihm zu sehen, um sich zu vergewissern, dass er atmete und sich nicht übergeben hatte –, aber zuerst musste sie ihn auf den Rücken und weiter oben auf das Bett legen.

Leider sah es so aus, als sei seine Mitarbeit nun beendet. Darüber konnte sie nicht wirklich verärgert sein, denn er war wenigstens noch halbwegs bei Bewusstsein gewesen, als sie ihn zu sich nach oben brachte.

Sie kroch auf ihr Bett, kniete sich neben Tate und versuchte, ihn auf den Rücken zu drehen. Er rührte sich nicht.

»Verdammt«, murmelte sie. »Ich hatte keine Ahnung, dass du so schwer bist.« Sie war sich bewusst, dass er sie nicht hören konnte und nicht antworten würde, aber wenn sie mit ihm sprach, fühlte sie sich besser. »Was jetzt?«, fragte sie, mehr sich selbst als den bewusstlosen Piloten.

Sie beugte sich herunter und legte ihre Lippen an sein Ohr. »Tate?«, sagte sie leise.

Dann, etwas lauter: »Tate!«

Zu ihrer Freude schmatzte er ein wenig mit den Lippen. Vielleicht gab es noch Hoffnung, Hilfe von ihm zu bekommen.

»Umdrehen!«, befahl sie.

Zu ihrem Erstaunen tat er das auch – nur rollte er auf sie *zu* und stieß sie auf den Rücken. Bevor sie wusste, wie ihr geschah, hatte er sich an sie geschmiegt, einen Arm um ihre Taille gelegt und seinen Kopf zwischen ihren Brüsten vergraben.

Das Trägerhemd, das sie trug, war keine große Barriere, und ihre Brustwarzen wurden sofort hart, als er sich näher an sie schmiegte.

»Tate?«, flüsterte sie und wollte am liebsten für den Rest ihres Lebens genau dort bleiben, wo sie war.

Er grunzte und zog seinen Griff fester an.

Laryn schloss die Augen und dachte über ihre Möglichkeiten nach. Sie konnte bleiben, wo sie war, und unter ihm hinausschlüpfen, sobald er völlig eingeschlafen war. Oder sie konnte tun, was immer nötig war, um sofort aus diesem Bett zu kommen.

»Heiß«, murmelte er, während er ein Bein über ihre Oberschenkel legte und sie noch mehr einklemmte.

Sie war sich ziemlich sicher, dass er ihr sagte, dass seine Körpertemperatur heiß war, nicht, dass er *sie* heiß fand ... im Sinne von gut aussehend, sexy, schön. So sehr sie das auch glauben wollte, sie hatte keine Wahnvorstellungen.

In der nächsten Sekunde rollte Tate sich von ihr weg und griff nach dem Reißverschluss an der Vorderseite seines Fluganzugs.

Das war ihre Chance, vom Bett zu rutschen und zu fliehen ... aber Laryn war wie gebannt. Sie konnte den Blick nicht von seinen Fingern abwenden, mit denen er den Reißverschluss des Anzugs in Windeseile öffnete. Dann waren seine Bewegungen unkoordiniert und unbeholfen, aber irgendwie schaffte er es trotzdem, beide Schultern aus dem Stoff zu ziehen und ihn in Rekordzeit bis zu den Hüften hinunterzuschieben.

Tates Brust war ein Kunstwerk. Er war so muskulös, und sie

war fasziniert von den Sommersprossen, die tatsächlich seinen ganzen Körper bedeckten. Seine Bauchmuskeln spannten sich, als er mit dem Fluganzug kämpfte. In seinem betäubten Zustand war er nicht koordiniert genug, um ihn ganz über seine Hüften zu schieben, was wahrscheinlich auch gut so war, denn was sie von seiner Unterwäsche sehen konnte, reichte aus, um Laryns Herzschlag in die Höhe zu treiben.

Der Mann war riesig ... da unten. Sie hatte ihn schon früher am Abend an sich gespürt, aber als sie einen Blick auf seinen Schwanz in der von ihm erwähnten Unterhose erhaschte, leckte sie sich über die Lippen, auch wenn ihr Mund plötzlich trocken wurde. Er hatte diese Muskeln an den Hüften, auf die die meisten Frauen abfuhren, und Laryn merkte, dass sie keine Ausnahme war.

Bevor sie ihren Verstand einschalten konnte, rollte er sich wieder und drückte sie mit seinem Arm und seinem Bein genau wie zuvor gegen das Bett. Er seufzte genüsslich, als er sich an ihre Brust schmiegte.

»Gemütlich«, murmelte er.

»Scheiße«, flüsterte sie.

Dann hörte sie ganz auf zu atmen, als er mit der Hand unter ihr Trägerhemd glitt und sie an ihrem Körper hinaufschob. Die Hitze seiner Handfläche brannte, als er ihre üppigen Brüste über dem BH berührte und ein zufriedenes Geräusch in seiner Kehle machte.

»Tate?«, sagte sie.

Er antwortete nicht.

»Tate?«, versuchte sie es noch einmal, lauter, in der Hoffnung, dass sie zu ihm durchdringen würde, wie sie es vorhin getan hatte.

Aber es schien, als sei er nun endgültig weg.

Sie lag da, starrte an die Decke und kämpfte mit ihrem Gewissen. Sie sollte alles tun, was nötig war, um ihm zu entkommen. Das war nicht richtig. Er hatte keine Ahnung, was er da tat. Einverständnis war ihr wichtig – und ihm auch nach allem, was er gesagt hatte –, und wenn sie blieb, wo sie war, war sie nicht besser als Barb.

Tief im Inneren wusste sie, dass das nicht stimmte. Sie hatte getan, was nötig war, um Tate aus den Klauen dieser Schlampe zu befreien.

Aber neben dem Mann zu liegen, den sie schon so lange bewunderte ... und liebte ... war eine Tortur. Besonders mit seinen Lippen so nahe an ihren Brustwarzen. Seine Hand über ihrer Brust. Sein Schwanz drückte gegen ihren Oberschenkel, während er sich an sie schmiegte. Es war alles, wovon sie jemals geträumt hatte. Sie wusste, dass er sich nicht bewusst war, was er da tat. Sie könnte buchstäblich jeder sein, und er würde wahrscheinlich genau das Gleiche tun. Aber ihr Herz wollte nicht auf das hören, was ihr Kopf sagte.

Sie lagen oben auf der Decke. Nicht dass ihr kalt gewesen wäre, nicht im Geringsten, und sie konnte sowieso nicht darunter kommen, um die Bettdecke hochzuziehen. Und das Licht im Zimmer war noch an, denn sie hatte vorgehabt, es Tate gemütlich zu machen, bevor sie sich auf die Couch legte, aber Laryn hatte sich noch nie so wohlgefühlt.

Sie würde einfach noch einen Moment länger hierbleiben. Warten, bis Tate wirklich bewusstlos war, dann würde sie sich irgendwie aus seinem Griff befreien und ihn hier liegen lassen, damit er seinen Rausch ausschlafen konnte. Der Morgen würde scheiße werden. Sie würde ihm alles erzählen müssen, was passiert war.

Ihre Augen schlossen sich, und Laryn seufzte. Unter Tate zu liegen war bequemer, als sie es sich vorgestellt hatte. Sie liebte es, dass er offensichtlich ein Kuschler war ... zumindest wenn er bewusstlos war. Sie wollte wach bleiben, den Moment genießen, denn sie war sich ziemlich sicher, dass er sauer sein würde, wenn er aufwachte und herausfand, wo er war und was hier vor sich ging.

Aber der Tag und die Nacht holten sie ein. Der Stress mit den Testflügen, mit Altan Osman, der sie bedrohte, und nachdem sie so viel Zeit mit Tate verbracht hatte, war zu viel für sie.

Sie lag warm, bequem und ... sicher.

Das reichte aus, um sie innerhalb weniger Augenblicke in einen tiefen Schlaf fallen zu lassen.

KAPITEL NEUN

Casper wachte mit Kopfschmerzen auf und fühlte sich so, wie er sich fühlte, wenn er zu viel getrunken hatte. Ihm war auch ein wenig übel, was für ihn nach einer durchzechten Nacht nicht normal war. Er versuchte, sich daran zu erinnern, was er getrunken hatte, aber er konnte sich an kaum etwas erinnern. Er erinnerte sich daran, dass er mit Laryn ins *Anchor Point* gegangen war, dann mit den Jungs abgehangen hatte ... und das war's. Der Rest der Nacht war leer.

Die Angst traf ihn hart. Sich nicht erinnern zu können war verdammt beängstigend, und er war ein Mann, für den Kontrolle sehr wichtig war. Er öffnete die Augen und stellte fest, dass er die Decke, auf die er blickte, nicht erkannte. Es war hell draußen, was bedeutete, dass es Morgen war. Oder Nachmittag? Scheiße, selbst die Tatsache, dass er nicht wusste, wie spät es war, steigerte seine Beunruhigung.

Casper drehte den Kopf, um sich zu orientieren, und erstarrte bei dem Anblick, der sich ihm bot.

Er lag in einem Bett, das er noch nie gesehen hatte. In einem Zimmer, das er überhaupt nicht kannte.

Und neben ihm lag Laryn.

Dann fiel ihm etwas anderes auf. Er war nackt. Na ja, okay, nicht ganz, aber sein Fluganzug war offen und um seine Taille gewickelt, und er trug im Grunde nichts außer seiner Unterwäsche. Laryn trug ein Trägerhemd und Shorts, von denen er sich vage erinnerte, dass sie sie am Abend zuvor getragen hatte, aber das Top war verdreht und eine ihrer Brüste war vollständig zu sehen. Wegen ihres BHs konnte er ihr eigentliches Fleisch nicht sehen, aber es reichte aus, um seinen Schwanz hart werden zu lassen, während seine Finger von dem Wunsch erfüllt waren, sie zu berühren.

Aber das beunruhigendste Gefühl von allen war, dass er den Verdacht hatte, sie bereits berührt zu haben. Er konnte sich nicht daran erinnern, es getan zu haben, aber die Erinnerung an ihre Brust in seiner Handfläche war so klar, als hätte er die Nacht damit verbracht, die Frau zu befriedigen.

Entsetzt darüber, was er im Rausch hätte tun können, bewegte Casper sich. Er warf sich praktisch von der Bettkante und fiel prompt auf den Hintern, wobei er über seinen Fluganzug stolperte, der ihm bis zu den Knöcheln fiel, sobald er stand.

Er stellte fest, dass ihm auch höllisch schwindelig war und dass das Stehen eine Million Hämmer in seinem Schädel ausgelöst hatte. Er setzte sich vorsichtig auf und versuchte zu verstehen, was zum Teufel los war, als Laryn über den Rand der Matratze spähte. Sein unkoordinierter Ausstieg aus dem Bett hatte sie offensichtlich geweckt.

Aber anstatt ihm den Arsch für das aufzureißen, was er ihr letzte Nacht angetan hatte, schaute sie besorgt. »Geht es dir gut?«, fragte sie.

Casper konnte sie nur verwirrt anstarren.

»Richtig, natürlich geht es dir nicht gut. Du bist in einem fremden Zimmer aufgewacht, in einem fremden Bett, mit der letzten Person, von der du dachtest, dass du neben ihr aufwachen würdest.«

Ihr Ton war nüchtern und sachlich, und das trug überraschenderweise sehr dazu bei, dass er sich besser fühlte. Sie errötete allerdings, was ihn erneut darüber nachdenken ließ, was letzte Nacht geschehen war.

»Was ...« Casper war überrascht, dass seine Stimme so kratzig war. Er räusperte sich und versuchte es erneut. »Was ist passiert?«

Sie seufzte. »Dazu komme ich gleich. Aber zuerst solltest du aufstehen. Ich denke, nach einer Dusche wirst du dich besser fühlen. Ich habe nichts anderes, was du anziehen kannst, also musst du mit deinem Fluganzug vorliebnehmen, bis du nach Hause kommst und dich umziehen kannst, aber nach einer Dusche wirst du dich mehr wie du selbst fühlen. Währenddessen mache ich dir einen Kaffee.«

Casper wollte protestieren, aber sein Gehirn war immer noch benebelt. Und aus irgendeinem Grund war er immer noch angespannt, was ihm gar nicht ähnlich war. Er wollte darauf bestehen, dass sie ihm sofort erzählte, was passiert war, aber stattdessen platzte er heraus: »Bist du okay? Habe ich dir wehgetan?«

Laryn war von der Matratze aufgestanden und hatte zum Glück ihr Trägerhemd zurechtgerückt, sodass sie nun wieder ausreichend bedeckt war. Aber das Bedecken ihrer weiblichen Teile trug nicht dazu bei, dass Casper sie weniger begehrte. Sie war umwerfend. Vom Aufwachen gerötete Haut, Kurven an den richtigen Stellen, und ihr Haar war völlig zerzaust ... Sexhaar. Die Frau hatte *Sexhaar*, und er konnte sich an nichts erinnern, was passiert war.

»Mir wehgetan? Nein, natürlich nicht.«

Sie klang so beleidigt, dass er überhaupt gefragt hatte, und Casper war erleichtert. Aber ihre Antwort verwirrte ihn nur noch mehr. Wenn sie keinen Sex gehabt hatten ... warum war er dann in ihrem Bett? Und warum zum Teufel konnte er sich nicht erinnern?

»Komm schon«, sagte Laryn. Sie ging zu ihm hinüber, wo er immer noch auf dem Boden lag, und streckte eine Hand aus.

Ohne nachzudenken, nahm Casper sie und ließ sich von ihr aufhelfen. Mit der freien Hand griff er nach seinem Fluganzug und zog ihn hoch, sodass er sich nicht noch mehr entblößte, und folgte ihr, als sie ihm den Weg aus dem Zimmer und in den Flur wies. Sie hatte seine Hand nicht losgelassen, und dafür war er dankbar. Es fühlte sich erdend an.

In einer Welt, die auf dem Kopf zu stehen schien, war sie plötzlich die einzige Konstante.

Er vertraute ihr. Nicht nur mit seinem Leben, wenn er im Hubschrauber saß, denn es bestand kein Zweifel daran, dass die Frau eine Magierin im Umgang mit den Maschinen war, sondern mit seinem Wohlbefinden im Allgemeinen. Er war verunsichert und ängstlicher, als er es je gewesen war, selbst unmittelbar vor Missionen. Aber mit Laryn an seiner Seite konnte er die ungewohnten Gefühle, die durch seine Adern strömten, kontrollieren.

Sie führte ihn in ein schlichtes Badezimmer, das ihn an das in seiner eigenen Wohnung erinnerte. Arbeitsflächen aus Resopal, eine Kombination aus Dusche und Badewanne, billige Armaturen und Leuchtstoffröhren.

Laryn zeigte auf die Toilette und befahl: »Setz dich.«

Casper setzte sich.

Sie begann, Schubladen und den Schrank unter der Spüle zu öffnen, und murmelte etwas vor sich hin, bevor sie triumphierend sagte: »Aha! Ich wusste doch, dass ich hier irgendwo eine hatte.« Sie hielt eine Zahnbürste hoch, die noch in ihrer Verpackung steckte. »Die habe ich beim letzten Zahnarztbesuch bekommen, und wie ein schlechter Patient habe ich meine alte nicht ausgetauscht. Bleib«, befahl sie.

Verwirrt sah Casper zu, wie sie aus dem Bad trat und dann mit einem Arm voller Handtücher zurückkam. »Hier sind ein Waschlappen und ein Handtuch, sowie eines für nach dem

Duschen. Lass dir Zeit. Du wirst dich wie ein neuer Mensch fühlen, wenn du den Mief abgewaschen hast. Ich bin mit dem Kaffee in der Küche. Ich kann ein paar Bagels und ein paar gefrorene Kartoffelpuffer machen, aber ich habe keine Eier, tut mir leid.«

»Es ist okay«, sagte er.

Mit diesen Worten ging sie zur Tür und wollte sie hinter sich schließen.

»Laryn!«, platzte er heraus, weil er sie aus irgendeinem Grund nicht aus den Augen verlieren wollte. Sie fühlte sich im Moment wie das einzig Vertraute auf der Welt an.

»Ja?«

Er war sich nicht sicher, was er sagen wollte. Sie konnte ja nicht hier drin sitzen, während er duschte. Außerdem war er ein erwachsener Mann, ein Night Stalker. Er brauchte niemanden, der ihm die Hand hielt, während er sich für den Tag fertig machte. Aber was auch immer letzte Nacht passiert war, brachte seinen Kopf durcheinander.

»Danke«, sagte er schließlich ein wenig lahm.

Daraufhin trat Laryn in das kleine Bad zurück und kam zu ihm herüber. Casper spreizte seine Beine, um ihr Raum zu geben, näher zu kommen. Sie zögerte nicht und trat in seinen persönlichen Bereich. Da er saß, war sie größer als er. Sie legte ihre Hände auf seine Schultern und sah ihm in die Augen.

»Du bist in Ordnung, Tate. Ich weiß, du bist verwirrt, wahrscheinlich ängstlich, immer noch müde und vielleicht ist dir sogar ein bisschen übel. Nach dem zu urteilen, was ich gelesen habe, ist das normal. Und ich werde dir beim Frühstück alles erzählen, versprochen.«

Casper leckte sich die Lippen und nickte leicht. Sie hatte die Gefühle, die ihn durchströmten, auf den Punkt gebracht. Instinktiv schlang er seine Arme um ihre Taille und senkte seinen Kopf auf ihre Brust. Sie hob die Hände und streichelte sein Haar, während er sich an ihren Busen lehnte. Er konnte ihre Wärme durch ihr Hemd spüren, ihr Herz an seiner Wange schlagen hören.

Ihr Duft beruhigte ihn. Vanille. Daran erinnerte er sich noch von vorgestern Abend. Wie ihre Lotion nach Keksen roch. Eine weitere Erinnerung blitzte in seinem Gehirn auf. Wie er an ihr lag, seine Hand unter ihrem Hemd, seine Lippen ziemlich genau dort, wo sie jetzt waren ... an ihren Brüsten. Ein Gefühl der Behaglichkeit überkam ihn. Dieses sichere Gefühl kehrte zurück.

Es war viel zu früh, als Laryn sich an ihm bewegte, und er ließ widerwillig seine Arme sinken und hob den Kopf. Ohne ein Wort lächelte sie ihn an, bevor sie sich umdrehte und das Badezimmer verließ, wobei sie die Tür hinter sich schloss.

Casper atmete tief durch, stand auf und zog vorsichtig seinen Fluganzug aus. Er ließ ihn auf dem Boden liegen und trug nur seine Unterwäsche. Er betrachtete sich im Spiegel und sah einen Mann, der kurz vor einer Panikattacke zu stehen schien. Das war kein schöner Anblick, und das war definitiv nicht er.

Er stellte das kalte Wasser an und spritzte sich etwas ins Gesicht. Überraschenderweise fühlte er sich danach viel besser. Das Wasser war ein Schock für sein System, aber es schien auch etwas Klarheit zu bringen. Laryn hatte recht, er musste duschen. Einen klaren Kopf bekommen. Herausfinden, warum er so angeschlagen und nicht in Form war.

Während er sich die Zähne putzte, dachte er über die Erinnerungen an den vergangenen Tag nach. Die Testflüge, das Gefühl des Triumphs. Die Glückwünsche seiner Freunde, Laryn, die im Hintergrund stand und stolz auf ihre Arbeit war ... wie es sich gehörte. Dass er Laryn gebeten hatte, mit ihnen im *Anchor Point* zu feiern. Er erinnerte sich daran, dass es ihr unangenehm war, ihren Overall in der Kneipe zu tragen, und wie er zusah, wie sie ihn auszog. Seiner Meinung nach war das der heißeste Striptease, den er je erlebt hatte ... und Laryn hatte nicht einmal versucht, ihn zu verführen. Aber sie hatte es trotzdem getan.

Aber alles danach, bis er heute Morgen aufgewacht war, war leer. Er wusste nicht mehr, ob sie sich mit seinen Freunden getroffen hatten oder was in der Kneipe passiert war. Verdammt, er wusste nicht mehr, wie er zurück in Laryns Wohnung gekommen war. Er hoffte inständig, dass er nicht gefahren war. Aber sobald er den Gedanken hatte, verwarf er ihn wieder. Laryn würde ihn nicht fahren lassen, wenn er beeinträchtigt war. Allerdings konnte er sich nicht vorstellen, dass er so viel getrunken hatte, dass er einen so extremen Blackout hatte. Er mochte zwar gelegentlich ein Bier oder einen Schnaps, aber er war nicht der Typ, der exzessiv trank.

Was zum Teufel war also passiert?

Er spuckte einen Mundvoll Zahnpasta und Schaum aus, beugte sich hinunter, hob seinen zerknitterten Fluganzug auf und hängte ihn an den Handtuchhalter neben der Dusche. Er stellte das Wasser an und benutzte dann die Toilette, während er darauf wartete, dass es warm wurde.

Er war gezwungen, Laryns Shampoo zu benutzen, ebenso wie ihr Duschgel – das, wie er sah, Sugar Cookie hieß –, und er lächelte bei dem Gedanken, wie sie zu riechen. Manche Männer wären davon abgetörnt, aber nicht Casper. Er war sich seiner Männlichkeit sicher. Und außerdem, wer mochte denn keine Kekse? Es gab schlimmere Dinge, nach denen er riechen konnte. Schon gerochen *hatte*.

Als er aus der Dusche kam, fühlte er sich hundertprozentig besser. Stabiler. Aber jetzt brauchte er Antworten. Antworten, die nur Laryn geben konnte. Er zog seine Unterwäsche wieder an und schloss den Reißverschluss seines Fluganzugs – er wünschte, er hätte jetzt ein paar bequeme Jeans und ein T-Shirt –, hängte das Handtuch auf und öffnete die Badezimmertür.

Laryn stand in ihrer Küche und nippte an der Tasse Kaffee, die sie sich eingeschenkt hatte. Sie hatte sich eine Jeans und ein Sweatshirt angezogen. Nicht weil ihr kalt war, sondern weil sie das Gefühl hatte, sich eine Rüstung zulegen zu müssen. Die letzte Nacht war ... nun, ehrlich gesagt ein wahr gewordener Traum gewesen. In Tates Armen zu schlafen hatte einen lang gehegten Traum erfüllt, den sie hatte, seit sie angefangen hatte, mit ihm zu arbeiten, es hatte ihr auch den angeborenen Wunsch erfüllt, gebraucht zu werden.

Und es ließ sich nicht leugnen, dass Tate sie letzte Nacht gebraucht hatte. Jedes Mal wenn sie aufgewacht war und versucht hatte, sich unter ihm wegzuschieben, war er extrem unruhig geworden. Er beruhigte sich erst, wenn sie sich weiterhin von ihm festhalten ließ. Irgendwann hatte er Laryn auf die Seite gerollt – was ihm sogar im Schlaf mühelos gelang – und sich dann an ihren Rücken geschmiegt, und nichts hatte sich jemals besser angefühlt.

Aber jetzt, im Licht des Morgens, würde sie ihm sagen müssen, dass er betäubt worden war. Sie würde ihm alles erklären müssen, was sie getan hatte, und hoffen, dass er ihr nicht böse sein würde, weil sie nicht einen seiner Freunde oder gar die Polizei angerufen hatte.

Im Nachhinein kam sie sich so dumm vor. Es war wahrscheinlich, dass die Drogen nicht mehr in seinem Körper waren, sodass es keine Beweise für ihre Geschichte geben würde. Nicht einmal seine Freunde hatten gesehen, dass er so verwirrt war, dass er kaum stehen konnte. Im Grunde stand ihr Wort gegen das von Barb. Soweit alle anderen wussten war *sie* diejenige, die ihn unter Drogen gesetzt hatte.

Sie hätten zu ihr fahren können, weil er darauf bestanden hatte, bei ihr zu bleiben, bis Altan untersucht wurde. Dann hätte Laryn die Droge in ein Getränk mischen können, als sie zu ihrer Wohnung zurückkamen. Sie hatte keinen Beweis dafür, dass Barb ihn betäubt hatte, nur ihren Instinkt und die Verwirrung, die er nach dem Schnaps an den Tag gelegt hatte. Sie hatte es vermasselt. Und zwar gewaltig. Sie war enttäuscht von sich selbst. Sie hatte nicht klar denken können, sie hatte ihn nur von Barb weg und zurück in ihre Wohnung bringen wollen, wo sie wusste, dass er sicher sein würde. Aber ihr Handeln bedeutete, dass er nicht in der Lage sein würde, jemanden zu belangen, und dass Barb mit dem, was sie getan hatte, davonkommen würde.

Sie war völlig verkrampft, als Tate in ihr Wohnzimmer schlenderte. Abgesehen davon, dass er ein bisschen faltig war, sah er tausendmal besser aus. Mehr wie der Mann und erfahrene Pilot, den sie im Laufe der Jahre kennengelernt hatte.

Was eine Erleichterung war – und auch eine Enttäuschung. Irgendwie mochte sie den verletzlichen Mann, der er gestern Abend und heute Morgen bei ihr gewesen war.

Nachdem sie ihm eine dampfende Tasse Kaffee gereicht hatte, platzte sie heraus: »Es tut mir leid.«

Er hielt die Tasse halb an die Lippen, lehnte sich dann an den Tresen gegenüber der Küche, wo sie stand, und nahm einen Schluck von dem heißen Gebräu. »Der ist erstaunlich gut. Viel besser als der Mist, den sie im Hangar haben.«

Er hatte nicht unrecht, aber Laryn war nicht in der Stimmung, um den heißen Brei herumzureden. »Gestern Abend hat Barb etwas in deinen Schnaps getan. Ich habe nicht gesehen, wie sie es getan hat, aber sie hat dich viel zu genau beobachtet und schien sehr zufrieden zu sein, nachdem du ihn getrunken hattest. Du fingst an, dich seltsam zu benehmen, und als wir zum Wagen gingen, war Barb da und bot an, dich nach Hause zu bringen, weil du so ›betrunken‹ warst. Aber du warst nicht betrunken. Ich habe gesehen, was du gestern Abend getrunken hast, und es war nicht annähernd genug, um dich so zusammenhanglos zu machen, wie du warst. Ich kenne die Anzeichen dafür, dass jemand K.-o.-Tropfen bekommen hat, und mein Vater hat mir eingebläut, nie etwas zu trinken, bei dem ich nicht selbst gesehen habe, wie es eingeschenkt wird. Ich habe Barb gesagt, sie solle sich verpissen, und dann bist du auf dem Weg zu meiner Wohnung bewusstlos geworden. Ich habe dich ins Bett gebracht, und du warst so gut wie weggetreten. Ich habe dich nicht ausgezogen. Das hast du selbst gemacht. Ich schwöre, ich habe dich weder angefasst noch etwas Unangemessenes getan. Ich hatte nicht vor, mit dir im Bett zu schlafen, aber in deinem benommenen Zustand hast du mich irgendwie umgestoßen. Du hast mir nicht wehgetan«, versicherte sie ihm schnell, als er entsetzt wirkte, »aber ich war im Grunde unter dir gefangen, und ich war müde von den Tests und dem Stress, mich um sie zu sorgen, und um dich und Pyro, und ich bin einfach eingeschlafen. Es ist nichts passiert, Tate. Ich schwöre es.«

Sie atmete schwer, als sie fertig war. Sie war erleichtert, dass sie den Großteil der Erklärung hinter sich gebracht hatte. Er würde sicher Fragen haben, aber die würden leichter zu beantworten sein als der Versuch zu erklären, warum er praktisch nackt in ihrem Bett aufgewacht war.

Als sie zu Tate aufsah, stellte sie fest, dass er weder aufgebracht noch verärgert wirkte, was eine Erleichterung war. Tatsächlich lehnte er immer noch an der Theke, die ihre Küche vom Wohnzimmer trennte, und trank seinen Kaffee.

»Und für welchen Teil von all dem entschuldigst du dich?«, fragte er ruhig, als sie mit dem Sprechdurchfall fertig war.

»Nun ... dafür, dass ich nicht einen deiner Freunde um Hilfe gebeten habe. Dass ich nicht die Polizei gerufen habe. Dass ich Barb nicht die Scheiße aus dem Leib geprügelt und sie dazu gebracht habe, ihre Taten zuzugeben«, sagte Laryn mit einem bedauernden Achselzucken.

Tate stellte die Kaffeetasse auf den Tresen, dann stieß er sich ab, ging um ihn herum und drang in ihren persönlichen

Bereich ein. Er legte seine Hände auf beide Seiten ihres Halses, seine Daumen auf ihrem Unterkiefer, und neigte ihren Kopf noch mehr nach hinten, sodass sie keine andere Wahl hatte, als ihm in die Augen zu sehen.

»Sehe ich aus wie ein Mann, der normalerweise betreut werden muss?«

Laryn schluckte schwer. Sie konnte ihn nicht verstehen. Sie hatte keine Ahnung, ob er sauer auf sie war oder worauf er mit seiner Frage hinauswollte. Sie schüttelte den Kopf, so gut sie konnte, da Tate sie festhielt.

»Genau. Seit meine Mutter uns verlassen hat, als ich vier war, bin ich ziemlich unabhängig. Mein Vater hat Nate und mich dazu erzogen, selbstständig zu denken. Mit fünf Jahren mussten wir schon Aufgaben im Haus erledigen. Mit sieben Jahren habe ich mir mein Mittagessen selbst gekocht. Meinen ersten Job hatte ich mit vierzehn, damit ich zum Haushalt beitragen konnte. Als ich in die Armee eintrat, war ich morgens der Erste, der aufstand, und es war mir immer ein Anliegen, den Gefreiten zu helfen, die es schwer hatten. Als ich heute Morgen aufwachte, geriet ich in Panik. Ich hatte keine Ahnung, wo ich war, und ich konnte mich nicht erinnern, was passiert war. Dann habe ich meinen Kopf gedreht und *dich* gesehen ... und ich habe mich entspannt. Na ja, *nachdem* ich auf den Hintern gefallen war. Als ich eine Sekunde zum Nachdenken hatte, hatte ich keinen Zweifel daran, dass ich in Sicherheit war, weil du da warst. Bin ich sauer, weil ich betäubt wurde? Ja, verdammt! Bin ich verärgert darüber, wie du es gehandhabt hast? Nein. Nicht mal ein bisschen.«

»Ich hätte die Polizei rufen sollen.«

»Vielleicht. Oder auch nicht. Du hast die Entscheidungen getroffen, die du getroffen hast, und ich bin hier. In Sicherheit. Dank dir.«

»Ich glaube, sie wollte etwas Schreckliches tun«, flüsterte Laryn. »Ich habe Frauen wie sie gekannt. Mein Vater hat mir

Geschichten über einige der Dinge erzählt, die den Dirt-Track-Fahrern passiert sind. Den guten. Den beliebten, gut aussehenden. Wie Frauen sie unter Drogen setzten, sie mit nach Hause nahmen, sie vergewaltigten, in der Hoffnung, schwanger zu werden. Nur um eine Art krankes Druckmittel gegen sie zu haben. Wenn die Männer sie nicht heirateten, bekamen sie jahrelang Geld und Unterhalt. Das ist mehr als einmal passiert. Ich könnte den Gedanken nicht ertragen, dass diese Schlampe dir so etwas antut.«

Tate beugte sich vor und legte seine Stirn an die ihre. Er schloss die Augen, und Laryn spürte, wie er an ihr erschauderte. Sie legte die Hände auf seine Seiten und fühlte sich schrecklich, dass er in dieser Situation war.

Dann öffnete er die Augen und zog sich zurück, aber nur um wenige Millimeter.»Danke«, sagte er leise.»Dass du mir den Rücken freihältst. Dass du mich nicht allein hast aufwachen lassen. Dass du dich um mich kümmerst.«

»Du hättest es für mich getan«, sagte sie.

»Das hätte ich auf jeden Fall«, bestätigte er.»Habe ich letzte Nacht irgendetwas getan?«

Laryn runzelte die Stirn.»Irgendetwas?«

»War ich in irgendeiner Weise unangemessen dir gegenüber? Ich erinnere mich an nichts mehr, nachdem du deinen Overall ausgezogen hast und wir in die Kneipe gegangen sind.«

Laryn schluckte schwer und schüttelte den Kopf. Aber dies war Tate. Er hatte eine Art, sie wie ein Buch zu lesen.

»Was habe ich getan?«, fragte er mit einem Stirnrunzeln.

»Es war keine große Sache«, beharrte sie.

»Laryn. Was. Habe. Ich. Getan?«, fragte er erneut mit seiner Offiziersstimme, mit der er normalerweise die rangniedrigeren Soldaten dazu brachte, aufzuspringen und seine Befehle auszuführen.

»Du warst nicht bei Sinnen. Und so gut wie bewusstlos. Du hast dich einfach an mich gekuschelt und geschlafen.«

»Warum wirst du dann rot?«

Scheiße. Na schön. Sie waren erwachsen. Und wie er gesagt hatte, erinnerte er sich an nichts. »Okay. Du hast mich angefasst. Meine Brust«, erklärte sie schnell, als sein Stirnrunzeln sich vertiefte. »Deine Hand war unter meinem Hemd und du hast mich im Schlaf gestreichelt. Aber das war's! Ich schwöre es!«, rief sie aus.

»Scheiße«, murmelte er. Mit den Händen hielt er immer noch ihr Gesicht. »Jetzt muss *ich* mich entschuldigen.«

»Tate, es ist in Ordnung. Es war keine große Sache. Es war schön«, platzte sie heraus.

Es war ein großes Eingeständnis, das sie sofort bereute, sobald sie es ausgesprochen hatte. Aber sie musste ehrlich zu ihm sein. Er hatte heute Morgen einige ziemlich schwere Dinge erfahren. Und auf keinen Fall wollte sie ihm Schuldgefühle über das einreden, was passiert war. Es war nicht seine Schuld, dass eine Schlampe ihm K.-o.-Tropfen gegeben hatte. Es war nicht seine Schuld, dass er ohnmächtig geworden war. Und es war definitiv nicht seine Schuld, dass er sie befummelt hatte ... oder dass sie es so sehr genossen hatte.

»Ich habe da nichts hineininterpretiert. Ich weiß, dass es eine situationsbedingte Sache war«, fügte sie schnell hinzu, als er nicht sofort antwortete.

»Ich bedaure viele Dinge in meinem Leben«, sagte er leise, »aber dass ich mich nicht mehr daran erinnern kann, wie du dich neben mir, an meiner Hand, angefühlt hast, steht jetzt ganz oben auf der Liste der Dinge, die ich am meisten bedaure.«

Laryn starrte ihn schockiert an. Moment – *was?* Hatte sie ihn sagen hören, was sie dachte, dass er gesagt hatte?

Mit den Daumen streichelte er noch einmal ihre Kieferpartie, bevor er seine Hände sinken ließ und zurücktrat. Laryn fühlte sich unsicher auf den Beinen. Was war hier gerade passiert?

Neben ihr ertönte ein Piepton, und es dauerte ein paar Sekunden, bis Laryn erkannte, dass es ihre Heißluftfritteuse war, die ihr mitteilte, dass die Kartoffelpuffer, die sie hineingelegt hatte, fertig waren. Bevor sie sich rühren konnte, war Tate da, schob sie sanft zur Seite und öffnete die Schublade. Sie sah zu, wie er sie geschickt in die Schüssel schüttete, die sie neben das Gerät gestellt hatte, und dann den Knopf drückte, um die Bagels zu rösten, die sie bereits hineingelegt hatte.

Was das Frühstück anbelangte, war es nicht das gesündeste. Nur Kohlenhydrate und keine Proteine, aber das würde sie mit einem gesünderen Mittag- und Abendessen wieder wettmachen. Tate machte es sich in ihrer Küche gemütlich, füllte ihr sogar die Kaffeetasse nach und drängte sie praktisch aus dem kleinen Raum zu ihrem Zweiertisch am Fenster mit Blick auf die Wiese hinter ihrem Wohngebäude.

Und sie war ein wenig schockiert, dass er wieder für sie kochte – konnte man das Toasten eines Bagels als Kochen bezeichnen?

Als er fertig war, bestrich er die Bagels mit Frischkäse und öffnete ihren Gewürzschrank, wobei er lächelnd nach einer Flasche griff. Er bestreute sie mit ihrem Bagel-Gewürz und brachte ihnen die Teller an den Tisch, während er die Schüssel mit den Kartoffelpuffern holte. Er brachte auch Besteck für jeden von ihnen und Papiertücher und setzte sich ihr gegenüber.

»Sieht köstlich aus«, erklärte er, bevor er einen riesigen Löffel der kleinen Kartoffelpuffer aus der Schüssel nahm.

Während sie aßen, fragte er: »Woher wusstest du, dass sie etwas ins Glas getan hatte?«

Laryn hatte geglaubt, dass sie mit dem Gespräch über das Geschehene fertig waren, aber sie hätte es besser wissen müssen. Und sie nahm es ihm nicht übel. Wenn *sie* keine Erinnerungen hätte, würde sie auch jedes einzelne Detail wissen wollen.

Außerdem ging Tate mit allem auf diese Weise um. Er begnügte sich nicht mit oberflächlichen Erklärungen. Er wollte genauere Angaben. Er ließ es ihr nie durchgehen, wenn sie nur oberflächlich erklärte, was sie getan hatte, um seinen geliebten MH-60 zu verbessern. Er wollte jedes noch so kleine Detail wissen, auch wenn er die Hälfte von dem, was sie sagte, nicht verstand.

»Instinkt?«, sagte sie mit einem kleinen Achselzucken, nachdem sie einen Bissen von dem Bagel heruntergeschluckt hatte. Warum schmeckte er heute Morgen so viel besser als vorher, wenn sie genau dasselbe gemacht und auf dem Weg zur Arbeit gegessen hatte? Vielleicht weil *sie* ihn nicht zubereiten musste? Weil sie mit Tate frühstückte, nachdem sie mit ihm geschlafen hatte?

Nein. Nein, nein, nein. Sie musste diesen Gedankengang unterdrücken. Ja, sie hatte mit ihm geschlafen, aber nicht auf eine bedeutungsvolle Weise. Er war bewusstlos gewesen. Er war unter *Drogen* gesetzt worden. Es geschah nicht aus freiem Willen.

»Mehr«, beharrte er.

Laryn rollte mit den Augen. Ja, das war der Tate, den sie kannte ...

Nein. Sie hatte nicht vor, diesen Gedanken zu Ende zu denken. »Sie hatte dich kurz davor angestarrt. Dir ihre Brüste vor die Nase zu halten schien nicht zu funktionieren, und ich schätze, sie muss verzweifelt gewesen sein. Sie kam mit einem Tablett voller Schnäpse an den Tisch und stellte den ersten vor dich hin. Als du ihn in die Hand genommen hast, hat sie dich so angestarrt und darauf gewartet, dass du ihn trinkst. Ich habe mich nur gefragt warum. Und nachdem du ihn getrunken hattest, war der Ausdruck der Zufriedenheit in ihrem Gesicht sonnenklar. Zumindest für mich.«

»Glaubst du, dass die anderen auch betäubt wurden?«, fragte er.

143

Laryn schüttelte den Kopf. »Nein. Sie schienen alle in Ordnung zu sein. Außerdem hatte Barb nur Augen für dich.«

»Ich habe sie nie gefickt«, sagte Tate unverblümt.

Laryn war an die Art und Weise, wie die Soldaten und Matrosen sprachen, mit denen sie arbeitete, mehr als gewöhnt. Sie fühlte sich durch Kraftausdrücke nicht im Geringsten gestört. Auf Tates Geständnis zuckte sie mit den Schultern. »Geht mich nichts an.«

»Das tut es«, beharrte er. »Sie steht auf alles, was einen Schwanz hat. Und ich bin längst über den Punkt hinaus, an dem ich Sex will, nur um zu kommen.«

»Ich glaube, sie fühlte sich von mir bedroht, was lächerlich ist, aber egal.«

»Warum?«

»Warum was?«, fragte Laryn mit einem leichten Stirnrunzeln.

»Warum ist das lächerlich?«

Sie lachte. »Weil ich *ich* bin. Und sie ist all das, was ich nicht bin.«

»Gott sei Dank!«, rief Tate aus. »Sieh mich an, Laryn.«

Ihr Blick hob sich automatisch und begegnete seinem eigenen plötzlich intensiven Starren. »Sie ist ein Miststück. Und ich denke, wir sind uns beide einig, dass sie jetzt, da sie sich dazu herabgelassen hat, Männer unter Drogen zu setzen, um sie zu überfallen und möglicherweise zu erpressen, damit sie entweder mit ihr zusammen sind oder ihr möglicherweise Geld geben, indem sie ein unschuldiges Baby benutzt, auch manipulativ, hinterhältig und ein sexuelles Raubtier ist. Du bist *nicht* wie sie, und das ist auch gut so. Wenn ich in einem anderen Bett als deinem aufgewacht wäre, wäre ich ausgeflippt. Ich habe es schon einmal gesagt und werde es wieder sagen, ich bin bei dir sicher. Du hast es immer wieder bewiesen, indem du dafür gesorgt hast, dass meine Vögel so sicher sind, wie du sie machen kannst. Ich war jahrelang ziemlich ahnungslos, aber jetzt nicht mehr. Ich sagte dir, ich sehe dich, Laryn. Und von jetzt an wird sich alles ändern.«

»Ändern?«, flüsterte sie, erschrocken darüber, was das bedeutete.

»Hat es dir wirklich gefallen, als ich dich gestern Abend berührt habe?«, fragte er, anstatt auf ihre Frage zu antworten.

»Äh ... was hat das damit zu tun?«, hakte sie nach.

»Es hat alles mit *allem* zu tun. Beantworte die Frage.«

»Du weißt, dass du nervig bist, oder?«, konterte sie.

»Jup.« Er beugte sich vor, nachdem er seinen nun leeren Teller zur Seite geschoben hatte. Sein Blick bohrte sich in den ihren, und Laryn konnte nicht wegschauen, selbst wenn ihr Leben davon abgehangen hätte. »Als ich meine Hand unter dein Hemd geschoben habe, hast du da eine Gänsehaut bekommen, so wie ich es schon ein paarmal gesehen habe, als ich dich berührt habe? Wurden deine Brustwarzen hart? Hast du mehr gewollt?«

Laryn schluckte schwer. Seine Fragen waren aufdringlich und überschritten eine Grenze, von der sie nicht sicher war, ob sie sie bei ihm überschreiten sollte. Aber hier in ihrer Wohnung, nach dem besten Schlaf, den sie seit Langem hatte, nachdem sie in der Nacht zuvor alles in ihrer Macht Stehende getan hatte, um diesen Mann aus den Fängen dieser Schlampe herauszuhalten, waren ihre Abwehrkräfte am Boden.

Sie war es leid, ihr Verlangen nach Tate zu verbergen. Und dies schien der perfekte Zeitpunkt zu sein, um zu angeln oder den Köder abzuschneiden. Hatte sie nicht deshalb erwogen, einen anderen Job anzunehmen? So weit weg von Virginia und Tate, wie sie nur konnte.

Sie holte tief Luft, fühlte sich, als sei sie gerade ohne Fallschirm aus einem Flugzeug gesprungen, und sagte einfach: »Ja.«

Tate lehnte sich zurück, und anstatt selbstgefällig oder

eingebildet auszusehen, sah er ... begeistert aus. Erfreut. Erleichtert.

»Ich habe es bereits gesagt, aber wenn ich etwas an der letzten Nacht bereue, dann nicht, dass ich Barb nicht sofort abgewehrt habe. Es ist nicht das Versäumnis, ihr zu sagen, dass wir keinen Schnaps wollen. Es ist nicht, dass ich K.-o.-Tropfen bekommen habe – aber um das klarzustellen, das ist beschissen. Es ist nicht lustig, aufzuwachen und sich an nichts zu erinnern. Eine riesige Leere in deinem Kopf zu haben, obwohl du weißt, dass er nicht leer sein sollte. Nein ... ich bedaure, dass ich mich nicht daran erinnern kann, wie es war, neben dir zu schlafen. Wie du dich an meinen Händen angefühlt hast.«

Die verdammte Gänsehaut war wieder da. Sie konnte sie nicht kontrollieren.

Und sie hatte die Ärmel ihres Sweatshirts vor dem Essen hochgeschoben, was bedeutete, dass Tate sie sah ... und lächelte. Er streckte die Hand aus und fuhr mit einem Finger über ihren Unterarm, um ihn zu streicheln. »Willst du mit mir ausgehen?«, fragte er. »Wir können essen gehen, oder es gibt einen Ort zum Axt-Werfen, der Spaß machen könnte. Ich wette, da wärst du der Hammer. Oder wir können einfach am Strand spazieren gehen. Was auch immer du tun willst.«

Laryn wollte sich am liebsten kneifen. Tate Davis wollte mit ihr ausgehen? Sie wollte vor Aufregung aufschreien. Oder ohnmächtig werden. Eins von beidem. Sie tat weder das eine noch das andere. Stattdessen schenkte sie ihm ein schüchternes Lächeln und sagte: »Das würde mir gefallen.«

Sie saßen eine Weile lächelnd beieinander, bevor Tate aufstand. Er hob ihren leeren Teller und seinen an und machte sich auf den Weg zur Spüle. Doch plötzlich blieb er stehen und drehte sich um. Dann beugte er sich über sie, und Laryn hob ihr Kinn, um seinem Blick zu begegnen, gespannt darauf, was er zu sagen hatte.

Zu ihrem Schock und ihrer Freude sprach er nicht, sondern

küsste sie. Es war ein keuscher Kuss, ein bloßes Streichen seiner Lippen über ihre, aber er sandte Stromstöße bis zu ihren Zehen.

»Danke, dass du letzte Nacht auf mich aufgepasst hast. Dass du mir den Rücken gestärkt hast. Ich werde nie vergessen, was du für mich getan hast.« Seine Stimme war ernst und aufrichtig, und das Gefühl, das sie dabei empfand, war besser als die elektrische Energie, die sein Kuss in ihr auslöste.

Dann ging er weiter zum Spülbecken. Er spülte die Teller ab, während Laryn die leere Schüssel vorbeibrachte. Als das Geschirr weggeräumt war, war sie sich nicht sicher, was sie als Nächstes tun sollte.

Tate nahm ihr die Entscheidung aus der Hand.

»Ich muss nach Hause. Ich will mich umziehen, die Jungs anrufen, den Manager des *Anchor Point*, ihnen allen erzählen, was passiert ist. Ich denke, ich muss wahrscheinlich auch mit Nate sprechen. Er weiß wahrscheinlich, dass etwas mit mir los ist, denn so läuft es manchmal zwischen uns, da wir Zwillinge sind. Ich möchte ihm versichern, dass es mir gut geht, und ihn wissen lassen, wie perfekt die Tests gelaufen sind, und ihn vorwarnen, dass wir nächste Woche auf Mission gehen werden. Außerdem muss ich Tex anrufen. Du solltest mit mir kommen.«

Aber Laryn schüttelte sofort den Kopf. »Nein. Ich werde nicht herumsitzen, während du deine privaten Telefonate führst. Ich gehe an die Arbeit. Ich habe auch noch andere Dinge zu tun, als an deinen Hubschraubern zu arbeiten, weißt du.«

»Blödsinn«, sagte Tate grinsend. »Du weißt, dass meine Hubschrauber für dich an erster Stelle stehen.«

Das Ärgerliche daran war, dass er recht hatte. »Nun, ich muss sicherstellen, dass *dein* MH-60 für die Reise über den Ozean zu dem Zerstörer richtig gesichert ist.«

Sein Lächeln erstarb. »Bleib auf der Hut. Mit Barb, dem

Miststück, der du einen Strich durch die Rechnung gemacht hast, und Osman ... musst du auf alles Ungewöhnliche gefasst sein.«

»Das werde ich.«

Tate starrte sie lange an, bevor er sich umdrehte und den Flur hinunter in Richtung ihres Schlafzimmers ging. Laryn bemerkte zum ersten Mal, dass seine Füße nackt waren. Es hatte etwas so Intimes, ihn ohne die Stiefel zu sehen, die er immer trug.

Als er zurückkam, hatte sie sich nicht bewegt, und er sah eher aus wie der eingebildete Night Stalker, der er war. Aber da war jetzt ein Ausdruck in seinen Augen, der vorher nicht da gewesen war. Sie hatten etwas Intensives zusammen erlebt, auch wenn er sich nicht mehr daran erinnerte. Er war klug genug, um zu erkennen, was passiert wäre, wenn sie ihn mit Barb hätte gehen lassen. Wenn sie sich von ihrer Unsicherheit in Bezug auf die andere Frau hätte überwältigen lassen. Oder wenn ihr Vater sie nicht über die Gefahren von Drogen aufgeklärt hätte, die in Getränke gemischt wurden, um den Betroffenen handlungsunfähig zu machen. So vieles hätte gestern Abend anders laufen können, und Laryn war dankbar dafür, dass sie verhindern konnte, dass Tate einem Raubtier zum Opfer fiel.

Anstatt an ihr vorbei zur Tür zu gehen, kam Tate direkt auf sie zu. Laryn starrte zu ihm auf, als er sich ihr näherte, und zuckte nicht zurück, als er in ihren persönlichen Bereich eindrang. Er schlang eine Hand um ihren Nacken und die andere um ihre Taille, als er sie an sich zog. Laryn schmolz an ihm dahin und schluckte schwer. Das Gefühl seiner schwieligen Finger auf der empfindlichen Haut ihres Nackens ließ diese blöde Gänsehaut mit aller Macht zurückkehren.

Sie mochte alles an diesem Mann. Seine Arbeitsmoral, sein Selbstvertrauen und ja, sogar seine Überheblichkeit. Wenn er etwas wollte, setzte er sich mit aller Kraft dafür ein. Und die

Tatsache, dass er anscheinend auch *sie* wollte, war etwas, das sie immer noch zu begreifen versuchte.

»Ich würde dich gern noch einmal küssen«, sagte er. Seine Lippen waren nahe an ihren, berührten sie aber nicht.

Laryn leckte sich erwartungsvoll über die Lippen, konnte ihre Stimmbänder jedoch nicht zum Arbeiten bringen.

»Laryn? Ich brauche deine Zustimmung. Du kannst Nein sagen. Ich weiß, das mit uns geht schnell. Aber was gestern Abend zwischen uns passiert ist – dass du mir den Rücken freihältst, ohne zu erwarten, dass ich es verstehe oder dir aus irgendeinem unerklärlichen Grund nicht die Schuld gebe oder *dich* beschuldige, mich unter Drogen gesetzt zu haben – hat mich dazu gebracht, meinen Plan, dich langsam und stetig zu umwerben, über den Haufen zu werfen.«

»Du wolltest ... mich *umwerben*?«, fragte Laryn erstaunt.

»Ja. Ich bin endlich in die Gänge gekommen und habe erkannt, dass eine Frau, die ich mochte, respektierte und begehrte, direkt vor mir stand, und ich war ein dummer Idiot und habe es drei Jahre lang übersehen.«

Laryn wollte am liebsten weinen, aber sie zügelte auch ihre Aufregung. Sie wollte nicht zu viel vorwegnehmen.

»Also ... darf ich?«, fragte er noch einmal und nickte ein wenig in Richtung ihrer Lippen.

»Ja. Bitte«, seufzte Laryn.

Er senkte sofort den Kopf und in der Sekunde, in der seine Lippen ihre berührten, wusste Laryn, dass sie nie wieder dieselbe sein würde.

Dieser Kuss war anders als der keusche »Dankeschön«-Kuss, den er ihr zuvor gegeben hatte. Er begann süß und sanft, geriet aber schnell außer Kontrolle.

Der Griff in ihrem Nacken wurde fester, als er tief in seiner Kehle knurrte. Er leckte über ihre Unterlippe, und Laryn öffnete sich für ihn. Seine Zunge glitt in ihren Mund und übernahm die Kontrolle, so wie er es vermutlich mit allem in seinem Leben tat. Aber Laryn war mehr als zufrieden damit, ihm die Führung zu überlassen. Nur mit Mühe konnte sie sich aufrecht halten. Ihre Zungen wirbelten umeinander, während jeder erfuhr, was der andere mochte. Und als Tate ihr in die Lippe zwickte, wirbelte ihr Bauch und diese lästige Gänsehaut kehrte zurück.

»Verdammt, Frau«, flüsterte er, als er seine Lippen zu einer empfindlichen Stelle unter ihrem Ohr bewegte.

Laryn konnte spüren, wie sehr er den Kuss offenbar genoss, denn seine Erektion drückte gegen ihren Bauch, während er sie an sich presste. Er hob den Kopf, zog sich aber weder zurück noch löste er seine Arme von ihr.

»Wann?«, fragte er.

»Wann was?«, fragte Laryn, die insgeheim seine neandertalerhaften Grunzlaute mochte, wenn er extreme Gefühle empfand. Er war so ganz anders als der verletzliche Mann, den sie vorhin im Bad an ihren Busen geschmiegt hatte. Aber sie mochte beide Seiten an ihm.

»Wann darf ich mit dir ausgehen?«

»Ähm ... ich bin mir nicht sicher. Ich glaube, wir haben beide viel zu tun, um uns auf die Mission vorzubereiten.«

»Ich warte nicht, bis wir zurück sind. Sobald wir an Bord sind, werden wir keine Privatsphäre mehr haben, und ich werde dich keinen Gerüchten oder Andeutungen von Leuten aussetzen, die uns nicht kennen oder die denken, dass wir etwas tun, was wir nicht tun sollten. Du bist nicht in der Armee, und es ist nicht verboten, dass wir uns treffen.«

»Ich sage weder Nein noch widerspreche ich, ich weiß nur nicht, wann wir Zeit haben werden«, sagte sie und freute sich insgeheim, dass er unbedingt mit ihr ausgehen wollte.

»Wir werden uns Zeit nehmen. Es locker angehen. Ich fühle mich immer noch nicht wohl dabei, dich nachts allein zu lassen, nicht wenn Osman da draußen ist. Letzte Nacht war schon schlimm genug, weil ich so neben der Spur war, dass ich dich nicht hätte beschützen können, wenn jemand eingebrochen wäre. Aber ich verstehe auch, dass es dir unangenehm ist, wenn ich über Nacht bei dir bleibe ... selbst hier auf deiner Couch, wie ich es vorher getan habe. Ich kann einen der Jungs dazu bewegen hierzubleiben, wenn dir das lieber ist.«

Ihr Herz flatterte in ihrer Brust. Die Sorge, die dieser Mann um sie hatte ... und sie waren noch nicht einmal zusammen ... das war unerwartet und etwas, das sie nicht gewohnt war. »Mein Vater hätte dich geliebt«, platzte sie heraus. Tate war genau wie er, beschützend und ein Alphatier durch und durch.

»Ich wünschte, ich hätte ihn kennenlernen können. Er hat eine großartige Tochter großgezogen. Wir reden später weiter. Ich werde dich wissen lassen, was Tex über diese Osman-Situation denkt.«

»Und was der Manager des *Anchor Point* sagt. Ich hatte vor, ihn heute selbst anzurufen«, sagte Laryn. Hätte jemand sie in dieser Sekunde gefragt, hätte sie gesagt, dass es unangenehm sei, sich mit jemandem zu unterhalten, den man liebte, während man an ihm klebte und seine Erektion am Bauch spürte, nachdem man gerade geküsst worden war, als ginge die Welt unter. Aber es fühlte sich wie das Natürlichste überhaupt an. Und unwirklich obendrein.

»Natürlich.« Dann beugte Tate sich herunter und küsste sie erneut. Aber es war nicht ganz so intensiv wie zuvor. Für den Bruchteil einer Sekunde krallte er seine Finger in ihren Nacken, bevor sie losließ und einen Schritt zurücktrat.

»Nochmals vielen Dank, Laryn«, sagte er leise. Dann schritt er mit der Zuversicht, die sie von dem erstklassigen Piloten gewohnt war, auf ihre Tür zu.

»Schließ hinter mir ab«, befahl er.

Laryn rollte mit den Augen. »Ich bin keine Idiotin«, sagte sie ein wenig verärgert.

»Nein, bist du nicht. Bis dann.«

Und damit war er weg.

Laryn eilte zur Tür, schloss den Riegel und legte die Sicherheitskette an. Dann drehte sie sich mit dem Rücken zur Tür und schlang die Arme um ihren Bauch. Ein Lächeln bildete sich auf ihrem Gesicht, als sie sich über die Lippen leckte und dort immer noch Tate schmeckte.

Alles geschah so schnell, aber sie konnte nicht behaupten, darüber verärgert zu sein. Sie liebte Tate Davis schon seit einer gefühlten Ewigkeit, und es war unwirklich, dass er in ihrer Wohnung war und sie küsste, als hinge sein Leben davon ab. Sie hatte keine Ahnung, wie das ihre Beziehung auf der Arbeit verändern würde. Darüber machte sie sich Sorgen, aber *irgendetwas* musste sich ändern. Sie war in einen Trott verfallen und war nicht glücklich, deshalb hatte sie sich nach anderen Jobs erkundigt.

Das bereute sie jetzt, vor allem wenn Altan Osmans Drohungen sich als ernsthaft herausstellten. Aber sie würde diese Brücke überqueren, wenn es so weit war. Wenn sie irgendetwas war, dann war sie praktisch veranlagt. Im Moment musste sie duschen und zur Arbeit fahren. Sie musste beim Verladen eines Hubschraubers helfen, und sie wäre stinksauer, wenn ihrem Baby auf dem Weg zu dem Zerstörer der Marine etwas zustoßen würde. Das Leben von Tate und Pyro hing davon ab, dass dem Hubschrauber während des Transports nichts passierte. Sie musste alles in ihrer Macht Stehende tun, um diese Möglichkeit zu minimieren.

Laryn lächelte immer noch, als sie in ihr Badezimmer ging und sah, dass Tate das Handtuch, das er benutzt hatte, direkt neben ihrem aufgehängt hatte. Ein Schauer lief ihr über den Rücken, als ihr ein Blick in eine mögliche Zukunft mit Tate durch den Kopf schoss. Es könnte sein, dass es zwischen ihnen nicht funktionierte, dessen war sie sich bewusst ... aber was, wenn doch?

Sie atmete tief durch und tat ihr Bestes, um ihre Aufregung zu zügeln. Für den Moment würde sie die Zukunft einfach abwarten. Was auch immer geschah, geschah. Sie würde versuchen, die Fahrt zu genießen und sich nicht in den Details zu verzetteln.

Aber wenn sie an diesen Kuss dachte und daran, wie unglaublich er war, war das fast unmöglich. Neben ihm zu schlafen und ihn zu küssen hatte ihre Welt auf den Kopf gestellt. Wenn sie jemals zu einem Punkt kamen, an dem sie intimer wurden ... könnte sie in Flammen aufgehen.

Laryn zog sich aus, stieg unter die Dusche und versuchte zu überlegen, wie sie das alberne Lächeln aus ihrem Gesicht entfernen konnte, bevor sie zur Arbeit ging.

KAPITEL ZEHN

Caspers Telefonat mit dem Manager des *Anchor Point* war frustrierend. Er hatte dem Mann alles erzählt, was Laryn gesehen und getan hatte, aber der Manager zögerte, Barb ohne Beweise einfach zu entlassen. In der Vergangenheit hatte es nie Beschwerden über sie gegeben, und sie war offenbar eine fleißige Mitarbeiterin. Es gab keine Sicherheitskameras, die auf die Bar gerichtet waren und mit denen bewiesen werden konnte, dass sie seinen Schnaps mit K.-o.-Tropfen versetzt hatte, und er argumentierte, dass er nicht einfach Laryns Wort über das, was passiert war, über das seiner Angestellten stellen konnte.

Das war zwar keine Überraschung, aber dennoch frustrierend.

Die Reaktionen seiner Teamkameraden waren zufriedenstellender.

Sie.

Waren.

Wütend.

Er musste jedem von ihnen versichern, dass es ihm gut ging, dass Laryn getan hatte, was sie tun musste, um dafür zu sorgen, dass er von Barb, dem Miststück, getrennt und in Sicherheit war.

»Sie ist erledigt«, hatte Pyro ihm mit grimmigem Tonfall gesagt.

Casper machte sich nicht die Mühe zu fragen, was das bedeutete; das brauchte er auch nicht. Wenn Pyro mit ihr fertig war, würde die Frau aus dem *Anchor Point* verschwunden sein ... und wahrscheinlich auch aus der Gegend um Norfolk.

Als Nächstes stand sein Zwillingsbruder auf der Liste der anzurufenden Personen.

Nate antwortete nach nur einem Klingeln. »Bist du okay?«

Casper hatte recht; Nate hatte gewusst, dass etwas nicht stimmte. »Ja.« Er erzählte seinem Bruder kurz und knapp, was passiert war. Auch, dass er aufgewacht war und sich absolut nicht an den Vorfall erinnern konnte, und wie verwirrend das gewesen war.

»Aber jetzt geht es dir gut?«

»Ja. Dank Laryn.«

»Bist du sicher, dass sie nicht mit drinsteckt? Dass sie und diese Barb-Schlampe nicht zusammengearbeitet haben?«

Die Wut stieg schnell in Casper hoch. »Was zum Teufel, Bruder? Nein! Sie hat nicht mit Barb unter einer Decke gesteckt! Ich kann nicht glauben, dass du das überhaupt sagst. Ich kenne Laryn seit drei Jahren, und ich habe nicht den geringsten Zweifel daran, dass sie hinter mir steht. Sie hat buchstäblich mein Leben in der Hand, wegen der Arbeit, die sie an meinen Helis macht. Wenn sie mich verletzen wollte, hätte sie mehr als genügend Gelegenheiten dazu gehabt.«

»Sie könnte das getan haben, was sie der Kellnerin vorgeworfen hat. Versuchen, dich in eine Falle zu locken.«

»Ich bereue es noch, dass ich dich angerufen habe, Nate. Laryn ist zu ehrlich, um so etwas Schreckliches zu tun. Wenn sie an mir interessiert wäre, würde sie es mir einfach sagen.«

»Würde sie das?«

Etwas im Tonfall seines Bruders ließ Casper innehalten.

»Ich will damit nur sagen, dass ich euch beide zusammen auf dem Marineschiff gesehen habe, nachdem du Josie, Kevlar und mich gerettet hattest.«

»Ja, du hast ja gesehen, wie sie mich angeschnauzt hat, weil ich ihren Hubschrauber zum Absturz gebracht habe«, entgegnete Casper.

»Ja, aber es war die Art, wie sie dich ansah. Mit Erleichterung. Sie hat die Wut als Schutzschild benutzt.«

Das Argument, das Casper parat hatte, blieb ihm in der Kehle stecken. »Woher weißt du das?«

»Weil ich Augen habe. Hör zu, ihr arbeitet seit Jahren zusammen. Du bist fantastisch. Gut aussehend, wenn ich das sagen darf ...«

Casper schnaubte. Da er und Nate Zwillinge waren, war es urkomisch, dass sein Bruder das überhaupt sagte.

»Und du bist höflich, wertschätzend und freundlich. Warum sollte sie sich *nicht* in dich verlieben? Und wenn du nicht die Neigung zeigst, ihre Gefühle für dich zu erwidern, indem du sie immer beschimpfst, als sei sie einer von den Jungs, warum sollte sie sich einer möglichen Zurückweisung aussetzen? Es scheint ein sicherer Weg zu sein, dich für sich selbst zu haben, indem sie sich schwängern lässt ... genau wie sie behauptet, dass die Kellnerin es versucht hat.«

Casper hatte es satt zu hören, wie sein bester Freund, sein Fleisch und Blut, die Frau verunglimpfte, die immer wieder für ihn da gewesen war. Die alles getan hatte, um dafür zu sorgen, dass er in Sicherheit war. Die die Angst, die sein Blut durchströmte, gelindert hatte, als er aufgewacht war, ohne sich an das zu erinnern, was ihm in der Nacht zuvor widerfahren war.

»Sie ist nicht so. Ich war nie ein Kriegsgefangener, aber ich kann mir vorstellen, dass du, als du realisiert hast, was nach deiner Gefangennahme passiert ist, so gestresst warst wie nie zuvor«, sagte Casper in einem tiefen, kontrollierten Ton. »Du wusstest nicht, was die Zukunft bringen würde, du warst wahrscheinlich verwirrt, verletzt und hattest sogar Angst. Und dann hast du gemerkt, dass du nicht allein bist. Dass Josie in der Zelle neben dir sitzt. Das gab dir einen Fokus. Etwas anderes, auf das du dich konzentrieren konntest. So habe ich mich auch gefühlt, Nate. Abgetrieben, desorientiert, ängstlich. Und dann drehte ich den Kopf und sah Laryn, und ich erkannte, dass ich in Sicherheit war. Sie würde nie zulassen, dass mir etwas passiert, wenn ich in einem ihrer Babys in der Luft bin, und sie würde nie zulassen, dass mir hier auf dem Boden etwas passiert. Und seit wann bist du überhaupt so verdammt gesprächig? Ich glaube, ich mochte es lieber, als du noch nicht geredet hast«, beendete er seine Rede und klang dabei wie ein Dreijähriger, dem gerade sein Lieblingsspielzeug weggenommen worden war.

Anstatt sich über seine Ehrlichkeit zu ärgern, lachte Nate nur. Dann fragte er: »Als wir im Irak waren, nachdem der Hubschrauber abgestürzt war, erinnerst du dich daran, wie ich dir gesagt habe, dass ich nicht weiß, woher Josie kommt, oder irgendetwas über sie weiß, außer dass sie mir gehört?«

»Natürlich.«

»Wenn ich mit ihr zusammen bin, fühle ich mich so, wie du es gerade beschrieben hast, als du mit Laryn aufgewacht bist. Sicher. Und es tut mir leid. Ich habe da sozusagen des Teufels Advokat gespielt. Ich wollte sichergehen, was Laryn angeht. Mein Rat für dich? Verlier dich nicht in deinen Gedanken. Wenn du deine Mechanikerin magst, bleib dabei. Zweifle nicht an dir und deinen Gefühlen. Sie könnte das Beste sein, was dir je passiert ist, so wie Josie für mich. Es macht nichts, dass du drei Jahre gebraucht hast, um zu erkennen, was direkt vor deiner Nase lag. Es ist nur wichtig, dass du es endlich erkannt hast.«

»Ja«, stimmte Casper leise zu.

»Ich möchte sie kennenlernen. Ich will sie *wirklich* kennenlernen, nicht nur im Vorbeigehen wie auf dem Schiff. Ich erwarte von dir, dass du das möglich machst, Tate.«

»Ich weiß nicht, wie es mit uns weitergeht«, erwiderte er, obwohl er wusste, was er sich für die Beziehung *wünschte*. »Oder wann ich die Zeit haben werde, nach Kalifornien zu kommen. Wir fliegen in weniger als einer Woche zurück in den Nahen Osten.«

»Scheiße. Halt mich auf dem Laufenden, wenn du kannst«, befahl Nate.

»Das werde ich. Das gilt auch für dich.«

»Ja. Tate?«

»Immer noch hier.«

»Ich bin froh, dass es dir gut geht. Für mich war es scheiße, als du einen Filmriss hattest. Ich war mir nicht sicher, was los war. Ich würde mich gern eines Tages bei Laryn bedanken können.«

»Das würde mir auch gefallen. Pass auf dich auf, Bruder.«

»Du auch. Bis dann.«

»Bis dann.«

Casper legte auf und holte tief Luft. Nates Drängen, sich zu vergewissern, dass Laryn nur seine besten Absichten verfolgte, war ärgerlich, aber er verstand, was sein Bruder damit bezweckte. Dass er einfach nur versuchte, seinen Zwilling zu schützen.

Er dachte an den Moment in den Bergen zwischen Iran und Irak zurück, als Nate ihm in die Augen geschaut und behauptet hatte, Josie gehöre ihm, obwohl er sie gerade erst kennengelernt hatte. Wenn er sich richtig erinnerte, hatte Josie damals wegen des Traumas, das sie durchgemacht hatte, nicht einmal gesprochen, und dennoch wusste sein Bruder ohne jeden Zweifel, dass sie die Frau für ihn war.

Casper war mit Laryn noch nicht so weit, aber er konnte zugeben, dass er noch nie für eine andere Frau so empfunden hatte wie für sie. Er hatte noch nie das Gefühl gehabt, dass er sich bei einer anderen Frau, mit der er zusammen war, völlig gehen lassen konnte. Sie stand hundertprozentig hinter ihm, das hatte sie in ihrem Job immer wieder bewiesen.

Andere würden vielleicht argumentieren, dass jeder gute Mechaniker dasselbe tun würde ... sicherstellen, dass mit den von ihm gewarteten Hubschraubern alles in Ordnung war. Aber Casper hatte Erfahrungen, die etwas anderes besagten.

Laryn war auch der erste Mensch, der ihn begrüßte, wenn er von einer Mission zurückkam, sie wollte wissen, ob irgendetwas mit dem Hubschrauber nicht stimmte, wie er funktionierte, ob es etwas gab, das seiner Meinung nach optimiert werden musste. Aber es fühlte sich persönlich an ... als sei es ihr wichtiger, nach *ihm* zu sehen als nach ihren kostbaren Hubschraubern.

Und wenn er an die Jahre zurückdachte, an die Neckereien und Sticheleien, die sie sich immer lieferten, wurde ihm klar, dass die Worte seines Bruders ins Schwarze trafen. Er griff immer auf ihre bewährte Art der Kommunikation zurück, weil sie einfach und vertraut war. Und weil er nicht wusste, wie er Laryn zeigen sollte, wie sehr er ihre Fürsorge zu schätzen wusste.

Er war wie ein Drittklässler, der das Mädchen, das er mochte, an den Haaren zog. Oder über den Schulhof jagte. Oder einen Frosch in ihre Brotdose steckte. Und dieser Scheiß sollte aufhören. Jetzt. Heute. Er hatte den ersten Schritt getan, indem er sie gefragt hatte, ob sie mit ihm ausgehen wolle, aber er würde sie nicht weiter bedrängen. Sie war ein Profi, eine verdammt gute Mechanikerin, und sie hatte es nicht nötig, dass er sich in ihre Arbeit einmischte.

Wenn er an Laryn dachte und daran, wie sie alles in ihrer Macht Stehende getan hatte, um ihn beim Fliegen zu beschützen, wollte er sich revanchieren. Er war sich nicht sicher, ob Altan Osman wirklich eine Bedrohung darstellte, aber sein Bauchgefühl sagte ihm, dass da etwas nicht stimmte. Er hasste es auch, dass Laryn so unzufrieden gewesen war, dass sie darüber nachdachte, sich einen anderen Job zu suchen.

Es war an der Zeit, Tex anzurufen.

John Keegan, der von fast allen Tex genannt wurde, war ein ehemaliger SEAL, der einen Teil seines Beins verloren hatte und aus medizinischen Gründen in den Ruhestand versetzt worden war. Seitdem arbeitete er sowohl für die Regierung als auch auf eigene Faust und half bei der Suche nach Entführten, Gefangenen oder einfach Verschwundenen. Er hatte eine Schwäche für Mitglieder der Spezialeinheiten und ihre Familien, und es hieß, dass er dabei geholfen hatte, Dutzende von Menschen zu finden und sie wohlbehalten nach Hause zu bringen.

Aber er war nicht nur in der Lage, vermisste Menschen aufzuspüren ... er war ein Computergenie, und so konnte er die Vermissten überhaupt erst aufspüren. Casper hörte, dass er in seinem Keller einen Raum voller Computerbildschirme hatte, auf denen Peilsender blinkten, die Tex einigen seiner engsten Freunde und deren Familien gegeben hatte, nur um sie im Auge zu behalten. Er war in der Lage, sich in Verkehrskameras, Telefonaufzeichnungen, Social-Media-Konten, E-Mails und Regierungscomputer zu hacken und auf andere Weise in die am meisten geschützten und verschlossenen Unterlagen einzudringen, um jede Art von Information zu erhalten.

Und Casper brauchte sein Fachwissen. Er brauchte geheime Informationen, von denen er annahm, dass nur Tex sie bekommen konnte. Er hatte noch nie mit dem Mann gesprochen, aber seine Kontaktinformationen waren in der Gemeinschaft der Spezialeinheiten herumgereicht worden. Seine Telefonnummer hatte er von einem Delta-Force-Agenten erhalten, den er einmal auf einer Mission transportiert hatte und der jetzt mit seiner Frau und seinen Kindern in Texas lebte. Oz hatte nichts als Lob für Tex übrig, und er hatte Casper versichert, dass er nicht zögern sollte, sich zu melden, sollte er den Mann jemals brauchen.

Casper war sich nicht sicher, ob er die besonderen Fähigkeiten von Tex wirklich brauchte oder nicht. Er konnte sich nur auf sein Gefühl verlassen, das ihm sagte, dass Altan Osmans Drohungen ernst zu nehmen waren. Er brauchte Fakten. Und anscheinend konnte Tex sie beschaffen.

Er wählte die Nummer, die er schon lange auswendig kannte, und hoffte inständig, dass Tex nicht in Rente gegangen war ... oder seine Nummer geändert hatte.

Es klingelte dreimal, bevor ein Mann mit leichtem Südstaaten-Akzent antwortete, der niemand anderes als der berüchtigte Tex sein konnte. »Wer ist da?«

Casper war nicht beleidigt über die schroffe Begrüßung. Er war sogar beeindruckt, dass er überhaupt ans Telefon gegangen war. Heutzutage ging *er* nicht mehr ran, wenn er nicht wusste, wer anrief.

»Mein Name ist Tate Davis. Ich werde Casper genannt. Ich bin Offizier der US-Armee. Night Stalker. Ich brauche Informationen über eine mögliche Bedrohung für die Frau, mit der ich zusammen bin.«

»Ich rufe zurück.«

Die Leitung war tot.

Casper war ein wenig verblüfft, aber er nahm dem Mann sein Verhalten nicht übel. Alle sagten, er sei der Beste, und wenn jetzt nicht der beste Zeitpunkt zum Reden war, würde er warten.

Es war keine lange Wartezeit. Zwanzig Minuten später klingelte Caspers Handy, gerade als er seine Wohnung verlassen wollte. Es war eine unbekannte Nummer, aber er hatte das Gefühl, dass er wusste, wer am anderen Ende der Leitung war.

»Hallo?«

»Hey, Casper. Tex hier. Tut mir leid wegen vorhin. Ich

nehme keine unangemeldeten Anrufe an, bis ich sie überprüft habe.«

»Und ich bin überprüft?«, fragte er und überlegte, wie viel dieser Kerl in zwanzig Minuten über ihn hätte herausfinden können.

»Jawohl. Distinguished Service Cross, Silver Star, Distinguished Flying Cross, drei Bronze Stars und zehn Air Medals – vier davon mit Valor Device. Tausende von Flugstunden bei Tageslicht und fast ebenso viele Flugstunden bei Nacht. Du verkörperst das Motto ›Night Stalkers geben nicht auf‹. Ich danke dir für alles, was du für meine Navy-SEAL-Brüder und alle Spezialeinheiten getan hast und noch tun wirst. Also, womit kann ich dir helfen?«

Casper war nicht sehr oft überrascht, aber er musste zugeben, dass Tex ihn überrumpelt hatte. Wenn er von den Auszeichnungen wusste, die das Militär ihm verliehen hatte, dann kannte er wahrscheinlich auch jede einzelne Mission, die ihm diese Auszeichnungen *eingebracht* hatte – was beeindruckend war, denn sie waren alle streng geheim. Und der Mann hatte in wenigen Minuten davon erfahren. Alles, was über Tex gesagt wurde, war offensichtlich wahr. Er fühlte sich besser, dass er ihn wegen Informationen anrief, selbst wenn sich herausstellte, dass es nichts war.

Er gab ihm einen Überblick über Laryns Situation und erklärte, dass Altan Osman für die türkische Regierung arbeitete und sie am Telefon bedroht hatte. »Ich muss wissen, ob er tatsächlich eine Bedrohung darstellt oder nur frustriert ist, weil er dachte, er hätte die Chance, eine der besten MH-60-Mechanikerinnen der Welt für die Arbeit an ihren neu erworbenen Hubschraubern zu bekommen. Wir fliegen nächste Woche in den Nahen Osten, und ich glaube, das ist das erste Mal, dass ich wirklich erleichtert bin, in diesen Teil der Welt zu reisen ... das bringt Laryn weg von zu Hause und von jedem, den Osman schicken könnte, um sie davon zu überzeugen, dass sie für ihn arbeiten will.«

»Ich habe noch nie von dem Mann gehört, was für dich eine kleine Erleichterung sein dürfte, denn ich kenne die meisten der großen Bösewichte der Welt. Aber das bedeutet nicht, dass er keine Bedrohung darstellt. Die Organisationen, denen ich folge, rekrutieren immer mehr Leute, die für sie arbeiten. Leute mit niedrigeren Rängen. Es ist unmöglich, da mitzuhalten. Das derzeitige Ziel der meisten von ihnen sind mehr Schläfer. Leute, die dafür bezahlt werden, zu beobachten und zuzuhören ... und Informationen weiterzugeben. Ich sage nicht, dass Osman so an Laryns Nummer gekommen ist, aber es lohnt sich, dem nachzugehen.«

Erleichterung durchströmte Casper, dass Tex die Sache nicht abblitzen ließ. Dass er seine Fähigkeiten einsetzen würde, um die Situation zu klären.

»Aber ich muss dich warnen«, fuhr er fort. »Ich bin gerade mitten in einer Sache. Ich kann im Moment nicht alle meine Ressourcen darauf verwenden.«

»Ich verstehe.« Und das tat Casper. Er hatte nicht erwartet, dass ein so gefragter Mann wie Tex alles für einen Fremden stehen und liegen lassen würde.

»Ich werde mein Bestes tun, um mich bei dir zu melden, bevor du auf Mission gehst. In der Zwischenzeit brauche ich dir wohl nicht zu sagen, dass du Laryn gut im Auge behalten solltest. Ich habe schon zu viele geliebte Menschen verschwinden sehen, weil sie unvorsichtig waren.«

»Nein, Sir«, sagte Casper. »Ich habe ihr bereits gesagt, dass sie in nächster Zeit einen Mitbewohner haben wird, bis wir herausfinden können, ob eine Bedrohung vorliegt, und diese gegebenenfalls entschärfen können.«

»Gut. Deine Night-Stalker-Kollegen, die in Norfolk stationiert sind, sind alle gute Leute. Ich kenne Pyro, Obi-Wan, Chaos, Edge und Buck nicht persönlich, aber ich habe viel

Gutes über sie gelesen. Ich bleibe in Kontakt. Pass gut auf deine Frau auf.«

Wieder war die Leitung tot. Wahrscheinlich sollte er sich Sorgen darüber machen, dass dieser Tex so viel über ihn und seine Pilotenkollegen wusste – er nahm an, dass es darum ging, als er am Ende des Gesprächs die Namen nannte –, aber das tat er nicht. So viele Angehörige der Spezialeinheiten, sowohl im Ruhestand als auch im aktiven Dienst, würden dem Mann nicht trauen, wenn er nicht ehrlich wäre.

Aber als er die Worte »deine Frau« hörte, traf es Casper hart. Er hatte noch nicht einmal eine Verabredung mit Laryn gehabt, aber tief in seinem Inneren fühlte sie sich an wie seine Frau.

Er lachte leise vor sich hin. Er war seinem Zwillingsbruder ähnlicher, als er gedacht hatte. Nate hatte von Anfang an gewusst, dass Josie ihm gehörte. Und obwohl Casper ein bisschen länger gebraucht hatte, begann er zu glauben, dass er genau wie Nate war. Wenn er sich verliebte, dann richtig.

Entschlossenheit strömte durch seine Adern. Er hatte so viel Zeit vergeudet. Laryn hatte direkt vor ihm gestanden und er hatte sie nicht gesehen. Nun, das war erledigt. Sie hatte immer wieder bewiesen, dass sie nur sein Bestes im Sinn hatte, und die letzte Nacht hatte das nur noch mehr bestätigt. Es war für ihn an der Zeit, sich zu revanchieren. Sie wissen zu lassen, dass er und seine Freunde hinter *ihr* standen. Diese geschmacklose Altan-Osman-Sache war nur der Anfang. Er hoffte, dass Tex nichts fand. Dass er zurückrufen und ihm sagen würde, dass der Mann nichts weiter als ein Verwalter war, der dachte, er hätte mehr Macht, als es tatsächlich der Fall war.

Da er sich jetzt besser fühlte, weil sich jemand mit der Drohung gegen Laryn befassen würde, nahm Casper seine Sonnenbrille vom Küchentisch, wo er sie liegen gelassen hatte, und ging zur Tür. Er musste seine Freunde über sein Gespräch mit Tex auf den neuesten Stand bringen und ihnen wieder versichern, dass es ihm wirklich gut ging. Wahrscheinlich musste er sie auch in Bezug auf Barb zur Vernunft bringen. Aber er verstand. Wäre es Pyro oder einer seiner Pilotenkollegen gewesen, der betäubt und beinahe ausgenutzt worden wäre, wäre er jetzt in der gleichen Situation wie sie. Auf dem Kriegspfad. Bereit, die Erde zu versengen, um sie zu rächen.

Aber dank Laryn ging es ihm gut. Tex war kontaktiert worden, und sein Hubschrauber war startklar für die nächste Mission. Oh, und er hatte eine Verabredung, auf die er sich freuen konnte. Ja, es ging aufwärts für ihn, und er blickte verdammt optimistisch in die Zukunft. Jetzt musste er nur noch herausfinden, wo und wann er Laryn zu ihrer ersten Verabredung ausführen sollte. Er wollte, dass es unvergesslich, aber nicht übertrieben war. Etwas, das sie genießen und an das sie sich für den Rest ihres Lebens erinnern würde.

Das Lächeln auf seinem Gesicht, als er auf den Parkplatz zu seinem Taurus ging, war wahrscheinlich total albern und würde bei jedem, der ihn sah, die Frage aufwerfen, was zum Teufel in seinem Kopf vor sich ging, aber das war Casper egal. Selbst nach der letzten Nacht und der möglichen Drohung gegen Laryn war er verdammt gut gelaunt. Nichts konnte seine Aufregung im Moment dämpfen.

KAPITEL ELF

Scheiße, nichts lief richtig.

Caspers Mund verzog sich zu einem finsteren Ausdruck, und er konnte nicht glauben, was er da hörte. Bei einer Mission in Nordsyrien war etwas schiefgelaufen, und er und seine Night-Stalker-Kollegen wurden gebraucht, und zwar sofort. In dem Gebiet gab es einige ISIS-Aktivisten, und sie erwiesen sich als besonders geschickt darin, die Hubschrauber anzugreifen, mit denen andere Night Stalkers Spezialeinheiten in die Abwurfzonen hinein- und wieder hinausbrachten. Es wurde mehr Luftmacht benötigt, um die Aufständischen auszuschalten, bevor es ihnen gelang, einen oder mehrere Hubschrauber abzuschießen.

Und das bedeutete, dass sein Team nicht in einer Woche, sondern in zwei Tagen auf Mission gehen sollte.

Caspers Plan, Laryn auszuführen, löste sich in Luft auf, was ihn maßlos ärgerte. Es war nicht so, dass er sie nicht trotzdem irgendwo ausführen konnte, aber es würde wahrscheinlich nicht so episch sein, wie er gehofft hatte. Das Letzte, was er wollte, war etwas Alltägliches, aber es schien wahrscheinlich.

Denn er wollte auf keinen Fall warten. Jetzt, da er sich

entschlossen hatte, mit ihr auszugehen, wollte er nicht, dass eine Mission dazwischenkam. Er wollte sichergehen, dass die Frau wusste, wie wichtig sie für ihn war, *bevor* sie abreisten. Und bei dieser Mission würden die Dinge anders laufen als in der Vergangenheit. Laryn würde nicht mehr allein an Bord des Schiffes sein. Er hatte sich nie viele Gedanken darüber gemacht, wie sie ihre Zeit auf den Flugzeugträgern verbrachte, aber jetzt hatte er ein angeborenes Bedürfnis, dafür zu sorgen, dass sie gut schlief, sich gesund ernährte und in einer Umgebung, die sehr stressig sein konnte, auf sich achtete. Es war eine große Umstellung, aber eine, die sich richtig anfühlte.

Natürlich wollte sie vielleicht nicht, dass er sich so sehr in ihre Angelegenheiten einmischte. Die Zeit würde es zeigen, aber ein guter Gradmesser dafür, wie die Dinge in Zukunft laufen könnten, wäre der Verlauf ihrer ersten Verabredung. Gehörte sie zu den Frauen, die öffentliche Zuneigungsbekundungen mochten oder hassten? Würde sie ihn ihre Hand halten lassen? Oder würde sie ihn bezahlen lassen, ohne sich zu streiten?

Ein Bereich, in dem er keine Zweifel an ihrer Kompatibilität hatte, war der körperliche. Er konnte sich nicht an ihre Küsse erinnern, ohne einen Steifen zu bekommen. Und wie wohltuend es gewesen war, einfach neben ihr im Bett zu liegen. Ja, er genoss Sex so sehr wie jeder andere Mann, aber nach diesem Morgen schätzte er es mehr als erwartet, einfach nur mit jemandem zusammen zu sein, dem er vertrauen konnte.

»Hat jemand noch Fragen?«, fragte der Colonel.

Casper hatte eine Menge davon, aber seine Freunde kamen ihm zuvor und fragten alles, was ihm im Kopf herumschwirrte. Sie hatten sich bereits über den aktuellen Konflikt informiert, der den Aufschwung der ISIS-Aktivitäten verursacht hatte, und darüber, was die Spezialeinheiten in der Region taten. Sie besprachen das Terrain, wie das Taurusgebirge als eine Art Barriere zwischen Syrien und der Türkei diente und sich bis in den Irak erstreckte, was die Missionen der SEALs und Delta-Force-Agenten vor Ort sowohl unterstützte als auch behinderte.

ISIS hatte begonnen, dieses Gebiet zu einer neuen Hochburg zu machen, und sie hatten viele Verstecke und kannten das Gebiet gut. Die Berge machten die Night Stalkers notwendig, da ihre Spezialität darin bestand, über und durch Gelände zu fliegen, das normale Piloten nur ungern in Angriff nehmen würden ... vor allem in der Dunkelheit.

Die Missionen würden verdammt gefährlich sein, aber Casper war nicht besorgt. Er und sein Team würden es schaffen.

Der Colonel sagte Pyro auf dessen Frage hin, dass Laryn und ein kleines, handverlesenes Team von Mechanikern sie begleiten würden. Vor allem, da Caspers Hubschrauber zum ersten Mal in den Kampf gehen würde.

Casper hatte nicht mit der Möglichkeit gerechnet, dass sie *nicht* mitkommen würde, was wahrscheinlich dumm von ihm war. Nur weil er sie dabeihaben wollte, und nur weil sie sie normalerweise begleitete, hieß das nicht, dass sie immer mitkam. Es hatte schon Zeiten gegeben, in denen sie zurückgeblieben war. Aber da ihr vorher gesagt worden war, dass sie bei der nächsten Mission dabei sein würde, war er einfach davon ausgegangen, dass das immer noch der Fall sein würde.

Er war jedoch sehr froh, dass sie auf dem Zerstörer der Marine sicher sein würde. In der Vergangenheit hatte er nicht viel über ihre Sicherheit nachgedacht, was ihm sehr peinlich war, aber jetzt, da sie für ihn mehr als nur die Mechanikerin war, konnte er nicht anders, als an ihre Sicherheit zu denken. Bei dem Gedanken, dass sie an der Front war, wurde ihm schlecht. Sie hatte zu ihrer Zeit in der Armee zwar eine gewisse militärische Ausbildung bekommen, aber nichts von dem, was er und die anderen Piloten bei ihren Missionen erlebten.

Gott sei Dank war das kein Grund zur Sorge. Zumal sie

zufälligerweise in die Türkei gingen – wo Altan Osman herkam.

Das Treffen wurde beendet, und Casper war gespannt auf Laryn. Aber er seufzte, denn er wusste, dass er zuerst noch mehr Arbeit zu erledigen hatte.

»Hast du mit Tex gesprochen?«, fragte Edge, nachdem die Besprechung mit dem Colonel beendet war und sie den Flur zum nächsten Konferenzraum hinuntergingen, um mit dem Studium von Karten des Fluggebietes zu beginnen. Ja, die Instrumente in ihren Hubschraubern waren erstklassig, und sie verließen sich auf sie, wenn sie flogen, aber es ging nichts über ein gutes mentales Bild der wichtigsten topografischen Hindernisse, bevor sie losflogen.

»Ja. Er wird sich um Osman kümmern. Aber er hat noch ein paar andere Dinge zu erledigen, bevor er sich darum kümmern kann«, sagte Casper zu seinem Freund, während die anderen zuhörten.

»Vielleicht ist es gar nicht so schlecht, dass wir schon in zwei Tagen statt erst in einer Woche aufbrechen«, überlegte Chaos.

»Ja, wenn dieses Arschloch vorhat, Laryn hier in ihrem Revier einzuschüchtern, muss er warten, bis wir zurück sind«, fügte Obi-Wan hinzu.

»Und bis dahin wird Tex hoffentlich mehr über den Mann herausgefunden haben, sodass wir wissen, ob er eine Bedrohung darstellt oder nicht«, sagte Buck nachdenklich.

Casper war mehr als erleichtert, dass seine Freunde in Bezug auf Laryns Schutz einer Meinung waren. Sie hatten ihm bereits zugestimmt, dass der türkische Auftragnehmer ein Problem darstellte, aber nachdem sie ihn vor dem Miststück Barb beschützt hatte? Jetzt waren sie fest entschlossen, auf Laryn aufzupassen.

»Ich würde gern sehen, wie er versucht, sie zu verarschen.«

Er wird herausfinden, wie es ist, sechs Night Stalkers am Arsch zu haben«, murmelte Pyro.

Die Situation war nicht gerade lustig, aber Casper musste trotzdem lächeln. Chaos hielt allen die Tür auf und sie betraten den Konferenzraum.

Caspers Lächeln verblasste, als er die unbequemen Stühle betrachtete, in denen er und seine Freunde die nächsten Stunden verbringen würden. Sie hatten viel zu tun und nicht viel Zeit. Er dachte noch einmal an Laryn, denn er nahm an, dass sie genauso beschäftigt sein würde. Sobald sie erfahren hatte, dass sie in zwei Tagen statt in einer Woche abreisen würden, hatte sie wahrscheinlich umgehend dafür gesorgt, dass ihre Werkzeuge für den Transport bereit waren. Ja, es gab Werkzeuge an Bord des Zerstörers, aber er wusste aus Erfahrung, dass Laryn mit einem eigenen Satz maßgeschneiderter Instrumente reiste.

Sie würde auch ihre eigenen Besprechungen mit den Mitarbeitern abhalten, die mit ihnen reisen würden. Sie würden über die Situation und die Atmosphäre, in die die Piloten fliegen würden, informiert werden, aber nicht über alle kleinen Details. Laryn hatte zwar eine Top-Secret-Freigabe, aber das bedeutete nicht, dass sie in alles eingeweiht war, was auf den Missionen passierte, an denen er und seine Kollegen teilnahmen.

Seufzend begannen Casper und die anderen, die entsprechenden Karten aus den großen Ordnern zu holen, die während des Treffens mit dem Colonel in den Konferenzraum geliefert worden waren. Der Tag war bereits lang gewesen, und er würde noch länger werden. Aber im Gegensatz zu anderen Arbeitstagen hatte er etwas, auf das er sich freuen konnte, wenn er hier auf dem Marinestützpunkt fertig war. Laryn. Sie zu sehen und mit ihr zu reden. Das machte den verdammt langen Tag ein wenig erträglicher.

Laryn sah auf die Uhr und bemerkte, dass es zwanzig Uhr war. Der Tag war wie im Flug vergangen. Er begann damit, dass sie bei ihrer Ankunft feststellte, dass der MH-60 bereits für den Transport verladen worden war und tatsächlich schon den Hangar verlassen hatte, weil der Zeitplan für die Mission um fünf Tage vorverlegt worden war.

Die Menge an Arbeit, die sie zu erledigen hatte, machte ihren Tag viel stressiger, als sie gehofft hatte. Sie hatte keine Zeit, über Altan, andere Jobs, die Frage, ob die Arbeiter, die für den Transport des MH-60 verantwortlich waren, jedes Protokoll befolgt hatten, um sicherzustellen, dass ihm während des Transports nichts passierte, oder sogar über Tate nachzudenken.

Sie traf sich mit den Soldaten und Mechanikerkollegen, die mit ihr zum Marinezerstörer reisen würden, und vergewisserte sich, dass ihr Papierkram in Ordnung war. Dinge wie zum Beispiel ihr DD-Formular 93 – Record of Emergency Data –, ihre Familienpflegepläne, ihre Begünstigten und ihr Testament.

Für manche Leute war das ein deprimierender Teil des Jobs ... dafür zu sorgen, dass für ihre Angehörigen gesorgt war, falls auf einer Mission der schlimmste Fall eintrat. Aber für Laryn war das keine große Sache mehr. Hauptsächlich deshalb, weil sie selbst keine Familie hatte, und *ihre* Begünstigte war immer eine Beagle-Rettungsgruppe gewesen, bei der sie sich an ihrem früheren Dienstort in Fort Bragg, das seit ihrer Zeit in Fort Liberty umbenannt worden war, ehrenamtlich engagiert hatte.

Aber jetzt, da sie die Gelegenheit hatte, zu atmen und nachzudenken, wurde ihr klar, dass sie Hunger hatte. Zu Mittag hatte sie ein paar Chips und einen Schokoriegel aus dem Automaten gegessen. Sie war schmutzig und brauchte dringend eine Dusche. Ihr Overall war schmierig, weil sie eine Auszeit

genommen hatte, um an einem MH-47 Chinook ein Trieb-
werksproblem zu beheben. Dieser Hubschrauber war viel
größer als der Blackhawk, den Tate flog, und wurde für längere
Missionen verwendet. Er konnte eine Menge Fracht transportieren und auch extrem schwere Lasten heben ... wie in der
kultigen Geschichte über die Night Stalkers, die in den späten
Achtzigern während eines Sandsturms einen verlassenen liby-
schen Kampfhubschrauber gestohlen hatten.

Laryn stand einen Moment lang an der Seite des Hangars
und schloss die Augen, während sie zu entscheiden versuchte,
was sie tun sollte. Warten, bis sie zu Hause war, um etwas zu
essen zu machen? Anhalten und Fast Food holen? Das Essen
ganz vergessen und nach Hause fahren und schlafen?

Ihr Telefon vibrierte in ihrer Tasche. Irritiert presste sie die
Lippen aufeinander und hoffte inständig, dass es nicht ihr Chef
war oder jemand anderes, der sie brauchte, um einen
»schnellen Blick« auf etwas zu werfen, dann zog sie es heraus
und sah auf das Display.

Als sie Tates Namen sah, klopfte ihr Herz in der Brust, und
das nicht aus Verärgerung. Er hatte ihr im Laufe des Tages ein
paar SMS geschickt, einfach um sich zu melden. Er hatte ihr
gesagt, dass er seinen Freund Tex angerufen hatte, der daran
arbeiten würde, Informationen über Altan zu sammeln. Er
hatte sich auch vergewissert, dass sie damit einverstanden war,
dass sie schon bald abreisten – nicht dass er etwas hätte tun
können, wenn sie damit *nicht* einverstanden gewesen wäre,
aber sie wusste es zu schätzen, dass er an sie dachte.

»Hey«, sagte sie, als sie ranging.

»Ich werde in zwei Minuten im Hangar sein. Bist du noch
da?«, fragte er.

Aus irgendeinem Grund klang er wütend. Auf *sie*? Weil sie
noch gearbeitet hatte? Laryn richtete sich auf. Tja, Pech gehabt,
wenn er verärgert war. Sie hatte einen Job zu erledigen, genau
wie er, und nur weil sie in der Nacht zuvor etwas ziemlich

Intimes geteilt hatten ... nun, an diesem Morgen ... bedeutete das nicht, dass er anfangen konnte, ihr Leben zu bestimmen.

»Ich wollte gerade gehen«, sagte sie knapp.

»Perfekt. Wenn du auf mich wartest, bringe ich dich nach Hause.«

»Ich brauche meinen Wagen«, protestierte sie.

»Warum?«

»Darum. Ich muss morgen wieder früh hier sein, weil wir übermorgen abreisen werden. Es gibt noch eine Menge zu tun. Meine Arbeit hier hört nicht auf, nur weil ich auf Mission gehe.«

»Richtig. Ich verstehe das. Ich sitze im selben Boot.« Sein Ton war jetzt weicher. Weniger schroff. »Ich meinte, wozu brauchst du deinen Wagen, wenn wir an denselben Ort fahren und beide morgens im Morgengrauen zur Arbeit zurückkommen, um die Vorbereitungen für die Reise fortzusetzen?«

Laryns Kopf war wie leer gefegt. Sie hatte völlig vergessen, dass er darauf bestanden hatte, bei ihr zu bleiben, nur für den Fall, dass Altan irgendwelche Versuche unternahm. Was komisch war, denn normalerweise konnte sie nicht aufhören, daran zu denken, dass er in ihrer Wohnung war, besonders nachdem sie die ganze Nacht neben ihm geschlafen hatte. Nun ... heute Morgen.

Ihr Gehirn fühlte sich benebelt an. Der Schlafmangel, der Hunger und alles, was sie noch zu tun hatte, wirbelten darin herum.

»Merk dir, was du sagen wolltest ... ich bin gleich da, und dann können wir von Angesicht zu Angesicht diskutieren.«

Die Leitung war tot, und zu jeder anderen Zeit, mit jedem anderen Menschen, wäre sie wahrscheinlich extrem irritiert gewesen, dass er aufgelegt hatte. Aber sie zog es vor, persönlich über seine Übernachtung zu sprechen. Er musste wissen, dass sie auf sich selbst aufpassen konnte. Das war schon lange der Fall. Sie brauchte ihn nicht, um sie zu beschützen, als sei sie eine Jungfrau in Nöten. Ihr Vater hatte sie dazu erzogen, selbstbewusst und unabhängig zu sein. Sie brauchte niemanden, der auf einem weißen Pferd ankam, um sie zu retten.

So wie sie sich im Moment fühlte – nervös, verwirrt darüber, wie sie und Tate zueinander standen, hoffnungsvoll und doch skeptisch, dass er nach einer Nacht beschlossen hatte, mit ihr auszugehen, obwohl er sie zuvor jahrelang praktisch ignoriert hatte –, *hoffte* sie, dass ein Bösewicht es wagen würde, in ihre Wohnung einzubrechen, um zu versuchen, sie zu »überreden«, den Job in der Türkei anzunehmen. Sie würde ihm mit dem riesigen Schraubenschlüssel, den sie zu diesem Zweck in der Wohnung aufbewahrte, den Kopf einschlagen.

»Du siehst grimmig aus. Was denkst du?«, fragte Tate, als er den Hangar durch die offene Seitentür betrat.

»Ich brauche keinen Mann«, platzte Laryn heraus.

»Okay.«

»Und ich brauche dich nicht als Babysitter. Denn ich kann auf mich selbst aufpassen.«

»Ich weiß.«

In einem weniger defensiven Tonfall sagte sie: »Ich weiß nicht, was du von mir willst.«

Tate betrat ihren persönlichen Bereich und zog sie einfach in eine Umarmung ... die sich fantastisch anfühlte.

Laryn schloss die Augen und schmolz an ihm dahin. Sie war für heute am Ende ihrer Kräfte, und so sehr sie auch die harte Frau sein wollte, die ihr Vater großgezogen hatte, die nichts und niemanden brauchte ... die Wahrheit war, dass dieser Mann ihre Schwäche war. Und sie war so verdammt müde. Und *hungrig*.

»Ich habe heute nicht richtig zu Mittag gegessen. Ich nehme an, du auch nicht, denn wir sind uns sehr ähnlich. Wir waren heute beide auf Trab. Also, was will ich von dir? Im Moment will ich dir etwas zu essen besorgen. Dann möchte ich dich nach Hause bringen und dich ins Bett stecken und in der

Nähe bleiben, damit du dich in Ruhe ausruhen kannst, in dem Wissen, dass jeder, der etwas wagt, erst an mir vorbei muss. Ich weiß, dass du unabhängig bist und auf dich selbst aufpassen kannst. Darum geht es hier nicht. Ich habe einfach zu lange gebraucht, um in die Gänge zu kommen und zu sehen, was direkt vor meiner Nase lag, und jetzt, da ich es getan habe, will ich sehen, ob zwei Menschen, die sich sehr ähnlich sind, etwas daraus machen können.«

Alles, was er sagte, hatte sie sich erträumt, von ihm zu hören. Sie widerstand dem Drang, mit einem »Ja!« herauszuplatzen, hob den Kopf und seufzte stattdessen: »Ich bin tatsächlich hungrig.«

»Ja, ich auch«, sagte er grinsend. »Es ist nicht ideal, und es ist nicht das, was ich wollte, aber wie wäre es, wenn wir zu der Verabredung gehen, die ich dir versprochen habe?«

»Jetzt?«

»Klar, warum nicht? Die Jungs und ich gehen normalerweise am Abend vor einer Mission aus, wenn wir genügend Vorlaufzeit haben. Das ist sozusagen unser letztes Hurra ... nur für den Fall. Es ist ein bisschen morbide, aber wir sind ja auch praktisch veranlagt. Wir alle wissen, wie kurz das Leben sein kann.«

Laryn schlug ihm auf die Schulter. »Sag das nicht!«, rief sie aus.

Tate zuckte mit den Schultern. »Es ist wahr. Wir gehen gern aus, ohne zu fachsimpeln, und genießen ein letztes Mal die Gesellschaft der anderen, bevor wir auf Mission gehen. Du wirst sehen, es ist überhaupt nicht morbide. Es ist eher ein Fest der Freundschaft.«

»Ich werde sehen?«, fragte sie, den Kopf geneigt.

»Ja, denn du wirst uns begleiten, wenn wir morgen ausgehen können. Das hängt davon ab, wie spät wir von hier wegkommen. Aber damit kann ich dich heute Abend zu einer Verabredung einladen, nur wir beide. Was sagst du dazu?«

Laryn war plötzlich viel weniger müde. Dann runzelte sie die Stirn und sah an sich herunter. »Ich bin ein Wrack.«

»Das bist du. Und es ist bezaubernd.«

Sie rümpfte die Nase. »Nein, das ist es nicht. Ich rieche nach Öl und Schmiere. Und ich sehe aus, als sei ich auf dem Boden herumgekrochen, was ich ja auch irgendwie getan habe.«

»Ich gebe zu, dass mir der Geruch von Vanillekeksen besser gefällt, aber das sind wir«, sagte er mit einem leichten Schulterzucken. »Du in deinem Overall. Ich in meinem Fluganzug. Zerknittert. Dreckig. Aber hier. Außerdem wird dort, wo ich dich hinbringen will, niemand zweimal hinschauen. Wir gehen ja nicht gerade in ein Fünfsternerestaurant oder so. Nicht so spät, nach so einem langen Tag ... obwohl ich mir das irgendwann mal gönnen möchte. Aber wir haben keine Zeit mehr, bevor wir in den Nahen Osten aufbrechen.«

»Wohin gehen wir denn? Du weißt doch gar nicht, was ich mag.«

»*Salmich's Burgers and Hoagies*.«

Laryn lief sofort das Wasser im Mund zusammen. »Ernsthaft?«

»Ja. Warum? Warst du dort schon mal?«

»Ich *liebe* diesen Laden!«, rief sie glücklich aus. »Die Riesensandwiches sind riesig und *so* gut!«

Tate grinste. »Großartig. Du lässt mich also fahren, dich zum Essen ausführen und dann zu dir nach Hause bringen und dort übernachten?«

»Klingt, als hättest du den Abend schon geplant, du Hengst«, stichelte Laryn.

Zu ihrem Erstaunen errötete Tate. »Ich habe das nicht so gemeint, wie es geklungen hat«, versicherte er ihr schnell. »Ich meinte nur, dass du mich bleiben lässt? Auf der Couch? Tex wird daran arbeiten, mir die gewünschten Informationen über

Osman zu besorgen, aber er kann sie nicht sofort beschaffen, und ich will kein Risiko für deine Sicherheit eingehen.«

Laryn musterte ihn einen Moment lang, dann nickte sie. Sie war zu müde, um darüber zu streiten, ob er über Nacht bleiben sollte. Außerdem ... würde sie sich tatsächlich sicherer fühlen, wenn er da war. Sie war immer noch nicht davon überzeugt, dass Altan irgendetwas tun würde und dass er tatsächlich die Kontakte hatte, um sie vom anderen Ende der Welt aus zu belästigen, aber wenn sie daran dachte, wie sie sich gefühlt hatte, nachdem er sie am Telefon bedroht hatte, beschloss sie, dass es nicht gerade eine Belastung war, den Mann, in den sie seit Jahren verknallt war, über Nacht bleiben zu lassen.

»Gut. Komm, lass uns von hier verschwinden, bevor uns jemand findet und ›nur noch eine Frage‹ stellt.«

Laryn kicherte, als er ihre Hand ergriff und sie praktisch zur Tür zerrte. »Passiert dir das auch ständig?«, fragte sie.

»Die ganze verdammte Zeit«, murmelte er.

Es dauerte nicht lange, bis sie zu seinem Taurus kamen, und er fuhr los, noch bevor sie sich angeschnallt hatte. Die Fahrt zu *Salmich's* dauerte um diese Zeit nicht allzu lange. Sie fanden problemlos einen Parkplatz neben dem kleinen Restaurant. Es war nicht weit von ihrem Wohngebäude entfernt und lag sogar in derselben Straße, wenn auch einige Blocks weiter östlich.

Sie bekamen drinnen sofort einen Tisch und Laryn machte sich nicht einmal die Mühe, die Speisekarte in die Hand zu nehmen, denn sie wusste genau, was sie bestellen würde ... was sie jedes Mal bestellte. Sie war ein Gewohnheitstier, und wenn das Essen so gut war wie hier, warum auch nicht?

»Ich nehme an, du weißt, was du willst?«, sagte Tate lachend.

»Ja.«

Er nahm sich einen Moment Zeit, um die Speisekarte zu

studieren, und als die Kellnerin mit Wasser an ihren Tisch kam, waren sie beide bereit zu bestellen.

»Ich hätte gern das Chicken in the Grass Hoagie mit extra Käse, bitte. Oh, und dazu Diablo-Pommes.«

»Und für Sie?«, fragte die Kellnerin und lächelte Tate an.

»Jalapeños Popper Burger für mich.«

Nachdem die Kellnerin gegangen war, grinste Tate Laryn an. »Ich wollte eigentlich fragen, ob du scharfes Essen magst, aber da du die Diablo-Pommes bestellt hast, beantwortet das meine Frage. Sollen wir uns die teilen?«

Laryn tat so, als würde sie einen Moment lang darüber nachdenken. »Ich schätze schon«, seufzte sie.

Sie unterhielten sich über nichts Besonderes, bis das Essen kam, was überraschend schnell ging, aber in Anbetracht der Uhrzeit waren sie wahrscheinlich darauf bedacht, das Essen zu servieren und zu schließen.

Laryn stürzte sich auf ihr Sandwich, sobald es ankam, und schloss nach dem ersten Bissen genüsslich die Augen.

»Gut?«, fragte er.

Als sie die Augen öffnete, sah sie, dass er sie mit einem Blick anstarrte, den sie nicht deuten konnte. »So gut«, stöhnte sie.

Tate leckte sich über die Lippen, während er auf ihren Mund starrte, und ihr wurde klar, wie sie klang ... und warum er sie anstarrte. Und einfach so schlug die Erregung *heftig* zu. Sie hatte wegen des Sandwiches praktisch einen Orgasmus gehabt. Kein Wunder, dass er sie mit Hitze in den Augen anstarrte.

»Ich bin versucht, mir meins einpacken zu lassen«, sagte er mit tiefer, gequälter Stimme.

Zu ihrer eigenen Überraschung fragte Laryn: »Du glaubst nicht, dass du die Energie brauchst, die es dir gibt?« Sie nickte auf den Burger, der vor ihm lag.

Der Funke der Lust in seinem Blick gab ihr das Gefühl,

selbstbewusst und sexy zugleich zu sein, selbst in ihrem Overall mit den Fettflecken. Irgendwie gab dieser Mann ihr das Gefühl, als sei sie die einzige Frau auf der Welt. Und die Tatsache, dass er sie so offensichtlich begehrte, war berauschend.

Ohne ein Wort zu sagen, nahm er seinen Burger in die Hand und biss kräftig hinein. Sie aßen schnell und genossen jeden Bissen ihres Abendessens. Die Pommes verschwanden ebenso schnell, als sie sich den Teller teilten. Als sie mit dem Essen fertig war, war Laryn satt ... aber das hatte den Funken der Anziehung zwischen ihr und Tate, der sich buchstäblich wie ein stromführender Draht anfühlte, nicht gemindert.

»Bist du bereit zu gehen?«, fragte er leise, nachdem er die Rechnung bezahlt hatte.

Laryn nickte. Sie war selbstbewusst genug gewesen, um zu flirten, als der Tisch zwischen ihnen stand und sie mit dem Essen beschäftigt waren, aber als er aufstand, auf sie zukam und eine Hand auf ihren Rücken legte, um sie zu ermutigen, zur Tür zu gehen, fühlte sie sich erneut unbehaglich.

Dies war Tate. Der Night Stalker. Der Mann, bei dem Frauen durchdrehten, um ihm ins Auge zu fallen.

»Hör auf, so viel zu denken«, befahl er, als sie zu seinem Wagen gingen.

»Ich kann nicht«, antwortete Laryn ehrlich.

Tate begleitete sie zur Beifahrertür. Er warf einen langen Blick auf den Parkplatz, bevor er sich ihr zuwandte. Er drückte sie mit dem Rücken gegen die Tür, bis sie ihr Kinn anheben musste, um ihn ansehen zu können.

»Ich bin vierunddreißig Jahre alt und es hat mich noch nie so erregt, einer Frau beim Essen zuzuschauen.«

Nun ja. Also gut. Das war unverblümt.

»Und ich bin fünfunddreißig und fühle genauso.«

»So wie ich das sehe, kann das auf zwei Arten ablaufen. Wir können zurück in deine Wohnung fahren, uns Gute Nacht sagen, und du kannst in dein Schlafzimmer gehen und dich ausschlafen, während ich mich auf dein Sofa lege.«

»Oder?« Laryn nahm den Mut zusammen zu fragen.

»Oder wir fahren zurück in deine Wohnung, und du nimmst mich mit in dein Bett und treibst es mit mir. Wir werden wahrscheinlich nicht viel Schlaf bekommen, denn wenn ich dich sehe, alles von dir, werde ich die verlorene Zeit aufholen wollen ... meine Schuld, nicht deine.«

Oh, Laryn wollte das. So sehr. Aber ...»Ist das, weil wir auf Mission geschickt werden? Wenn es dir nur darum geht, einen Juckreiz zu stillen, muss ich passen. Ich bin nicht die Art von Frau, die herumschläft. Ich habe einen Vibrator und weiß, wie man ihn benutzt, vielen Dank.«

»Verdammt«, sagte Tate leise und fuhr sich mit einer Hand in den Schritt, um sich zu richten. Es war irgendwie das Schärfste, was Laryn je gesehen hatte. Er fühlte sich *ihretwegen* unwohl.

»Dies ist kein One-Night-Stand. Ich würde nicht so respektlos zu dir sein. Da ist etwas zwischen uns, Laryn. Etwas, das ich schon viel früher hätte erkennen müssen. Ich bin ein Idiot, das habe ich dir schon gesagt. Ich habe endlich meine Augen geöffnet, und ich habe das Gefühl, wenn wir unsere Beziehung schließlich auf die nächste Stufe heben, wird das unser beider Leben zum Besseren verändern. Aber ich kann warten. Die Mission wird wie immer sehr anstrengend sein. Wir werden weder Privatsphäre noch die Chance haben zu sehen, wohin die Dinge zwischen uns führen könnten. Aber ich sage dir jetzt schon, dass die Dinge dieses Mal trotzdem anders sein werden. Wir werden auf dem Schiff nicht mehr ständig getrennte Wege gehen. Ich will mit dir essen, nachsehen, wie es dir geht, über die Hubschrauber reden und mit dir und meinen Pilotenkollegen abhängen, wann immer es geht. Ist das in Ordnung?«

Für Laryn klang das wie das Paradies. Missionen waren für

sie immer ein wenig einsam gewesen. Sie passte nicht zu den Matrosen und Soldaten an Bord. Da sie keine Offizierin mehr war und auch nicht mehr zum Militär gehörte, hielten sich die Leute in ihrer Nähe zurück, um nicht zu viel zu sagen. Sie freundeten sich nicht mit ihr an, da sie sie wahrscheinlich nie wiedersehen würden. Deshalb freute sie sich, dass Tate sagte, er wolle mehr Zeit mit ihr an Bord verbringen. Das sollte die Mission weniger langweilig und erträglicher machen.

»Das ist mehr als in Ordnung«, beruhigte sie ihn.

»Gut. Und jetzt? Tür Nummer eins oder zwei? Kein Druck. Ganz im Ernst. So wie du Expertin im Umgang mit deinem Vibrator bist, erledigt auch meine Hand den Job, wenn nötig.«

Der Gedanke, dass er in ihrer Dusche oder sogar auf ihrer Couch masturbierte, wenn sie ins Bett ging, ließ Laryns Nippel unter ihrem Overall hart werden.

»Zwei«, platzte sie heraus.

Seine Pupillen weiteten sich vor ihren Augen.

Sie musste ihm lassen, dass er nicht fragte, ob sie sich sicher war. Er versuchte nicht, ihr ihre Entscheidung auszureden. Er schien genauso gespannt wie sie darauf zu sein, Tür Nummer zwei zu öffnen und zu sehen, ob ihre körperliche Anziehung so stark war, wie es schien.

Ehe sie sichs versah, war sie angeschnallt und Tate fuhr wie ein geölter Blitz in Richtung ihres Wohngebäudes. Keiner von ihnen sprach, aber Laryn nutzte die Gelegenheit und legte eine Hand auf Tates Oberschenkel.

Er umfasste sofort ihre Hand mit seiner und hielt sie fest. Das Händchenhalten mit diesem Mann war aufregender und erregender als alles, was sie bisher mit einem anderen Mann gemacht hatte. Es war überwältigend und fast beängstigend. Aber auf eine gute Art. Wie wenn man auf der Spitze einer Achterbahn war, kurz vor der Abfahrt.

Laryn hatte keine Zweifel an seinen Fahrkünsten. Der Mann war ein hochqualifizierter Night-Stalker-Pilot ... wenn die Armee ihm ein Multimillionen-Dollar-Fluggerät anvertraute, ganz zu schweigen von den Leben der SEALs und Deltas, die er routinemäßig in und aus brenzligen Situationen transportierte, konnte sie ihm am Steuer seines Wagens vertrauen. Selbst wenn er einen Steifen hatte, der seinen Fliegeranzug ausbeulte.

Bei diesem Anblick rutschte Laryn auf ihrem Sitz hin und her. Vielleicht machte sie einen großen Fehler, wenn sie mit Tate schlief, aber scheiß drauf. Sie hatte ihn schon immer gewollt, und sie wollte sich die Chance nicht entgehen lassen herauszufinden, ob all die schlaflosen Nächte, in denen sie an ihn dachte, die Anspannung in ihrem Kopf wert waren.

Tate ließ ihre Hand los, nachdem er geparkt hatte, aber nur lange genug, um um seinen Wagen herum zu ihrer Seite zu gehen, dann griff er wieder nach ihr. Er sprach nicht, und die Vorfreude stieg in ihnen beiden, als er die Treppe hinaufging und sie hinter sich herzog.

Er stand an ihrer Seite, als sie ihre Tür aufschloss, dann sprach er zum ersten Mal, seit sie auf dem Parkplatz des Restaurants gestanden hatten. »Warte hier«, befahl er barsch.

Verwirrt tat Laryn, was er verlangte, und beobachtete, wie er schnell die Küche und den Wohnbereich ihrer Wohnung durchsuchte. Sie hörte, wie er den Duschvorhang im Bad zur Seite schob und die Schranktür im Flur öffnete und schloss. Sie nahm an, dass er in das zweite Schlafzimmer ging, das eher eine Rumpelkammer war, in der sie Sachen aufbewahrte, von denen sie nicht wusste, wohin damit, und dann in ihr Schlafzimmer, bevor er sich wieder vor ihr materialisierte.

»Alles klar«, sagte er sachlich.

Da dämmerte es ihr, dass er sich trotz seiner Erregung und in Erwartung einer sicheren Sache die Zeit genommen hatte, sich zu vergewissern, dass ihre Wohnung sicher war.

Hatte schon einmal jemand ihre Sicherheit über seine sexuellen Bedürfnisse gestellt? Nein. Die Antwort war eindeutig nein. Sie hatte die Erfahrung gemacht, dass Männer, sobald sie einmal Sex im Kopf hatten, an nichts anderes mehr denken konnten. Alles andere war zweitrangig. Aber sie hätte wissen müssen, dass Tate anders sein würde.

Er trat in ihren persönlichen Bereich und nahm ihren Kopf sanft in die Hände. Laryn spürte erneut seine Erektion. Aber er griff nicht nach ihr, begann nicht sofort, ihr den Overall auszuziehen.

»Bist du immer noch okay mit deiner Entscheidung?«, fragte er leise.

»Und wenn ich Nein sage?«, fragte sie, eher neugierig auf seine Antwort als dass sie ihre Meinung wirklich ändern wollte.

»Ich würde zurücktreten, Gute Nacht sagen und dich morgen früh sehen«, antwortete er sachlich.

Ja. Dieser Mann war definitiv anders als alle anderen, mit denen sie bisher zusammen gewesen war. Er war ehrenhaft. Kantig, ja. Übermütig, definitiv. Aber im Grunde seines Herzens ganz sicher gut.

»Ich habe es mir nicht anders überlegt«, sagte sie, griff um ihn herum und strich mit den Fingern durch das Haar in seinem Nacken.

»Gott sei Dank«, murmelte er, bevor er einen Arm um ihre Taille legte und sie hochhob.

Laryn lächelte, als er sie den Flur hinuntertrug, wobei sich ihre Beine beim Gehen mit seinen verhedderten. Sie versuchte, ihre Knie hochzuziehen, um es ihm leichter zu machen, aber er hatte sie nicht hoch genug gehoben und der Winkel war falsch. Stattdessen stolperte er fast über ihre Beine, als er ihr Schlafzimmer betrat, und Laryn konnte nicht anders als zu lachen.

Er grinste, als er sie schließlich neben der Matratze auf die Füße stellte.

»Das ist neu«, sagte er beiläufig.

»Was?«, fragte Laryn, als sie zu ihm aufblickte.

»Lachen. Ich glaube nicht, dass ich Sex früher jemals als

Spaß empfunden habe. Es war immer etwas, das ich sehr ernst genommen habe.«

»Und du nimmst das nicht ernst?«, fragte sie, eher überrascht als verärgert über seine Worte.

»Oh, das ist so ernst, wie es nur sein kann«, sagte er und verursachte wieder diese lästige Gänsehaut auf ihren Armen. »Aber es macht auch Spaß. Ich darf dich auspacken. Sehen, was du unter dem hässlichen Mechanikerzelt versteckst, das du immer trägst. Und ich kann sehen, was dich anmacht. Ich kann herausfinden, ob du kitzelig bist, ob deine Brüste empfindlich sind und ob du mit meinem Mund an deiner Muschi kommen kannst oder ob du eine härtere Berührung brauchst.«

Verdammt. Sie würde das nicht überleben.

Er grinste wieder. »Und dieser Gesichtsausdruck macht mir nur *noch mehr* Spaß.«

»Darf ich dasselbe tun? Herausfinden, ob du es magst, wenn an deinen Brustwarzen gesaugt wird, wie viel Kontrolle du mir geben willst, wenn ich dir einen blase? Ob du die Art von Mann bist, die pumpt, stößt und grunzt, oder ob du mehr Finesse hast?«

Tate warf den Kopf zurück und lachte so sehr, dass Laryn beleidigt gewesen wäre, hätte sie nicht gespürt, wie sehr ihre Worte ihn berührten. Er wurde noch härter an ihrem Bauch, wenn das überhaupt möglich war.

»Pumpen, stoßen und grunzen?«, fragte er, immer noch lächelnd.

Laryn zuckte mit den Schultern. »Das gibt es.«

»Ich bin sicher, dass es das gibt. Aber ich würde gern glauben, dass ich nicht so ein Typ bin. Und wenn du die Kontrolle willst, kannst du sie haben. Willst du das?«

Sie war versucht, Ja zu sagen, um zu testen, ob er nicht log, aber ehrlich gesagt wollte sie nicht die Verantwortung tragen. Sie musste in jedem anderen Aspekt ihres Lebens die Kontrolle haben. Es machte ihr nichts aus, im Bett die Zügel an ihren

Partner abzugeben. Solange er wusste, was er mit dieser Kontrolle anfangen sollte, und es nicht zu weit trieb. Sie war nicht gerade unterwürfig, aber sie war auch kein Dom.

»Nein«, sagte sie schlicht.

»Gut. Denn obwohl ich nichts dagegen habe, dass du mir einen bläst – das ist sogar eine meiner größten Fantasien –, bin ich mir nicht sicher, ob ich die Kontrolle abgeben kann. Ich bin eine Art Alphatyp, wenn es um solche Dinge geht.«

Jetzt war es an Laryn zu kichern. »Ja, das habe ich mir schon gedacht, Mr. Night Stalker, der Pilot, der immer die Kontrolle hat.«

Er grinste. Dann wurde er nüchtern. »Wenn du es dir zu irgendeinem Zeitpunkt anders überlegst, hört alles auf. Wenn du dich entscheidest, dass du zwar herumspielen willst, aber keine Penetration, dann ist das okay. Ich kann jederzeit aufhören. Sag einfach Bescheid. Ich will nicht, dass du irgendetwas von dem, was wir hier tun, bereust. Dies wird uns verändern. Zum Besseren, aber es wird trotzdem anders. Darauf freue ich mich schon. Ich will es. Aber wenn du dir nicht sicher bist, wenn du die Dinge langsamer angehen willst, weil wir es zu schnell angehen, dann verstehe ich das.«

Es war an der Zeit für ein wenig Ehrlichkeit. »Ich will dich schon seit drei Jahren«, gestand sie leise. »Du warst einer der Gründe, warum ich überlegt habe zu kündigen. Weil es so schwer war, tagein, tagaus mit dir zu arbeiten und zu wissen, dass ich nicht die geringste Chance hatte, so mit dir zusammen zu sein, wie ich es wollte.«

»Oh, Laryn«, flüsterte Tate.

»Ich sage dir das nicht, damit du ein schlechtes Gewissen hast. Ich verstehe es, dein Leben war ganz anders als meines. Ich will dir nur versichern, dass ich den heutigen Abend nicht bereuen werde. Wie könnte ich, wenn es alles ist, was ich so lange gewollt habe? Ich bewundere dich, Tate. Ich respektiere dich. Du bist ein guter Mann, Pilot, Freund. Und zu wissen, dass du meine Einwilligung so ernst nimmst, ist für mich das Tüpfelchen auf dem i.«

»Es tut mir leid, dass ich so ein Idiot war und so lange nicht erkannt habe, was sich direkt vor meiner Nase befand. Danke, dass du auf mich gewartet hast.«

Er dankte ihr, dass sie auf ihn gewartet hatte?

Verdammt, sie liebte diesen Mann.

Daraufhin stellte sie sich auf die Zehenspitzen und küsste ihn mit all ihren Gefühlen, die sie so lange zurückgehalten hatte. Es war noch zu früh für Worte, aber sie konnte ihm zeigen, wie wichtig er für sie war. Wie beeindruckt sie von ihm war.

KAPITEL ZWÖLF

Casper musste sich beherrschen, um dieser Frau nicht den verdammt hässlichen Overall vom Leib zu reißen und sie auf das Bett zu werfen, um sie zu vernaschen. Jedes Wort aus ihrem Mund weckte in ihm noch mehr Verlangen nach ihr.

Er hatte ein schlechtes Gewissen, weil er ihre Anziehungskraft die ganze Zeit über nicht gespürt hatte, aber vielleicht war das auch besser so. Vor ein oder zwei Jahren hätte es zwischen ihnen vielleicht nicht funktioniert. Aber jetzt?

Ihre Lippen auf seinen fühlten sich an wie eine Heimkehr.

Er schlang die Arme um sie und hielt sie fest, während er die Kontrolle über den Kuss übernahm. Ihre Oberarme waren an ihren Seiten eingeklemmt, weil er sie festhielt, aber er spürte ihre Hände, mit denen sie seine Seiten streichelte, während er ihren Mund neu kennenlernte.

Sie bot ihm Paroli, sie war keine passive Teilnehmerin, und das machte Casper noch härter, als er ohnehin schon war. Er war zwei Sekunden davon entfernt zu kommen, was eine verdammte Schande wäre, denn der einzige Ort, an dem er zum Orgasmus kommen wollte, war tief in ihrem Körper.

Es war ein ungewöhnliches Verlangen für ihn. In der

Vergangenheit hatte er sich nicht dafür interessiert, wann oder wie er kam, sondern nur dafür, dass er kam. Aber er wollte mit dieser Frau so verbunden sein, wie er es nur sein konnte, wenn er explodierte.

Und der Gedanke daran, in ihr zu kommen, ließ ihn an Babys denken. Was ihn eigentlich hätte erschrecken müssen. Er hatte noch *nie* über Kinder nachgedacht ... außer darüber, wie er dafür sorgen konnte, dass er sie nicht zu früh bekam.

Als er seine Lippen von ihren löste, sah er die Frau in seinen Armen an und platzte heraus: »Willst du Kinder?«

Sie blinzelte bei dieser Frage überrascht.

Casper erklärte schnell seine Gedankengänge. »Ich habe mir vorgestellt, was uns heute Abend bevorsteht ... nachdem ich dich geleckt und dafür gesorgt habe, dass du feucht genug bist, um mich ohne Schmerzen zu nehmen – ich bin größer als viele Männer, ich will nicht angeben, nur eine Tatsache festhalten –, und ich habe darüber nachgedacht, wie sehr ich mich darauf freue, in dir zu kommen. Zu spüren, wie du mit deiner Muschi meinen Schwanz massierst, wie toll sich das anfühlen würde. Da habe ich über Verhütung und Kinder nachgedacht.«

Casper hatte das Gefühl, dass er sich wie ein Verrückter anhörte. Wenn es sich um eine zwanglose Sache handeln würde, wäre es völlig unangebracht, dieses Thema zu erwähnen. Aber da er bis in die Knochen spürte, dass dies alles andere als zwanglos war, dass Laryn sehr wohl die Frau sein könnte, die er heiratete und mit der er die nächsten sechzig Jahre seines Lebens verbringen würde, musste er wissen, dass sie auf derselben Seite standen, wenn es um Kinder ging.

Sie leckte sich über die Lippen, die von seinen aggressiven Küssen prall waren, und nickte.

Vor Erleichterung wurden Casper fast die Knie weich. »Ich bin ein Zwilling«, erinnerte er sie.

Sie lächelte. »Ich weiß.«

»Ich will damit nur sagen, dass Zwillinge wahrscheinlich in meiner Familie liegen. Wird das ein Problem für dich sein?«

»Ähm ... reden wir hypothetisch?«

»Nein.«

»Nein?«, fragte sie und sah wieder überrascht aus ... und ein wenig besorgt.

»Laryn, ich mag dich. Sehr sogar. Und wenn die Dinge zwischen uns so laufen, wie ich es mir erhoffe, werden wir eine langfristige Beziehung haben. Wie wir vorhin festgestellt haben, sind wir beide Mitte dreißig. Wir haben noch etwas Zeit, aber nicht viel, denn ich möchte nicht mit sechzig noch Windeln wechseln und Kleinkindern hinterherlaufen. Ich versuche nur herauszufinden, ob wir auf der gleichen Wellenlänge sind, wenn es um Kinder geht.«

»Wirst du bei den Zwillingen helfen? Ich meine, wirst du die Art von Vater sein, der denkt, dass es allein in der Verantwortung der Frau liegt, mitten in der Nacht aufzustehen, wenn sie weinen? Der zu sehr mit dem Fliegen seiner Hubschrauber beschäftigt ist, um daran zu denken, dass er eine Familie hat? Was ist mit dem Wechseln von Windeln oder damit, hin und wieder der Bösewicht zu sein und Nein zu sagen, damit ich nicht immer die böse alte Mutter sein muss? Was für ein Vater willst du sein? Von den Antworten auf diese Fragen hängt es ab, ob ich mit Zwillingen zurechtkomme.«

Casper konnte sich ein Schmunzeln nicht verkneifen. Dies war das seltsamste Gespräch, das er je mit einer Frau geführt hatte, mit der er kurz davor stand, ins Bett zu gehen. Aber es fühlte sich auch an wie eines der wichtigsten Gespräche seines Lebens.

»Mein Vater war großartig. Er war sehr praktisch veranlagt. Er hat alles mit Nate und mir gemacht. Er ging zu jeder außerschulischen Aktivität, die wir hatten, und tat alles, was nötig war, um uns das zu geben, was wir brauchten, um glücklich und gesund zu sein. Aber das Wichtigste, was er uns gab, war seine Zeit. Er war für uns da. Das ist die Art von Vater, die ich sein möchte. Im Leben meiner Kinder präsent. Ich würde um nichts in der Welt auf mitternächtliche Fütterungen oder Vatertage verzichten wollen. Um also deine Frage zu beantworten: Ich werde die Art von Vaterfigur sein, die meine Kinder brauchen ... und auch die Art von Partner, die ihre Mutter braucht.«

Seine Antwort kam von Herzen, und er hielt praktisch den Atem an, um zu sehen, wie Laryn reagieren würde.

Zu seiner Überraschung drückte sie heftig gegen seine Brust, und Casper ließ sofort los und trat zurück, um ihr Platz zu machen. Einen Moment lang geriet er in Panik, weil er dachte, er hätte es irgendwie vermasselt. Vielleicht war er zu zärtlich. Nicht alphamäßig genug. Und er hatte es definitiv überstürzt.

Er öffnete den Mund, um sie zu beruhigen, aber er kam nicht dazu, bevor sie mit den Händen den Reißverschluss ihres Overalls erreichte.

Sie lächelte ihn selbstbewusster an, als sie es vor der Kneipe getan hatte – das Letzte, woran er sich aus dieser schrecklichen Nacht erinnerte –, als sie den Reißverschluss öffnete, dann mit den Hüften wackelte und den Overall zu Boden fallen ließ. Sie stand vor ihm in einem schwarzen Bikinislip und einem schwarzen Trägerhemd.

Es kostete Casper all seine Willenskraft, nicht auf der Stelle in seiner Hose zu kommen.

Laryn war kurvenreich, das wusste er schon, seit er sie neulich Abend gesehen hatte. Aber ihre Schenkel waren jetzt in voller Pracht zu sehen, und er konnte nur daran denken, zwischen sie zu kommen. Sie zu berühren, um zu sehen, ob sie so weich waren, wie sie aussahen. Der Gedanke an diese Schenkel, die sich um seine Ohren legten, während er sie verschlang, ließ ihn fast hyperventilieren.

»Ich nehme die Pille«, informierte sie ihn.

Es dauerte eine Sekunde, bis er ihre Worte verstand.
»Was?«

»Die Pille. Ich will Kinder, aber vielleicht nicht jetzt gleich. Vorausgesetzt die Tests, die ihr letzten Monat gemacht habt, waren in Ordnung, wenn du möchtest ... ich meine ...« Sie errötete jetzt, und Casper sehnte sich danach, sie zu berühren. Den Rest ihrer Kleidung auszuziehen und sie ganz nackt vor ihm stehen zu lassen, damit er sich an ihr sattsehen konnte.

»Wenn du in mir kommen willst, kannst du das. Ich bin auch gesund. Ich war seit Jahren mit niemandem mehr zusammen. Niemand kann sich mit *dir* vergleichen, wenn ich ehrlich bin.«

Casper musste sich zusammenreißen, um diese Frau nicht auf das Bett zu werfen, ihr die Unterwäsche vom Leib zu reißen und tief in sie einzudringen. Aber wie er ihr schon gesagt hatte, war er kein kleiner Mann, und auf keinen Fall wollte er ihr wehtun. Stattdessen trat er zurück in ihren persönlichen Raum und griff nach dem Saum ihres Trägerhemdes.

»Darf ich?«, krächzte er.

Sie hob die Arme über den Kopf, schaute ihm direkt in die Augen und schenkte ihm ein kleines, schüchternes Lächeln.

Das war die einzige Ermutigung, die er brauchte. Langsam schob er den Stoff höher und höher. Die Vorfreude brachte ihn um, aber gleichzeitig machte sie diesen Moment umso lustvoller.

Ihr Haar flatterte um ihre Schultern, nachdem er das Trägerhemd hoch- und ausgezogen hatte. Sie stand mit angehobenem Kinn und zurückgezogenen Schultern vor ihm. Sie trug keinen BH, wahrscheinlich weil das Trägerhemd eingebaute Unterstützung hatte. Ihre Brüste waren ... prächtig. Groß, aber perfekt proportioniert für ihren kurvigen Körper. Ihre Warzenhöfe und Brustwarzen waren rosa, und als er sich an ihr sattsah, begann ihre Brust, sich schneller zu heben und zu senken, und ihre Brustwarzen verhärteten sich, als würden sie um seine Berührung betteln.

Aber er war noch nicht fertig mit dem Auspacken des besten Geschenks, das er je erhalten hatte.

Er brannte darauf, mit den Handflächen ihren ganzen Körper abzutasten, aber Casper tat sein Bestes, um geduldig zu sein. Er hakte seine Daumen unter den Gummizug ihrer Unterwäsche und schob den Stoff langsam ihre Oberschenkel hinunter. Sie schälte sich aus dem Kleidungsstück und schob es zur Seite.

Diese Frau verkörperte all seine Hoffnungen und Träume in einem wunderschönen Paket. Er konnte kaum glauben, dass sie diese Perfektion unter den schlabberigen Overalls versteckt hatte, die sie jeden Tag trug.

Das dunkle Haar zwischen ihren Beinen war ordentlich gestutzt, und das kleine Bäuchlein, das sie hatte, war so weiblich, so sexy, so anders als sein eigener gemeißelter Körper, dass Casper ehrfürchtig war. Er streckte eine Hand aus und streichelte mit dem Daumen eine kleine Tätowierung direkt in ihrer Bikinizone. Es war ein Schraubenschlüssel. Und das war so ... *Laryn*, dass er sich ein Lächeln nicht verkneifen konnte.

»Das habe ich bekommen, nachdem mein Vater gestorben war. Es ist albern, aber ich wollte immer einen Teil von ihm bei mir tragen.«

»Es ist überhaupt nicht albern. Es ist sexy. Und süß.«

Casper ging auf die Knie. Besser gesagt, er brach zu ihren Füßen zusammen. Seine Beine fühlten sich nicht mehr so an, als könnten sie ihn noch länger aufrecht halten. Aber die Position brachte seinen Mund auf Augenhöhe mit ihrer Muschi. Er beugte sich vor und küsste die kleine Tätowierung.

Er hörte, wie Laryn kurz einatmete, als er seine Hände leicht auf ihre Taille legte und aufblickte.

»Sag mir, dass du das willst«, sagte er.

»Das tue ich.«

»Sag mir, *was* du willst. Ausführlich«, befahl er, denn er musste aus ihrem Mund hören, dass sie ihn genauso wollte wie er sie.

Wenn er dachte, sie würde schüchtern und zurückhaltend sein, hatte er sich getäuscht.

Sie grinste ihn an, schob eine Hand in sein Haar und krümmte ihre Finger so, dass ihre Fingernägel leicht über seine Kopfhaut kratzten. »Ich möchte, dass du mich leckst, während du zu meinen Füßen kniest. Dann möchte ich, dass du dich ausziehst und dir von mir einen blasen lässt. Dann fick mich und komm in mir, wie du es gesagt hast.«

Casper bewegte sich, bevor er darüber nachdachte. Seine Hände legte er um ihre Taille, als er sich nach vorn beugte und seine Lippen auf ihre Muschi presste.

Sie schnappte nach Luft, und ihr Stand wurde breiter, sodass er mehr Platz zum Arbeiten hatte. Aber das war noch nicht genug. Casper packte einen ihrer Schenkel und hob ihn auf seine Schulter, wodurch sie sich ihm völlig öffnete.

Er ging aggressiv auf das zu, wonach er sich gesehnt hatte – den Geschmack ihrer Erregung. Er fand ihre Klitoris und leckte sie grob, genoss die Art, wie sie sich in seinen Armen wand, und die kleinen Quietscher, die sie von sich gab.

Er verschlang sie, als sei sie seine letzte Mahlzeit und er würde morgen sterben. Keiner von ihnen hatte geduscht, aber das war das Letzte, woran er jetzt dachte. Er konnte nur daran denken, sie kommen zu lassen. Er wollte das. Brauchte es.

Und selbst mit seinem Gesicht zwischen ihren Beinen, oder vielleicht gerade deshalb, konnte er Kekse riechen. Dieser Vanilleduft würde ihn von jetzt an steinhart machen. Denn er würde ihn an diesen Moment erinnern. An ihre Erregung, gemischt mit ihrem süßen Duft.

»Tate!«, rief sie aus, als er seine Lippen um ihre Klitoris legte und daran saugte. Sie zuckte in seinen Armen, und beide Hände waren nun in seinen Haaren, wo sie sich festklammerte.

Caspers Schwanz tropfte, aber er bemerkte es kaum. Seine ganze Aufmerksamkeit galt der Frau in seinen Armen, an seinen Lippen. Er leckte, saugte, knabberte und trank jeden Tropfen der Erregung, den sie ihm schenkte.

Und als er eine Hand zwischen ihre Beine schob und spürte, wie eng sie war, als er einen Finger in sie gleiten ließ, stöhnte er vor Vorfreude. Sie würde seinen Schwanz umklammern. Er würde sich zusammenreißen müssen, um nicht zu kommen, sobald er in ihr war.

Sie tropfte über seinen Finger, während er weiter ihre Klitoris leckte und gleichzeitig begann, sie leicht mit dem Finger zu ficken. Ihre Hüften stießen im Takt mit seiner Hand, und Casper konnte nicht anders, als von der Sinnlichkeit dieser Frau beeindruckt zu sein. Sie mochte in einer sogenannten Männerwelt arbeiten und Kleidung tragen, die jeden Zentimeter ihres weiblichen Körpers verbarg, aber sie war Sex am Stiel, und er war der Glückliche, dem sie sich hingegeben hatte. Er schwor sich auf der Stelle, sie niemals als selbstverständlich anzusehen. Ihr jeden verdammten Tag zu sagen, wie sexy sie war.

Da er stundenlang an dieser Stelle verharren, aber auch unbedingt in sie eindringen wollte, zog Casper seinen Finger zurück und fasste sie wieder an der Taille. Dann stand er abrupt auf, sodass Laryn kreischend rückwärts auf die Matratze hinter ihr fiel.

Casper beugte sich nun über sie und hielt ihre Hüften in der Luft, während er ihre Klitoris mit dem Mund umschloss und aggressiv leckte und saugte.

Laryn begann sofort, in seinen Armen zu zittern. Ihre Schenkel drückten gegen seinen Kopf, ihre Hände umklammerten seine Schultern, und ihr Bauch krampfte sich zusammen, als sie sich dem Abgrund näherte.

»Ich bin kurz davor«, informierte sie ihn unnötigerweise.

Die Anzeichen ihres Orgasmus waren leicht zu erkennen,

und Casper hatte das Gefühl, dass sie ihm nie etwas vormachen könnte. Nicht, wenn ihr Körper so reagierte, kurz bevor sie kam.

Als sie schließlich explodierte, war es so verdammt schön, dass Casper vor Ehrfurcht erstarrte, weil er derjenige war, der das für sie getan hatte und es nun miterleben durfte.

Er hob seinen Mund und sah hinunter, während sie unter ihm bebte. Ihre Schamlippen waren geschwollen und er konnte sehen, wie ihre Erregung zwischen ihren Beinen hervorsickerte. Er konnte nicht anders, beugte sich vor und leckte ihren Saft auf, bevor er auf das Laken unter ihrem Hintern tropfen konnte.

»Köstlich«, seufzte er, während er mit den Daumen ihre Hüftknochen streichelte.

»Das war's. Ich bin tot. Du hast mich umgebracht«, keuchte Laryn. Dann hob sie den Kopf und fixierte ihn mit einem Blick voller Erregung. »Nackt. Sofort«, befahl sie.

Der Anblick von ihr auf dem Bett, die Brust vom Orgasmus gerötet, die Beine immer noch gespreizt, die Muschi glitzernd von seinem Speichel und ihrer Erregung, die Nippel hart und die Haare zerzaust, machte Casper begierig, alles zu tun, was sie von ihm verlangte. Verrat? Mord? Auf Hände und Knie fallen und bellen wie ein Hund? Kein Problem.

Widerwillig ließ er sie los und stand auf. Er entledigte sich schnell seiner Kleidung, genervt von dem Gefühl auf seiner Haut.

Als er sich den Slip von den Beinen schob, schnappte sie erneut nach Luft.

»Heilige Scheiße, Tate. Das wird nicht passen.«

Verdammt, sie war gut für sein Ego. »Ich habe dir gesagt, dass ich größer bin als viele Männer.«

»Das ist ja wie ... Aliengröße oder so. Vibriert er?«

Casper lachte und war wieder einmal schockiert, dass er Spaß im Bett hatte. Er hatte schon immer Spaß am Sex gehabt, aber nicht auf diese Weise. Das Geplänkel, das er und Laryn bei der Arbeit getrieben hatten, übertrug sich auf das Schlafzimmer, und er liebte es verdammt noch mal.

»Keine zusätzlichen außerirdischen Merkmale. Und ich werde passen. Ich habe das Gefühl, du bist genau für mich gemacht. Rutsch hoch.«

Sie legte sich auf das Bett, sodass ihr Kopf zwischen den Kissen lag, und Casper kam zu ihr. Er legte sich neben sie und legte einen Finger unter ihr Kinn, um ihren Blick von seinem knallharten Schwanz weg und zu seinem Gesicht zu zwingen. »Ich werde passen«, beruhigte er sie erneut. »Du wirst so feucht sein, noch feuchter als jetzt, und so verzweifelt, dass du nicht einmal daran denken wirst, dass ich *nicht* passe.«

»Tate«, flüsterte sie.

Das Gefühl ihrer Haut auf seiner eigenen war erregend. Und es machte süchtig. Tate fuhr mit einer Hand über die Mitte ihres Oberkörpers, zwischen ihren Brüsten hindurch, über ihren bezaubernden weiblichen Bauch bis hin zu ihrer Muschi. Er bedeckte sie mit seiner Handfläche und schob seinen Mittelfinger zwischen ihre klatschnassen Schamlippen. Er spielte mit ihr, während er sich zu ihr beugte und sie küsste.

Der Kuss war dieses Mal langsam und leicht, aber nicht weniger leidenschaftlich. Ihre Hüften hoben sich gegen seine Berührung, als sie sich küssten, und Casper fühlte sich drei Meter groß. Diese Frau war perfekt. Wahrscheinlich dachte sie das nicht. Sie könnte wahrscheinlich ein Dutzend Dinge aufzählen, die sie an sich selbst nicht mochte. Aber sie war perfekt für ihn. Zu erfahren, dass sie sehr leidenschaftlich war, war das Tüpfelchen auf dem i, zusätzlich zu allem anderen, was er bereits wusste und an ihr mochte.

Er löste seine Lippen von ihren und wanderte ihren Körper hinunter, küsste und knabberte an ihrem Hals, dann an ihrem Schlüsselbein, bevor er zu ihren Brüsten hinabstieg. Seit er sie in dem Trägerhemd im *Anchor Point* gesehen hatte, wollte er sie unbedingt mit seinem Mund berühren. Und jetzt war er hier. Er erfüllte seine Fantasien.

»Ich will dich anfassen«, murmelte sie, als er eine ihrer Brustwarzen in den Mund nahm.

»Das tust du«, murmelte er, bevor er hart und tief saugte. Sie gab ein leises Quietschen von sich, auch wenn sie ihren Rücken krümmte und sich gegen seine Berührung stemmte. Offensichtlich gefiel ihr dieser kleine Schmerz, und Casper lächelte um ihr weiches Fleisch herum. Sein Finger zwischen ihren Beinen hatte auch nicht aufgehört, sich zu bewegen. Er fuhr fort, in ihren Körper einzutauchen und jeden Zentimeter ihrer Muschi zu stimulieren.

»Tate«, wimmerte sie. »Ich will dir auch Vergnügen bereiten.«

Das ließ ihn innehalten. Casper hob den Kopf und sah ihr in die Augen. »Glaubst du, das macht mir kein Vergnügen?«

»Nicht so sehr wie mein Mund an deinem Schwanz.«

Sie hatte recht, aber Casper war noch nicht bereit, die Kontrolle abzugeben. Er wollte nicht aufhören, ihre Brüste zu lecken und zu saugen. »Später, Laryn. Ich möchte dies für dich tun. Bitte?«

Ihr Kopf fiel zurück auf die Matratze. »Meine Güte, das ist so lästig. Gut, wenn du mich weiter befriedigen willst, dann tu es. Aber ich will später keine Beschwerden hören, dass unser Sexleben einseitig ist.«

Casper musste schon wieder lachen. Ja, das war definitiv eine neue Erfahrung, eine, nach der er bereits süchtig war. »Ist notiert«, entgegnete er, bevor er den Mund wieder senkte.

Die nächsten Minuten vergingen, ohne dass sie sich unterhielten, es gab nur Stöhnen von Laryn und viel Schmatzen von Caspers Seite.

Als sie unter ihm erneut zu zittern begann, bewegte Casper sich. Er setzte sich auf und ging zwischen ihre Beine, drückte ihre Schenkel auseinander und schob sich so weit wie möglich vor. Ohne Aufforderung schlang sie ihre Beine um ihn und schaute zwischen ihnen nach unten.

Casper hielt seinen pochenden Schwanz und rieb die vergrößerte Spitze an Laryns klatschnassem Schlitz auf und ab. »Du hattest recht, alle meine Tests waren in Ordnung. Und ich war seit über einem Jahr mit niemandem mehr zusammen. Kann ich dich wirklich ungeschützt nehmen? Es ist okay, Nein zu sagen, Laryn.«

»Bitte, Tate. Ich will dich spüren. Alles von dir.«

Das war alles, was er hören musste. Casper ließ seinen Schwanz einen Moment lang zwischen ihren Schamlippen auf und ab gleiten, dann benutzte er seine Handfläche, um sich weiter mit ihrer Erregung zu schmieren. Laryns Augen waren groß und sie sah nervös aus, was nicht in Ordnung war. Sie sollte nur Erregung empfinden, keine Sorge. Wenn er sie nahm, wollte er nichts als Vergnügen für sie.

Aber er war auch kein Heiliger. Er musste sie um sich herum spüren, zumindest ein bisschen. Tate stieß nur die Spitze seines Schwanzes in sie hinein – und allein das Gefühl der engen Umklammerung ließ ihn den Wunsch verspüren, ganz in sie hineinzustoßen. Aber seine Beherrschung war legendär.

»Blick zu mir, Laryn«, befahl er.

Sie ließ den Blick sofort zu seinem Gesicht hinaufwandern, und Vergnügen schwamm durch Caspers Adern. Es gab keinen Zweifel daran, wer jetzt das Sagen hatte, und das war aufregend. Die volle Verantwortung für das Vergnügen eines anderen Menschen zu tragen war eine große Sache. Er würde sie nicht enttäuschen. Mit einer Hand drückte er verzweifelt auf seinen Schwanzansatz, um nicht vorzeitig zu ejakulieren, während er seine andere Hand zielsicher zu ihrer Klitoris wandern ließ und sie grob streichelte.

Zu seiner Freude drückte sie ihre Hüften sofort nach oben,

sodass sein Schwanz noch ein wenig mehr in sie hinein-
rutschte.

»Genau so, Laryn, fühle einfach. Ich habe dich. Dass du
vorhin an meiner Zunge gekommen bist, war das Paradies.
Aber zu spüren, wie du meinen Schwanz packst, wird ein wahr
gewordener Traum sein. Vertrau mir, Laryn. Lass los.«

Laryn konnte kaum glauben, dass sie hier war. In ihrem Bett, mit
Tates Schwanz teilweise in ihr. Sie hatte sich das so lange
gewünscht. Und es war so viel besser, als sie es sich erträumt hatte.
Der Mann wusste, was er mit seinem Mund anstellen konnte, das
war sicher. Sie war vorhin so heftig gekommen, als er sie vernascht
hatte, und sie stand schon wieder kurz vor einem Orgasmus,
diesmal sogar noch heftiger als zuvor, wenn das möglich war.

»Tate«, flüsterte sie überwältigt. Als er sie vorhin gefragt
hatte, ob sie Kinder wolle, war sie tatsächlich enttäuscht gewesen, dass sie die Pille nahm – was verrückt war. Die Dinge
zwischen ihnen entwickelten sich mit Lichtgeschwindigkeit.
Sie wusste, dass sie diesen Mann liebte, aber konnte er wirklich
in so kurzer Zeit einen kompletten Sinneswandel haben, wenn
es um *sie* ging?

Sie war sich nicht sicher, aber sie würde es nie bereuen, ihn
in ihr Bett geholt zu haben.

»Genau so, Laryn. Ich habe dich. Lass los.«

Aus irgendeinem Grund hatte sie große Angst, wieder zu
kommen. Das erste Mal war eine Art Überraschung gewesen.
Sie hatte es nie wirklich gemocht, wenn Männer sie leckten,
aber sie war offensichtlich bereit gewesen. Jetzt dachte sie zu
viel nach. Sie sah komisch aus, wenn sie kam. Ein ehemaliger
Partner hatte ihr das gesagt. Und in Tates Position würde er
alles von ihr sehen können. Es gab kein Verstecken vor ihm.

Sie sah ihm in die Augen, wie er es verlangt hatte, aber plötzlich war es zu viel. All das hier. Sie liebte diesen Mann schon so lange, und wenn sie ihn enttäuschte, wenn sie ihn nicht ganz aufnehmen konnte, wenn er sich vor der Reaktion ihres Körpers auf einen Orgasmus ekelte, wenn er danach beschloss, dass er nicht wirklich mit ihr zusammen sein wollte ... dann wäre sie am Boden zerstört.

Laryn kniff die Augen zusammen und versuchte, ihren Orgasmus zurückzuhalten.

Tate bewegte sich nicht mehr, und sie spürte, wie er über ihr schwebte. Sein Schwanz war immer noch nur teilweise in ihr, und es fühlte sich an, als würde sie allein dadurch in zwei Hälften geteilt. Sie würde ihn enttäuschen, was ihr die Seele zerriss.

Sie öffnete den Mund, um ihm zu sagen, dass sie ihre Meinung geändert hatte. Dass sie das nicht wollte – was eine große Lüge war, aber im Moment würde sie alles tun, um zu verhindern, dass ihr Herz in eine Million Stücke zerbrach. Aber dann spürte sie seine Lippen auf ihrer Wange. Dann auf ihren Augen. Dann an der empfindlichen Stelle direkt unter ihrem Ohr.

Er küsste sie auf eine Art und Weise, die sich sehr liebevoll anfühlte. Sie war überwältigt. Verwirrt.

»Ich weiß«, flüsterte er ihr zu und las ihre Gedanken. »Es ist überwältigend. Riesig. Es fühlt sich an, als stünden wir an der Schwelle zu etwas Großem und Beängstigendem.«

»Irgendetwas ist ganz sicher groß und beängstigend«, konnte Laryn sich nicht verkneifen zu sagen.

Er lachte, und sie spürte es zwischen ihren Beinen genauso wie an ihrer Brust, wo er sie berührte.

»Öffne die Augen, Laryn.«

Sie wollte es nicht. Das wollte sie wirklich nicht. Aber sie war eine verdammte Erwachsene. Sie hatte sich selbst in diese Lage gebracht, buchstäblich, und sie musste eine Frau sein.

Außerdem war dies Tate. Der Mann, den sie an ihre Brust gekuschelt hatte, als er verletzlich und verwirrt war, nachdem er am Morgen nach dem Kneipenbesuch aufgewacht war. Der Mann, den sie die letzten drei Jahre beschützt hatte, während er seinen Job machte. Und die Person, die sie in den letzten sechsunddreißig Stunden kennengelernt hatte, war sogar noch besser als der Typ, den sie bereits kannte.

Sie öffnete die Augen.

Sein eisblauer Blick war direkt vor ihr und er betrachtete sie. Die Besorgnis, die sie sah, war beruhigend, aber das Verlangen war auch noch da. Und es war dieses Verlangen, das sie angesichts der Tatsache, dass sie ein Nichts war, ein wenig entspannen ließ.

»Es ist schwer, die Kontrolle abzugeben. Aber es ist nicht so schwer, wenn man sie jemandem überlässt, von dem man weiß, dass er oder sie alles tun wird, um dich zu beschützen. Das Richtige zu tun. So geht es mir, wenn ich mit Pyro fliege. Ich weiß, dass er mir den Rücken freihält. Wenn die Kacke am Dampfen ist, muss ich mich nicht fragen, ob er das Zeug dazu hat durchzuhalten. In der Luft, am Boden oder wenn wir von feindlichen Truppen gefangen genommen werden. Und so denke ich auch über dich. Ja, ich habe die Arbeit, die du an meinen Vögeln geleistet hast, hinterfragt, aber ich glaube, das war nur, weil ich einen Grund wollte, mit dir zu streiten. Um die Leidenschaft in deiner Stimme zu hören, wenn du mir erzählst, was du getan hast und warum es meinen Arsch in der Luft halten wird, wie du es so eloquent ausgedrückt hast. Als ich hier aufwachte, in deinem Bett, neben dir, verfestigten sich diese Gefühle. Ich hatte keine Kontrolle über irgendetwas, und doch hast du mich beschützt. Du hast getan, was richtig war. Du hast mir den Rücken gestärkt. *Ich habe dich, Laryn.* Zu sehen, wie du in meinen Armen kommst, wird ein Geschenk sein, das ich in Ehren halte. Das vorhin war nur ein Vorgeschmack.«

»Buchstäblich«, konnte Laryn sich nicht verkneifen.
Er lächelte. »Ja. Du bist wunderschön. Eine verdammte
Göttin. Zu wissen, dass du ein Trägerhemd und eine Unterhose
unter deinem Overall trägst, wird mich von nun an durchein-
anderbringen. Ich werde lernen müssen, wie man mit einer
verdammten Erektion fliegt.«

Laryn kicherte.

»Verdammt, das habe ich an meinem Schwanz gespürt«,
sagte Tate, während er seine Arme ausstreckte und sich ein
wenig von ihr löste. »Sieh uns an«, forderte er. »Wir sind
unglaublich zusammen.«

Laryn ließ den Blick an ihren Körpern hinunter zu der
Stelle wandern, wo sie miteinander verbunden waren. Es
schien immer noch nicht sehr viel von seinem Schwanz in ihr
zu sein, und ihre Schamlippen waren weit um ihn herum
gespreizt ... und es war in der Tat erstaunlich. »Du hast
Sommersprossen auf deinem Penis.«

Er lachte. »Penis? Frau, ich muss dir sagen, das ist ein
Schwanz. Oder ein männliches Liebesmonster. Kein *Penis*.«

Laryn lachte noch lauter. Das gefiel ihr. Die Behaglichkeit
ihres Geplänkels. Der Spaß. Sie schluckte schwer und gab zu:
»Ich will das. Dich. Mehr als ich jemals irgendetwas gewollt
habe. Ich bin einfach nur nervös.«

»Ich weiß. Aber wie ich schon sagte, ich habe dich, Laryn.
Ich würde eher aus meinem Hubschrauber tief in nordkoreani-
schem Gebiet abspringen, als dir wehzutun. Vertrau mir.«

Sie atmete tief durch und nickte.

»Jetzt sieh mich noch einmal an. Bitte«, fügte er hinzu.

Sie tat, was er verlangte.

Er bewegte sich über ihr, eine Hand ließ er zurück zwischen
ihre Beine wandern und begann erneut, ihre Klitoris zu streicheln. Es dauerte nicht lange, bis sie spürte, wie sich der Orgasmus, der unter der Oberfläche ihrer Haut geschimmert hatte,
zu steigern begann.

»Das ist es. Verdammt, du bist so empfänglich. Dies ist ein wahr gewordener Traum. Ich liebe es, wie dein Körper auf mich reagiert. Dass du nicht verbergen kannst, wenn ich etwas tue oder sage, das dir gefällt. Wie deine Oberschenkel zittern. Wie dein Bauch sich zusammenkrampft. Das ist alles verdammt erotisch, und ich muss mich zusammenreißen, um nicht zu kommen, wenn ich das sehe. Zu wissen, dass ich das getan habe, dass *ich* dir dieses Gefühl vermittelt habe, macht mich total an.«

Das war aufschlussreich. Laryn wurde klar, dass sie sich die Worte ihres früheren Partners zu Herzen genommen hatte, obwohl sie es nicht hätte tun sollen.

»Komm für mich, Laryn. Zeig mir, wie gut sich das anfühlt.«

Es dauerte weitere fünfzehn Sekunden, in denen er ihre Klitoris fast unsanft streichelte, bis schwarze Punkte vor ihren Augen tanzten und Laryn merkte, wie sie über den Abgrund flog.

Mitten in ihrem Orgasmus spürte sie, wie Tate ganz in sie eindrang. Und anstatt schmerzhaft zu sein, steigerte es ihre Lust. Sie konnte jeden Grat, jede Ader in seinem Schwanz spüren, als er sie ein für alle Mal beanspruchte.

Und sie fühlte sich tatsächlich beansprucht. Sie war extrem voll, aber irgendwie wollte sie mehr. Laryn schob ihre Hüften nach oben, sie wollte alles, was dieser Mann ihr geben konnte.

»Verdammt. Du. Fühlst. Dich. Gut. An«, stotterte Tate und hielt sich in ihr, während sie weiter um ihn herum bebte und zuckte. »Deine Muschi umklammert meinen Schwanz so verdammt fest. Ich kann spüren, wie sich deine Muskeln um mich herum kräuseln.«

»Beweg dich«, befahl Laryn, als sie wieder sprechen konnte und von ihrem Orgasmus herunterkam.

Sie brauchte es ihm nicht zweimal zu sagen.

Er stützte sich über ihr ab und begann, seine Hüften

langsam und methodisch zu bewegen. Es fühlte sich gut an, aber es war nicht genug.

»Mehr, Tate. Härter.«

»Ich will dir nicht wehtun.«

»Ich werde *dir* wehtun, wenn du mich nicht richtig fickst«, knurrte Laryn.

Kaum waren die Worte aus ihrem Mund, begann er, sich zielstrebig zu bewegen. Seine Stöße waren schnell und aggressiv, und sie konnte spüren, wie er sich jedes Mal bis zum Anschlag in ihr vergrub. Nichts hatte sich je besser angefühlt, jetzt, da er ganz in ihr war. Und sie war so feucht von ihrem letzten Orgasmus, dass die Geräusche, die sein Schwanz machte, während er sie fickte, verdammt sexy waren. Schmierung war wichtig. Das wusste sie aufgrund ihres Berufes besser als die meisten anderen.

»Ich werde nicht mehr lange durchhalten«, keuchte er.

Als Laryn erneut an ihren Körpern hinunterschaute, konnte sie nicht anders, als zu bewundern, wie sie zusammen aussahen. Sein fetter Schwanz, ihre Muschi, die sich um ihn spannte, die Art und Weise, wie sich seine Bauchmuskeln bei jedem Stoß zusammenzogen ... das war das Erregendste, was sie je in ihrem Leben gesehen hatte. Und es passierte gerade mit *ihr*.

»Kann ich in dir kommen?«, fragte Tate, wobei die Verzweiflung in seiner Stimme deutlich zu hören war.

»Ja!«

Kaum hatte sie das Wort ausgesprochen, stieß er noch einmal in sie hinein und blieb dort. Er schaute auf, schloss die Augen, und seine Hüften zuckten gegen ihre, als er sie bis zum Rand ausfüllte.

Laryn konnte fast spüren, wie sich sein Schwanz in ihr bog, als er sich entleerte. Sie konnte sich ein zufriedenes Lächeln nicht verkneifen. Das hatte *sie* geschafft. Diesen unerschütterlichen Mann von innen nach außen gekehrt. Es war ein unglaubliches Gefühl.

Als er auf ihr zusammensackte, war sie nicht darauf vorbereitet und stieß ein leises Grunzen aus. Er drückte nicht sein ganzes Gewicht auf sie, aber es reichte aus, dass sie sich ganz von ihm umgeben fühlte.

Tate stützte sich auf seine Ellbogen und starrte sie einen langen Moment an.

»Was?«, fragte sie und betete, dass er nichts sagen würde, was den Moment ruinierte. Er steckte immer noch tief in ihrem Körper, und Laryn hatte kein Verlangen danach, dass er irgendwo hinging.

»Danke«, sagte er leise.

»Ich glaube, das ist mein Satz«, erwiderte sie.

»Nein. Was du mir gerade gegeben hast, war wunderschön. Dein Vertrauen ... Ich wusste gar nicht, wie toll es sich anfühlen kann, wenn man so vollkommenes Vertrauen bekommt, wie du es mir gerade gegeben hast. Also, danke.«

Und sie dachte, er würde etwas sagen, um den Moment zu ruinieren.

»Ich frage mich, ob ich ein privates Zimmer auf dem Schiff bekommen kann«, überlegte er einen Moment später.

Ja. Da war es. Kerle waren Kerle. Sie dachten immer nur an Sex.

»Weil ich glaube, dass ich nicht mehr gut schlafen kann, wenn du nicht in meinen Armen liegst.«

»Oh«, sagte Laryn überrascht.

Er grinste. »Du dachtest, ich würde sagen, weil ich Sex mit dir haben möchte, während wir auf Mission sind, oder?«

»Nun, ja.«

»Was wir gerade getan haben ... das ist zu privat, um es auf einem Schiff zu riskieren, wo dein Nachbar buchstäblich nur wenige Zentimeter entfernt auf der anderen Seite einer dünnen Metallwand liegt. Außerdem würde ich dich niemals auf so respektlose Weise behandeln.«

»Aber mit mir zu schlafen wird das nicht bewirken? Dass die Leute über uns tratschen?«, fragte Laryn, aufrichtig neugierig auf seine Antwort.

»Nicht wie das Quieken und Stöhnen aus deinem Mund zu hören, wenn ich dich kommen lasse«, sagte Tate grinsend.

Laryn konnte das nicht einmal bestreiten, denn sie war nicht so überwältigt gewesen, dass sie sich nicht mehr an die Laute erinnerte, die ihrem Mund entwichen, als sie über den Abgrund flog und er ganz in sie eindrang. Vergnügen gemischt mit Überraschung und vielleicht sogar einer Prise Schmerz. Es war köstlich.

»Wie auch immer«, sagte sie und rollte mit den Augen.

Tate lachte, dann wackelte er herum, sodass er nicht mehr auf ihr lag, und rollte sie mit sich, sodass sie auf der Seite lag. Sein Schwanz steckte immer noch in ihr, und die Position fühlte sich ... richtig an. Fast natürlich.

»Ist das okay?«, fragte er.

»Ja.«

»Willst du aufstehen und dich waschen?«, fragte er.

»Das sollte ich.«

»Aber?«

»Ich will mich nicht bewegen. Du fühlst dich zu gut an.«

»Mir geht es genauso.«

Laryn seufzte zufrieden. Die bevorstehende Mission bedeutete, dass sie und Tate extrem beschäftigt sein würden. Sie würden keine Zeit haben, einander einfach zu verwöhnen, wie sie es jetzt taten. Die Night Stalkers waren Experten im Fliegen bei Nacht, und wenn *sie* wach waren, war *Laryn* auch wach. Sie war nie in der Lage zu schlafen, wenn Tate auf einer Mission war. Sie hatte das Gefühl, dass ihre Unruhe jetzt noch größer sein würde.

»Laryn?«

»Ja?«

»Das wird funktionieren. Es wird nicht leicht sein, aber ich werde alles in meiner Macht Stehende tun, um es nicht zu vermasseln. Denn ich weiß, wenn ich etwas Wertvolles und Wichtiges habe, und du bist all das und mehr.«

Laryn war sich nicht sicher, wie sie darauf reagieren sollte, aber sie konnte nichts sagen, selbst wenn sie es wollte, denn ihre Kehle war plötzlich eng.

Als wüsste er, wie sehr seine Worte sie ergriffen hatten, küsste er sie auf die Schläfe und sagte: »Schlaf. Wir haben beide morgen viel zu tun.«

Ihre Augen schlossen sich und sie schlief in Sekundenschnelle ein, geborgen in den Armen des Mannes, von dem sie immer nur geträumt hatte.

»Ja. Auf Mission. Das habe ich gesagt. Aber du solltest glücklich sein. Jetzt brauchst du niemanden mehr zu schicken, um sie zu überzeugen, für dich zu arbeiten. Das kannst du selbst tun.«

»Warum?«

»Weil sie und die Piloten ganz in deiner Nähe eingesetzt werden. Im Mittelmeer. Mein Freund, der für den Colonel arbeitet, der für die Night Stalkers zuständig ist, sagte, dass sie an der Grenze zwischen Syrien und deinem Land Einsätze fliegen werden. In den Bergen.«

»Wann?«

»Die genauen Daten sind nicht bekannt.«

»Na, dann besorg sie dir! Ich bezahle dich nicht dafür, dass du mir nur halbherzige Informationen gibst.«

»Ich weiß, dass sie in ein paar Tagen an Bord kommen werden. Hast du dort jemanden, der dir die Informationen besorgen kann, die du brauchst? Denn die Marine schickt mich nicht auf eine Mission.«

»Ja, ja. Ich werde mit demjenigen sprechen. Ich *brauche* Miss Hardy. Mein Land braucht sie. Wir haben die MH-60, aber wir haben niemanden, der sie so ausstattet wie die US-Hubschrauber. Wir brauchen sie, um sie genauso gut oder besser zu machen. Geld ist kein Thema. Wenn sie erst einmal begreift, welchen Reichtum wir ihr bieten können, wird sie ihre Meinung ändern. Ich muss nur die Gelegenheit bekommen, persönlich mit ihr zu sprechen.«

»Ich weiß nicht, ob das funktioniert, aber egal. Ich habe dir die Informationen gegeben, die ich habe. Es liegt an dir, etwas daraus zu machen. Ich erwarte mein Geld bis morgen Abend.«

»Du wirst es bekommen.«

Altan Osman legte auf, setzte sich an seinen Schreibtisch und starrte auf die weiße Wand seines kleinen Büros. Er brauchte Laryn Hardy. Dringend. Nach allem, was man so hörte, war sie die Beste der Besten, und seine Vorgesetzten wollten unbedingt ihre neu gekauften MH-60 kampfbereit machen. Außerdem brauchten sie die Informationen, die die US-Regierung in Bezug auf die Spezialausrüstung an Bord für sich behielt.

Er war nicht begeistert, eine Frau einzustellen, da Frauen den Männern eindeutig unterlegen waren, aber sie brauchten die Informationen, die sie in ihrem Kopf hatte. Sobald sie diese hatten, konnten sie die Mechanikerin ausschalten, damit sie keinen internationalen Zwischenfall auslösen konnte, und dann ihre Pläne zur Vergrößerung ihrer militärischen Macht fortsetzen.

Er hatte seinem Kontakt auf dem US-Stützpunkt gesagt, dass sie für ihre Arbeit entschädigt würde, aber das war natürlich eine Lüge. Sobald die Hubschrauber aufgerüstet waren, würde sie eliminiert werden. Eine Frau, die streng geheime Informationen über das Militär seiner Regierung und über die Fähigkeiten des Landes hatte, war einfach nicht akzeptabel. Er würde sie benutzen, um die Hubschrauber aufzurüsten, und dann würde sie verschwinden.

Laryn war nicht auf seinem Radar gewesen, bis er erfuhr, dass sie möglicherweise einen Job suchte. Es war perfektes Timing. Altan hatte in der jüngsten Vergangenheit mehrere Mechaniker eingestellt, die alle behauptet hatten, sie hätten das Wissen, um die Hubschrauber mit der gleichen Feuerkraft und Technologie auszustatten, wie sie in den Vereinigten Staaten verwendet wurden, aber sie waren alle erfolglos gewesen ... und so waren sie verschwunden, als hätte es sie nie gegeben.

Jetzt wurde die Jandarma ungeduldig und Altans Zeit lief ab. Entweder brachte er jemanden hervor, der tun konnte, was sie wollten, oder *er* würde den Preis dafür zahlen.

Und dann hatte Altan auf wundersame Weise Wind von Laryn Hardy bekommen, die über die Erfahrung und die Fähigkeiten verfügte, genau das zu tun, was er brauchte. Nur hatte sie die Frechheit, ihn abzulehnen.

Niemand lehnte Altan Osman ab.

Er hatte Maulwürfe in Regierungen auf der ganzen Welt. Männer, die er außerordentlich gut bezahlte, damit sie Informationen über fast alles durchsickern ließen, was mit militärischen Manövern, Personal und Ausrüstung zu tun hatte.

Und anstatt jemanden zu bezahlen, der Laryn Hardy quer durch die Weltgeschichte zu *ihm* brachte, tat sie ihm jetzt den Gefallen, den größten Teil des Weges selbst zurückzulegen. Er brauchte nur einen Weg, um sie von dem US-Marineschiff zu holen. Jetzt, da er wusste, auf welchem Schiff sie sein würde, konnte er seine Maulwürfe aktivieren, die derzeit an Bord eben dieses Flugzeugträgers und in dem Gebiet arbeiteten, in dem die Night Stalkers fliegen würden.

Der letzte Teil würde schwieriger sein, denn er brauchte ihren genauen Flugplan, um ein Auslieferungsteam bereit zu haben, aber Geld war ein guter Motivator. Er würde bekommen, was er wollte – nämlich Laryn Hardy –, und sein Land wäre einen Schritt näher dran, eine überlegene Militärmacht zu werden. Sobald sie im Besitz einiger US-Geheimnisse waren, würden ihre nächsten Feinde es nicht mehr wagen, sich mit ihnen anzulegen. Er würde als Held für sein Land gefeiert werden und könnte das Leben eines Millionärs führen.

Frauen, schicke Kleider, Häuser, Diener ... und der Respekt, nach dem er sich immer gesehnt hatte.

Laryn Hardy hatte zwar beschlossen, ihren Job in den Vereinigten Staaten nicht aufzugeben, aber das war ihr Pech. In dem Moment, in dem sie auf seinem Radar auftauchte, war ihr Schicksal besiegelt gewesen. Sie würde entweder für Altan und sein Land arbeiten oder sie würde nie wieder für jemanden arbeiten. Die Entscheidung würde ihr obliegen. Und er würde dafür sorgen, dass sie die richtige Entscheidung traf. Auf die eine oder andere Weise.

Altan richtete sich auf und griff erneut nach seinem Telefon. Er musste Leute kontaktieren und Pläne schmieden.

KAPITEL DREIZEHN

In der Sekunde, in der Casper aufwachte, wusste er, wo er war, mit wem er zusammen war und was Stunden zuvor passiert war. Und sein Schwanz erinnerte sich auch, denn er war wieder hart und wollte offensichtlich eine Wiederholung.

Nachdem sie etwa eine Stunde lang geschlafen hatten, weckte er Laryn und drängte sie unter die Dusche. Sie hatte einen langen Tag gehabt, genau wie er, und sie mussten beide sauber werden. Er musste sich beherrschen, um nicht wieder mit Laryn zu schlafen, vor allem, als sie zusammen in ihrer kleinen Dusche standen und mit glitschiger Seife bedeckt waren, doch sie schlief noch halb und brauchte offensichtlich etwas Ruhe.

Aber jetzt war es Morgen. Sie waren beide sauber, ausgeruht, nackt, und Casper war mehr als bereit, Laryn zu zeigen, dass das, was sie letzte Nacht hatten, keine einmalige Angelegenheit gewesen war.

Er schob die Decke ein Stück herunter, bis sie nackt vor ihm lag, und musste lächeln, als er sah, wie sie einen Arm über den Kopf schlug und leicht schnarchte. Sie war hinreißend im Schlaf.

Er glitt an ihrem Körper hinunter, hielt zwischen ihren Beinen inne und begann, sie leicht zu saugen. Als sie vollständig aufwachte, war sie sowohl von seinem Mund als auch von ihrer Erregung tropfnass.

»Tate?«, murmelte sie.

»Wie wund bist du?«, fragte er.

»Nicht *so* wund«, sagte sie sofort.

Befriedigung strömte durch Caspers Adern. Er kroch an ihrem Körper hoch, drehte sie dann um, bis sie auf ihm lag, und legte die Hände unter seinen Kopf. »Gut. Dies ist deine Chance. Du hast gesagt, du willst mir einen blasen ...«

Laryn rollte mit den Augen, ließ sich aber trotzdem über ihm nieder. »Warum überrascht es mich nicht, dass du heute Morgen einen Blowjob willst?«

»Wenn du nicht willst ...«, begann er und tat so, als wollte er sich unter ihr wegbewegen.

»Das habe ich nicht gesagt«, sagte sie schnell und griff nach unten, um seinen Schwanz zu fassen.

Casper ließ sich sofort wieder auf den Rücken fallen und erschauderte, als er ihre Hand um sich spürte. Sie hatte Schwielen, die er bei jeder Berührung spüren konnte. Es war die Hand einer arbeitenden Frau, stark und sicher. Und das war in seinen Augen verdammt sexy.

Als sie sich herunterbeugte, um ihn in den Mund zu nehmen, hätte er schwören können, dass er Sterne sah. Ihre Hand-Mund-Koordination war etwas ungeschickt, aber das machte ihre Begeisterung umso aufregender und authentischer. Sie wollte ihn, und obwohl es offensichtlich war, dass sie das noch nicht oft gemacht hatte, war ihr Verlangen nach ihm genauso anregend wie ihre Berührung.

Sie saugte und leckte und lernte seinen Geschmack und seine Form kennen, während sie ihn befriedigte. Casper hatte nicht gedacht, dass es so schwer sein würde, sich zu beherrschen, denn er dachte, dass es nichts Besseres geben könnte, als in ihr zu sein, aber er hatte sich getäuscht. Zu sehen, wie Laryns Lippen sich um ihn herum dehnten, während sie mit ihren großen braunen Augen zu ihm aufblickte, war fast noch erotischer, als in ihr zu sein. Beinahe.

Ohne nachzudenken, griff Casper nach unten und zog sie von seinem Schwanz. Dann drängte er sie nach vorn, bis sie rittlings auf ihm saß.

»Heb dich ein wenig an«, befahl er. Sie mochte zwar oben sein, aber er hatte definitiv die Kontrolle. Sie tat, was er verlangte, und er begann, ihre Klitoris zu streicheln, weil er wollte, dass sie wenigstens einmal kam, bevor sie ihn nahm.

Es dauerte nicht lange. Sie schien genauso erregt zu sein wie er, und sie war klatschnass. Es schien, dass es *sie* genauso anmachte, ihm einen zu blasen, wie ihn. Und das war gut zu wissen. Wieder einmal war seine Laryn unglaublich leiden-schaftlich, und er hätte nicht glücklicher darüber sein können.

Sie begann, sich auf ihm zu bewegen, und Casper konnte seine Finger nur mit Mühe auf ihrem empfindlichen Nerven-bündel halten. Ihr Körper verriet ihr Vergnügen, und sie begann, zu zittern und zu beben, als sie zum Orgasmus kam.

»Jetzt, Laryn. Nimm mich jetzt!«, befahl er, griff nach unten und hielt seinen Schwanz hoch, damit sie darauf sinken konnte.

Sie tat, was er verlangte, und es dauerte nicht lange, bis er wieder in ihrem perfekten Körper vergraben war. Es schien ihm, dass sie ihn heute Morgen leichter nahm als in der Nacht zuvor. Er war wie geschaffen für sie, und darüber hätte er sich nicht mehr freuen können.

Als er ganz in ihr steckte, konnte sie etwas von ihrem Gewicht auf ihm ablegen, und sie wippte mit den Hüften hin und her, bis ihr Orgasmus abebbte.

Dann packte er ihre Hüften und sagte: »Jetzt bist du dran, mich zu nehmen, Laryn.«

Die Erregung in ihren Augen ließ einen Lusttropfen tief in

ihr austreten. Laryn stützte ihre Hände auf seine Brust und hob ihre Hüften an, wobei sie seinen nun glitzernden Schwanz entblößte, bevor sie wieder nach unten sank. Das tat sie ein paarmal, bevor sie ihre Bewegungen beschleunigte.

Sie fühlte sich fantastisch an, und ihr dabei zuzusehen, wie sie auf ihm auf und ab wippte, war fast so erotisch wie die Art und Weise, wie ihr Körper seinen Schwanz jedes Mal verschlang, wenn sie sich auf ihm niederließ. Ihre großzügigen Brüste wippten mit ihren Bewegungen, und ihr Bauch und ihre Schenkel spannten sich an, als ihre Muskeln arbeiteten, um ihn aufzunehmen.

»Wunderschön«, murmelte er, griff nach oben und umfasste eine ihrer Brüste. Er drückte sie und spürte, wie ihre inneren Muskeln reagierten.

Das war unglaublich, und er hätte den ganzen Morgen unter ihr liegen und ihr beim Ficken zusehen können. Aber leider hatten sie beide etwas zu tun. Die Arbeit würde nicht auf sie warten, und auf keinen Fall wollte er, dass ihre Beziehung ihre Karrieren beeinträchtigte.

»Schneller, Laryn. Fick mich hart und schnell. Jetzt. Tu es!«

Und das tat sie. Ihre Brüste wippten heftiger und sie stöhnte jedes Mal, wenn sie sich auf ihn stürzte. Sie fühlte sich unglaublich – aber es war noch nicht genug.

Casper legte seine Hände auf ihre Taille und hielt sie still über sich. »Kannst du dich dort halten?«, fragte er.

Laryn leckte sich über die Lippen und nickte.

Er begann, sie von unten zu ficken, härter und schneller, als sie es in ihrer Position hätte tun können. Ihr Kopf fiel zurück und sie schrie auf, dann sah sie zwischen ihnen hinunter und beobachtete, wie er sie nahm. Casper konnte nicht anders, als ihrem Blick zu folgen. Es war schön, wie sie zusammenkamen. Sein harter Schwanz, ihr weicher Körper, der sich ihm öffnete. Irgendwo da drin steckte eine Metapher, aber er war zu erregt, zu nahe am Rande des Abgrunds, um darüber nachzudenken, was es sein könnte.

Dann kam er. Er zog sie noch einmal auf sich und füllte sie bis zum Überlaufen mit seinem Sperma. Casper sah ihr in die benommenen Augen und schwor sich, diesen Moment nie zu vergessen.

»*Jetzt* bin ich wund«, sagte Laryn mit einem kleinen Lächeln und sah mit schweren Augen auf ihn herab.

Besorgt hob Casper sie sofort von ihm herunter und rutschte zur Seite. »Verdammt. Keine Zeit für ein Bad für dich, aber nimm eine heiße Dusche. Ich fange mit dem Frühstück für uns an.«

»Das war ein Scherz. Na ja, sozusagen«, sagte Laryn.

»Bei mir nicht. Ich würde dir ja anbieten, mich um dich zu kümmern, aber wir wissen beide, dass uns das nicht schneller zur Arbeit bringt.«

Sie grinste.

Casper schwang seine Beine über die Bettkante und fühlte sich so gut wie schon seit Monaten nicht mehr. Und das nicht, weil er gerade in den letzten acht Stunden mehr Sex gehabt hatte als im ganzen letzten Jahr. Es lag daran, dass er den Tag mit Laryn an seiner Seite begann. Er fühlte sich mit ihr genauso wohl wie mit seinen Pilotenkollegen, und das hieß schon viel. Er freute sich über die Veränderung in ihrer Beziehung und darüber, wie sich das auf den Arbeitsplatz auswirken würde. Manche Leute würden vielleicht nicht mit ihren Partnern arbeiten wollen, aber er hatte das Gefühl, dass die Intimität mit ihr sie beide nur besser machen würde in dem, was sie taten.

Casper beugte sich über das Bett, grinste, als sie sofort die Decke hochzog, um sich zu bedecken, und gab ihr einen schnellen Kuss, zog sich aber nicht zurück.

»Heute wird viel los sein. Zum Teufel, die nächsten Wochen wird viel los sein, aber ich werde die letzte Nacht und den heutigen Morgen in meinem Kopf behalten, und wenn ich mich überfordert oder wütend fühle, kann ich die Erinnerungen herausholen und mich selbst beruhigen. Das tust du für mich, Laryn. Du gibst mir einen sicheren Ort, an den ich gehen kann, wenn ich einen brauche. Wenn die Leute mich nerven.«

»Was ist, wenn *ich* dich nerve?«, fragte sie mit einem frechen Grinsen.

»Das tust du nicht.«

Sie lachte lauthals. »Doch, das tue ich. Wenn ich nicht tue, was du sagst, wenn du es sagst. Wenn ich nicht mit dir übereinstimme. Wenn ich dir vor deinen Freunden widerspreche.«

Jetzt war Casper an der Reihe zu grinsen. »Die Wahrheit? Mir gefällt, dass du kein Schwächling bist. Davon brauche ich mehr in meinem Leben.«

»Nun, davon hast du bei mir reichlich, mein Lieber. Nur weil wir miteinander schlafen, heißt das nicht, dass ich mich plötzlich in ein albernes Fräulein verwandeln werde. Ich werde immer noch tun, was das Beste für den Hubschrauber ist, den du fliegst, und nicht unbedingt das, was *du* willst oder für das Beste hältst.«

»Ich habe nichts anderes erwartet. Nur eine weitere Möglichkeit, wie du mir den Rücken freihältst. Aufstehen. Duschen. Heißes Wasser. Dann Essen.«

»Du meine Güte. Du Mann. Ich Frau«, stichelte Laryn ihn.

Casper küsste sie noch einmal und wandte sich dann zum Gehen, wohl wissend, dass er ihr seinen Hintern zeigte, aber es war ihm egal. Er beugte sich vor, um seinen Slip und seinen Fluganzug vom Boden aufzuheben, und drehte sich um, um zu sehen, dass Laryns Blick genau da war, wo er ihn haben wollte ... auf ihm. Er wackelte mit dem Hintern und freute sich über das Lachen, das hinter ihm ertönte, als er aus dem Schlafzimmer ging. Diesmal hatte er Wechselkleidung in seinem

Koffer, die er holen würde, bevor er sich umsah, was er zum Frühstück auftreiben konnte.

Der Gedanke, dass er es kaum erwarten konnte, Laryn zu sich nach Hause zu holen – wo er eine volle Speisekammer mit allen möglichen Dingen hatte, die er für sie zubereiten konnte –, schoss ihm durch den Kopf. Aber wenn sie sich wohler fühlte, wenn er in ihrer Wohnung war, hatte er auch damit kein Problem. Er würde einfach in den Laden gehen und ihre Speisekammer mit mehr Lebensmitteln füllen, falls sie Hunger bekämen.

Casper fühlte sich heute Morgen wie ein anderer Mensch und widerstand kaum dem Drang zu pfeifen, als er sich darauf vorbereitete, den Tag zu beginnen.

Im Laufe des Tages fiel es ihm schwer, das unbeschwerte Gefühl beizubehalten, das er am Morgen gehabt hatte, aber die Erinnerung an den Ausdruck in Laryns Augen, nachdem sie gekommen war und er sich in ihr entleert hatte, reichte aus, um ihn zu beruhigen, als das Chaos der bevorstehenden Mission überhandzunehmen drohte.

Es fühlte sich an, als würden sie gehetzt, was auch der Fall war. Die Armee und die Marine wollten sie unbedingt auf Mission schicken, denn das Gelände, in das die SEALs und Deltas hinein- und herausgebracht wurden, war brutal. Während der letzten zwei Tage hatten sie zwei Hubschrauber verloren. Glücklicherweise konnten sich alle Piloten mit dem Schleudersitz retten und wurden herausgeholt, bevor sie von den ISIS-Aktivisten in der Gegend gefangen genommen werden konnten.

Caspers Augen fühlten sich trüb an. Er hatte nicht annähernd genügend Schlaf bekommen, aber er beschwerte sich nicht. Der Gedanke an Laryn und das, was sie zusammen getan hatten, reichte aus, um einen Schuss Adrenalin durch seine Blutbahn zu schicken. Sie war ... unglaublich. Mehr als er je erwartet hatte. Sie war seine perfekte Partnerin. Dessen war er sich sicher.

Viele Menschen hätten darüber gespottet. Ihm gesagt, dass er mit seinem Schwanz und nicht mit seinem Gehirn dachte. Aber abgesehen von seinem Zwillingsbruder hatte er sich noch nie mit jemandem so wohlgefühlt wie mit ihr. Er hatte nicht das Gefühl, jemand sein zu müssen, der er nicht war, wenn er mit Laryn zusammen war. Sie verstand ihn.

Dass sie sich seit Jahren kannten, trug offensichtlich dazu bei, dass sie sich wohlfühlten, wenn sie zusammen waren. Und die Tatsache, dass sie gestern Abend viel Zeit miteinander verbracht und *gelacht* hatten? Gutmütige Sticheleien ausgetauscht hatten? Er *liebte* das verdammt noch mal. Einen großen Teil seines Lebens verbrachte er damit, todernst zu sein. Sich zu amüsieren war eine der Möglichkeiten, die Anspannung abzubauen, die sich während der Arbeit in ihm aufbaute, ob beim Fliegen oder bei der Vorbereitung auf eine Mission.

Und das mit Laryn tun zu können, während er mit ihr Liebe machte? Er hatte sich noch nie so vollständig gefühlt.

Er wäre ein Idiot, wenn er sie sich durch die Lappen gehen ließe, ohne wenigstens zu versuchen, die Dinge zwischen ihnen zum Laufen zu bringen. Das Leben als Partnerin eines Soldaten war nicht einfach. Aber das wusste sie sehr gut, denn sie war selbst Soldatin gewesen und arbeitete jetzt als Dienstleisterin für die Armee.

Ein kleines Lächeln bildete sich auf seinen Lippen. Seine Laryn war stur. Und hartnäckig. Und ihr Verhalten machte ihm klar, dass sie nicht gelogen hatte, als sie ihm sagte, dass sie ihn schon seit Jahren mochte.

Zusätzlich zu den Schuldgefühlen war Casper jetzt ein wenig traurig darüber, dass er so viel Zeit verschwendet hatte, aber er war sich sicher, dass die Zeit für ihr Zusammensein jetzt gekommen war. Wäre ihm der kleine Hitzkopf früher aufgefallen, hätte es vielleicht nicht geklappt. Und er war fest entschlossen, dass es klappen *würde*. Jetzt, da er die Laryn kennengelernt hatte, die sich hinter den weiten Overalls und der defensiven Haltung verbarg, wollte er nicht mehr zu der Piloten-Mechaniker-Beziehung zurückkehren, die sie früher gehabt hatten. Auf gar keinen Fall.

»Casper! Hörst du mir zu?«, blaffte Chaos.

»Natürlich«, antwortete er automatisch und zwang sich, die Gedanken an die Frau zu verdrängen, die in letzter Zeit so viel Platz in seinem Kopf eingenommen hatte. Sie würden keine Beziehung haben, wenn er tot war. Er musste aufpassen. Er war der ranghöchste Offizier in ihrer Einheit, er musste seinen Scheiß auf die Reihe kriegen.

Als alle Besprechungen beendet waren und er und sein Team aufbrechen konnten, war es kurz vor zweiundzwanzig Uhr. Sie hatten sich den ganzen Tag über mit Karten und Informationen beschäftigt. Alle waren sich einig, dass das übliche Ausgehen vor der Mission bedauerlicherweise unrealistisch war. Zum einen war es zu spät, zum anderen waren alle erschöpft. Sie mussten alle um drei Uhr – also in nur fünf Stunden – wieder auf dem Stützpunkt sein, um nach Übersee aufzubrechen.

Casper wusste nur, dass er auf dem Weg zu Laryns Wohnung war. Er hatte es geschafft, ihr im Laufe des Tages einmal eine SMS zu schreiben, um sich zu melden, und es hatte eine Stunde gedauert, bis sie geantwortet hatte, wahrscheinlich weil sie genauso beschäftigt war wie er mit allem, was sie vor ihrer Abreise noch erledigen musste.

Keiner sagte viel, als sie den Konferenzraum verließen und den leeren, schwach beleuchteten Flur hinuntergingen.

Als Casper und sein Team zu ihren Fahrzeugen auf dem Parkplatz gingen, konzentrierte er sich darauf, die Tasche zu finden, in der er seinen Schlüssel versteckt hatte. Sein Kopf war gesenkt, und ausnahmsweise war er nicht in höchster Alarmbereitschaft, was eine mögliche Gefahr betraf. Als er schließlich nach seinem Schlüsselbund griff und aufblickte, stolperte er über den Anblick von jemandem, der sich gegen seinen Taurus lehnte.

Nicht jemand. Laryn.

»Hey«, sagte sie leise. Sie trug den Overall, in dem er sie so oft gesehen hatte, aber anstatt die Tatsache zu übersehen, dass sich unter dem praktischen und männlichen Outfit eine sehr sexy und kurvenreiche Frau befand, lief ihm das Wasser im Mund zusammen, als er an die Geheimnisse dachte, die nur er kannte. Dass sie unter diesem Outfit wahrscheinlich nur ein Höschen und ein Trägerhemd trug. Wie sie es mochte, wenn man an ihren Brustwarzen saugte, bis sie schmerzten. Wie sie zitterte und bebte, kurz bevor sie kam. Wie eng und feucht sich ihre Muschi anfühlte, wenn sie seinen Schwanz umschloss.

»Tate?«, fragte sie, richtete sich auf und sah besorgt aus.

»Tut mir leid. Langer Tag«, sagte er, was keine Lüge war. Er war sich nicht sicher, ob es ihr gefallen würde zu wissen, welche Gedanken ihm jetzt jedes Mal durch den Kopf gingen, wenn er sie sah.

»Ja. Ich bin nach Hause gefahren, und als ich nichts von dir hörte, habe ich einen meiner Kollegen vom Nachtdienst angerufen, und er sagte, dass du und die anderen noch nicht weg seid. Anstatt eine SMS zu schreiben, dachte ich mir, ich komme persönlich vorbei, um zu sehen, ob du zu müde bist und mitgenommen werden willst.«

Oh, er wollte unbedingt genommen werden.

Verdammt. Er musste aufhören, an Sex zu denken, wenn er in ihrer Nähe war. Ja, sie war verdammt sexy, aber sie war so viel mehr als das. Rücksichtsvoll, gütig, fürsorglich.

»Tate? Geht es dir gut?«

Er seufzte und fuhr sich mit der Hand durch die Haare. »Ja. Ich kann mich anscheinend nicht konzentrieren. Mein Hirn ist vollgestopft mit allem, was wir heute besprochen haben. Ich würde gern mitgenommen werden. Aber ich muss noch zu mir nach Hause, um zu packen, bevor wir zu dir fahren.«

»Ähm, na ja ... was das angeht. Ich dachte mir, da du seit ein paar Tagen nicht mehr zu Hause warst und es wahrscheinlich ist, dass Altan, *falls* er eine Bedrohung darstellt – was übrigens immer noch ein großes *Falls* ist –, nichts von dir und mir weiß, oder wo du wohnst. Also habe ich schon mal gepackt, was ich für die Mission brauche. Es ist in meinem Kofferraum. Wenn es dir nichts ausmacht, kann ich vielleicht heute Abend mit zu dir kommen. Du kannst packen, und dann können wir sehen, ob wir etwas Schlaf bekommen, bevor wir für unseren Flug hierher zurückkehren müssen.«

Großer Gott, diese Frau. Sie war ihm zwei Schritte voraus, wofür er dankbar war. Casper machte einen großen Schritt nach vorn und nahm ihr Gesicht in seine Hände. Er beugte sich zu ihr hinunter und küsste sie so, wie er es schon den ganzen Tag zwischen den Besprechungen vorgehabt hatte.

Zu seiner Freude und Genugtuung umklammerte sie seine Handgelenke mit festem Griff und bot ihm Paroli. Laryn war kein schüchterner Teenager, sie war eine Frau, die wusste, was sie wollte, und Casper war der glückliche Mistkerl, den sie zu wollen schien.

Da er sich der tickenden Uhr bewusst war, zog er sich zurück, hielt sie aber weiterhin fest.

»Ich nehme an, das ist für dich in Ordnung?«, fragte sie mit einem Lächeln.

»Das ist mehr als in Ordnung für mich«, versicherte er ihr. »Ich kann es nicht erwarten, dich in meinem Bett zu sehen. Dein Haar auf meinem Kopfkissen. Dein Vanillekeksduft an meiner Bettwäsche. Bitte sag mir, dass du etwas von dieser Duschseife oder Lotion mitgebracht hast.«

Sie verdrehte die Augen über ihn. »Das habe ich.«

»Gott sei Dank. Willst du mit meinem Wagen fahren?«

»Okay. Aber bist du sicher?«

»Ja. Warum?«

»Weil du du bist. Der erstklassige Pilot. Der Typ, der immer die Kontrolle haben will.«

»Du bist schon mit meinem Wagen gefahren, Laryn. Außerdem hast du recht. Ich bin kaputt. Ich kann nicht klar denken. Und ich vertraue dir.«

Zu seiner Überraschung – und zu seinem Entsetzen – traten ihr Tränen in die Augen.

»Was? Was habe ich denn gesagt? Scheiße, Laryn, nicht weinen!«

»Tut mir leid, tut mir leid, tut mir leid«, sagte sie, griff nach oben und löste seine Hände von ihrem Gesicht, während sie sich hektisch über die Augen wischte. »Es war auch für mich ein langer Tag. Und ich hatte Visionen von dir, wie du wieder zur Vernunft kommst und dich fragst, was zum Teufel du letzte Nacht getan hast, und wie du einen Rückzieher machen willst. Dass du mir sagst, dass jetzt kein guter Zeitpunkt für eine Beziehung ist, weil wir gerade auf Mission sind. Oder vielleicht, dass es überhaupt keine gute Idee war, da wir zusammen arbeiten.«

»Scheiß drauf. Das ist die beste Idee aller Zeiten. Und ich *bin* zur Vernunft gekommen ... und habe meine Augen für die Schönheit geöffnet, die seit Jahren vor mir liegt. Kein Rückzieher, Laryn. Es sei denn, du bist dir über uns nicht sicher.«

»Nein!«, rief sie aus, wodurch Casper sich besser fühlte. »Ich habe meine Meinung nicht geändert.«

»Gut. Danke, dass du vorausgedacht hast und mich abholst. Ich nehme an, es ist für dich in Ordnung, deinen Wagen auf dem Parkplatz stehen zu lassen, während wir weg sind?«

»Ja.«

»Gut.« Er bemerkte, dass sein Schlüsselbund immer noch an seinem Finger baumelte, und hielt ihn ihr hin. Sie nahm ihn mit einem kleinen Lächeln entgegen und ging zu ihrem Civic, den sie nur ein paar Plätze weiter geparkt hatte. Es dauerte nur Sekunden, bis sie den Rucksack und die zwei Seesäcke, die sie mitgebracht hatte, in seinen Kofferraum geworfen hatten. Die Fahrt zu seiner Wohnung dauerte auch nicht lange, da er sich, genau wie Laryn, für ein kleines Apartmentgebäude in der Nähe des Stützpunktes entschieden hatte. Da es sich um ein Militärgebiet handelte, gab es viele Wohnungen, um das Personal unterzubringen, das ständig kam und ging.

Sie fuhr gekonnt rückwärts in eine Parklücke, und Casper traf sie am Heck seines Wagens.

»Brauchst du die Seesäcke?«, fragte er.

»Nein. Nur den Rucksack. Da sind meine Übernachtungssachen drin und die Klamotten für den Flug morgen.«

Casper nahm ihn und schlang ihn sich über eine Schulter, dann griff er nach ihrer Hand, als würde er das seit Jahren jeden Tag tun. Es fühlte sich natürlich an.

Nachdem er in den zweiten Stock hinaufgegangen war, öffnete er seine Wohnungstür und ließ Laryn zuerst eintreten. Er versuchte, seine Wohnung aus ihren Augen zu sehen, aber er hatte keine Ahnung, was sie denken würde. Er war ein Junggeselle und seine Wohnung spiegelte das wider. Es gab keinen heimeligen Touch, nur seinen großen Fernseher, für den er kaum Zeit hatte, jede Menge Unordnung auf dem Küchentisch, Schuhe auf dem Boden, Bücher, die er erst halb gelesen hatte, die im Raum verstreut lagen. Aber es war sauber. Wenn es etwas gab, das er in der Armee gelernt hatte, dann war es die Bedeutung von Putzmittel in seinem Leben.

»Und?«, fragte er.

Sie sah ihn an und zuckte mit den Schultern. »Es ist eine Wohnung. Hast du Hunger? Ich habe schon gegessen, aber ich kann schnell etwas für dich kochen, während du packst ... wenn du willst.«

»Klingt perfekt. Ich habe noch ein paar Taco-Reste von neulich Abend. Der Salat könnte braun sein, aber der Käse, die

Tomaten, die saure Sahne und das Fleisch sollten noch in Ordnung sein. Außerdem muss es gegessen oder weggeworfen werden, da wir eine Weile weg sein werden.«

»Bin schon dabei«, sagte sie und stellte ihren Rucksack auf den Boden.

»Und du kannst gern alles aus dem Kühlschrank entsorgen, was die paar Wochen, die wir weg sind, nicht überleben wird.«

»Wird gemacht«, sagte sie und ging in Richtung seiner Küche. Die Wohnung war ähnlich eingerichtet wie ihre. Küche, Wohnbereich, Flur mit den beiden Schlafzimmern und einem Bad.

Casper beobachtete, wie Laryn es sich in seiner Wohnung gemütlich machte, und ihm wurde klar, dass er sich nicht im Geringsten unwohl fühlte, wenn sie da war. Bei den wenigen Malen, die er andere Frauen mit nach Hause gebracht hatte, war er ein wenig nervös gewesen und hatte gehofft, dass sie nichts hineininterpretierten. Er fühlte sich unwohl, wenn sie seine Sachen anfassten, seine Küche inspizierten.

Aber bei Laryn *wollte* er, dass sie alles berührte. Dass sie es sich bequem machte. Dass sie seine Sachen durchwühlte.

Er griff nach unten und hob ihren Rucksack auf, bevor er in sein Schlafzimmer ging. Er nahm sich einen Moment Zeit, um den Anblick ihres Rucksacks auf seinem Bett in sich aufzunehmen. Es war erbärmlich, so glücklich darüber zu sein, ihre Sachen in seinem persönlichen Raum zu sehen.

Er schloss die Augen und fragte sich, ob Nate so empfunden hatte, als er Josie zum ersten Mal gesehen hatte. Natürlich war ihre Situation eine ganz andere als die von Laryn und ihm. Sein Zwillingsbruder und Josie waren Kriegsgefangene in einem Drecksloch von einem iranischen Gefängnis gewesen. Aber dieses Gefühl, tief in seinem Bauch zu wissen, dass Laryn für ihn bestimmt war ... war es das, was Nate fühlte, warum er Josie so kurz nach ihrem Kennenlernen »seine Frau« genannt hatte?

Casper hatte viel länger gebraucht, aber jetzt, da er sich für die Möglichkeit einer Beziehung geöffnet hatte, war er voll dabei. Und es fühlte sich richtig an.

Kopfschüttelnd drehte er sich um und ging zu seinem begehbaren Kleiderschrank. Das war einer der Gründe, warum er genau diese Wohnung gewählt hatte, denn der Schrank im großen Schlafzimmer war riesig. Er hatte eine Menge Fluganzüge, die er tadellos gebügelt und sorgfältig aufgehängt hatte. Er brauchte den Platz, um sie alle zu verstauen, plus seine Stiefel und andere Flugausrüstung.

Als er sich jetzt im Schrank umsah, ordnete sein Gehirn den Raum neu, um Platz für Laryns Sachen zu schaffen.

Casper lachte darüber, wie er mit seinen Gedanken davongaloppierte, stellte fest, wie müde er war, und machte sich an die Arbeit, seine eigenen Seesäcke für die Mission zu packen. Der Duft von würzigem Taco-Fleisch wehte in sein Zimmer, während er arbeitete, und wieder einmal spürte er, wie sich Wärme in ihm ausbreitete. Es war sehr lange her, dass sich jemand so um ihn gekümmert hatte wie Laryn. Es fühlte sich gut an. Wirklich verdammt gut. Er würde sie nie als selbstverständlich ansehen. Und er schwor sich, den Gefallen zehnfach zurückzugeben. Wenn jemand es verdiente, dass man sich um ihn kümmerte, dann war es Laryn Hardy.

———————————

Laryn war das Risiko eingegangen, ihre Taschen für die Mission zu packen und zum Stützpunkt zu fahren, um auf Tate zu warten, bis er von seinen Besprechungen zurückkehrte. Aber zum Glück war dieses Risiko aufgegangen. Sie war in Tates Wohnung, in seiner Küche, und machte ihm Abendessen, bevor sie für ein paar Stunden ins Bett gingen.

Ihr wurde ganz schwindelig, wenn sie daran dachte, wie sie hierhergekommen war. Und die Sache war, dass sie keine

Ahnung hatte, was sie eigentlich getan hatte, damit der Mann ihrer Träume sie endlich bemerkte. Aber sie hatte nicht vor, es infrage zu stellen. Sie wollte ihre gemeinsame Zeit genießen, so lange sie anhielt.

Denn sie war immer noch nicht davon überzeugt, dass dies eine langfristige Beziehung sein würde, egal wie sehr sie sich das wünschte. Der Sex war nicht von dieser Welt, und Tate war fürsorglich und nett. Aber würde sich das ändern, sobald die angebliche Bedrohung für sie entschärft war? Sobald sie von ihrer Mission zurückkehrten und die Dinge wieder »normal« wurden, was auch immer das war?

Sie hatte keine Ahnung, also genoss sie in der Zwischenzeit die gestohlenen Momente, die sie mit Tate hatte. Und ein Teil dieses Vergnügens war es, sich um ihn zu kümmern. Vor langer Zeit hatte sie einmal für ihren Vater gekocht, und das befriedigte ein tiefes Bedürfnis in ihr, sich zu kümmern. Er hatte ihr alles beigebracht, was er wusste, sich um sie gekümmert, sie beschützt, sich für sie eingesetzt, und sie hatte getan, was sie konnte, um sicherzustellen, dass er verstand, wie sehr sie ihn dafür liebte.

Jetzt würde sie dasselbe für Tate tun. Er war erschöpft, und er musste wachsam und bereit sein für jede Mission, auf die er geschickt werden könnte, sobald sie gelandet waren. Sie hatte sich bereits vergewissert, dass sein Hubschrauber in bester Verfassung war, und jetzt hatte sie die Chance, dafür zu sorgen, dass auch sein Körper bereit war. Sie konnte ihm etwas zu essen zubereiten, ihm einige der alltäglichen Lasten abnehmen, wie zum Beispiel seinen Kühlschrank zu durchforsten, um alles loszuwerden, was in seiner Abwesenheit Beine bekommen und versuchen könnte, sich davonzumachen.

Sie lächelte bei dem Gedanken, während sie sich den Rest eines offenen Käseblocks und ein paar Paprikaschoten schnappte, die es bestimmt nicht überleben würden, ein paar Wochen im Kühlschrank zu liegen.

»Was soll dieses Lächeln?«

Laryn fuhr fast aus der Haut, als sie Tates Stimme direkt hinter sich hörte.

»Mein Gott! Tu das nicht! Du hast mich zu Tode erschreckt! Warum läufst du überhaupt herum wie Mr. Geräuschlos?«

Er lachte. »Ich habe viel Lärm gemacht. Du warst nur zu sehr damit beschäftigt, mein Gemüse zu studieren, um es zu bemerken.«

Die Worte sprudelten aus ihr heraus, bevor sie sie stoppen konnte. »Ich inspiziere gern dein Gemüse«, und ihr Blick glitt an seinem Körper hinunter zu seinem Schritt.

Er lachte noch lauter, packte sie an der Taille und drehte sie herum. Bevor Laryn wusste, wie ihr geschah, hatte er sie hochgehoben, als wöge sie nichts, und sie auf den Tresen gesetzt. Er drängte sich näher an sie heran, zwischen ihre Beine, und stützte seine Hände auf ihre Hüften. Sie waren jetzt auf Augenhöhe, und Laryn konnte dunkle Augenringe sehen, die normalerweise nicht da waren, und die Falten um seine Augen waren deutlicher zu erkennen als am Morgen.

Er begann, seine Hände wandern zu lassen, und so sehr sie sich auch nach ihm sehnte, so sehr sie ihn auch wollte, die Uhr tickte und sie brauchten beide Schlaf.

Sie ergriff seine Hände und schüttelte den Kopf. Sie versuchte, so streng wie möglich auszusehen, obwohl sie wusste, dass ihr Herzschlag sich beschleunigt hatte und ihr Höschen feucht wurde, wenn sie an all die Dinge dachte, die er bereits mit ihr gemacht hatte.

»Essen«, sagte sie. »Und dann schlafen. Wir haben keine Zeit für Küchenknutschereien. Hast du fertig gepackt?«

»Ja, Ma'am«, entgegnete er mit einem kleinen Grinsen. »Die Seesäcke sind an der Tür, bereit zum Mitnehmen.«

»Gut.«

Keiner der beiden bewegte sich, während sie einander

anstarrten. Dann sprach Tate. »Ich will dich. Aber ich bin erschöpft.«

»Ich weiß.«

»Ich weiß, dass du es weißt, ich versuche nur, dir zu sagen, wie dankbar ich bin, dass du du bist. Dass du mich abholst, dass du Essen machst. Dafür, dass du mich nicht Dinge tun lässt, die ich so gern tun würde, die aber nicht klug wären. Wie dich hier auf meinem Tresen zu vernaschen. Und dich dann umzudrehen, über meine Couch zu beugen und von hinten zu nehmen.«

Laryn schluckte schwer und konnte sich nicht davon abhalten, einen Blick auf seine Couch zu werfen. Sie war viel zu hoch, als dass sie mit den Füßen auf dem Boden hätte stehen können, wenn sie über die Rückenlehne drapiert gewesen wäre. Und der Gedanke daran, kein Druckmittel zu haben, keine Kontrolle über ihr Liebesspiel, während er sie von hinten nahm, reichte fast aus, um sich das T-Shirt, das Tate angezogen hatte, vom Leib zu reißen und auf die Pläne zu scheißen, dass sie beide so viel Schlaf wie möglich bekommen sollten.

»Verdammt, ich liebe diesen Ausdruck in deinen Augen«, sagte Tate. Dann lehnte er seine Stirn gegen ihre. »Wir verschieben das. Ich möchte mit dir auf jeder Oberfläche dieser Wohnung Liebe machen. In der Dusche, hier auf dem Tresen, auf der Couch, auf dem Schreibtisch in meinem Gästezimmer und auf meinem Bett. Besonders mein Bett. Aber dafür haben wir noch alle Zeit der Welt. Ich freue mich fast genauso sehr darauf, dich einfach nur im Arm zu halten, während wir schlafen. Fast.«

Laryn schnaubte. »Ja.«

Er bewegte sich immer noch nicht. Seine Augen waren geschlossen, während seine Stirn auf ihrer lag.

»Tate? Bist du eingeschlafen?«, flüsterte sie nach einem langen Moment.

»Nein. Ja. Vielleicht.«

Das brachte sie wieder zum Lächeln. »Essen. Du musst essen.«

»Ja«, seufzte er und richtete sich widerwillig auf. »Danke, Laryn. Im Ernst.«

»Gern geschehen. Rutsch zurück, damit ich runter kann.« Anstatt sich zu bewegen, zog er sie fester an sich und hob sie vom Tresen auf den Boden.

»Willst du mir hier etwas Platz machen?«, fragte Laryn erneut, da er an ihrer Seite klebte.

»Nein.«

Sie verdrehte die Augen, aber tief in ihrem Inneren liebte sie es, ihn so nahe bei sich zu haben. Sie schaffte es, den Taco-Salat aufzutragen, den sie für ihn zubereitet hatte, und nach einer unausgesprochenen Vereinbarung standen sie beide in seiner kleinen Küche, während er an den Tresen gelehnt aß. Es dauerte nicht lange. Er war entweder hungrig oder mehr als bereit, ins Bett zu gehen. Wahrscheinlich ein bisschen von beidem.

»Geh und mach dich bettfertig. Ich komme gleich nach. Ich will nur noch das Geschirr abwaschen und wegräumen«, befahl Laryn.

»Lass das sein.«

»Auf keinen Fall. Nicht, wenn wir für wer weiß wie lange weg sind.«

»Gut. Aber wenn du nicht in fünf Minuten in meinem Bett bist, werde ich nach dir suchen.«

»Versprochen?«

Zu Laryns Überraschung war der Ausdruck auf seinem Gesicht nicht scherzhaft. Er starrte sie mit einem so intensiven Blick an, dass es ihr den Atem raubte. »Ich werde immer zu dir kommen, Laryn. Jetzt, da ich gesehen habe, was ich verpasst habe, habe ich vor, die verlorene Zeit nachzuholen.«

»Tate«, flüsterte sie.

»Fünf Minuten«, wiederholte er, drehte sich um und ging

zur Tür. Er überprüfte das Schloss noch einmal und tat dasselbe mit den Schlössern an den Fenstern.

Ihr wurde klar, dass er das wahrscheinlich jeden Abend tat. Es war ein wenig zwanghaft, aber das machte ihr nichts aus. Als alleinstehende Frau befolgte sie selbst so viele Sicherheitsprotokolle wie möglich.

Laryns Eile beim Abwasch würde niemanden beeindrucken, aber sie war begierig darauf, Tates Schlafzimmer zu sehen, sein Bett. Sie hatte es sich so lange in ihrem Kopf ausgemalt, dass sie sich fragte, ob es ihren Fantasien gerecht werden würde.

Zum ersten Mal bemerkte sie, dass ihr Rucksack nicht mehr auf dem Boden lag, wo sie ihn abgestellt hatte, und sie lächelte, als sie den Flur hinunterging. Als sie einen Blick ins Bad warf, sah sie ihre Tasche dort auf dem Tresen. Da sie wusste, dass ihre fünf Minuten mehr als verstrichen waren, machte sie sich in Windeseile bettfertig und zog sich ihre kurzen Shorts und ihr Trägerhemd an, in denen sie gern schlief. Sie war sich nicht sicher, wie der heutige Abend verlaufen würde, ob Tate seine Hände bei sich behalten oder ob *sie* es tun würde. Wann immer sie sich nahe waren, vor allem im Bett, schien es fast unmöglich zu sein, sich nicht zu berühren.

Sie atmete tief durch und versuchte, sich in den wenigen Sekunden, die sie brauchte, um ihre Beine und Arme – und sogar ihre Brüste – einzucremen, nicht lächerlich vorzukommen, und machte sich auf den Weg zum großen Schlafzimmer. Tate hatte eine kleine Lampe auf eine Seite des Bettes gestellt, und alles andere lag im Schatten, als sie hereinkam.

Das Bett war ein Doppelbett, was sie nicht überraschte. Es nahm ziemlich viel Platz auf dem Boden ein. Es gab eine Kommode, die höher als breit war, mit ein paar gerahmten Bildern darauf. Ein großes Fenster mit dunklen Vorhängen, die zugezogen waren, eine offene Tür, die zu etwas führte, das wie ein riesiger Kleiderschrank aussah, und das war's.

Nachdem sie sich kurz umgesehen hatte, wurde ihr Blick wieder auf das Bett und den Mann darauf gelenkt. Tate war unter die Decke geschlüpft und hatte sie bis zur Taille hochgezogen. Seine Brust war nackt, und sie fragte sich, ob er eine Hose oder Unterwäsche trug. Seine Augen waren geschlossen und es war offensichtlich, dass er fest schlief.

Ihr Herz schlug ihr bis zum Hals. Er war so erschöpft, dass er nicht einmal fünf Minuten warten konnte, bis sie ins Bett kam. Sie bezweifelte nicht, dass er trotz ihres Gesprächs von vorhin noch etwas mit ihr vorgehabt hatte, sobald sie ankam.

Auch wenn sie behauptet hatte, sie bräuchten beide Schlaf, konnte sie sich der Vermutung nicht erwehren, dass er sich nicht hätte zurückhalten können, sobald sie im Bett waren.

Ehrlich gesagt war sie ein wenig enttäuscht, aber sie hatte auf keinen Fall vor, den Mann zu wecken. Das Leben von wer weiß wie vielen SEALs und Deltas hing davon ab, dass Tate in Höchstform war, wenn er sich hinter das Steuer seines Hubschraubers setzte. Und dazu gehörte, dass er genügend Schlaf bekam.

Mit leisen Schritten trat Laryn vor und knipste das Licht auf seiner Seite des Bettes aus. Er rührte sich nicht einmal. Sie ging um das Bett herum und kletterte langsam und vorsichtig auf die Matratze. Sie wollte darüber stöhnen, wie perfekt sie war. Nicht zu hart und nicht zu weich. Es war buchstäblich genau die Art von Matratze, die sie bevorzugte.

Sie hätte auf einer Seite des Bettes bleiben können, es war buchstäblich groß genug, dass sie sich nicht berühren mussten, wenn sie schliefen. Aber sie war nicht so stark.

Laryn rutschte näher, drückte sich sanft an Tate und lächelte, als sie bemerkte, dass er Boxershorts trug. Es war komisch, denn bisher kannte sie ihn nur als Mann in Slips. Sie vermutete, dass sie ihm mehr Halt gaben, wenn er seinen Flug-anzug trug.

Es fühlte sich sehr intim an, die Unterwäschevorlieben des Mannes herauszufinden, in den sie schon immer verknallt war, aber auch sehr befriedigend. Als sie langsam ihren Kopf auf seine Brust legte, regte er sich. Er legte einen Arm um sie und drückte sie fest an sich.

»Tut mir leid«, murmelte er. »Ich bin so müde.«

»Schhhhh. Schlaf«, murmelte sie.

Er seufzte tief, dann verstummte er.

Laryn lächelte an seiner Schulter und schloss die Augen. Sie hatte noch nie gut geschlafen. Sie zuckte bei jedem kleinen Geräusch zusammen, machte sich Sorgen, dass jemand einbre-chen könnte, dachte über Dinge nach, die sie tagsüber hätte tun sollen ... und fragte sich, was Tate gerade tat. Aber in diesem Moment hatte sie keinen anderen Gedanken im Kopf als den, wie bequem sie lag und wie sicher sie sich fühlte.

Sie war offensichtlich genauso müde wie Tate, denn sie schlief innerhalb weniger Minuten ein, so zufrieden wie schon lange nicht mehr.

KAPITEL VIERZEHN

Casper wachte mit knurrendem Magen auf. Als er den Kopf drehte, sah er, dass es zwei Uhr siebzehn morgens war. Dreizehn Minuten, bevor sein Wecker klingeln sollte. Er hatte es geschafft, ihn zu stellen, bevor er praktisch ohnmächtig wurde. Der Grund, warum er hungrig aufwachte, war offensichtlich.

Laryn.

Und ihre Kekslotion.

Er lächelte und schloss noch einmal die Augen, um den Moment zu genießen. Er hatte vorgehabt, wach zu bleiben, bis sie in sein Zimmer kam. Er konnte es kaum erwarten, sie zum ersten Mal in seinem Bett zu sehen. Er hatte geplant, sie trotz seiner gegenteiligen Worte bis zum Orgasmus zu vernaschen und sie dann zu halten, während sie an ihm einschlief.

Seine verdammte Erschöpfung hatte ihn eingeholt, bevor er seine Pläne in die Tat umsetzen konnte. Aber er musste zugeben, dass es etwas Beruhigendes hatte, Laryn zu halten, während sie schlief. Selbst im Schlaf klammerte sie sich an ihn. Dadurch fühlte er sich überlebensgroß.

Er döste die dreizehn Minuten, bis sein Wecker klingelte.

Laryn regte sich in seinen Armen und stöhnte, als sie merkte, dass es Zeit war aufzustehen.

»Hi«, sagte er leise, nachdem er den nervigen Summer seines Telefons ausgeschaltet hatte.

»Hi«, erwiderte sie.

Es gab so viel, was Casper sagen wollte. Tun wollte. Aber sie hatten keine Zeit. Und die Dinge waren noch sehr neu zwischen ihnen. Also küsste er sie einfach auf die Stirn und sagte: »Ich bin in ein paar Minuten im Bad fertig. Ich mache dir einen Kaffee zum Mitnehmen, während du duschst, wenn das okay ist.«

»Das ist perfekt. Danke.«

Widerstrebend schob Casper sich unter ihr und der Decke hervor und stand auf. Dann drehte er sich um, legte seine Handflächen auf die Matratze und beugte sich hinunter. »Die beste Nacht, die ich je geschlafen habe«, flüsterte er, bevor er sie leicht auf die Lippen küsste.

Er ging, bevor er mehr als das tat, bevor er dem dringenden Gefühl in seinem Inneren nachgab, diese Frau zu beanspruchen. Es war keine Zeit, und er wollte ihr erstes Mal in seinem Bett nicht überstürzen. Es war ein dummer Gedanke, denn sie hatten sich bereits geliebt, aber dies war sein Raum. Seine Domäne. Und es fühlte sich anders an, mit ihr hier zu sein. Irgendwie realer für ihn.

Was keinen Sinn machte, da sich die Dinge zwischen ihnen bereits so real anfühlten, wie sie nur sein konnten.

Er zuckte mit den Schultern und nahm an, dass es eine Männersache war, und beeilte sich, zu duschen und das Nötige im Bad zu erledigen, damit er sich Laryn zuwenden und den dringend benötigten Kaffee für sie beide kochen konnte.

Eines war sicher, er fühlte sich anders, wenn er mit ihr an seiner Seite aufwachte. Der Tag schien nicht so banal zu sein. So routinemäßig. Alles fühlte sich besonders an, wenn sie da war. Die Möglichkeiten für den Tag schienen endlos. Es war ein euphorisches Gefühl. Eines, das ihm verdammt gut gefiel.

Diese Euphorie hielt nicht sehr lange an. Nur so lange, bis sich die Wege von ihm und Laryn trennten, als sie am Stützpunkt ankamen. Sie musste sich vergewissern, dass die letzten Vorbereitungen für die Abreise auf ihrer Seite getroffen worden waren. Sie musste nach den Mechanikern sehen, die mit ihr die Reise antraten. Und er musste sich mit seinem Team treffen und an einer letzten Besprechung über die Situation teilnehmen, in die sie fliegen würden.

Der Flug um die Welt war frustrierend. Er und seine Freunde saßen in einem Bereich des Flugzeugs, und Laryn und die Männer und Frauen, die für sie arbeiteten, in einem anderen. Das war in der Vergangenheit immer so gewesen, aber jetzt irritierte die Sitzordnung Casper.

Sie landeten und mussten zum Zerstörer gebracht werden, und Casper gelang es, im Hubschrauber einen Platz neben ihr zu ergattern. Er drückte seinen Schenkel gegen ihren, traute sich aber nicht, noch mehr zu tun, damit sie sich in der Nähe ihrer Teams nicht unwohl fühlte.

Das Lächeln, das sie ihm schenkte, erwärmte jedoch sein Herz. Auch wenn sie wie er eindeutig beruflich unterwegs war, fühlte es sich gut an, wenn sie einen intimen Blick miteinander tauschten.

Sobald sie auf dem Deck des Zerstörers gelandet waren, gingen sie wieder getrennte Wege. Er, um sich bei den anderen Piloten an Bord zu melden und sich bei den Spezialeinheiten über die Lage am Boden zu informieren, und sie, um nach den Hubschraubern zu sehen, die vor ihnen angekommen waren.

Stunden später spürte Casper den Jetlag und den wenigen Schlaf, den er vor seiner Abreise aus den USA bekommen hatte. Außerdem war er hungrig und wollte sich bei Laryn melden, um zu sehen, wie es ihr ging.

»Wo brennt's denn?«, fragte Pyro, als er und Casper den Korridor in Richtung der Kantine entlanggingen.

»Hast du keinen Hunger?«, fragte Casper, anstatt auf seine Frage zu antworten.

»Ich verhungere. Aber da ich nicht davon ausgehe, dass das, was in der Kombüse gekocht wird, etwas ist, wofür es sich lohnt, sich zu beeilen, kann ich die dreißig Sekunden länger warten, die es dauert, bis ich in der Kantine bin und es serviert bekomme. Lass mich raten ... Laryn?«

Casper zuckte mit den Schultern, da er nicht so tun wollte, als sei sie ihm nicht wichtig. Dass sich die Dinge zwischen ihnen nicht geändert hatten. »Ja. Ich wollte nur wissen, wie ihr Tag war und wie es den Vögeln geht.«

»Ich bin sicher, dass es ihnen gut geht. Wie könnte es mit Laryn an der Spitze anders sein?«

Sein Freund hatte ein gutes Argument.

»Das ist doch ernst, oder? Du verarschst sie nicht nur?«, fragte Pyro nebenbei. »Ich meine, es wäre doch scheiße, sie zu verlieren, weil du deinen Schwanz nicht in der Hose behalten kannst.«

Pyro verunglimpfte Laryn nicht, aber es war für Casper trotzdem schwierig, ruhig zu bleiben. »Es ist ernst«, antwortete er.

»Cool. Ich mag sie.«

Casper warf ihm einen Seitenblick zu.

»Nicht so«, beruhigte Pyro ihn mit einem Lachen. »Oh Mann. Zwischen euch beiden ist es ziemlich schnell ernst geworden, was?«

Er nickte. »Sagen wir einfach, ich bin endlich in die Gänge gekommen und habe die Augen geöffnet, um zu sehen, was direkt vor meiner Nase war. Ich bin froh, dass sie niemandem aufgefallen ist, während ich mich wie ein Dummkopf benommen habe.«

Pyro lachte und klopfte ihm auf die Schulter. »Sie ist gut für dich, glaube ich. Die Jungs und ich haben uns immer gefragt, warum ihr euch so oft gegenseitig beschimpft habt, und jetzt ergibt es einen Sinn.«

»Was denn?«

»Du mochtest sie. Auch wenn du sie geärgert hast. Vielleicht dachtest du, dass du nicht zu ihr gehen solltest, oder dass sie zu gut für dich ist, oder du hattest irgendeinen anderen schwachsinnigen Grund, um ihr fernzubleiben. Also hast du dir eingeredet, dass du dich nicht zu ihr hingezogen fühlst. Aber du konntest trotzdem nicht widerstehen, ihr unter die Haut zu gehen, wann immer du die Gelegenheit dazu hattest.«

»Bist du jetzt ein Psychologe?«, murrte Casper, der insgeheim dachte, dass sein Freund recht hatte.

»Nee. Nur ein Typ, der Dinge sieht.«

»Ich wünschte, du hättest das kommen sehen, dann hätte ich nicht so lange gebraucht, um ihr zu sagen, dass ich mit ihr ausgehen will.«

Pyro lachte wieder.

Sie erreichten die Kantine, und Casper schaute sich eifrig um, als sie eintraten. Zu seiner Enttäuschung konnte er Laryn nirgends entdecken. Er und Pyro gingen durch die Schlange und beluden ihre Tabletts, bevor sie sich an einen großen Tisch setzten. Es dauerte nicht lange, bis Buck, Obi-Wan, Chaos und Edge sich zu ihnen gesellten. Gerade als Casper die Hoffnung aufgegeben hatte, Laryn zu sehen, betrat sie den großen Raum.

Er war auf den Beinen, bevor er überhaupt merkte, dass er sich bewegt hatte.

Sie sah so müde aus, wie er sich fühlte.

»Hey«, sagte er, als er sich ihr näherte.

Als sie erkannte, dass er es war, lächelte sie und ihr Gesicht verwandelte sich. Wie er nie bemerkt hatte, wie hübsch seine

Mechanikerin war, oder es zumindest zugegeben hatte, war ihm schleierhaft.

»Hallo«, erwiderte sie.

»Alles in Ordnung?«, fragte er und begleitete sie zur Essensausgabe.

Anstatt zu antworten, hob sie eine Augenbraue und fragte: »Glaubst du, ich kann mein Tablett nicht allein tragen? Oder holst du Nachschlag?«

Casper spürte, wie er rot wurde, und zuckte mit den Schultern. »Ich wollte dich nur sehen. Mit dir reden. Es ist schon eine Weile her.«

»Oh. Und es ist noch gar nicht *so* lange her. Nicht wirklich.«

Casper warf einen Blick auf die Uhr und sagte dann: »Sechs Stunden, vierzehn Minuten und dreiundvierzig Sekunden.«

Sie kicherte. »So lange, ja?«

»Ja. Hattest du schon die Gelegenheit, deinen Schlafplatz zu überprüfen?«

Sie warf ihm einen ungläubigen Blick zu.

»Richtig, tut mir leid. Du hast bis zum Ellbogen in den Eingeweiden meines Hubschraubers gesteckt, nehme ich an?«

»Deinem und den anderen. Ich wollte mich vergewissern, dass dein MH-60 die Reise gut überstanden hat – was der Fall ist – und dass die anderen beiden Hubschrauber noch einsatzbereit sind. Wollt ihr morgen früh immer noch los?« Sie begann mit der Essensausgabe, nahm sich von allem ein wenig und stapelte ihr Tablett hoch.

»Ja. Für einen Aufklärungsflug. Um die Lage zu sondieren sozusagen. Dann kehren wir hierher zurück, führen eine Nachbesprechung durch, schlafen ein wenig und brechen morgen nach Sonnenuntergang zu unserer ersten Mission auf.«

Laryn nickte.

Casper holte ihr ein Wasser und gestikulierte in Richtung des Tisches seines Teams.

Sie setzte sich und lächelte alle an. »Hey.«

»Hallo.«

»Hi.«

»Hast du dich gut eingelebt?«

Sie lächelte daraufhin. »Ich schätze, so gut, wie es eben geht. Und ihr?«

Alle stimmten zu.

Laryn aß schnell, und Casper nahm an, das lag daran, dass sie, wie er und seine Pilotenkollegen, jederzeit zu einem Notfall abberufen werden konnte. Wenn sie an Bord eines Schiffes waren, mussten sie alle rund um die Uhr einsatzbereit sein.

Die Gespräche am Tisch drehten sich um die von ihr gewarteten Hubschrauber, und Laryn versicherte allen, dass es sowohl für den Morgenflug als auch für die eigentlichen Einsätze am nächsten Abend gut aussah.

»Bist du fertig für heute?«, fragte Casper. »Mit der Wartung, meine ich.«

»Ja. Es sei denn, ich werde angepiept.«

»Sollen wir unsere Kojen suchen?«

Sie warf ihm einen Seitenblick zu. »Wenn das ein Code für Schäferstündchen war, denke ich ... nein.«

Alle am Tisch lachten.

Laryns Wangen waren rosa, aber sie begegnete Caspers Blick, ohne zurückzuweichen.

»Kein Herumgealbere. Dies ist weder der richtige Zeitpunkt noch der richtige Ort. Aber ich möchte mich davon überzeugen, dass du alles hast, was du brauchst, und dass wir wissen, wo du bist ... nur für den Fall.«

Sie legte den Kopf schief und starrte ihn einen langen Moment an, ohne zu blinzeln. Dann sagte sie: »Es war dir wirklich ernst damit, dass die Dinge anders sind.«

»Auf jeden Fall«, sagte Casper mit einem entschiedenen Nicken.

»Mir geht es gut. Ich habe alles, was ich brauche«, erwiderte sie.

»Gib's auf«, sagte Chaos. »Wenn Casper sich etwas in den Kopf gesetzt hat, kann man ihn nicht vom Gegenteil überzeugen. Wenn der Mann sich vergewissern will, dass du dich eingewöhnt hast und nicht in einer Koje auf der untersten Ebene des Schiffes schläfst, wo es nach Benzin stinkt und höllisch laut ist, solltest du ihn lassen.«

»Warte – du kannst mich woanders unterbringen lassen, wenn ich unter der Wasserlinie bin?«, fragte Laryn. »Warum hast du das nicht gleich gesagt? Los geht's!« Sie lächelte, um alle wissen zu lassen, dass sie einen Scherz machte.

Aber er glaubte, dass in ihren Worten vielleicht ein Funke Ehrlichkeit steckte.

Buck griff nach ihrem nun leeren Tablett und stapelte es auf die anderen sechs Tabletts in seiner Hand. Er trug sie zu den Abfalleimern, wo er ihren Müll wegwarf, und legte die Tabletts dann auf das Band, um sie in der Küche reinigen zu lassen.

Es juckte Casper in den Fingern, Laryns Hand zu ergreifen, als sie alle aufstanden, um hinauszugehen, aber er hielt sich zurück. Stattdessen lehnte er sich dicht an sie, während sie gingen, und sagte leise: »Ein langer Tag, was?«

Sie nickte, als sie zu ihm aufsah. »Ja.«

»Hat deine Ausrüstung es unbeschadet geschafft?«

»Mh-hm. Wie waren deine Treffen?«

»Lang, aber informativ. Die Mission wird hart sein, aber nicht annähernd so schwierig wie die, die wir bisher hatten. Es wird Spaß machen, nachts über die Bergpässe zu fliegen.«

Laryn rollte mit den Augen. »Spaß. Ja, klar. Du bist ein komischer Kauz.«

Casper lächelte nur. »Ein Esel schilt den anderen Langohr.«

Sie stieß ein schallendes Gelächter aus. »Das ist erwachsen.«

Casper hatte bereits Spaß. Vielleicht war das der Grund, warum er diese Frau in der Vergangenheit so oft auf die Palme gebracht hatte. Erstens, weil sie seine Sticheleien nie übel zu nehmen schien, und zweitens, weil er es liebte, ihre verzweifelten Reaktionen zu sehen.

»Wie lautet deine Kojen-Nummer?«, fragte Casper.

»Vier A.«

»Wir sind sechsundzwanzig A und B. Wir haben Drei-Mann-Kojen.«

Laryn lächelte daraufhin. »Ich glaube, ich bin in einer Koje mit dreiundzwanzig anderen Frauen.«

Casper runzelte die Stirn. »Du solltest mehr Privatsphäre haben als das.«

»Nein, das sollte ich nicht. Erstens bin ich kein Offizier. Zweitens bin ich nur vorübergehend hier. Ich würde niemals jemandem ein Zimmer wegnehmen wollen, der monate- oder jahrelang an Bord lebt. Es ist in Ordnung, Tate.«

»Vielleicht kannst du dich in meine Koje schleichen und mit mir in meinem Bett schlafen.«

Darüber lachte sie lauthals. »Du weißt doch, wie groß diese Gestelle sind, oder?«, fragte sie. »Sie sind winzig. Kaum groß genug, dass ich mich umdrehen kann, ohne das Bett über mir zu berühren. Du hast vielleicht mehr Platz, weil du ein toller Pilot bist, aber ich schätze, nicht viel mehr.«

Sie hatte recht. Verdammt noch mal.

»Ich mag es immer noch nicht.«

Laryn blieb stehen und schaute in beide Richtungen in den Korridor. Die anderen Piloten hatten sich abgesetzt, um sich auf die Ebene zu begeben, wo sie untergebracht waren. Als sie niemanden sah, trat sie auf Casper zu, legte ihre Hände auf seine Brust und stellte sich auf die Zehenspitzen. Sie küsste ihn hart und schnell, bevor sie zurücktrat.

Casper ließ die Hände hervorschießen und er umfasste ihre Hüften, aber er zog sie nicht an sich heran, wie er es eigentlich wollte. Es war nicht abzusehen, wann jemand den Korridor hinunterkommen würde. Er wollte nicht, dass irgendwelche

Gerüchte über ihn und seine Mechanikerin aufkamen. Nicht weil es ihm etwas ausmachte, sondern weil er nie etwas tun würde, was ihrer Karriere schaden oder die Leute dazu bringen könnte, über sie zu lästern.

»Wofür war das?«, fragte er.

»Für alles. Dafür, dass ich mit dir essen darf. Normalerweise suche ich mir einen leeren Tisch oder einen mit nur wenigen Leuten. Dafür, dass du mir ein eigenes Zimmer geben willst, auch wenn es nie dazu kommen wird. Dafür, dass du mit mir zusammen sein willst.«

»Wenn wir vor einer Mission mehr Zeit haben, werde ich sehen, was ich tun kann, um dich in einer Koje unterzubringen, die näher bei mir und den Jungs liegt. Und vielleicht können wir morgens und mittags Zeit zum Essen einplanen, damit du nicht allein essen musst.«

»Das würde mir gefallen.«

Casper wünschte sich, er hätte sein Handy dabei, um einen Schnappschuss von dem schüchternen Lächeln machen zu können, das Laryn ihm schenkte. Er wollte es sehen können, wann immer er eine Aufmunterung brauchte. Es war fast beängstigend, wie schnell diese Frau ihm unter die Haut und in sein Herz gegangen war.

»Komm schon, lass uns herausfinden, wo ich wohne, damit ich sicher sein kann, dass meine Sachen geliefert wurden«, sagte Laryn.

Casper streifte mit den Fingern ihren Rücken und er wünschte, er könnte sie dort lassen, aber er ließ los und folgte Laryn dicht auf den Fersen, als sie die Korridore zu ihrer Koje hinunterging. Als sie ankamen, wartete er, während sie eintrat, und dreißig Sekunden später tauchte sie wieder auf.

»Alles gut?«, fragte er.

»Alles gut. Meine Sachen sind dort und mein Bett ist unten, was ich bevorzuge.«

»Das freut mich.«

»Mich auch. Also ... wann gibt es Frühstück?«

Casper dachte über seinen Zeitplan für den morgigen Flug nach und sagte:»Es muss früh losgehen. Vielleicht ist es keine gute Idee, wenn wir uns morgen treffen.«

»Ist schon gut. Ich muss sowieso aufstehen und zum Hubschrauberhangar gehen, das weißt du. Wenn du wach bist, bin ich auch wach.«

»Stimmt. Okay, fünf Uhr?«

»Perfekt.«

Sie standen einen Moment lang da und starrten sich einfach an.

»Ich möchte dich küssen«, sagte Casper leise.

»Das will ich auch. Aber ... wahrscheinlich ist das keine gute Idee.«

Sie hatte recht, aber das bedeutete nicht, dass es Casper gefiel.»Wenn du irgendetwas brauchst – ich meine, *irgendetwas* –, komm in meine Koje. Du wirst weder mich noch sonst jemanden stören, okay?«

Laryn nickte.»Es ist dumm, aber ... es ist schwer. Ich weiß, es waren nur zwei Nächte, aber ich habe mich daran gewöhnt, dich um mich zu haben.«

»Ich ebenso«, sagte Casper und war erstaunt, dass er genau wusste, wie sie sich fühlte.

»Schlaf gut. Du musst ausgeruht sein für den morgigen Aufklärungsflug und die Mission morgen Nacht.«

»Das werde ich. Und du auch. Ich will nicht, dass meine Mechanikerin irgendeinen einfachen Scheiß vermasselt, wie zum Beispiel den Ölstand nicht zu überprüfen, weil sie die ganze Nacht wach war und von ihrem gut aussehenden Piloten geträumt hat.«

Laryn brach in Gelächter aus und verdrehte die Augen, während sie den Kopf schüttelte.»Du bist überhaupt nicht eingebildet, oder?«

»Nö. Ganz und gar nicht.«

Sie standen einen Moment lang so da, bevor Casper seine Füße zwang, sich von ihr zu entfernen. »Wir sehen uns morgen früh in der Kantine.«

»Ja.«

Er drehte sich um und ging den Weg zurück, den er gekommen war, wobei er ein Loch in seinem Bauch fühlte. Ehrlich gesagt mochte er dieses Gefühl nicht. Für den Bruchteil einer Sekunde fragte er sich, worauf er sich da eingelassen hatte. Dann schüttelte er den Gedanken ab. Wollte er lieber wieder allein sein und keine Magenschmerzen und Unbehagen haben ... oder mit der Frau arbeiten, mit der er schlief, die ihn zum Lachen brachte und ihm immer den Rücken freihielt?

Es war eine einfache Entscheidung.

Es würde einige Zeit dauern, bis er lernte, mit jemandem, mit dem er zusammenarbeitete, eine romantische Beziehung zu führen, aber Casper war bereit für diese Herausforderung.

»Morgen Abend? Perfekt. Ich habe Leute, die bereit sind, sie abzufangen«, sagte Altan mit einer gewissen Genugtuung in der Stimme. »Wie willst du sie in den Hubschrauber bekommen?«

Er hörte zu, als der Mann am anderen Ende der Leitung erklärte, was er getan hatte.

»Es gibt keine Garantie, dass es funktioniert, aber ich habe einige Ideen, um die Situation noch dringlicher zu machen. Damit es so aussieht, als müssten sie entweder sofort abheben oder sie würden ein Startverbot bekommen. Das werden diese hochkarätigen Piloten garantiert nicht wollen. Und nach dem zu urteilen, was ich von der Mechanikerin erfahren habe, wird sie sie nicht gehen lassen, ohne genau zu wissen, was mit ihrem wertvollen Hubschrauber los ist.«

»Das muss funktionieren«, drohte Altan.

»Wie ich schon sagte, es gibt keine Garantie. Es ist nicht gerade einfach, eine verdammte Mechanikerin von diesem Schiff zu bekommen, vor allem wenn man sie mitten in eine streng geheime Mission einschleust. Du solltest dich bei mir bedanken, nicht mir drohen«, knurrte der Mann.

Altan tat sein Bestes, um sein Temperament zu zügeln. Er musste Laryn Hardy in die Finger kriegen, und er hatte keine andere Wahl, als sich auf andere zu verlassen. Ja, er könnte warten, bis sie wieder auf amerikanischem Boden war, und einen seiner Kontakte in der Gegend von Norfolk dazu bringen, in ihre Wohnung einzubrechen und sie zu entführen, aber dann müsste er sie von *amerikanischem* Boden wegbringen, was noch schwieriger war, als sie von dem Zerstörer wegzubekommen.

Nein, wenn er sie in die Finger bekäme, während sie sich in seinem Gebiet aufhielt, hätte er mehr Unterstützung von seiner Regierung. Schließlich könnte er sie als Spionin abstempeln, wenn sie ohne ordnungsgemäße Papiere oder Erlaubnis in das Land einreisen würde. Er könnte sie hinter Schloss und Riegel halten und zwingen, ihr Wissen für die neu erworbenen MH-60 zu nutzen.

Ihre Anwesenheit in dem Hubschrauber, der in die Berge flog, um die Soldaten zu bergen, die dort nach Arschlöchern suchten, die sich in allen Ecken und Winkeln versteckten, war von größter Bedeutung.

Altan scherte sich einen Dreck um die Mitglieder von ISIS. Sie waren eher lästig als alles andere. Um die zusammengewürfelte Gruppe von Männern und Jungen in den Bergen würde man sich später kümmern. Und zum Teufel, wenn Amerika sich für sein Land um sie kümmern wollte, war das für ihn mehr als in Ordnung.

Seine einzige Sorge galt Laryn. Um ihre militärische Stärke zu erhöhen und ihr Gebiet zu verteidigen, brauchte er das

Wissen, das sie in ihrem Kopf hatte. Sie würde es mit seinem Volk teilen oder sterben. Dafür würde er sorgen.

»Lass mich wissen, wie es abläuft«, befahl Altan.

»Ich melde mich, wenn ich kann. Ich bin mir nicht sicher, wann das sein wird, denn ich werde wahrscheinlich für diese Nummer, die ich abziehe, den Arsch aufgerissen bekommen. Das Geld, das du mir versprochen hast, sollte besser bis morgen früh auf meinem Konto sein.«

»Das wird es. Und drohe mir verdammt noch mal nie wieder«, sagte Altan, bevor er die Verbindung kappte.

Er lehnte sich in seinem Stuhl zurück und presste die Fingerspitzen unter seinem Kinn zusammen. Es musste funktionieren. Das musste es einfach. Er brauchte diese amerikanische Schlampe. Es war nicht einmal natürlich, dass sie eine Mechanikerin war. Sie sollte zu Hause sein, Babys kriegen und einem Mann dienen. Aber die Tatsache, dass die beste MH-60-Technikerin der Welt eine Frau war, würde sie hoffentlich leichter zu brechen machen.

»Komm zu Papa«, flüsterte er, bevor er erneut zum Telefon griff. Er musste sich vergewissern, dass die Männer, die er am Boden platziert hatte, bereit waren. Es würde einige Leute brauchen, um Laryn aus den Bergen zu seiner Einrichtung zu bringen. Hoffentlich würde sie in dieser Zeit herausfinden, dass es das Beste war, das zu tun, was man ihr sagte, sobald man es ihr befahl.

Wenn sie eingeschüchtert und gebrochen war, sobald sie an seiner Türschwelle ankam, umso besser.

Voller Hoffnung wählte Altan eine Nummer und wartete ungeduldig darauf, dass sein Gesprächspartner am anderen Ende abnahm.

KAPITEL FÜNFZEHN

Laryn beobachtete aufmerksam, wie die MH-60, die Tate und seine Night-Stalker-Kollegen fliegen würden, um eine Gruppe von Navy SEALs abzuholen, auf das Oberdeck des Zerstörers gebracht wurden. Sie wusste nicht, was die Spezialeinheit in den Bergen zu suchen hatte, und sie wollte es auch nicht wissen. Sie wollte nur sicherstellen, dass die Hubschrauber einwandfrei funktionierten und dass nichts schiefging, während Tate und sein Team das taten, was sie am besten konnten.

Sie hatte Videos gesehen, die zeigten, was die Night Stalkers mit ihren Hubschraubern anstellten, und ihr war fast das Herz stehen geblieben. Die Orte, an die sie vordringen konnten, die Risiken, die sie eingingen – es war erschreckend. Aber als sie sich diese Videos ansah, war sie umso entschlossener, ihnen die richtigen Werkzeuge für ihre Arbeit zu geben. So sah sie ihre Arbeit auch an. Sie war ein Werkzeug in deren Arsenal, nicht mehr und nicht weniger.

Um sie herum herrschte reges Treiben, Mechaniker und Matrosen liefen hin und her und riefen sich gegenseitig etwas zu. Doch Laryns ganze Aufmerksamkeit galt den drei

Hubschraubern, die zuvor für die Aufklärungsflüge eingesetzt und dann bis jetzt unter Deck gelagert worden waren. Sie wollte sichergehen, dass ihnen nichts passierte, während sie bewegt wurden. Das war nichts, was sie nicht schon Hunderte Male gesehen oder getan hatte. Aber es war einer der wichtigsten letzten Schritte. Sie wollte auf keinen Fall, dass eines der Rotorblätter beim Anheben eines Hubschraubers gegen die Seite des Laderaumes streifte.

Der Flug an diesem Morgen war ereignislos verlaufen, zumindest laut Tate. Er und die anderen Night Stalkers hatten einige gute Informationen über das Terrain erhalten, die sie durch das bloße Betrachten von Karten und Diagrammen nicht bekommen konnten.

Sie waren alle ziemlich aufgekratzt bei dem späten Mittagessen, das sie gemeinsam eingenommen hatten. Laryn gefiel es, dass sie jetzt zu ihrer Gruppe gehörte. Vielleicht bildete sie sich das nur ein, aber sie hätte auch schwören können, dass sie bei dieser Mission von den anderen Matrosen um sie herum anders behandelt wurde. Night Stalkers hatten einen beeindruckenden Ruf, und es schien, als sei sie durch ihre Zugehörigkeit zu ihrem inneren Kreis mehr als nur eine einfache Mechanikerin.

Eigentlich sollte sie über diese Enthüllung verärgert sein, aber sie war nicht dumm. Sie wusste, wie die Welt funktionierte. Arbeiter wurden nicht so sehr geschätzt wie ihre Kollegen im Büro. Aber wenn es hart auf hart kam, waren sie wahrscheinlich wertvoller. In den USA herrschte ein großer Mangel an allen Arten von Arbeitern. Positionen, die niemand machen wollte, die aber dringend gebraucht wurden. Elektriker, Klempner, Zimmerleute, Schweißer, Lkw-Fahrer und so viele mehr.

Einer der Matrosen, die in diesem Bereich arbeiteten, stieß sie an und ließ Laryn zusammenzucken. Sie war nervös; das war sie immer, wenn Tate zu einer Mission aufbrechen wollte.

Sie hatte es immer geschafft, ihre Gefühle für sich zu behalten, aber sie war sich nicht sicher, wie sie es schaffen sollte, ihre Besorgnis dieses Mal zu verbergen.

Es war jetzt anders. Viel persönlicher. Sie war Tate noch näher gekommen, und der Gedanke, dass ihm etwas zustoßen könnte, bereitete ihr Übelkeit. Sie hatte das Gefühl, dass sie zu jedem, der mit ihr zu reden versuchte, besonders schroff und kurz angebunden war, aber das war die einzige Möglichkeit, sich zu beherrschen.

Auf dem Weg zum Oberdeck, um die letzten Inspektionen vorzunehmen, hielt Laryn bewusst Abstand zu Tate und den anderen. Sie lernte sein Team auch auf einer persönlicheren Ebene kennen, und das machte es auch schwieriger, den Jungs dabei zuzusehen, wie sie in ihre Sitze kletterten und die Motoren anwarfen. Zu wissen, dass sie sich in Gefahr begeben würden und dachten, das mache *Spaß*, war äußerst beunruhigend. Aber sie waren Profis, genau wie sie.

Als könnte sie Tates Blick auf sich spüren, hob sie ihr Kinn, um durch das Glas zu schauen, hinter dem er saß.

Er schenkte ihr ein kleines Lächeln und zeigte ihr einen Daumen hoch. Mit zittriger Hand erwiderte sie die Geste und betete stärker als je zuvor, dass er gesund und munter zurückkehren würde.

Die Piloten starteten ihre Motoren und die Rotorblätter begannen, sich zu drehen.

Dann lief die Sache aus dem Ruder.

Sie konnte sehen, wie Tate und Pyro ein intensives Gespräch führten, das von Handgesten begleitet wurde. Dann rief jemand auf dem Flugdeck ihren Namen und forderte sie auf, näher an Tates Hubschrauber heranzutreten.

Laryn runzelte besorgt die Stirn und lief zur Seite der Maschine. Der Mann nahm sein Headset ab und drückte es ihr auf den Kopf. Überrascht – denn *das* war noch nie passiert – hörte sie Tates Stimme in ihren Ohren.

»Laryn? Bist du da?«

»Ich bin hier«, sagte sie in das Mikrofon vor ihrem Mund.

»Da ist ein verdammtes Licht an. Das FLIR. Es flackert. Warum flackert es, verdammt?«

Laryn war schockiert. Das Licht für das vorausschauende Infrarotlicht sollte definitiv nicht flackern. Es hatte sowohl vor als auch nach ihrem Flug am Morgen einwandfrei funktioniert. Und ohne es konnten sie *nicht* auf diese Nachtmission gehen. Es ermöglichte den Piloten im Wesentlichen, im Dunkeln zu sehen.

»Eingehende Informationen von Soldaten auf dem Boden. Sie sind umzingelt und müssen sofort evakuiert werden«, sagte eine andere Stimme über das Headset.

»Verdammt noch mal! Laryn, kannst du das reparieren oder nicht?«

Sie konnte. Und sie würde es tun.

Sie wandte sich an den Mann, der neben ihr stand, und bedeutete ihm mit einer Geste, seine Hände zusammenzulegen, um ihr hoch zu helfen. Er sah verwirrt aus, tat aber, was sie befahl, und ehe sie sichs versah, war Laryn im Hubschrauber. Sie eilte dorthin, wo Tate und Pyro saßen, warf sich zwischen sie und griff nach der Schalttafel, die die meisten Schalter und Drähte schützte, die die millionenschwere elektrische Ausrüstung des Hubschraubers verbanden.

Sie suchte verzweifelt nach einem Wackelkontakt und betete, dass es sich um eine einfache Reparatur handelte und das Team aufbrechen konnte.

»Mein FLIR ist ebenfalls ausgefallen«, sagte Edge über die Kopfhörer.

»Scheiße«, fluchte Pyro.

»Bei mir ist alles gut«, fügte Buck hinzu.

»Laryn?«, fragte Tate, der erstaunlicherweise ruhiger klang als noch vor einem Moment.

»Da ist ein loses Kabel. Ich werde es mit etwas Klebeband umwickeln. Das sollte es beheben.«

»Sollte?«, fragte eine neue Stimme über die Kopfhörer. »Ihr müsst los. *Sofort.* Wenn ihr nicht da rauskommt, sind diese SEALs so gut wie tot.«

Laryn hätte aufgeregt oder ängstlich sein müssen. Aber ihre Hände waren ruhig, als sie in eine der Taschen ihres Overalls griff und eine Rolle Isolierband herauszog. Schnell wickelte sie das Kabel für das FLIR mit einem anderen Kabel zusammen, um es zu stabilisieren. »Tate? Ist es wieder da?«

»Wieder da«, sagte er mit Erleichterung und Genugtuung in der Stimme.

Laryn brachte schnell die Verkleidung wieder an und trat zwischen den beiden Männern zurück. Sie wandte sich zum Gehen, aber Tates nächste Worte hielten sie auf.

»Es ist wieder weg. Scheiße – nein, es ist wieder da. *Verflucht,* was zum Teufel ist hier los?«

»Entscheidet euch«, sagte die Stimme in ihrem Kopf.

»Los!«, rief Laryn impulsiv. Sie setzte sich auf einen der Sitze im hinteren Teil des Hubschraubers und schnallte sich an.

»Laryn, steig aus!«, befahl Tate.

»Ihr braucht mich! Wenn es wieder kaputtgeht, kann ich es reparieren«, sagte sie mit Zuversicht in jedem Wort.

»Nein! Du kommst nicht mit uns in ein Kampfgebiet!«

»Wir müssen los ...«, drängte Buck.

»Ich kann nicht starten«, sagte Edge.

»Scheiße!«, fluchte Tate erneut.

»Entweder ihr hebt jetzt ab oder ihr bleibt auch am Boden«, sagte die Stimme in ihrem Ohr.

»Buck braucht Unterstützung«, sagte Pyro und sah zu Tate hinüber.

»*Scheiße*«, knurrte Tate noch einmal – und dann spürte

Laryn, wie der Hubschrauber ins Wanken geriet und sich in die Luft erhob.

Was zum Teufel tat sie da? Laryn war sich nicht sicher, aber es war unmöglich, dass Tate und Pyro fliegen konnten, ohne dass das FLIR-Gerät richtig funktionierte. Und wenn es wieder ausfiel, während sie in der Luft waren, waren sie in großen Schwierigkeiten. Sie konnte das Gerät nicht vollständig überprüfen, während es in Betrieb war, aber wenn es sich um etwas so Einfaches wie einen Wackelkontakt oder sogar eine durchgebrannte Sicherung handelte, konnte sie *das* unterwegs leicht beheben.

Der Mann, der ihnen zugerufen hatte: »Los, los, los!«, gab über das Headset Koordinaten durch und informierte beide Pilotengruppen – und sie gleichzeitig – über den Zustand der SEALs am Boden.

Es hörte sich nicht gut an. Sie waren in einen Hinterhalt geraten und hatten kaum noch Munition. Es würde extrem gefährlich werden, sie aufzusammeln und dabei nicht abgeschossen zu werden. Laryn verstand das, aber seltsamerweise war sie viel ruhiger, weil sie Pyro und Tate dabei zusah, wie sie gemeinsam den MH-60 flogen, mit dem sie so viel Zeit verbracht hatte, und weil sie hörte, wie sie mit Buck und Obi-Wan darüber kommunizierten, wie sie sich dem Gebiet nähern sollten, als wenn sie noch auf dem Schiff gewesen wäre und gewartet und gehofft hätte, dass alles gut ging.

So wie sie es verstanden hatte, sollten Tate und Pyro Buck und Obi-Wan Deckung geben. Der andere Hubschrauber würde landen und die SEALs aufsammeln. Sie würden hoffentlich in der Luft sein, bevor sich jemand am Boden nähern konnte ... oder eine Panzerfaust einsetzen konnte, um einen der beiden Hubschrauber außer Gefecht zu setzen.

Der Plan war riskant, aber die Feuerkraft der MH-60 würde die Agenten am Boden hoffentlich davon überzeugen, sich zurückzuziehen, da sie waffenmäßig unterlegen waren.

Es gab keine Möglichkeit, mit Tate zu sprechen, ohne dass alle, die über das Headset mithörten, etwas mitbekamen, aber er drehte sich um und warf ihr einen langen, intensiven Blick zu, den Laryn nicht deuten konnte. Sie glaubte, Wut zu sehen, aber sie entdeckte auch verdammt viel Sorge in seinen blauen Augen.

Sie nickte ihm zu und versuchte, ihm zu sagen, dass sie genau dort bleiben würde, wo sie war. Dass sie aus dem Weg gehen und nur aufstehen würde, wenn etwas mit dem Hubschrauber passierte. Aber sie war sich nicht sicher, ob es ihr gelang, alles, was sie sagen wollte, mit einem einfachen Blick zu vermitteln. Sie hatte das Gefühl, dass Tate eine Menge Worte für sie haben würde, sobald sie wieder auf dem Schiff ankamen.

Im hinteren Teil des Hubschraubers war es stockdunkel, als sie so schnell wie möglich zu den Koordinaten flogen, an denen die SEALs auf ihre Abholung warten würden. Laryn konnte vorn aus dem Hubschrauber nichts sehen, und es war nicht so, als gäbe es ein Fenster, das sie hätte herunterkurbeln können. Nicht dass sie überhaupt etwas hätte sehen können, denn sie bezweifelte, dass es in den Bergen viele Lichter gab.

Stattdessen richtete sie den Blick auf die Instrumententafel. Von ihrem Platz aus konnte sie nicht das gesamte Armaturenbrett sehen, aber sie konnte diese verdammte FLIR-Anzeige erkennen. Und als sie wieder zu flackern begann, sah sie den Moment, in dem es passierte. Sie brauchte nicht Pyros angespanntes »Casper«, um ihre Aufmerksamkeit darauf zu lenken.

Laryn schnallte sich sofort ab, ging in die Knie und schob sich noch einmal vor, um an die verdammte Schalttafel zu gelangen. Diesmal wollte sie die Sicherungen überprüfen. Sie hoffte inständig, dass eine einfach nur locker war.

»Halt dich fest«, rief Tate, kurz bevor er nach links abdrehte.

Laryn streckte eine Hand aus und landete auf seinem Oberschenkel, während sie sich festhielt.

Sobald sie nach links abbogen, drehte der Hubschrauber wieder nach rechts. Sie schlängelten sich durch den ganzen Himmel. Es war aufregend, aber auch verdammt beängstigend, und Laryn verspürte einen kurzen Anflug von Bedauern. Was zum Teufel tat sie hier schon wieder? Oh ja, wenn sie nicht dafür sorgte, dass die Nachtsichttechnik funktionierte, waren sie alle verloren. Genauso wie die tapferen Männer auf dem Boden.

Entschlossenheit wallte in ihr auf, und Laryn konzentrierte sich auf das, was sie gerade tat. Sie beugte sich näher heran und nahm die kleine Taschenlampe heraus, die sie immer bei sich trug. Sie achtete darauf, den größten Teil des Lichtstrahls abzudecken, um die beiden Piloten, die ihre Headsets mit Nachtsichtgeräten benutzten, nicht zu blenden, und untersuchte damit die kleinen Sicherungen.

Bingo. Da war eine, die kaum befestigt war. Laryn griff nach vorn und schob sie hinein, und Zufriedenheit machte sich in ihrem Bauch breit, als sie sich festsetzte. Als sie aufblickte, sah sie, dass das flackernde Licht jetzt wieder gleichmäßig leuchtete.

Sie schlug die Klappe zum zweiten Mal zu und rutschte nach hinten zu dem Sitz, den sie verlassen hatte.

Trotz der Kopfhörer war der Schießlärm um sie herum extrem laut.

Der gesamte Hubschrauber vibrierte, als Tate und Pyro gegen die ISIS-Agenten am Boden kämpften.

Laryn war froh, dass sie jetzt nicht sehen konnte, was passierte. Das war verdammt beängstigend. Und obwohl sie froh war, dass sie dort war, um bei der Reparatur des FLIR zu helfen, wünschte sie sich, sie könnte einfach mit der Nase wackeln und zurück auf dem Schiff sein, sicher und gesund, auch wenn sie sich um das Schicksal ihrer Piloten sorgen würde. Vor allem um Tate.

»Drei Uhr!«, rief Pyro aus.

»Ich sehe sie«, entgegnete Tate, als er hart nach rechts drehte.

Die Vibrationen und der Lärm der Raketen, die sie abfeuerten, veranlassten Laryn, sich neben dem nächstgelegenen Sitz zusammenzukauern. Bei der Art und Weise, wie Tate flog, war es ihr nicht möglich gewesen, wieder auf ihren Platz zu gelangen. Sie konnte sich gerade so festhalten, um nicht durch den weiten leeren Raum hinter den Pilotensitzen zu fliegen.

»Wir bereiten uns auf die Evakuierung vor«, hörte Laryn Buck sagen.

»Wir halten euch den Rücken frei«, versicherte Pyro ihm.

Einige angespannte Momente vergingen, während Tate und Pyro weiter über das Gebiet flogen und auf das schossen, was sie nur als feindliche Kräfte am Boden vermuten konnte.

»Problem«, sagte Obi-Wan. »Zwei SEALs fehlen noch. Sie wurden verletzt und konnten die Abholung nicht mehr schaffen. Sie sind fast einen Kilometer weiter östlich.«

»Wir holen sie«, sagte Tate sofort.

»Wir können nicht bleiben. Wir haben zwei verblutende Männer«, informierte Buck sie.

»Los! Wir schnappen sie uns und bleiben euch auf den Fersen«, befahl Tate und wendete den Hubschrauber in Richtung dessen, was Laryn für den Osten hielt.

Sie hielt den Atem an. Es war fast geschafft. Sie mussten nur noch die letzten beiden Verletzten abholen, dann würden sie zum Schiff zurückkehren. Sie hatte das Gefühl, dass dieser kleine Ausflug das Warten auf dem Schiff bei künftigen Missionen nicht gerade leichter machen würde. Aus erster Hand zu erfahren, was sie durchmachten, was sie taten, würde ihren Stresspegel noch weiter in die Höhe treiben.

»Siehst du etwas?«, fragte Tate Pyro.

»Nichts. Warte, da sind ein paar Wärmesignaturen im Norden der Landezone.«

»Wir werden einen Pass machen und sehen, was für eine Feuerkraft sie haben.«

Laryn hielt den Atem an, als der Hubschrauber in einem Kreis flog.

»Nichts. Sie schießen nicht.«

»Mir gefällt das nicht«, sagte Tate, »aber wir müssen diese Männer holen.«

»Wenn wir landen, steige ich aus und gebe Deckung«, sagte Pyro.

Aussteigen? Laryn hörte das nicht gern ... aber es machte Sinn. Wenn die SEALs verletzt waren und sich Männer in der Nähe befanden, wahrscheinlich Feinde, musste *jemand* dafür sorgen, dass sie Abstand hielten, während die SEALs sich auf den Weg zum Hubschrauber machten.

Aber was wäre, wenn sie nicht laufen könnten? Wie würden sie dorthin kommen?

Die Sorge nagte an ihr, aber sie hielt den Mund. Sie war hier nicht die Expertin. Ja, sie hatte die Grundausbildung durchlaufen, aber das würde in dieser Situation nicht helfen. Sie konnte bestenfalls aus dem Weg gehen und Pyro und Tate ihr Ding machen lassen. Sie waren dafür ausgebildet.

»Los geht's«, sagte Tate, als der Hubschrauber zu sinken begann. Schnell.

Gerade als Laryn dachte, sie würden auf dem Boden aufschlagen, zog Tate leicht an und sie spürte kaum ein Rucken, als sie landeten.

»Los!«, sagte Tate.

Pyro nahm sein Headset ab und flog an Laryn vorbei, die auf dem Boden des Hubschraubers kauerte. Er schob die große Seitentür zurück und verschwand in der Dunkelheit.

Es schienen mehrere Minuten zu vergehen, aber es waren wahrscheinlich nur Sekunden, bevor sie Pyro schreien hörte.

Tate hatte ihn offensichtlich auch gehört, denn er fluchte und erhob sich von seinem Platz. Er nahm sich nicht die Zeit, um zu erklären, was er vorhatte. Das brauchte er auch nicht; es war mehr als offensichtlich, dass er seinem Freund und Pilotenkollegen helfen wollte.

Bevor er ging, hielt er inne und nahm sich die Zeit, die er ganz sicher nicht hatte, um in das Holster zu greifen, das er an seinem Oberschenkel trug. Er zog die Waffe heraus, die er dort aufbewahrte, und reichte sie Laryn ohne ein Wort.

Es gab so viele Dinge, die sie sagen wollte, aber es war keine Zeit für irgendetwas davon.

Bevor sie blinzeln konnte, sprang Tate aus der offenen Tür und lief auf den Klang von Pyros Stimme zu.

Laryn nahm ihr eigenes Headset ab und kniete sich an den Rand der offenen Tür, spähte in die Dunkelheit und bemühte sich, irgendetwas zu sehen oder zu hören, während sie die Pistole, die Tate ihr gegeben hatte, so fest umklammerte, dass sie keinen Zweifel daran hatte, dass ihre Knöchel durch den Druck weiß wurden. Die Rotorblätter drehten sich immer noch über ihrem Kopf und sie hielt den Atem an in der Hoffnung, dass Tate und Pyro jeden Moment mit den verletzten SEALs zurückkehren würden.

Zu ihrer Überraschung waren es weder die Piloten noch die Soldaten der Spezialeinheit, die wie aus dem Nichts auftauchten. Es waren drei Männer. Aufgrund ihrer Größe hätte sie sie auch für SEALs halten können – aber sie waren buchstäblich von Kopf bis Fuß in Schwarz gekleidet, einschließlich der Masken, die sie über ihre Gesichter gezogen hatten. Nur ihre Augen waren zu sehen, und diese Männer waren in keiner Weise verletzt.

Sie hörte Schüsse aus der Richtung, in die Tate und Pyro gegangen waren, aber die Männer hielten nicht einmal inne. Sie kamen direkt auf sie zu, packten sie vorn an ihrem Overall und zogen sie grob aus dem hinteren Teil des Hubschraubers, bevor sie überhaupt daran denken konnte, die Waffe zu benutzen, die Tate ihr gegeben hatte. Die Waffe wurde ihr aus der

Hand gerissen, als Laryn den Mund öffnete, um zu schreien. Dann wurde eine Hand mit schwarzen Handschuhen auf ihren Mund gepresst und brachte jeden Laut zum Schweigen.

Laryn kämpfte mit aller Kraft, die sie hatte. Sie steckte tief in der Scheiße, und sie wusste es. Ihre einzige Chance war es, zu entkommen und sich in der Dunkelheit zu verstecken. Auf die Rückkehr von Tate und Pyro zu warten. Und sie *würden* zurückkommen, daran hatte sie nicht den geringsten Zweifel.

Während der eine Mann sich bemühte, sie zu bändigen, sie im Zaum zu halten, während sie um sich schlug und versuchte, die Hand zu beißen, die ihren Mund bedeckte, sprang einer der anderen Männer in den MH-60.

Laryn hatte den entsetzten Gedanken, dass er den anderen auflauern würde, um sie dann zu ermorden – aber stattdessen ertönte aus dem Inneren des Vogels das Geräusch von automatischen Waffen.

Für den Bruchteil einer Sekunde war sie verwirrt, dann wurde ihr klar, was der Kerl vorhatte. Er schoss auf ihren Hubschrauber! Sie konnte sehen, wie Funken aus dem Cockpit flogen, als die Kugeln das Metall durchschlugen.

»Nein!«, schrie sie, aber es wurde von der Hand, die ihren Mund bedeckte, gedämpft. Tate und die anderen würden definitiv nicht wegfliegen. Sie würden auch nicht in der Lage sein, den MH-60 als Waffe gegen die Leute zu benutzen, die sie in ihrer Gewalt hatten.

Nein. Dieser Hubschrauber würde in nächster Zeit nirgendwo hinfliegen. Die Anzahl der Kugeln, die das Arschloch weiterhin ins Cockpit schoss, garantierte das.

Sie erwartete immer noch, dass die Männer warten würden, um die Piloten aus dem Hinterhalt anzugreifen, aber zu ihrer Überraschung begann derjenige, der sie festhielt, sie vom Hubschrauber wegzuziehen.

Laryn kämpfte mit aller Kraft, um nicht in Kriegsgefangenschaft zu geraten, und tat ihr Bestes, um den Mann dazu zu bringen, seinen Griff zu lockern. Gerade als sie dachte, sie könnte es schaffen zu entkommen, drehte sich der Mann, der als Wachposten gedient hatte, mit seinem Gewehr im Anschlag zu ihr um.

Das Letzte, was sie sah, bevor sie ohnmächtig wurde, war der Kolben seines Gewehrs, der auf ihr Gesicht zuflog.

Edge schritt durch den Raum, den die Piloten für ihre Mission auf dem Zerstörer übernommen hatten. Auf Flugzeugträgern gab es einen eigenen Bereitschaftsraum für die Piloten. Es war ihm eigentlich egal, solange sie einen Ort hatten, an dem sie sich auf ihre Missionen vorbereiten und Informationen durchgehen konnten.

»Laryn hätte das nicht vermasselt«, sagte Chaos. Auch er ging im Raum auf und ab.

»Ich weiß«, sagte er mit einem Nicken.

»Ich meine, ein verdammter Wackelkontakt? Wie kann das überhaupt passieren?«

Edge machte sich dieses Mal nicht die Mühe zu antworten. Er war genauso verärgert und genervt wie sein Co-Pilot, dass sie in letzter Minute von der Mission abgezogen worden waren. Beide Piloten hörten nun dem Funkverkehr zu, während ihr Team landeinwärts flog, um die SEALs abzuholen.

Sein Handy vibrierte in seiner Tasche, aber Edge ignorierte es. Seine ganze Aufmerksamkeit galt dem Gespräch, das sie mitgehört hatten.

Doch kaum hatte das Telefon aufgehört zu vibrieren, ging es wieder los. Edge hatte niemanden zu Hause, der ihn so dringend erreichen wollte. Keine Frau – seine Ex zählte nicht; sie würde ihn nicht einmal kontaktieren, wenn sie buchstäblich im Sterben läge, so sehr hasste sie ihn –, keine Kinder, keine

Eltern, keine Geschwister. Und seine besten Freunde waren mit ihm auf diesem Zerstörer auf Mission.

Er ignorierte das Handy wieder, aber als der Anrufer ein *drittes Mal* anrief, stieß Edge einen genervten Atemzug aus und griff nach dem verdammten Ding. Er hatte keine Ahnung, wer anrufen könnte, da dies sein Notfalltelefon war; es nutzte Satelliten anstelle von Mobilfunkmasten, und er hatte die Nummer nicht vielen Leuten gegeben.

»Was?«, blaffte er ins Telefon.

»Ist da Roman Aldrich?«, fragte ein Mann. »Edge?«

»Wer will das wissen?«

»Mein Name ist Tex Keegan, und ich versuche, Casper zu erreichen. Ist er da?«

Edge blinzelte überrascht. Er wusste von Tex. Jeder tat das. Er wusste auch, dass Casper ihn wegen des Kerls in der Türkei – Osman, glaubte er – kontaktiert hatte. Der Mann, der Laryn bedroht hatte. Aber er hatte nicht viel über ihre Situation nachgedacht, seit er auf dem Zerstörer eingetroffen war, wo er sie in Sicherheit wähnte.

»Nein. Er ist auf einer Mission.«

»Scheiße.«

»Warum? Was ist los?«, fragte Edge und blieb auf der Stelle stehen. Er sah, wie Chaos sich mit einem fragenden Blick zu ihm umdrehte, und stellte das Telefon sofort auf Lautsprecher, damit sein Freund hören konnte, was Tex ihnen zu sagen hatte.

»Richtig, also ... ich sollte wohl fragen, warum du nicht mit ihm auf dieser Mission bist, aber das ist im Moment unwichtig. Altan Osman? Der Mann, den ich für ihn überprüfen sollte? Der Kerl bedeutet nichts Gutes. Und um Caspers Frage zu beantworten, ja, er ist eine Bedrohung für Laryn Hardy. Eine verdammt *große* Bedrohung. Er hat die Macht, überall an sie heranzukommen – auch auf eurem Marinestützpunkt. Wo ist sie?«

Edge gefror das Blut in den Adern. »Sie ist mit Casper und

Pyro an Bord des MH-60.« Er erklärte, was passiert war und dass sowohl sein als auch Caspers Hubschrauber Fehlfunktionen mit ihren FLIR-Geräten hatten.

»Das war keine Fehlfunktion«, sagte Tex. »Der Mann hat Beziehungen. So hat er erfahren, dass Laryn vielleicht zu haben ist. So hat er ihre Telefonnummer bekommen, ohne dass sie sie ihm gegeben hat. Er arbeitet für die höchsten Ebenen der türkischen Regierung, und sie sind sehr entschlossen, ihr Militär auf den gleichen Standard zu bringen wie das anderer, mächtigerer Länder. Ich bin mir sicher, dass er Leute auf seiner Gehaltsliste hat, die auf diesem Zerstörer arbeiten. Sobald wir aufgelegt haben, werde ich mir die Geldströme ansehen, aber ich denke, das ist im Moment irrelevant. Was geschehen ist, ist geschehen. Nach dem zu urteilen, was du mir erzählt hast, vermute ich, dass Osman jemanden für Informationen über Laryn *und* eure Mission bezahlt hat. Diese Person hat wahrscheinlich eure Hubschrauber so sabotiert, dass Laryn an Bord springen und mitkommen musste. Osman ist nicht dumm – er ist sogar verdammt schlau. Er konnte zwar nicht garantieren, dass sie darauf bestehen würde, mit dem Hubschrauber mitzufliegen, aber unterm Strich ist es genau das, was er wollte, und das hat er auch bekommen. Das ist nicht gut. Ganz und gar nicht gut.«

Edge hatte das Gefühl, dass sie *wirklich* am Arsch waren, wenn Tex etwas als nicht gut bezeichnete.

»Du musst Casper sagen, dass er unter keinen Umständen landen darf. Ich habe keinen Zweifel daran, dass Osman Leute auf dem Boden hat und bereit ist, alles zu tun, was nötig ist, um Laryn in die Hände zu bekommen. Casper muss ihre Ärsche zurück zum Schiff schaffen, und sie muss unter Verschluss gehalten werden. Ich meine es ernst, Edge – kein Kontakt zu *irgendjemandem* außer dir und deinem Team, denn man kann nicht sagen, wen Osman in der Tasche hat.«

»Das wird nicht einfach sein. Laryn wird nicht auf ihrem

Hintern sitzen wollen, wenn ihre Hubschrauber gewartet werden müssen«, sagte Chaos, der zum ersten Mal das Wort ergriff.

»Wer ist das?«, fragte Tex ungeduldig.

»Chaos«, sagte Edge.

»Nun, würde Laryn es vorziehen, für den Rest ihres Lebens ein Gast des türkischen Militärs zu sein, gezwungen, den Eid zu brechen, den sie geleistet hat, alle Informationen über unser Militär und die Technologie in unseren Vögeln für sich zu behalten?«

»Nein.«

»Kontaktiere Casper. Sag ihm Bescheid. Ich werde weiter versuchen, die Fäden auf meiner Seite zu entwirren und herauszufinden, wen er für Informationen und die Sabotage der Hubschrauber bezahlt.«

»Du glaubst wirklich, dass jemand an Bord für ihn arbeitet? Und dass sie das FLIR deaktiviert haben, weil die Chance bestand, dass Laryn an der Mission teilnehmen würde? Das ist ein großer Sprung. Wenn der Kontrollturm sie nicht gedrängt hätte, ihre Ärsche in Bewegung zu setzen, wenn die SEALs nicht so schnell wie möglich eine Evakuierung gebraucht hätten, hätte niemand Laryn erlaubt, in diesem Hubschrauber zu bleiben. Besonders Casper.«

»Genau *das* ist meiner Meinung nach passiert. Und ist dieses Maß an Druck zum Abheben normal?«

Edge stieß einen scharfen Atemzug aus. Jetzt, da Tex es erwähnte, wurde ihm klar, dass das überhaupt nicht normal war.

»Richtig. Das habe ich mir auch gedacht. Es ist mir egal, was du da unterbrichst – hol dir Casper und erzähl ihm die Kurzversion von dem, was ich dir gerade erzählt habe. Er muss Laryn um jeden Preis beschützen.«

»Selbst auf Kosten des Lebens dieser SEALs?«, fragte Edge.

Tex schwieg einen Moment, dann flüsterte er: »Scheiße.

Kontaktiere ihn. Ich bleibe in Kontakt. Halt mich auf dem Laufenden, was passiert ist.«

Die Leitung war tot, und Edge steckte sein Handy zurück in die Tasche, während er Chaos ansah.

Sie warfen sich einen besorgten Blick zu, bevor Chaos sich umdrehte und direkt auf das Funkgerät am Eingang des Raumes zusteuerte. Edge war ihm dicht auf den Fersen.

Als sie sich näherten, stellten sie fest, dass die Situation während ihres Gesprächs mit Tex eskaliert war. Zwei verletzte SEALs waren von ihrem Team getrennt worden, und Casper und Pyro hatten sich freiwillig gemeldet, um die Männer herauszuholen. Buck und Obi-Wan waren bereits mit den anderen verletzten SEALs auf dem Weg zurück zum Schiff, damit sie sofort medizinisch versorgt werden konnten.

Die gesamte Mission war aus Sicht der Night Stalkers zum Teufel gegangen.

Sie kamen zu spät. Casper und Pyro reagierten nicht. Offensichtlich waren sie bereits mit dem Hubschrauber gelandet und versuchten wahrscheinlich gerade, die SEALs zu befreien. Aber die große Frage war ... was machte Laryn?

Mit Tex' Worten in den Ohren hielt Edge den Atem an und hoffte inständig, dass einer seiner Freunde jeden Moment mit der guten Nachricht antworten würde, dass die SEALs gerettet worden waren und sich auf dem Weg zurück zum Schiff befanden.

»Casper, hier ist Chaos. Bitte kommen«, sagte sein Kamerad, der ständig versuchte, mit seinen Freunden in Kontakt zu treten.

Edge lauschte aufmerksam auf jedes Anzeichen für Caspers und Pyros Rückkehr zum Hubschrauber und zuckte heftig zusammen, als der plötzliche Klang von Schüssen durch den Bereitschaftsraum hallte.

Dann war die Leitung tot.

Edge rutschte das Herz in die Hose.

Es schien unwahrscheinlich, dass Osman es geschafft hatte, die Leute genau an der richtigen Stelle zu platzieren, um Laryn zu entführen ... aber irgendwie wusste Edge, dass genau das passiert war.

Osman hatte das Unmögliche geschafft. Edge hatte keinen Zweifel daran, dass er seinen Plan durchgesetzt hatte, und Laryn war nun in den Händen der türkischen Regierung ... oder zumindest eines bestimmten Mannes, der entschlossen schien, alle Informationen aus ihr herauszubekommen, die er bekommen konnte.

Chaos versuchte weiterhin, Pyro oder Casper über das Funkgerät zu erreichen, aber die Leitung war völlig tot. Sie hatten keine Ahnung, was dort in den Bergen geschah oder ob es ihren Pilotenkollegen, den SEALs oder Laryn gut ging. Sie konnten lediglich auf Informationen warten. Von Tex. Hoffentlich von Pyro und Casper. Von jemandem. Irgendjemandem.

Nein, das war nicht alles, was sie tun konnten. Sie konnten zu ihrem Hubschrauber gehen, hoffen, dass einer von Laryns Mechanikerkollegen die FLIR-Anlage reparieren konnte, und ihren Hintern in die Luft bringen.

———

»Ich kümmere mich um den hier«, sagte Pyro, während er den sichtlich angeschlagenen SEAL über seine Schulter hob.

Casper machte sich nicht die Mühe, darauf zu antworten, sondern legte dem zweiten SEAL einfach den Arm über die Schulter und packte ihn um die Taille.

Die vier begannen, zurück zum Hubschrauber zu humpeln. Leider war er weiter entfernt von dem Ort gelandet, an dem die SEALs auf ihre Abholung warteten, als ihm lieb war.

Als sie etwas zu ihrer Linken hörten, griffen sowohl der SEAL unter seinem Arm als auch Tate zu ihren Pistolen und schossen in diese Richtung.

Scheiße, Scheiße, Scheiße. Nichts an dieser Mission lief richtig. Angefangen bei der verdammten FLIR-Fehlfunktion über das Arschloch, das ihm ins Ohr brüllte, er solle sich beeilen und starten, über Laryn, die im Hubschrauber saß, bis hin zu ihrer Landung, bei der sowohl er als auch Pyro aus dem Hubschrauber aussteigen mussten, um die SEALs zu holen.

Er würde sich mit Laryn ernsthaft unterhalten, wenn sie zurück auf dem Schiff waren. Sowohl darüber, wie zum Teufel das FLIR kaputtgehen konnte, als auch darüber, dass sie darauf bestand, sie bei der Mission zu begleiten. Er konnte zugeben, dass Buck und Obi-Wan ohne sie, die das FLIR ein zweites Mal reparierte, aufgeschmissen gewesen wären. Ohne ihr Nachtsichtgerät hätte Casper keine Feuerkraft aus der Luft zur Verfügung stellen können.

Seine Gedanken waren irrational, und er wusste es. Sie waren das Ergebnis der Panik, die er empfunden hatte, als er sie in diese Situation gebracht hatte. Er fürchtete um ihre Sicherheit. Er wollte sie auf keinen Fall verlassen, während er Pyro half, aber er hatte nicht das Gefühl, dass er eine Wahl hatte. Er konnte nicht einfach dasitzen und zuhören, wie einer seiner besten Freunde in Gefahr war, und er konnte diese SEALs ganz sicher nicht zum Sterben zurücklassen.

Aber er hatte *Laryn* verlassen. Er hatte sie allein gelassen. Mitten in feindlichem Gebiet, nur mit seiner Pistole als Schutz. Nichts von dieser beschissenen Situation war ihre Schuld.

Er zerrte den fast bewusstlosen SEAL praktisch zurück zum Hubschrauber, als er ein Geräusch hörte, das ihm das Blut in den Adern gefrieren ließ.

Automatische Schüsse.

Laryn!

Während sie mit der Bergung der SEALs beschäftigt waren, hatte offensichtlich jemand den Hubschrauber umkreist.

Tate ärgerte sich über seine Dummheit und wollte den Mann in seinen Armen am liebsten fallen lassen und zu ihrem

Landeplatz sprinten. Aber er konnte diesen Mann nicht zurücklassen. Er könnte seine eigene Frau und Familie zu Hause haben. Casper fühlte sich hin- und hergerissen und hatte mehr Angst als je zuvor, während er sich noch schneller in Richtung des Hubschraubers bewegte.

Gerade als er und Pyro mit den SEALs auf der Lichtung ankamen, hallte das Geräusch eines anspringenden Motors im Norden in der ansonsten plötzlich ruhigen Nacht wider.

»Laryn!«, schrie Casper, wohl wissend, dass es dumm war, so viel Aufmerksamkeit auf seinen Aufenthaltsort zu lenken, aber das interessierte ihn nicht.

Es kam keine Antwort.

Casper legte den SEAL auf den Boden und lief, ohne sich mit Pyro abzusprechen, mit gezogener Waffe auf den Hubschrauber zu, bereit, jeden zu töten, der es wagte, seine Frau anzurühren.

Und ja, Laryn gehörte *ihm*. Das war ihm in der Sekunde klar geworden, in der er mit ihr hinter sich im Hubschrauber hatte abheben müssen. Die Angst, die er in diesem Moment empfunden hatte, war so ungewöhnlich gewesen, dass es nur daran liegen konnte, dass nicht mehr nur *sein* Leben auf dem Spiel stand. Es ging um das Leben der Frau, die es irgendwie geschafft hatte, sich in sein Herz einzugraben.

Er verstand Nate jetzt sehr gut. Nur zu gut. Er hatte von Anfang an gewusst, dass Josie ihm gehörte. Er hatte länger gebraucht, aber jetzt hatte Casper keinen Zweifel mehr daran, dass Laryn die Frau war, mit der er den Rest seines Lebens verbringen sollte. Mit der er Kinder haben wollte. Mit der er lachen und streiten wollte, solange sie beide lebten.

»Laryn!«, rief er erneut, ohne Erfolg.

Ohne nachzudenken, sprang er in den hinteren Teil des offenen Hubschraubers. Es war eine Dummheit, das zu tun. Wer auch immer vorhin geschossen hatte, hätte darauf warten können, ihm aufzulauern.

Aber der Hubschrauber war leer ... und zerschossen.

Dann registrierte er die Stille. Die Rotoren drehten sich nicht mehr. Und so wie die Instrumententafel im Schein der Stiftlampe, die er hochhielt, aussah, würde der MH-60 so schnell nirgendwo hinfliegen. Der Hubschrauber, an dem Laryn so hart gearbeitet hatte, um ihn auf Vordermann zu bringen, um ihn flugsicher zu machen, um ihn mit all dem Schnickschnack auszustatten, den er und seine Kollegen von den Night Stalkers für ihre gefährlichen Missionen brauchten ... war in weniger als einer Minute durch automatischen Beschuss ausgeschaltet worden.

»Verdammter *Mist!*«, zischte er und drehte sich um. Der Hubschrauber war ihm egal, er war nur ein Haufen Metall.

Laryn war weg.

Wer auch immer den Hubschrauber zerschossen hatte, hatte es unmöglich gemacht, das Fahrzeug zu verfolgen, das das Gebiet verlassen hatte – das Fahrzeug, das Laryn mit Sicherheit mitgenommen hatte.

Casper schnappte sich das Funkgerät, das an seinem Fluganzug befestigt war, und rief schnell um Hilfe. Er war sachlich, als er mit der Person am anderen Ende der Leitung sprach. Er fasste die Situation zusammen und teilte ihr mit, dass die SEALs sich in einem kritischen Zustand befänden und sofort abgeholt werden müssten. Mit einem Kloß im Hals informierte er die Person am anderen Ende der Leitung auch darüber, dass einer seiner Mitarbeiter als Geisel genommen worden war. Laryn war zwar keine US-Soldatin mehr, aber sie arbeitete für die Regierung. Nicht nur das, sie verfügte auch über Wissen, von dem niemand wollte, dass es in die falschen Hände geriet.

Sie zurückzubekommen war eine Frage der nationalen Sicherheit. Aber für ihn? Es war der Unterschied zwischen dem Rest seines Lebens als gebrochener und einsamer Mann und dem Leben, von dem er wirklich glaubte, dass es ihm zu führen bestimmt war ... mit Laryn an seiner Seite.

KAPITEL SECHZEHN

Die automatischen Schüsse, die durch die Berge hallten, als jemand ihren Vogel zerstörte, waren die letzten Schüsse, die Casper und Pyro hörten. Es war, als hätten sich alle Agenten in der Gegend aus dem Staub gemacht, nachdem das SEAL-Team verschwunden war und die letzten beiden Männer geborgen worden waren.

Casper dachte sich, dass genau das passiert war. Und das konnte kein Zufall sein. Bei Missionen ging ständig irgendetwas schief, aber diese schien mehr als nur einen ordentlichen Anteil an Fehlern zu haben.

Nachdem er Verstärkung angefordert hatte, gesellte er sich zu Pyro und den beiden SEALs außerhalb des Hubschraubers und machte sich daran, die Männer zu stabilisieren. Er hatte Fragen, viele Fragen, aber er war sich nicht sicher, was die Männer ihm sagen würden.

Der Mann, den Pyro getragen hatte, war immer noch bewusstlos und hatte eine stark blutende Kopfwunde. Sein Freund versuchte sofort, die Blutung zu stoppen oder zumindest zu verlangsamen. Es war ungewiss, ob der Mann durchkommen würde, aber Casper wusste aus Erfahrung, wie hartnäckig SEALs sein konnten. Sie schienen in der Lage zu sein, gelegentlich selbst dem Sensenmann zu trotzen.

Er wandte die Aufmerksamkeit dem Mann zu, den er auf die Lichtung geschleppt hatte. Er war noch bei Bewusstsein, schien aber verwirrt zu sein.

»Ich dachte, da sei ein Hubschrauber«, sagte er.

»Es gab einen. Er wurde zerschossen. Er lässt sich nicht fliegen«, sagte Casper zu ihm.

Der Mann schnaubte. »Ich dachte, ihr Night Stalkers könnt alles fliegen.«

Casper schätzte zwar seinen Versuch von Humor, aber er war nicht bereit, irgendetwas an dieser Situation lustig zu finden. Nicht, wenn Laryn entführt worden war.

»Wie ist dein Name?«, fragte Casper ihn, während er sein Bestes tat, um den Blutfluss aus seinem Oberschenkel zu stoppen. Während er sprach, legte er einen Druckverband an.

»Mustang. Das ist Pid. Kommt er wieder in Ordnung? Seine Frau Monica und seine Tochter brauchen ihn.«

»Pyro kümmert sich um ihn. Was ist mit dir? Hast du Familie?« Casper wollte, dass er darüber nachdachte, wofür es sich zu leben lohnte.

»Eine Frau. Elodie. Wir versuchen, schwanger zu werden, aber es ist noch nicht passiert.«

Er nickte. »Nun, halte durch. Wir haben Verstärkung angefordert. Es sieht fast so aus, als hätten die Einheimischen das geplant«, sagte er und fuhr fort mit dem, was ihm im Kopf herumschwirrte und was seinen Verdacht bestätigen oder entkräften sollte. »War diese Mission für dich und dein Team ungewöhnlich?«

»Nein. Nicht im Geringsten. Alles war in Ordnung. Nichts Ungewöhnliches. Wir schlossen uns einem anderen SEAL-Team an und hatten die Informationen erhalten, die wir besorgen sollten. Wir waren auf keine Feinde gestoßen, dann tauchten sie plötzlich wie aus dem Nichts auf. Sie warteten, bis wir in diesem Tal waren, und eröffneten das Feuer. Sie umzingelten uns und fixierten uns. Aber ... ich könnte schwören, dass sie nicht schossen, um zu töten. Sie hätten leicht eine Panzerfaust benutzen und uns alle ausschalten können. Es war, als wollten sie die Sache aus irgendeinem Grund in die Länge ziehen.«

Scheiße. Casper sah zu Pyro hinüber und bemerkte, wie sein Teamkamerad die Stirn runzelte, während er sich um den anderen SEAL kümmerte.

»Dann gelang es ihnen, Pid und mich vom Rest unserer Gruppe zu trennen. In der einen Sekunde waren wir noch zusammen und arbeiteten auf den Abtransport zu, und in der nächsten feuerten sie Schüsse ab, um uns beide abzuschneiden, und wir wurden hinter einer Gruppe von Felsbrocken eingeklemmt. Wir hörten die Hubschrauber, konnten sie aber nicht erreichen. Wir sagten unseren Jungs, sie sollten verschwinden, und anfangs weigerten sie sich. Aber sie haben auch alle Familien ...«, seufzte er. »Ich befahl ihnen zu gehen, und sie taten es schließlich, aber erst nachdem sie sich vergewissert hatten, dass wir nicht zurückbleiben würden. Danke, dass ihr uns geholt habt«, sagte Mustang zu ihm.

»Gern geschehen. Ich hasse es, der Überbringer schlechter Nachrichten zu sein ... aber ich habe das Gefühl, dass eure Trennung von der Gruppe eine Falle war.«

»Zu welchem Zweck?«, fragte Mustang.

»Um an meine Mechanikerin zu kommen.«

Mustang sah überrascht aus. »Erkläre das.«

Also tat er es. Er erzählte Mustang von Laryns Fachwissen. Wie sie in den letzten drei Jahren an allen Night-Stalker-Hubschraubern gearbeitet hatte. Von seinem vorherigen MH-60, wie er im Irak zerstört wurde und wie Laryn Tag und Nacht daran gearbeitet hatte, seinen neuen Hubschrauber auf Vordermann zu bringen. Über die Länder, die versucht hatten, sie anzuwerben – einschließlich eines Vertreters der türkischen

Regierung. Und schließlich darüber, dass sie erst gestern auf den Zerstörer geschickt worden waren und dass sein FLIR plötzlich ausgefallen war, als er gerade zu dieser Mission starten wollte, obwohl sein Hubschrauber in den USA einwandfrei funktioniert hatte.

»Es scheint unwahrscheinlich, dass jemand in der Lage ist, eine so ausgeklügelte Entführung zu arrangieren wie diese. So viele Dinge hätten anders laufen können, die es unmöglich gemacht hätten.«

»Ich verstehe«, sagte Casper. »Und ich stimme zu. Aber ich habe immer noch ein ungutes Bauchgefühl, das etwas anderes sagt. Das sagt, dass das alles sorgfältig geplant war und wir dem Arschloch, das Laryns Expertise unbedingt für sich und sein Land haben will, direkt in die Hände gespielt haben. Ich habe einen Mann namens Tex gebeten, den Kerl für mich zu überprüfen. Vielleicht hast du schon von ihm gehört.«

»Tex?«, fragte Mustang und sein Gesicht verriet seine Überraschung. »Natürlich habe ich schon von ihm gehört. Ich betrachte ihn sogar als einen engen Freund. Sagen wir einfach, er hat sich sehr für mein Team eingesetzt und dafür, dass unsere Frauen sicher sind. Wenn er der Sache nachgeht, wird er schon bald herausfinden, was hier los ist.«

»Das hoffe ich«, sagte Casper.

In diesem Moment hörten sie ein Geräusch, und Casper verkrampfte sich, als er sich umdrehte und die Pistole aufhob, die er auf den Boden gelegt hatte, während er sich um den verletzten SEAL kümmerte.

Es dauerte nur Sekunden, bis er das Geräusch von Rotorblättern wahrnahm. Hilfe war im Anmarsch.

Die Erleichterung machte ihn fast schwindelig. Die Arschlöcher, die seinen Hubschrauber zerschossen und Laryn entführt hatten, hatten keinen so großen Vorsprung. Sie würden in der Lage sein, Mustang und Pid medizinisch zu versorgen und zu sehen, ob sie das Fahrzeug finden konnten, mit dem Laryn entführt worden war.

Der Vorteil dieses Teils des Landes war, dass es nur dünn besiedelt war, es würde nicht viele Lastwagen auf den Nebenstraßen geben ... wenn man sie überhaupt Straßen nennen konnte. Er hatte keine Ahnung, ob es Edge und Chaos waren, die hierherkamen, oder ob Buck und Obi-Wan die anderen SEALs abgesetzt hatten und zurückgekehrt waren. So oder so würden sie die Gegend nach demjenigen durchkämmen, der Laryn entführt hatte. Sie konnten ihre Feuerkraft nicht auf die Fahrzeuge richten, um die Frau, die er unbedingt finden wollte, nicht zu verletzen, aber sie konnten den Hubschrauber zumindest zur Einschüchterung und bestenfalls als Straßensperre einsetzen, um das Fahrzeug zum Anhalten zu bringen.

Eine Schießerei hatte nicht unbedingt auf Caspers Tagesplan gestanden, aber er würde alles tun, was nötig war, um Laryn gesund und munter zurückzubringen.

Während er den MH-60 beobachtete, der wahrscheinlich vor der Landung die Gegend nach Unbekannten absuchte, wurde ihm wieder einmal klar, dass er sie nicht beschützen konnte. Er hatte große Töne gespuckt und darum gebeten, in ihrer Wohnung zu bleiben, nur für den Fall, dass das Böse den Weg zu ihrer Tür finden würde, und behauptet, er würde sie beschützen. Und doch war sie ihm direkt vor der Nase weggeschnappt worden.

Er hätte sie nie allein im Hubschrauber lassen dürfen. Er hätte darauf bestehen sollen, dass sie mit ihnen kam, um die SEALs zu befreien.

Es war ein Fehler, für den er sich für den Rest seines Lebens Vorwürfe machen würde.

Als er Edge bei der Landung seines MH-60 beobachtete, ballte Casper die Hände zu Fäusten und war fest entschlossen. Er würde das Gebiet nicht verlassen, bis er sie zurückhatte. Sie hatten zu viel zu verlieren, als dass er aufgeben konnte. Night

Stalkers gaben nicht auf. Das war ihr Motto. Und er würde niemals aufhören, nach Laryn zu suchen.

Als könnte Mustang seine Gedanken lesen, legte der SEAL eine Hand auf Caspers Arm. »Du wirst sie zurückholen. Und wenn du Hilfe brauchst, hast du mein Team. Ihr hättet nicht wegen Pid und mir kommen müssen, aber ihr habt es getan. Wir werden es nicht vergessen. Wir stehen in eurer Schuld.«

»Du schuldest mir gar nichts«, sagte Casper ehrlich. »Du weißt genauso gut wie ich, dass wir nur unsere Arbeit gemacht haben. Aber sei versichert, wenn ich deine Hilfe brauche, werde ich dich darum bitten. Ich werde alles tun, was nötig ist, alle Regeln und Gesetze brechen, um sie zurückzubekommen. Mir ist nicht klar geworden, wie viel sie mir bedeutet, nur um sie jetzt zu verlieren.«

Mustang nickte. »Ich verstehe das besser, als du denkst.«

Das Reden wurde schwierig, als der Dreck um sie herum von den Rotorblättern von Edges Hubschrauber aufgewirbelt wurde. Ohne ein Wort zu sagen, zog er Mustang auf die Beine und legte einen Arm um seine Taille. Pyro hob den immer noch bewusstlosen Pid auf – der nicht mehr blutete – und sie machten sich auf den Weg zum Hubschrauber.

Chaos reichte ihm sofort ein Headset, und als es auf Caspers Ohren aufgesetzt war, hörte er seinen Freund fragen: »Sprengen wir ihn in die Luft oder benutzen wir eine Rakete?«

Es war nicht so, dass sie die sehr teuren Waffen an Bord der Hubschrauber in jeder beliebigen Situation einsetzen durften. Es wäre schwierig, mit Sprengstoff eine weitere Maschine zu zerstören, an der Laryn so hart gearbeitet hatte, um sie nach ihren anspruchsvollen Standards auszustatten. Es tat ihm buchstäblich im Herzen weh, sie zu zerstören, aber sie konnten nicht zulassen, dass die Technologie an Bord in die falschen Hände geriet.

Ihm würde der Arsch aufgerissen werden, weil er so kurz

nach dem ersten einen weiteren Hubschrauber verlor, aber es war nicht zu ändern.

»Rakete«, sagte er. »Die ist schneller. Wir müssen einen Lastwagen finden. Er hat das Gebiet vor nicht allzu langer Zeit verlassen. Er muss hier noch irgendwo sein. Laryn ist da drin. Sie haben sie mitgenommen.«

»Tex hat angerufen. Ich bringe dich später auf den neuesten Stand, aber wir dachten uns schon, dass sie entführt wurde. Wir haben uns nach Lebenszeichen umgesehen, als wir herflogen. Casper ... da ist nichts.«

»Wie kann das sein?«, fragte er, als Pyro die Tür schloss und Pid zurechtrückte. »Dein FLIR funktioniert doch, oder? Es sollte alle Wärmequellen aufspüren, und Menschen und ein warmer Motor wären definitiv zu sehen.«

»Ich weiß, aber ich sage dir, da draußen gibt es nichts.«

Casper starrte seinen Freund ungläubig an. Er war sich so sicher gewesen, dass sie nur in die Luft gehen mussten, um Laryn zu finden. Aber jetzt sagte Chaos ihm, dass sie sich irgendwie in Luft aufgelöst hatte.

Wer auch immer sie entführt hatte, musste sich in einer großen Höhle oder Ähnlichem versteckt halten. Das war der einzig mögliche Grund, warum das Fahrzeug nicht entdeckt werden konnte. Und ihre Entführer kannten die Gegend offensichtlich wie ihre Westentasche.

Wie er es Mustang gesagt hatte. Sie hatten diese Entführung sorgfältig geplant.

Die Verzweiflung drohte Casper zu überwältigen.

»Wir geben nicht auf«, sagte Pyro über das Headset, während er Casper die Hand auf die Schulter legte, »aber wir müssen Pid und Mustang auf das Schiff bringen, damit sie medizinisch versorgt werden können. Ich habe Pid stabilisiert, aber er braucht einen Arzt.«

Sein Co-Pilot hatte recht, aber das bedeutete nicht, dass nicht alles in Casper rebellierte. Er konnte Laryn nicht verlassen. Sie war irgendwo da draußen. Sie zählte auf ihn, dass er auf einem weißen Pferd heranreiten und sie retten würde. Er wollte das für sie tun, so wie sie es für ihn getan hatte, als er am verletzlichsten gewesen war.

Aber er konnte sie in seinem Hinterkopf hören, wie sie ihm sagte, er solle sich zuerst um die SEALs kümmern. Dass sie durchhalten würde, bis er sie fand. Dass es ihr gut gehen würde. Dass sie zäher war, als alle dachten, weil ihr Vater ihr beigebracht hatte, wie man das Beste aus einer schlechten Situation machte.

Casper schloss die Augen und nickte.

Er spürte, wie der Hubschrauber sofort vom Boden abhob. Sie drehten ab, und das Geräusch einer abgefeuerten Rakete ertönte laut in dem kleinen Raum und ließ den ganzen Hubschrauber vibrieren. Es war ein anderes Gefühl, hinten zu sitzen, während die Feuerkraft eingesetzt wurde, und Casper wollte nicht zusehen, wie sich die Verbindung, die er mit Laryn hatte, buchstäblich in Rauch auflöste. Den Hubschrauber in die Luft zu jagen, in den sie so viel Blut, Schweiß und Tränen ... und Zeit und Liebe ... investiert hatte, fühlte sich schrecklich an.

Jetzt, da er Laryn besser kannte, wusste er, dass es ihre Liebessprache war, dafür zu sorgen, dass er während des Fluges so sicher wie möglich war. Genau das hatte sie immer getan, die ganze Zeit über, in der sie mit ihm gearbeitet hatte. Sie hatte dafür gesorgt, dass alles an seinem Hubschrauber in bestmöglichem Zustand war ... damit er nach jeder Mission zurückkehrte.

Und das war er.

Aber sie nicht. Als es hart auf hart kam, hatte er nicht seinen Teil dazu beigetragen, sie zu beschützen. Es war ein Fehler, den er entweder korrigieren würde oder er würde bei dem Versuch sterben. Und dazu könnte es kommen. Es war nicht so, dass die türkische Regierung zugeben würde, dass einer der ihren an dem ausgeklügelten Plan beteiligt war, einen der besten und klügsten Köpfe zu entführen, die das US-Militär für sich arbeiten ließ.

Nein, sie würden sich jedem Versuch widersetzen, Laryn zurückzubekommen.

Nun, scheiß auf sie.

Casper konzentrierte sich darauf, Laryn alle mentale Kraft zu schicken, die er aufbringen konnte. Er musste glauben, dass es ihr gut ging. Dass der verrückte Aufwand, den Osman betrieben hatte, um sie in die Finger zu bekommen, bedeutete, dass er sie gesund und unverletzt dorthin bringen wollte, wo das türkische Militär seine neu erworbenen MH-60 gelagert hatte. Er musste nur noch herausfinden, wo das war, die Regierung und seine Vorgesetzten dazu bringen, eine Mission über internationale Grenzen hinweg zu genehmigen, und sie zurückholen. Hoffentlich mit so wenig Blutvergießen wie möglich.

Casper wusste, dass die Herausforderung, die vor ihm lag, entmutigend war, aber er war nicht umsonst ein Night Stalker. Er kannte Leute, hatte etwas Einfluss. Und Laryn war keine normale Mechanikerin. Das Wissen, das sie über ihre Hubschrauber hatte, würde sicher bedeuten, dass ihre Regierung um ihre Rückkehr kämpfen würde.

Wenn sie es nicht täten, würde *er* es tun. Und seine Pilotenkollegen würden sich ihm anschließen. Laryn würde nach Hause kommen. Und zwar ohne Wenn und Aber.

Laryn blinzelte, aber es nützte nichts. Der Stoff, der ihr über den Kopf gezogen worden war, ließ kein Licht durch. Sie hatte keine Ahnung, wie lange ihr schon die Augen verbunden waren mit den Armen auf dem Rücken. Tage?

Sie hatte den verdammten Stoff mehr als satt. Dass sie wie

ein Stück Gepäck behandelt wurde. Sie war herumgeschleppt und in ein Fahrzeug nach dem anderen gezwungen worden. Jedes Mal wenn sie versuchte zu sprechen, wurde ihr gesagt, sie solle den Mund halten.

Zuerst hatte sie gehofft, bei der erstbesten Gelegenheit entkommen zu können, aber sie hatte nicht die geringste Chance dazu gehabt. Der Lastwagen, in den sie mitten in den Bergen gepfercht worden war, war über die wohl schlechteste Straße der Welt gerumpelt. Nach schätzungsweise fünfzehn oder zwanzig Minuten blieb er stehen, was ihr wie Stunden vorkam. Die Luft war kühler geworden, und sie konnte nur vermuten, dass der Lastwagen in eine Höhle oder etwas anderes gefahren worden war, um sich vor denjenigen zu verstecken, die aus der Luft nach ihr suchten. Sie hätte schwören können, dass sie einen Hubschrauber hörte, aber das Geräusch war schwach und weit entfernt, und alle Hoffnungen auf eine schnelle Rettung wurden zunichtegemacht.

Danach wurde sie in ein anderes Fahrzeug gebracht. Dann ein anderes. Und noch eines. Sie schätzte, dass sie zu diesem Zeitpunkt in mindestens dreißig verschiedenen Fahrzeugen gesessen hatte.

Selbst wenn Tate in der Lage gewesen wäre, den Lastwagen zu verfolgen, in dem sie ursprünglich entführt worden war, wäre er ihr auf keinen Fall auf der Spur gewesen. Nicht wenn man bedachte, wie oft sie von einem Fahrzeug ins andere transportiert worden war. Sie hatte keine Ahnung, wo sie jetzt war, zum Teil wegen des Sacks über ihrem Kopf, aber auch, weil sie so lange gefahren waren.

Sie schlief unruhig, und jedes Mal, wenn sie aufwachte, wusste sie nicht, wie viel Zeit vergangen war. Jedes Mal wenn sie in ein anderes Fahrzeug geschoben wurde, waren andere Stimmen um sie herum zu hören. Laryn fragte sich, ob die Männer, die dafür sorgten, dass sie nicht weglief, die dafür sorgten, dass sie ab und zu altes Brot aß und das Wasser trank, das sie ihr in die Kehle schütteten, weil sie ihre Hände nie von den Fesseln befreiten, wussten oder sich dafür interessierten, wen sie transportierten oder warum.

Zuerst hatte sie Angst, dass sie angegriffen würde. Sie war die einzige Frau in einer Gruppe von Männern, und sie war in höchster Alarmbereitschaft, entschlossen, es jedem so schwer wie möglich zu machen, ihr etwas anzutun. Aber niemand berührte sie, außer um sie von einem Fahrzeug zum anderen zu bringen oder um ihr beim Essen und Trinken zu helfen. Sie wollte nicht daran denken, wie sie auf die Toilette gemusst hatte. Es war demütigend, denn die Männer hatten sich geweigert, ihre Hände zu befreien. Sie mussten ihr den Reißverschluss ihres Overalls öffnen, ihr das Höschen herunterziehen, ihre Arme festhalten, damit sie nicht fiel, und dann ihre Unterwäsche und Kleidung wieder hochziehen. Und das alles, während sie einen Sack auf dem Kopf trug.

Ohne zu wissen, wie viele Leute sie beobachteten, hasste sie zum ersten Mal in ihrem Leben den Overall, den sie täglich trug. Wenn sie eine normale Hose und ein T-Shirt anhätte, würde sie sich wenigstens nicht jedes Mal so entblößt fühlen, wenn sie pinkeln musste.

Doch heute war alles anders. Sie hörte viel mehr Lärm von außerhalb des Wagens. Selbst mit dem Sack auf dem Kopf und auf dem Boden des Fahrzeugs liegend – sie dachte, es sei eine Art Lieferwagen, weil die Tür zuglitt und nicht zuschlug – waren Hupen und andere Straßengeräusche laut.

In einer Stadt zu sein war gut, hoffte sie. Es bedeutete, dass sie, falls und wenn sie fliehen konnte, hoffentlich in der Lage sein würde, sich zu integrieren und zu verschwinden. Mitten in den Bergen, mit nichts in der Nähe, wäre es unmöglich, sich vor ihren Entführern zu verstecken. Aber in einer Stadt? Laryn hatte das Gefühl, dass sie eine Chance hatte.

Während ihrer gesamten Tortur sprach niemand mit ihr, außer dass ihr gesagt wurde, sie solle den Mund halten.

Niemand sagte ihr, wer sie entführt hatte oder warum. Aber sie hatte eine ziemlich gute Vorstellung.

Altan Osman.

Niemand sonst würde sich so viel Mühe geben, um sie dazu zu bringen, für ihn zu arbeiten. Offenbar konnte er Ablehnung nicht gut verkraften. Die gute Nachricht für sie war, dass er sie gesund brauchte, um ihre Arbeit zu erledigen. Die schlechte Nachricht? Wenn ihm irgendetwas, was sie tat, nicht gefiel, konnte er sie leicht umbringen und ihre Leiche loswerden, und niemand würde wissen, was passiert oder wohin sie gegangen war. Sie wäre nur ein weiterer Fall einer Person, die spurlos verschwand.

Laryn erschauderte und zwang sich, tief einzuatmen. Der Sack roch ekelhaft, und sie bereute ihr Handeln sofort.

Sie musste einfach einen Weg finden, lange genug am Leben zu bleiben, damit Tate sie finden konnte. Am Leben bleiben und Altan Osman nichts von den streng geheimen Informationen verraten, in die sie eingeweiht war. Wie die Night Stalkers operierten. Welche Technologie die Hubschrauber enthielten. Wie das US-Militär arbeitete. Sie verfügte über viele Informationen, die für andere Länder äußerst nützlich sein würden. Der Trick bestand darin, es so aussehen zu lassen, als hätte sie eine Heidenangst und würde alle Informationen preisgeben, die sie hatte, während sie in Wirklichkeit nur Dinge preisgab, die nicht streng geheim oder besonders wichtig waren. Sie hatte keine Ahnung, wie sie das anstellen sollte. Sie musste aus dem Bauch heraus entscheiden.

Laryn war nicht sicher, wie lange es dauern würde, bis jemand sie rettete. Aber sie hatte keinen Zweifel daran, dass Tate alles in seiner Macht Stehende tun würde, um dies selbst zu tun. Er würde sich an jedem Plan beteiligen, den seine Vorgesetzten sich ausdachten. Er würde ihre Rettung nicht der Regierung überlassen. Das wusste sie so gut, wie sie ihren Namen kannte. Aber das beunruhigte sie natürlich auch, denn sie wollte auf keinen Fall, dass Tate in Gefahr geriet oder verletzt wurde.

Der Lieferwagen wurde langsamer und Laryn betete, dass sie nicht in ein anderes verdammtes Fahrzeug verfrachtet werden würde. Sie war erschöpft, wund von der Fesselung und müde davon, wie ein Stück Holz behandelt zu werden. Wenn sie Altan gegenüberstand, würde sie dafür sorgen, dass er wusste, wie sauer sie über diese ganze Situation war.

Die Geräusche außerhalb des Wagens wurden leiser, als sie langsam fuhren. Nicht zum ersten Mal wünschte Laryn sich, sie könnte sehen. Jede Information, die sie über ihre Umgebung bekommen konnte, würde hilfreich sein, wenn es an der Zeit war zu fliehen.

Sie hörte, wie sich zwei Männer unterhielten, verstand aber kein Wort von dem, was sie sagten. Dann schlichen sie wieder vorwärts und schließlich hielt der Wagen an.

Laryn hielt den Atem an und betete, dass sie an ihrem Ziel angekommen war, als die Tür neben ihr aufglitt. Ihr Arm wurde fest umklammert, was sie unwillkürlich vor Schmerz aufschreien ließ. Ihr Oberarm musste mit blauen Flecken übersät sein, weil sie so oft an der gleichen Stelle gepackt worden war, während sie von einem Wagen zum anderen geschleift wurde.

Derjenige, der sie festhielt, schien sich nicht für ihr Unbehagen zu interessieren, aber zu ihrer Erleichterung stieß er sie auch nicht einfach in ein anderes Fahrzeug oder einen Kofferraum. Sie ging neben ihm her und versuchte, mit seinen langen Schritten mitzuhalten. Die Luft um sie herum wechselte von der trockenen, heißen Luft, in der sie die letzten wer weiß wie vielen Tage gewesen war, zu der künstlichen Kühle, die nur von einer Klimaanlage kommen konnte.

Aber mehr noch, Laryn roch den vertrauten Geruch von Dieselkraftstoff. Schmierfett. Und hörte das Klirren von Metall auf Metall. Das waren Geräusche und Gerüche, mit denen sie bestens vertraut war. Sie waren beruhigend. Die Geräusche und Gerüche einer Werkstatt. Sie schienen immer gleich zu sein, egal wo auf der Welt sich die Werkstatt befand. Da konnten Fahrzeuge oder Flugzeuge, Hubschrauber oder sogar Rasenmäher drin sein, es war immer noch eine Werkstatt.

Die Geräusche in der Werkstatt wurden leiser, als sich eine Tür öffnete und hinter ihr wieder schloss. Erst dann ließ der Mann, der sie festgehalten hatte, ihren Arm los. Dann wurden zu ihrer großen Erleichterung die Handschellen, die ihre Arme hinter dem Rücken hielten, gelöst. Das Blut, das ungehindert in ihre Hände floss, ließ sie kribbeln und schmerzen, auch wenn sich die Bewegungsfreiheit gleichzeitig gut anfühlte.

Laryn griff sofort nach dem verdammten Sack über ihrem Kopf, ohne abzuwarten, ob ihr jemand die Erlaubnis gab, ihn abzunehmen. Sie sehnte sich fast verzweifelt nach etwas frischer Luft und danach, wieder *sehen* zu können.

In dem Moment, in dem der Stoff über ihren Kopf glitt, holte sie tief Luft. Ihre Augen brannten von dem Licht, und sie blinzelte, um ihre Umgebung wahrzunehmen. Als sie den Kopf drehte, sah sie zwei Männer an der Tür stehen, durch die sie offensichtlich gerade gegangen war. Sie sahen sie nicht wirklich an, sondern starrten stattdessen in den Raum über ihrem Kopf.

Als sie sich wieder umdrehte, sah sie, was sie übersehen hatte, als sie den Sack abgenommen hatte.

Ein Mann saß hinter einem Schreibtisch und lehnte sich zurück, die Hände hinter dem Kopf verschränkt, als hätte er überhaupt keine Sorgen. Er hatte dunkles Haar, und seine braunen Augen waren intensiv und berechnend, während er sie anschaute. Seine warme, olivfarbene Haut war wettergegerbt, als hätte er viel Zeit in der Sonne verbracht, und er hatte gepflegte Bartstoppeln im Gesicht. Anstatt ihn zivilisiert aussehen zu lassen, verstärkte dies seine ruhige, bedrohliche Ausstrahlung. Er hatte einen schlanken, muskulösen Körperbau und eine falkenartige Nase. Und der stoische

Gesichtsausdruck mit den schmalen, zu einer harten Linie zusammengepressten Lippen ließ Laryn einen Schauer über den Rücken laufen.

Dies war ein Mann, der gewohnt war zu bekommen, was er wollte. Er war wahrscheinlich Zeuge von unaussprechlichen Taten geworden und hatte vielleicht sogar daran teilgenommen.

Hätte sie raten müssen, hätte sie gesagt, das war Osman. Als sie sich gegenseitig anstarrten, verwandelte sich sein Gesicht in einen selbstgefälligen Ausdruck der Zufriedenheit, als sei ihm gerade sein größter Wunsch erfüllt worden. Und das war er wahrscheinlich auch. Sie war ihm auf einem Silbertablett serviert worden – und seine Selbstgefälligkeit ließ Laryn rotsehen.

Sie konnte sich gerade noch beherrschen, und anstatt diesen Mann zu beschimpfen, weil er sie entführt hatte, sagte sie nur:»Altan Osman, nehme ich an.«

Er lächelte und nickte ihr zu, während er sich nach vorn setzte.»Es ist schön, Sie persönlich kennenzulernen. Ich hoffe, Ihre Reise hierher war nicht zu unangenehm. Verzweifelte Zeiten verlangen nach verzweifelten Maßnahmen. Und da Sie sich weigerten, zur Vernunft zu kommen, war ich gezwungen, drastischere Maßnahmen zu ergreifen.«

»Indem Sie mich entführen lassen?«, fragte sie mit gleichmäßiger Stimme, aber unfähig, die Frage zurückzuhalten.

»Nur so. Ich denke, Sie werden feststellen, dass ich ein fairer Arbeitgeber bin ... solange Sie tun, was Ihnen gesagt wird. Ich bin vernünftig. Ich weiß, dass das alles ein Schock ist, aber nach einer Weile werden Sie sehen, dass es eine gute Sache ist. Sie werden alles bekommen, was Ihr Herz begehrt – Geld, Essen, Kleidung, Ehemänner –, und im Gegenzug Ihr Wissen und Ihre Erfahrung nutzen, um die Macht und Stärke unseres Militärs zu fördern.«

Laryn schluckte schwer. Ehemänner? Nein danke. »Ich

weiß Ihr Angebot zu schätzen, wie ich Ihnen schon am Telefon gesagt habe, aber ich habe zu Hause in den USA alles, was ich an Geld, Kleidung, Essen und Männern brauche.«

Altan zuckte nur mit den Schultern. »Und jetzt werden Sie sie hier haben. Machen Sie keinen Fehler, Sie werden im Austausch für Ihre Fähigkeiten mit Respekt und Freundlichkeit behandelt werden. Wenn Sie sich widersetzen, kann Ihr Leben sehr schnell ... *schwierig* werden. Aber die Sache ist die: Wir werden trotzdem die Informationen bekommen, die wir wollen. Es hängt also von Ihnen ab, ob Sie ein bequemes Bett zum Schlafen, gutes Essen und die Behandlung als geschätztes Mitglied meines Teams wünschen. Oder ob Sie ein Zimmer im Keller haben wollen – von manchen liebevoll als Kerker bezeichnet – ohne Decke, mit Haferschleim als Nahrung und wie eine Gefangene behandelt werden wollen. Ich gehe davon aus, dass Sie gern eine Dusche und ein gutes Essen hätten ... aber ich vermute, dass Sie zuerst einen Anreiz brauchen. Einen Grund, Ihre neue Realität zu akzeptieren. Ich denke, eine Woche da unten würde Ihnen guttun. Sie wird Ihnen *genau* zeigen, was zu Ihrer neuen Normalität wird, wenn Sie nicht kooperieren wollen.«

Laryn öffnete den Mund, um zu protestieren, um zu schreien, er solle sie gehen lassen, aber bevor sie ein Wort herausbringen konnte, nahmen die Männer, die an der Tür gestanden hatten, jeweils einen ihrer Arme in ihre großen, kräftigen Hände und zogen sie buchstäblich zur Tür hinaus.

Sie versuchte, sich zu wehren, aber es war zwecklos. Sie schaffte es, sich aufzurappeln, als sie durch den großen Hangar liefen, in dem sie nun die beiden nackten MH-60 geparkt sah. Sie sahen ganz anders aus als die Maschinen, an denen sie für das US-Militär zu arbeiten gewohnt war. Sie schienen bis auf die Hülle auseinandermontiert worden zu sein. Als sie an die Türkei verkauft worden waren, hatten sie offensichtlich nicht den Schnickschnack besessen, den sie von den Hubschraubern der Night Stalkers gewohnt war.

Niemand hielt inne, um zu beobachten, wie sie zu einer Metalltür am anderen Ende des großen Raumes gezerrt wurde. Es war, als sei sie unsichtbar, als seien die Leute, die im Raum arbeiteten, es gewohnt wegzusehen, wenn andere misshandelt wurden. Das verhieß nichts Gutes für ihre Zukunft.

Einer der Männer öffnete die Metalltür, und sie schlug hinter ihnen mit einem lauten, bedrohlichen Klirren zu, das Laryn wie eine Totenglocke vorkam. »Bitte«, flüsterte sie und hasste es, dass sie bereits auf das Betteln reduziert war. Aber die Männer taten so, als hörten sie sie nicht.

Die Luft im Korridor war feucht und abgestanden. Sie konnte den metallischen Geruch von Rost, Schimmel und Mehltau riechen, als sei das Wasser im Laufe der Zeit in die Wände eingedrungen.

Sie gingen eine Treppe hinunter, und je weiter sie kamen, desto dunkler und stinkender wurde es. Ungewaschene Körper, Schweiß, Schmutz, sogar getrocknetes Blut. Die Gerüche vermischten sich und verursachten bei ihr Übelkeit. Der unverkennbare Geruch menschlicher Ausscheidungen erschwerte das Atmen noch mehr, als Laryn an anderen Zellen vorbeigeschleppt wurde, und die Männer darin machten sich nicht einmal die Mühe, den Kopf zu heben, als sie vorbeiging. Sie fragte sich, wie lange sie schon hier unten waren, was sie getan hatten, um sich bei Altan unbeliebt gemacht zu haben. Aber die Tatsache, dass sie sich für nichts, was um sie herum geschah, zu interessieren schienen, schien kein gutes Zeichen zu sein.

Sie wurde zur letzten Zelle auf der rechten Seite gebracht und hineingestoßen. Laryn fiel auf die Hände und Knie, sprang aber sofort wieder auf, als die Gitterstäbe zuschlugen. Die beiden Männer gingen ohne ein Wort, und sie presste die Lippen zusammen in dem verzweifelten Versuch, nicht zu schreien, nicht sofort allem zuzustimmen, was Altan von ihr wollte.

Als die Männer weg waren, herrschte Stille in den Zellen. Es war eine unheimliche Stille, sodass Laryn sich die Haare im Nacken aufstellten. Auf ihren Armen bildete sich eine Gänsehaut, aber nicht auf die angenehme Art, wie es in der Nähe von Tate oft der Fall war.

Die Verzweiflung drohte sie zu überwältigen ... und sie war erst seit ein paar Minuten hier. Sie war müde, hungrig, schmutzig und hatte eine Heidenangst.

Als sie von den Gitterstäben zurückwich, stolperte Laryn und schaffte es, sich abzufangen, indem sie sich hart auf das »Bett« aus Beton an der Wand setzte. Es war buchstäblich ein Betonblock. Keine Decke. Keine Kissen. Als sie sich umsah, bemerkte sie, dass es nur ein Loch im Boden gab, in dem sie ihr Geschäft verrichten konnte.

Sie schloss die Augen, atmete durch die Nase ein und durch den Mund aus und versuchte, die drohende Panikattacke zu unterdrücken. Es dauerte eine Minute, aber schließlich verlangsamte sich ihr Herzschlag und sie konnte wieder klar denken.

»Das ist eine gute Sache«, flüsterte sie laut, weil sie etwas anderes hören wollte als die bedrückende Stille um sie herum. Sie machte sich keine allzu großen Sorgen, dass irgendjemand ihre Selbstgespräche belauschen könnte, denn selbst wenn, würde es die anderen wahrscheinlich nicht interessieren, was sie da von sich gab ... und sie würden sie sowieso nicht verstehen.

»Das ist eine gute Sache«, wiederholte sie. »Hier unten zu sein bedeutet, dass Tate mehr Zeit hat, mich zu finden. Um sich einen Plan auszudenken, wie ich hier rauskomme. Und wenn ich hier unten bin, muss ich mir nicht überlegen, wie ich die militärischen Geheimnisse, die mir anvertraut wurden, *nicht* verrate.«

Sie war am Leben. Ihr waren Nahrung und Wasser gegeben worden. Und obwohl sie wund war und ihre Arme schmerzten, war sie nicht anderweitig angegriffen worden. Es hätte noch viel schlimmer sein können. Sie musste einfach durchhalten, bis Hilfe kam. Und die *würde* kommen. Sie konnte es sich nicht leisten, an etwas anderes zu denken. Sie würde tun, was sie tun musste, solange es nötig war, bis jemand sie von hier wegbrachte.

Laryn sagte sich, dass sie wachsam bleiben musste. Sie hatte keine Ahnung, wann die Rettung kommen würde, und sie musste bereit sein, wenn es so weit war. Night Stalkers geben nicht auf. Das war ihr Motto. Sie arbeitete schon lange genug mit ihnen zusammen, um zu wissen, dass sie diese Worte ernst nahmen. Sie war vielleicht keine erstklassige Pilotin, aber sie hatte trotzdem etwas von ihrem Stolz auf ihre Einheit und ihre Traditionen übernommen.

Dann dachte sie an das Night-Stalker-Credo. Sie hatte einen Teil davon auswendig gelernt, weil es ihr so ehrenhaft erschien, zu schwören, zu ehren und zu gehorchen.

Ich werde niemals kapitulieren. Ich werde niemals einen gefallenen Kameraden in die Hände des Feindes fallen lassen, und unter keinen Umständen werde ich mein Land in Verlegenheit bringen. Tapfer werde ich der Welt und den von mir unterstützten Elitetruppen zeigen, dass ein Night Stalker ein speziell ausgewählter und gut ausgebildeter Soldat ist. Ich diene mit dem Andenken und dem Stolz derer, die vor mir gegangen sind, denn sie liebten den Kampf, kämpften um den Sieg und wären lieber gestorben, als dass sie aufgegeben hätten.

Die Worte trösteten Laryn. Sie konnten sie entspannen, als sie sich auf der unbequemen harten Betonplatte zusammenrollte, die in absehbarer Zeit ihr Bett sein würde. Sie würde ihr Land nicht in Verlegenheit bringen, indem sie dessen Geheimnisse verriet.

Sie wäre lieber gestorben, als dass sie aufgegeben hätte.

Tate war auf dem Weg zu ihr, das war sein Credo, nach dem er zu leben geschworen hatte.

Tränen liefen ihr über die Wangen, als Laryn in einen unruhigen Schlaf fiel. Sie träumte von Monstern mit riesigen, klaffenden Mäulern voller Zähne, die sich auf sie stürzten, und von Tate, der zwischen sie und ein Monster trat, sich lächelnd zu ihr umdrehte und sagte:»Ich mache das schon.«

Darauf zählte sie.

KAPITEL SIEBZEHN

»Es ist schon eine verdammte *Woche* her!«, zischte Casper, während er in einem Konferenzraum an Bord des Zerstörers auf und ab ging.

Die Navy SEALs, die herausgeholt worden waren, einschließlich Mustang und Pid, würden alle wieder gesund werden. Sie wurden nach Deutschland in das dortige Militärkrankenhaus geflogen und konnten kurz darauf nach Hause zurückkehren. Casper erfuhr, dass Mustang und sein Team in Hawaii stationiert waren, während das andere Team, das sie herausgeholt hatten, aus Kalifornien kam.

Er freute sich für sie, war aber auch unglaublich frustriert über die Situation mit Laryn. Der Colonel war ebenfalls besorgt, und er hatte ihre Entführung auf höchster Ebene der Marine und der Armee zur Sprache gebracht. Aber wie bei den meisten Dingen in der Regierung ließen Entscheidungen über die nächsten Schritte auf sich warten.

Es hatte sogar einen Versuch diplomatischer Gespräche gegeben, um Laryn auf friedlichem Wege freizubekommen, aber die Mitglieder der türkischen Regierung, die mit ihren eigenen Abgeordneten kommunizierten, wollten nicht einmal zugeben, dass sie im Land war. Könnte es sein, dass Osman unabhängig handelte? Und seine Vorgesetzten wussten nicht einmal, was er getan hatte? Letztendlich spielte es keine Rolle, wer was wusste – alle Wege waren zugemauert worden. Und Casper war fertig.

»Lassen Sie mein Team und mich hineingehen«, flehte Casper den Kapitän an, der für das Schiff verantwortlich war. Der Raum war voll mit mehr hochrangigen Offizieren, als Casper seit Langem an einem Ort gesehen hatte, aber er war nicht eingeschüchtert. Nicht im Geringsten. Er machte sich eher Sorgen um Laryn.

Pyro legte ihm eine Hand auf den Arm, und Casper atmete tief durch. Wenn er Laryn helfen wollte, musste er seine Gefühle unter Kontrolle bringen.

»Hören Sie, ich weiß, dass Laryn Hardy nicht zum US-Militär gehört. Aber sie tat es in der Vergangenheit. Und sie weiß derzeit über jede streng geheime Modifikation Bescheid, die die USA an den Hubschraubern vorgenommen haben, die wir bei Missionen verwenden. Das ist der Grund, warum dieser Osman so verzweifelt versucht hat, sie in die Finger zu bekommen. Sie ist nicht irgendeine Mechanikerin. Sie ist für die Night-Stalker-Missionen genauso wertvoll wie die Piloten. Ohne sie, die ihr Team von Mechanikern und Technikern anführt, könnten diese Hubschrauber genauso gut Touristen an der Küste von Hawaii rauf- und runterfliegen, um Wasserfälle zu besichtigen.«

Der Kapitän lehnte sich in seinem Stuhl zurück und sah tief in Gedanken versunken aus. Casper persönlich fand, dass der Admiral einfach nur gelangweilt wirkte. Viele Leute dachten, der Admiral hätte an Bord das Kommando, da er ranghöher als der Kapitän war, aber das war falsch. Der Admiral hatte das Kommando über die Schiffsflotte in diesem Gebiet, aber der Kapitän befehligte das Schiff selbst. Die Tatsache, dass der Admiral nicht geneigt schien, einen Finger zu rühren, um

Laryn zu helfen, beunruhigte Casper also nicht allzu sehr. Es war der Kapitän, den er überzeugen musste.

»Wir wissen, wo sie ist«, schaltete Pyro sich ein.

»Richtig, denn John Keegan hat sich eingemischt«, entgegnete der Kapitän trocken.

»Ja. Er hat den Hangar beobachtet, in dem sie die gekauften MH-60 gelagert haben. Dort war eine Menge los, Lastwagen kamen und gingen, aber auch Personal«, sagte Chaos.

»Was nicht heißt, dass sie dort ist«, konterte der Kapitän.

»Stimmt. Aber Altan Osman war auch rund um die Uhr dort. Er ist kein einziges Mal weggegangen, was höchst ungewöhnlich ist«, erklärte Buck.

»Woher zum Teufel kennt Keegan den Aufenthaltsort einer einzelnen Person inmitten einer großen Stadt? Noch dazu einer in der Türkei?«, fragte der Admiral.

»Woher weiß Tex die Hälfte der Dinge, die er weiß?«, entgegnete Obi-Wan. »Er weiß es einfach. Und wenn er sagt, dass Laryn dort gefangen gehalten wird, dann wird sie auch dort gefangen gehalten.«

»Ich will jetzt nichts ermutigen, aber nehmen wir an, sie ist tatsächlich dort. Wie wollen Sie sie finden und herausholen, ohne das gesamte Gebäude in die Luft zu jagen und dabei möglicherweise Hunderte von unschuldigen Zivilisten zu töten?«, fragte der Admiral. »Denn ich sage Ihnen gleich, dass der Präsident nichts tun will, was die Spannungen in diesem Teil der Welt noch weiter anheizen würde, als sie ohnehin schon sind.«

Das war Caspers Chance. Er lehnte sich über den Tisch und sah dem Kapitän in die Augen. Nicht dem Admiral, sondern dem Mann, der die Macht hatte, jede Mission von seinem Schiff aus zu genehmigen.

»Wir nehmen einen Hubschrauber. Buck und Obi-Wan fliegen ihn ein – natürlich bei Nacht. Wir vier – Pyro, Edge, Chaos und ich – werden am Rande der Stadt in den Hügeln abgesetzt. Von dort aus machen wir uns dann auf den Weg zum Hangar. Nach den Informationen zu urteilen, die Tex uns gegeben hat, wissen wir, dass die Ostseite des Gebäudes an ein Viertel grenzt, das schon bessere Tage gesehen hat. Das ist unser Eingang. Wir gehen rein, finden Laryn, gehen auf das Dach, und Buck und Obi-Wan holen uns dort ab«, beendete er.

Natürlich konnte bei diesem Plan eine Menge schiefgehen. Aber er hatte keinen Zweifel daran, dass er und sein Team eine Lösung finden würden, wenn sie es müssten. Das Hauptproblem würde darin bestehen, in den Hangar zu gelangen, ohne jemanden zu alarmieren. Sobald sie drin waren, würden sie tun, was sie tun mussten, um Laryn zu befreien.

»Sie klingen so, als hätten Sie alles im Griff«, sagte der Admiral skeptisch.

Casper antwortete nicht, da er nicht wusste, mit welcher Antwort er seinen Vorgesetzten beruhigen könnte.

»Was ist mit den SEALs an Bord dieses Schiffes? Die haben mehr Erfahrung mit dieser Art von Evakuierung als Sie vier«, überlegte der Kapitän.

Caspers Hoffnungen stiegen. Der Mann hörte ihm zu. Er verwarf den Plan nicht von vornherein. »Stimmt, aber Laryn kennt uns. Und wir haben eine Ausbildung, Sir. Vielleicht nicht so wie ein SEAL oder Delta, aber gut genug, um erfolgreich zu sein. Außerdem ... ist dies etwas Persönliches.«

»Persönlich?«, sagte der Kapitän und hob eine Augenbraue.

Dies war der heikle Teil. Wenn einer der beiden Offiziere das Ausmaß seiner Beziehung zu Laryn wüsste, würden sie jeden Plan ablehnen, der seine Beteiligung vorsah. »Ja, Sir. Laryn arbeitet schon seit Jahren mit unserem Team zusammen. Drei, um genau zu sein. Sie ist der Grund, warum wir bei unseren Missionen so erfolgreich sind. Ihre Liebe zum Detail und ihre Arbeitsmoral haben dafür gesorgt, dass die Vögel so gut funktionieren.«

»Abgesehen von den letzten beiden Hubschraubern, die in

die Luft gesprengt wurden, meinen Sie«, sagte der Kapitän sarkastisch und mit einem Grinsen auf den Lippen.

Casper ließ sich nicht ködern, auch wenn der Mann ein Arschloch war. »Das war alles nicht ihre Schuld. Und sie hat es geschafft, den letzten MH-60 in wenigen Monaten fertigzustellen. Ich kenne keinen anderen Mechaniker, der das geschafft hätte.«

»Stimmt«, sagte der Kapitän mit einem Nicken und trommelte mit den Fingern auf die Tischplatte.

»Sie ziehen doch nicht ernsthaft in Erwägung, diesen Irrsinn zu billigen?«, fragte der Admiral.

»Doch, das tue ich. Wenn Tex Keegan sagt, dass die Frau in diesem Hangar ist, dann ist sie es sehr wahrscheinlich. Ich habe auch mehrmals mit Casper und seinem Team zusammengearbeitet, und ich glaube ihm, wenn er sagt, dass sie die Evakuierung durchführen können. Und ich habe mit Mustang gesprochen, bevor er mit seinem Team losgeschickt wurde. Er sagte mir, wenn Casper und Pyro nicht gekommen wären, um ihn und Pid zu holen, wären sie da draußen gestorben. Selbst als es offensichtlich war, dass die Scheiße aus dem Ruder gelaufen war, haben sie ihre Pflichten nicht vernachlässigt. Sie blieben bei Mustang und Pid und sorgten dafür, dass sie rausgeholt wurden. Night Stalkers kehren einem loyalen Mitglied ihres Teams nicht den Rücken zu. Das liegt ihnen buchstäblich nicht in der DNA.«

Dann drehte der Kapitän sich um, musterte die Männer vor ihm und sagte: »Ich will nicht, dass noch ein Hubschrauber zerstört wird.«

»Ja, Sir«, sagten alle gleichzeitig.

»Der Gedanke, dass jemand gegen seinen Willen festgehalten wird, macht mich wütend. Vor allem weil ich nicht weiß, was diese junge Frau durchmacht und was ihre Entführer tun könnten, um sie empfänglicher dafür zu machen, ihnen mit ihren MH-60 zu helfen.«

Casper weigerte sich, jetzt darüber nachzudenken. Er hatte schon zu viel Zeit damit verbracht, sich das Gleiche zu fragen, während er jede Nacht in seiner Koje lag. Warm und sicher, mit vollem Bauch, während Laryn wer weiß was durchmachte. Es war genug, um ihm Albträume zu bereiten.

»Wenn Sie irgendwelche nützlichen Informationen sammeln können, während Sie dort sind – welche Art von Hubschraubern sie haben, welche Technologie sie benutzen und so weiter –, wäre das gut.«

»Natürlich.«

»Und Sie müssen Ihre Körperkameras immer anhaben. Das ist nicht verhandelbar.«

Casper war nicht begeistert von diesem Befehl, aber er würde das Sammeln von Daten erleichtern. Er brauchte sich nur ein oder zwei Sekunden Zeit zu nehmen, um den Ort mit der an der Brust befestigten Kamera zu scannen, und das musste genügen, was das Sammeln von Informationen anbelangte. Andere konnten die Aufnahmen analysieren, wenn er zurückkam. Er nickte.

»Ihnen ist klar, dass das eine Katastrophe wird, oder?«, sagte der Admiral zum Kapitän.

Casper hatte es satt, dass der Mann so ein Wermutstropfen war. »Bei allem Respekt, Sie irren sich, Sir«, sagte er.

»Haben Sie zufällig den Film *The Ministry of Ungentlemanly Warfare* gesehen?«, fragte der Kapitän.

Verwirrt nickte Casper. »Ja, Sir?«

»Guter Film. Nicht hundertprozentig historisch korrekt, aber trotzdem unterhaltsam. Was ich *nicht* hören will, ist eine ähnliche Anzahl von Leichen, die in Ihrem Kielwasser zurückbleiben, wie sie in diesem Film aufgenommen wurden.«

Caspers Lippen zuckten nach oben. Es war nicht gerade ein Lächeln – nichts an der Situation ließ Humor zu –, aber er konnte nicht leugnen, dass in diesem Film viel Blut geflossen war. Und die Charaktere taten es so lässig. Sie kamen nicht ins

Schwitzen, als sie sich ihren Weg durch den Film mordeten. »Bestätigt. Wir haben allerdings vor, dafür zu sorgen, dass der Mann, der diese Entführung geplant hat, nicht länger eine Bedrohung darstellt«, fühlte er sich verpflichtet zu betonen.

»Das will ich hoffen«, antwortete der Kapitän. »Das ist der Grund, warum ich dieser Mission zustimme. Ja, ich mache mir Sorgen um Miss Hardy, aber ich würde so schnell degradiert werden, dass mir der Kopf schwirrt, wenn ich Millionen von Dollar ausgeben würde, um Männer, von denen manche behaupten würden, sie seien nicht qualifiziert, im Schutz der Dunkelheit in ein Land zu schicken, das sie nicht betreten sollten, um eine Mechanikerin zu retten.«

Caspers Nackenhaare sträubten sich, als er hörte, dass über Laryn so distanziert gesprochen wurde, aber er hatte keine Zeit, sich dazu zu äußern – was wahrscheinlich gut war –, bevor der Mann fortfuhr.

»Aber das Geld auszugeben, um ein hochrangiges Ziel auszuschalten, das Verbindungen und Maulwürfe in unserem Militär hat? Auf unseren Stützpunkten, auf unseren Schiffen und auf dem Boden? Das ist völlig in Ordnung ... und wird unterstützt.«

»Hat Tex die Informationen, die er über Osman gesammelt hat, weitergegeben?«, fragte Edge.

»Ja. Wir wissen, wen er bezahlt hat, um Sie zum Abflug zu zwingen, bevor das FLIR repariert werden konnte, und wir kennen den Matrosen in Norfolk, der ihm den Tipp gegeben hat, dass Sie überhaupt in diesen Teil der Welt kommen, und den Mechaniker, der das FLIR in beiden Hubschraubern vorübergehend deaktiviert hat. Und bevor Sie fragen – nein, Sie können keine zwei Minuten mit ihnen in der Arrestzelle verbringen. Sie wurden bereits vom Schiff geholt. Sie werden sich zu Hause vor einem Militärgericht verantworten müssen. Aber wir können einen Mann mit solchen Verbindungen und solcher Macht wie Osman nicht am Leben lassen. *Das* ist offiziell Ihr Auftrag. Gehen Sie rein, schalten Sie ihn aus und verschwinden Sie. Wenn Sie dabei Hardy finden, umso besser.«

Das stieß Casper sauer auf, aber er war nicht dumm genug, um zu widersprechen. Schließlich bekam er, was er wollte – die Erlaubnis, Laryn zu suchen und nach Hause zu bringen.

»Es ist jetzt sechzehn Uhr. Sie werden um zwei Uhr aufbrechen. Das gibt Ihnen drei Stunden Dunkelheit, um reinzukommen, Ihren Mann ... und Ihre Frau ... zu finden und wieder rauszukommen. Verstanden?«

»Ja, Sir«, sagten alle sechs Piloten gleichzeitig.

Der Admiral sah nicht glücklich aus, aber er widersprach den Befehlen des Kapitäns zum Glück nicht.

Casper drehte sich um, um den Raum zu verlassen, und fühlte sich so hoffnungsvoll wie seit einer Woche nicht mehr.

»Casper ...«

Seine Freunde gingen an ihm vorbei, als er sich umdrehte, um den Kapitän anzusehen.

»Bringen Sie sie nach Hause.«

»Ich habe es vor«, sagte er mit Überzeugung, bevor er seinen Freunden in den Korridor folgte. Sie hatten einige Vorbereitungen zu treffen, aber nichts, was acht Stunden dauern würde. Die Zeit würde für Caspers Geschmack viel zu langsam vergehen. Dies war ihre einzige Chance, Laryn zu retten, und er würde nicht ohne sie auf dieses Schiff zurückkehren. Auf die eine oder andere Weise würde ihre Tortur heute Nacht enden.

Laryn hatte schreckliche Angst, aber sie wollte Altan nicht die Genugtuung geben zu wissen, wie nahe sie dem Zusammenbruch war. Jede Minute in diesem Kerker unter dem Hangar war die reine Hölle. Einmal am Tag wurde ihr Essen heruntergebracht, und es reichte kaum aus, um sie zu ernähren. Sie war erschöpft von dem Mangel an Nahrung und Schlaf. Auf dem Betonklotz, der ihr Bett war, konnte sie sich nicht richtig ausruhen. Egal, was sie tat, sie konnte es sich nicht bequem machen, und das war wohl auch der Sinn der Sache.

Jeden Tag tauchte Altan persönlich auf, um sie zu fragen, ob sie bereit sei, seine neue Mitarbeiterin zu werden. Jedes Mal sagte sie ihm, er solle sich verpissen.

Vielleicht nicht mit diesen Worten; sie war keine Idiotin. Sie wusste, dass Altan im Moment die ganze Macht hatte. Er konnte ihr das Leben noch schwerer machen, als es ohnehin schon war, er konnte einfach beschließen, sie ein für alle Mal zu erschießen. Das Einzige, was für sie sprach, war die Tatsache, dass er sie brauchte. Er brauchte ihr Wissen und ihre Erfahrung, um die wertvollen MH-60-Hubschrauber auszustatten, die er erworben hatte.

Es war nur eine Frage der Zeit, bis sie sich bereit erklärte, für ihn zu arbeiten. Laryn konnte nicht mehr lange so weitermachen wie bisher. Sie brauchte mehr Nahrung, mehr Wasser, mehr Schlaf. Sie hatte versucht, es so lange wie möglich hinauszuzögern, um Tate Zeit zu geben herauszufinden, wie er sie da rausholen konnte.

Natürlich konnte er nicht wissen, wo sie tatsächlich war, aber sie musste glauben, dass er es herausfinden würde. Er war klug. Wirklich klug, und er kannte Leute. Wie diesen Tex. Sie glaubte zwar nicht, dass das Militär ein ganzes Team von Spezialkräften schicken würde, um sie zu holen, aber sie hoffte, dass sie ihre Top-Secret-Freigabe vielleicht für würdig hielten, eine Art Rettungsplan auszuarbeiten. Oder vielleicht würden sie den diplomatischen Weg gehen, was ihr genauso recht wäre ... aber so etwas brauchte normalerweise Zeit. Monate. Und während sie Altan noch eine Weile hinhalten konnte, konnte sie ihn nicht so lange in Schach halten.

Irgendwann würde sie sich bereit erklären müssen, an den Hubschraubern zu arbeiten. Aber ihr Plan war immer noch, alles in ihrer Macht Stehende zu tun, um *keine* Technologie weiterzugeben, von der sie wusste, dass sie geheim war. Sie musste sich etwas einfallen lassen, das neu und erstaunlich klang, aber in Wirklichkeit eine Technologie war, die die meisten Länder bereits nutzten. Wie FLIR.

Eine der Hauptsorgen, die sie beschäftigte, während sie vorgab, gebrochen zu sein und Altans Forderungen zuzustimmen, war die ganze Sache mit den »Ehemännern«, die er beiläufig erwähnte. Sie hatte einen guten Teil ihres Lebens damit verbracht, verachtet zu werden, weil sie mit ihren Händen arbeitete, und das in einem von Männern dominierten Beruf. Aber sie war wegen ihrer Fähigkeiten auch respektiert worden. Laryn hatte das Gefühl, dass das hier nicht der Fall sein würde. Sobald sie all ihr Wissen, das sie hatte oder vorgab zu haben, preisgegeben hatte, würde sie entbehrlich sein. Und unter der Fuchtel eines oder mehrerer »Ehemänner« zu stehen war nichts, was sie jemals tolerieren würde. Was bedeutete, dass die Uhr in mehr als einer Hinsicht tickte.

Der Druck, der auf ihr lastete, war überwältigend. Sie war sich nicht sicher, ob sie eine so gute Schauspielerin war, wie sie es sein müsste, um Altan zu täuschen. Der Mann war wahnhaft, verrückt und grausam, aber er war nicht dumm. Er war dorthin gekommen, wo er war, weil er klug war und Beziehungen hatte.

Als hätte der Gedanke an den Mann ihn heraufbeschworen, hörte Laryn Schritte in ihre Richtung kommen. Sie bewegte sich so, dass sie so lässig wie möglich an der Wand saß, und wartete ab, mit welchem neuen Schrecken Altan ihr heute drohen würde.

Als er sich vor ihrer Zelle materialisierte, lächelte er, was sie nicht für ein gutes Zeichen hielt.

»Guten Tag, Laryn. Ich hoffe, es geht Ihnen gut?«

So ein Arsch. Natürlich ging es ihr nicht gut. Sie starrte ihn einfach an.

»Es ist Zeit«, sagte er. »Zeit, das zu tun, wozu ich Sie hergebracht habe. Die Frage ist, ob Sie aus freien Stücken mit mir kommen werden. Oder werden Sie mir das Leben schwer machen?«

Laryn schluckte schwer und sagte: »Ich bin bereit.«

Er grinste. »Gut, gut. Ich wusste, Sie würden die Dinge auf meine Art sehen. Das ist Mert. Er wird Ihre rechte Hand sein. Er wird an Ihrer Seite sein, sobald Sie aus Ihrem Zimmer kommen, bis Sie abends ins Bett gehen. Alles, was Sie brauchen, wird er für Sie besorgen. Er wird sich auch Notizen machen und Sie genau beobachten, denn er wird schließlich Ihr Nachfolger sein.«

Mit anderen Worten: Er war ihr Gefängniswärter. Großartig. Einfach verdammt großartig. Dann traf das Letzte, was er gesagt hatte, ins Schwarze. »Mein Nachfolger?«, fragte sie, stolz darauf, dass ihre Stimme nur ein wenig zitterte.

»Ja. Wenn Sie ihm alles beigebracht haben, was Sie wissen, wird er für die Mechaniker an den Hubschraubern zuständig sein.«

»Und wo werde ich sein?« Laryn konnte nicht anders, als zu fragen.

»Zu Hause natürlich. Frauen sollten immer zu Hause sein. Kinder bekommen und sie aufziehen. Sie können unmöglich weiterarbeiten wollen, wenn Sie schwanger sind. Mert hat auch sein Interesse bekundet, Ihr erster Ehemann zu werden.«

Verdammte Scheiße. Das hier wurde nicht besser. Laryn war versucht, Altan *und* Mert zu sagen, dass sie sich ins Knie ficken sollten, aber das würde sie nicht so schnell aus dieser Zelle herausbringen. Sie musste schlau sein. Beobachten und auf den richtigen Moment warten, um von dort zu verschwinden. Allein auf der Straße zu sein war verlockender, als unter der Fuchtel dieses Idioten zu stehen. Die Art, wie er sie angrinste, reichte schon aus, um Laryn eine Gänsehaut zu verpassen. Und nach einer Woche ohne Dusche und mit sehr wenig Nahrung sah sie im Moment schlecht aus.

Mert war ein ganzes Stück größer als sie und sehr muskulös. Im Nahkampf wäre sie definitiv im Nachteil. Er hatte dunkles Haar, Stoppeln am Kinn und trug etwas, das wie Stahlkappenstiefel aussah, zusammen mit seiner Militärhose und seinem Uniformhemd. Er hatte kein einziges Wort gesprochen, und sie fragte sich, ob er überhaupt Englisch verstand. Das musste er, wenn er sie so genau beobachtete und bei der Arbeit von ihr lernen wollte.

»Kommen Sie«, drängte Altan und streckte eine Hand aus. »Bringen wir Sie nach oben in Ihr Zimmer. Sie können duschen, zu Abend essen und dann mit der Arbeit beginnen.«

»Jetzt?«, fragte Laryn. Sie war sich nicht sicher, wie spät es war, aber Altan hatte *Guten Tag* gesagt. Sie hatte nicht erwartet, dass sie sofort mit der Arbeit beginnen würde, aber sie hätte es wohl tun sollen.

»Jetzt«, sagte Altan entschieden. »Wir haben hier keine normalen Arbeitszeiten. Wir arbeiten, wenn die Arbeit getan werden muss, und es gibt viel zu tun, um unsere MH-60 einsatzbereit zu machen. Ich bin sicher, Sie wissen um die Spannungen in unserem Land. Wir müssen in der Lage sein, uns zu schützen, falls die derzeitige Situation außer Kontrolle gerät.«

Ihr gefiel die Verwendung des Pronomens »unser« in dieser Erklärung nicht. Ganz und gar nicht.

Er gab Mert ein Zeichen, die Zellentür zu öffnen, und Laryn stand auf, als er die dicken Gitterstäbe entriegelte. Der Mann ging auf sie zu, ergriff ihren Arm und zog sie zum Ausgang.

Laryns Arm hatte gerade aufgehört wehzutun, weil sie bei ihrer Entführung so viel herumgeschleppt worden war. Sie war nicht bereit, wieder wie ein widerspenstiges Kind behandelt zu werden.

»Ich kann gehen«, sagte sie nachdrücklich und zerrte an ihrem Arm, um Merts Griff zu lockern.

»Natürlich können Sie das.« Es war Altan, der antwortete. »Mert passt nur auf, dass Sie nicht den Halt verlieren. Es ist nicht gerade eben hier unten.«

Er hatte nicht unrecht, aber als Merts Finger ihre Brust berührten, gefror Laryn das Blut in den Adern. Ihr Wachhund war eine ebenso große Bedrohung wie Altan, aber auf eine andere Art.

Als sie an den anderen Zellen vorbeikamen, konnte Laryn nicht umhin, einen Blick hineinzuwerfen und die Insassen zu beobachten. In der Woche, in der sie hier unten gewesen war, hatte niemand viel Lärm gemacht, und sie konnte erkennen warum ... die meisten Männer sahen halb tot aus. Sie bewegten sich nicht, als die drei vorbeigingen. Sie blickten nicht in ihre Richtung. Sie lagen einfach auf den Betonbetten und starrten an die Decke.

Laryn fragte sich, wie lange sie schon hier unten waren und wozu Altan *sie* zwingen wollte.

Sie hatte nicht viel Zeit, darüber nachzudenken, als sie eine Treppe hinaufgingen, durch eine verschlossene Tür und dann durch eine weitere. Sie erhaschte einen Blick auf den großen Hangar, als sie an einer Tür mit einem Fenster vorbeikamen, bevor Mert an einer weiteren Treppe innehielt.

»Ich werde dafür sorgen, dass Ihr Abendessen auf Ihr Zimmer gebracht wird. Zehn Minuten, Laryn. Dann haben Sie fünf Minuten Zeit zum Essen. Ich erwarte, dass Sie in zwanzig Minuten hier unten sind, um mit der Arbeit zu beginnen, nicht später. Mert.« Er nickte ihrem Gefängniswärter zu und ging durch die Tür in den Hangar.

Mert zog sie die Treppe hinauf, und Laryn gab nur ungern zu, dass sie froh über seine Kraft war. Die Stufen erschöpften sie, und als sie oben ankamen, war ihr schwindelig. Mert stieß die Tür zum Treppenhaus auf und ging mit ihr einen ruhigen

Flur entlang, bis er auf halber Strecke vor einer Tür mit der Nummer vier stehen blieb. Er nahm einen Schlüssel heraus, schloss auf, schob sie hinein und schlug die Tür hinter ihr zu.

Es war ja klar, dass der Mann einen Schlüssel zu ihrem neuen Zimmer hatte und sie nicht. Laryn sah keine Art von Schloss auf ihrer Seite der Tür. Da sie nicht anders konnte, griff sie nach dem Türknauf. Er rührte sich nicht.

Eingesperrt. Perfekt. Warum war sie nicht überrascht?

Es war ihr unangenehm, dass Mert jederzeit ihr Zimmer betreten konnte, und sie fühlte sich dadurch noch verletzlicher, als wenn sie noch in der Zelle unter dem Hangar eingesperrt gewesen wäre. Als sie sich umschaute, sah sie, dass sie sich in einem Raum befand, der nicht größer war als ein begehbarer Kleiderschrank zu Hause. Es gab ein schmales Feldbett, das kleiner als ein Einzelbett aussah, und einen Tisch, der nicht größer als ein Nachttisch war. Im hinteren Teil des »Zimmers« befanden sich eine Metalltoilette, ein Waschbecken und ein Duschkopf, der aus der Wand ragte.

Es war ein Fortschritt gegenüber der Zelle, in der sie die letzte Woche verbracht hatte, aber kein besonders großer. Wenigstens gab es eine Decke und ein Kissen auf dem Bett, auch wenn die Matratze auf dem Feldbett extrem dünn war. Und eine Toilette. Sie war dankbar, das zu sehen.

In dem Bewusstsein, dass die Zeit verging, und in der Gewissheit, dass Mert in genau zehn Minuten zurückkehren würde, wie Altan gesagt hatte, zog sie ihre Stiefel aus und schälte sich aus dem Overall, den sie seit einer Woche trug. Ihr Trägerhemd und ihre Unterwäsche folgten bald. Sie waren ekelhaft, aber Laryn konzentrierte sich nur darauf, unter die Dusche zu kommen. Auf der Seite des winzigen Waschbeckens lag ein Stück Seife, und sie nahm es eifrig in die Hand, bevor sie das Wasser aufdrehte. Es war kaum mehr als ein Rinnsal, aber das Wasser roch sauber.

Laryn schäumte sich mit dem Seifenstück ein und

schrubbte sich schnell von Kopf bis Fuß. Dann noch einmal. Und noch einmal. Sie schäumte ihr Haar ein und tat ihr Bestes, um es zu waschen, auch wenn die Seife wahrscheinlich nicht allzu effektiv sein würde. Aber alles war besser als nichts.

Ein fadenscheiniges Handtuch lag zusammengefaltet am Ende des Bettes. Laryn war sich bewusst, dass zu viel Zeit vergangen war, und versuchte, sich so schnell wie möglich abzutrocknen. Ihr Plan war, ihr verschmutztes Trägerhemd wieder anzuziehen, da sie buchstäblich nichts anderes zum Anziehen hatte, aber zuerst würde sie ihre Unterwäsche waschen und zum Trocknen auslegen, wenn sie gezwungen war, nach unten in den Hangar zu gehen.

Sie hörte den Schlüssel im Schloss, lange bevor sie bereit war. Panisch bemühte sie sich, das kleine Handtuch um sich zu wickeln.

Mert betrat den Raum und trug ein Tablett und eine Plastiktüte. Er starrte sie mit Lust in seinen Augen an, und Adrenalin floss durch Laryns Blutkreislauf. Er drängte sich ihr nicht auf, tat nicht mehr, als sie unangemessen anzustarren, aber es fühlte sich trotzdem wie eine Verletzung an. Vor allem weil sie sich sicher war, dass er an später dachte, wenn er keinen Zeitdruck hatte, wenn er die Freiheit haben würde, sich zu nehmen, was Altan ihm so offensichtlich schon gegeben hatte – sie.

Ohne ein Wort zu sagen, stellte er das Tablett auf den Tisch, ebenso wie die Tüte. Dann wandte er sich der Tür zu. Er ging hinaus und schloss die Tür wieder hinter sich ab.

Erleichtert atmete Laryn auf und sah auf die Tüte hinunter, die er mitgebracht hatte. Aus Neugier ging sie hinüber, um einen Blick hineinzuwerfen – und zum ersten Mal seit Tagen kam Freude auf.

Kleidung. Und sie war sauber.

Als sie sie herauszog, sah sie, dass es eine Uniform war, wie sie auch Mert getragen hatte. Es gab keine Unterwäsche, aber das war ihr egal. Sie ließ das Handtuch fallen und zog sich die Hose über die Beine. Sie war zu lang und um die Taille herum zu groß, aber dennoch ... sauber. In der Tüte war kein BH enthalten, und Laryn weigerte sich, ohne zu gehen. Also zog sie widerstrebend ihr Trägerhemd wieder an. Es tat fast körperlich weh, das stinkende Kleidungsstück zu tragen, aber sie hatte keine Zeit, es zu waschen, bevor sie zur Arbeit musste.

Das Hemd, das ihr gegeben wurde, war überraschenderweise zu klein. Wer auch immer ihre Größe geschätzt hatte, war ein Idiot, oder er hatte die Größe ihrer Brüste falsch eingeschätzt. Vielleicht war das Hemd für einen Mann ihrer Größe gedacht, was Sinn machte, da er sich keine Sorgen um den zusätzlichen Platz machen musste, den sie im Brustbereich brauchte. Die Knöpfe drückten, aber sie war bedeckt, das war alles, was zählte.

Sie zog die sauberen Socken an, auch sie waren zu groß, aber das war ihr im Moment egal, und zog schnell die Stiefel wieder an. Ohne Schuhe fühlte sie sich viel zu verletzlich.

Ihr Magen knurrte bei dem Geruch, der von dem Tablett ausging, aber Laryn ging schnell zum Waschbecken und wusch ihr Höschen mit dem Stück kostbarer Seife. Sie hängte es an das Duschrohr, das aus der Wand ragte, und wandte die Aufmerksamkeit dann dem Essen zu.

Sie hatte keine Ahnung, was sie aß, nur dass es die beste Mahlzeit war, die sie seit über einer Woche hatte. Es war eine Art Reis mit Soße und geheimnisvollem Gemüse. Sie hätte gern etwas Eiweiß gehabt, aber sie durfte nicht zu wählerisch sein. Auch das Wasser, das zum Essen gehörte, trank sie gierig. Sie konnte fast spüren, wie ihr Körper die Nährstoffe aufsaugte.

Plötzlich war Laryn so müde, dass sie kaum noch die Augen offen halten konnte. Da sie sauber war und gegessen hatte, war ihr Körper bereit abzuschalten, um den Schlaf nachzuholen, der ihr im Kerker gefehlt hatte.

Aber das würde noch warten müssen. Der Schlüssel im

Schloss machte sie auf Merts Rückkehr aufmerksam. Er ließ den Blick von ihren Füßen zu ihren Beinen wandern, dann zu ihrer Hand, mit der sie den Hosenbund festhielt, damit die Hose nicht herunterfiel, über den spannenden Stoff auf ihrer Brust und schließlich zu ihren Augen.

Ihr Haar war immer noch nass, hing ihr um die Schultern und durchnässte den Stoff des Uniformoberteils, und er grinste. Er ging auf sie zu und stellte sich in ihren persönlichen Bereich, sodass Laryn gezwungen war, den Hals zu recken, um ihn weiterhin anzusehen.

»Ehefrauen gehen hinter ihren Männern«, informierte er sie, als er zum ersten Mal sprach. Sein Englisch war tadellos, fast ohne Akzent. Wäre sie ihm in den USA begegnet, hätte sie ihn für einen Mann gehalten, der dort geboren und aufgewachsen war, was ihn aus irgendeinem Grund noch unheimlicher machte.

»Ich bin nicht deine Frau«, sagte sie mutig.

»Doch, das bist du. Altan hat dich mir gegeben. So funktioniert das hier. Du tust, was er sagt, wir *alle* tun, was er sagt, und im Gegenzug gibt er uns, was wir brauchen und wollen. Was ich will, ist eine Frau. Und jetzt habe ich eine. Geh hinter mir. Drei Schritte. Nicht mehr und nicht weniger«, befahl er und wandte sich zur Tür.

Laryn war fassungslos. Das konnte doch nicht wahr sein. Aber es geschah.

Mert ging zur Tür und schaute hinter sich. Er sah, dass sie immer noch dort stand, wo er sie verlassen hatte, also drehte er sich um und ging zurück.

Ohne Vorwarnung holte er mit der Hand aus und verpasste Laryn eine Ohrfeige. Hart.

Sie fiel auf das Bett, schlug mit der Hüfte gegen den Metallrahmen und schrie vor Schmerz auf.

»Die Ehefrauen gehen immer drei Schritte hinter ihren Männern«, wiederholte er langsam, als hätte sie ihn beim ersten Mal vielleicht nicht gehört. »Wenn sie nicht gehorchen, werden sie bestraft.«

Laryn wollte am liebsten weinen, aber sie wollte diesem Arschloch nicht die Genugtuung geben. Sie stand langsam auf, ihre Wange pochte. Wahrscheinlich war sie rot, vielleicht war sogar der Abdruck seiner Hand zu erkennen. Aber sie hatte das Gefühl, dass niemand es wagen würde, ein Wort darüber zu verlieren.

Er kommt, sagte Laryn sich im Stillen, als sie sich hinter Mert stellte, als dieser den Raum verließ. *Tate wird kommen. Du musst nur bis dahin durchhalten.*

Aber mit jeder Minute, die verging, machte Laryn sich Sorgen, dass sie nicht stark genug war. Dass sie nicht in der Lage sein würde, dies zu tun. Sie fing an zu glauben, dass es besser gewesen wäre, im Kerker zu bleiben, als das, was hier oben auf sie wartete.

Sie schluckte schwer und holte tief Luft. Dann noch mal.

Nein. Sie *konnte* das tun. Sie hatte keine Wahl. Sie würde aushalten, was auch immer sie tun musste, bis Hilfe kam.

Bitte lass Hilfe kommen.

KAPITEL ACHTZEHN

Casper war so konzentriert wie noch nie vor einer Mission.
Buck und Obi-Wan saßen auf dem Piloten- und Co-Piloten-
Sitz ihres MH-60. Er, Pyro, Chaos und Edge trugen alle
schwarze Kleidung und kugelsichere Westen und waren mit
Granaten, Blitzbomben, Pistolen und reichlich Munition
ausgerüstet. Edge hatte Erste-Hilfe-Material dabei. Pyro war
für die Navigation zuständig; er hatte von allen den besten
Orientierungssinn, sowohl in der Luft als auch am Boden.
Chaos war ihr Auge und Ohr für jeden, der hinter ihnen
auftauchte.

Und Casper hatte Tex in seinem Ohr.

Als er Tex angerufen hatte, um ihm zu sagen, dass sie das
Okay bekommen hatten, Laryn zu holen, hatte der ehemalige
SEAL darauf bestanden, dabei zu sein. Casper hatte kein
Problem damit zuzustimmen. Er brauchte jede Hilfe, die er
bekommen konnte, um einen Weg in den Hangar zu finden,
um Laryn zu finden und dann aus dieser Hölle zu
verschwinden.

Tex hatte Karten, Satellitenbilder und eine fast übernatür-
liche Fähigkeit, durch Zeit und Raum zu sehen, um zu wissen,

was vor sich ging. Es war fast so, als sei er physisch anwesend. Und Casper war froh über die Hilfe.

»Heute Nacht ist viel los. Mehr Bewegung«, sagte Tex in Caspers Ohr, als der MH-60 vom Deck des Zerstörers abhob. Das war's. Sie würden entweder mit Laryn im Schlepptau zurückkehren oder bei dem Versuch sterben. Und Casper hatte nicht vor, heute zu sterben. Er hatte ein Leben mit Laryn zu führen. Auf keinen Fall wollte er sich das von einem Arschloch wegnehmen lassen, bevor er die Chance hatte, es zu erleben.

»Wie ich dir bereits sagte«, fuhr Tex fort, »schlage ich vor, dass du und dein Team sich dem Hangar von Osten her nähern. Es wird nicht schwierig sein, die Sicherheitsvorkehrungen rund um das Gebäude zu überwinden, denn es gibt keine. An den Haupteingängen des Hangars sind zwar Wachen stationiert, aber auf der Seite, die zur Nachbarschaft zeigt, gibt es keine Türen.«

»Wie kommen wir also rein?«, fragte Casper.

»Ich sagte, es gibt keine Türen, aber es gibt viele Fenster. Ihr müsst eines finden, das zerbrochen oder offen ist, oder in das man anderweitig eindringen kann, ohne zu viel Lärm zu machen.«

Casper nickte vor sich hin, während Buck und Obi-Wan über das dunkle Wasser des Mittelmeers zu den Hügeln außerhalb der Stadt flogen, wo Laryn entführt worden war. Alles in allem war die Zeit zwischen ihrer Entführung und jetzt relativ kurz. Aber nicht kurz genug. Casper konnte nicht aufhören, an all die Dinge zu denken, die ihr in einer Woche hätten zustoßen können. Es machte ihn innerlich krank.

Er tat sein Bestes, um diese Gedanken auszublenden. Sein einziges Ziel war es, hineinzukommen, Laryn zu finden und sie wieder herauszuholen. Sie konnten sich mit den Auswirkungen dessen befassen, was auch immer mit ihr passiert war, wenn sie alle in Sicherheit waren. Er nahm an, dass dies der Moment war, in dem einige Männer beschlossen, dass sie sich nicht mit einer Frau befassen wollten, die in der Zukunft mit ziemlicher Sicherheit mit einer Form von posttraumatischer Belastungsstörung zu kämpfen haben würde. Aber nicht Casper. Er hatte noch nie eine Frau getroffen, die besser zu ihm passte als Laryn. Gemeinsam würden sie herausfinden, was sie brauchte.

»Hast du mich verstanden?«

»Tut mir leid, nein«, gab Casper zu.

»Hey ... alles, was ich über Laryn erfahren habe, beweist, dass sie zäh ist«, sagte Tex leise.

Casper gefiel es nicht, dass der Mann Laryn überprüft hatte, aber er nahm an, dass es notwendig war ... und er schätzte die Gewissheit in diesem Moment.

»Ich habe im Laufe der Jahre einige erstaunliche Frauen kennengelernt«, redete Tex weiter. »Sie alle haben viel Scheiße durchgemacht, aber mit der Unterstützung ihrer Freunde und ihrer Männer geht es ihnen heute gut. Ich habe keinen Zweifel daran, dass Laryn das auch schaffen wird.«

Entschlossenheit stieg in Casper auf. Verdammt richtig, das würde sie. Wahrscheinlich würde sie sich über ihn beschweren, weil er so kurz nach dem letzten Hubschrauber einen weiteren verloren hatte. Sie würde sich über die Arbeitsbelastung beschweren, unter der sie einen weiteren MH-60 umrüsten und einen weiteren Testflug über sich ergehen lassen musste.

Er nahm einen tiefen Atemzug und nickte. »Ja«, sagte er ein wenig verspätet.

Den Rest des Fluges verbrachten sie damit, den Grundriss des Hangars durchzugehen, zumindest anhand dessen, was Tex herausfinden konnte. Er war sich nicht sicher, wie viele Angestellte sich um diese Zeit im Lagerhaus aufhielten, aber sie hofften alle, dass es um zwei Uhr morgens weniger sein würden, als wenn sie tagsüber oder bei Sonnenaufgang hineinstürmten.

Ehe sie sichs versahen, schwebten Buck und Obi-Wan über

der Landezone, und die Night Stalkers begannen, sich auf den Boden abzuseilen.

Als Casper als Einziger hinten übrig war, drehte Buck sich um und sagte:»Wir warten auf die Meldung, dass wir euch abholen sollen. Bring sie nach Hause, Casper.«

»Das habe ich vor«, sagte er mit einem entschlossenen Nicken zu seinem Freund, bevor er sich das Seil schnappte und sich aus dem hinteren Teil des Hubschraubers schwang. Es dauerte nicht lange, bis er neben seinen Freunden auf dem Boden stand. Keiner sagte ein Wort, als sie ihre kleinen Rucksäcke zurechtrückten und in Richtung Stadt joggten. Wahrscheinlich war der Hubschrauber gesehen worden, aber niemand würde wissen, dass er nicht einfach vom Kurs abgekommen war. Dass er vier Soldaten abgesetzt hatte, die sich das zurückholen wollten, was ihnen gehörte.

Casper interessierte sich nicht dafür, welche Ausreden der Kapitän der türkischen Regierung für den Aufenthalt des Hubschraubers in ihrem Luftraum vorbringen würde. Seine einzige Sorge galt Laryn.

Die paar Kilometer in die Stadt dauerten nicht lange, und schon bald schlängelten sich die vier Männer durch Straßen, die schon bessere Tage gesehen hatten. Die teuren Häuser und Fahrzeuge, die entlang der Fahrbahn geparkt waren, waren dem ärmeren Teil gewichen, der ihr Ziel war. Der Hangar, in dem die brandneuen MH-60-Hubschrauber des Militärs standen, lag in einem heruntergekommenen Teil der Stadt. Casper vermutete, dass das absichtlich so gemacht wurde. Um zu verschleiern, was genau sich darin befand.

Als sie sich ihrem Ziel näherten, wurden die vier Männer langsamer. Das Gebäude ragte hoch vor ihnen auf und stand in krassem Gegensatz zu den zweistöckigen, heruntergekommenen Wohnhäusern und Hütten, die in der Nähe errichtet worden waren. Caspers Herz raste und Adrenalin schoss durch seinen Blutkreislauf, als er sich unter eines der vielen Fenster an der Ostseite hockte, genau wie Tex es vorgeschlagen hatte.

Er konnte die Kommunikation mit dem ehemaligen SEAL mit einem einfachen Tastendruck auf seinem Funkgerät aktivieren, aber Casper war fertig mit der Planung. Er war bereit zum Handeln. Der erste Ort, an dem sie nach Laryn suchen würden, war der Keller. Tex hatte sie wissen lassen, dass es unter dem Boden des Hangars einen großen Raum gab. Es könnte ein Lager sein, aber Tex' Informationen zufolge war es eine Art Verlies. Voller Zellen, die für Männer reserviert waren, die des Verrats oder anderer hochrangiger Verbrechen beschuldigt wurden. Der Gedanke, dass Laryn dort unten sein könnte, verursachte Casper Übelkeit, aber es war der logischste Ort für Osman, um sie zu verstecken.

Tex hatte sie gewarnt, dass es nicht einfach sein würde, sie zu befreien, falls sie dort unten war. Auf dieser Ebene gab es keine Fenster, und der einzige Weg nach draußen führte über eine von zwei engen Treppen. Sie könnten dort unten leicht in eine Falle geraten, also mussten sie sehr vorsichtig sein, um nicht erwischt zu werden.

Der Hangar, in dem sich die Hubschrauber befanden, sah aus wie jeder andere auch. Ein großer, offener Raum mit ein paar Büros an der Nord- und Südwand. Um den gesamten Bereich herum gab es einen Steg, wahrscheinlich, damit die Wachen das Geschehen in der Etage darunter im Auge behalten konnten.

Darüber befand sich ein ganzes Stockwerk mit Räumen. Tex vermutete, dass sie die Männer beherbergten, die an den im Gebäude gelagerten Hubschraubern und Flugzeugen arbeiteten. Wenn Laryn sich in einem dieser Räume befand, wäre es für Casper und sein Team schwierig, sie zu finden, ohne Alarm zu schlagen. Es war nicht so, dass sie an jede Tür klopfen und höflich nach einer Amerikanerin fragen konnten.

Es schien, als sei der einfache Teil dieser Mission, in das

Land zu gelangen. Casper war nicht abgeneigt, jede einzelne Person zu töten, die zwischen ihm und Laryn stand, obwohl er dem Kapitän versprochen hatte, das Blutvergießen auf ein Minimum zu beschränken.

Er holte eine Schlangenkamera heraus – eine winzige Linse am Ende eines flexiblen Metallstücks, ähnlich wie eine Spirale, mit der man zu Hause Toiletten von Verstopfungen befreite –, hielt sie an das nächstgelegene Fenster und richtete sie auf das Glas.

Casper beobachtete die Videoübertragung auf dem kleinen Bildschirm an seinem Handgelenk und hielt den Atem an, da er nicht sicher war, was sie finden würden.

Zu seiner Überraschung war der Hangar ziemlich belebt. In der Mitte des riesigen Raumes leuchteten Lichter, sodass er leicht erkennen konnte, was dort vor sich ging. Er entdeckte zwei MH-60-Hubschrauber, um die überall Männer herumliefen. Es war drei Uhr dreißig am Morgen, und es schien, als würde die Regierung keine Zeit verschwenden, um ihre Neuerwerbungen kampfbereit zu machen.

»Psst.«

Als Casper nach rechts blickte, sah er Edge, der ihn zu sich winkte.

»Das Fenster ist offen«, flüsterte Edge.

Was zum Teufel?

»Offen?«, fragte Chaos leise.

»Ja. Ich dachte mir, ich könnte versuchen, ob wir auf die einfache Art reinkommen. Ich habe gegen das Glas gedrückt und das verdammte Ding öffnete sich«, sagte Edge, offensichtlich genauso überrascht wie der Rest von ihnen.

Casper schüttelte ungläubig den Kopf. So viel zur nationalen Sicherheit. Aber er nahm an, dass die meisten Leute in dieser Gegend es besser wussten, als dieses Gebäude zu betreten. Vor allem nach den Informationen über die Arbeitsbedingungen zu urteilen, die Tex an sie weitergegeben hatte.

Casper hob die Kamera noch einmal hoch und hielt sie in das offene Fenster, erfreut darüber, wie viel klarer das Bild auf dem kleinen Bildschirm wurde.

Er nahm sich einige kostbare Minuten Zeit, um sich sorgfältig umzusehen und nach einem Hinweis zu suchen, wie sie hineingelangen konnten. Es waren zwar nicht annähernd so viele Leute da, wie Tex tagsüber dort vermutet hatte, aber es waren immer noch viel mehr, als ihr vierköpfiges Team für die Nacht erwartet hatte. Sie hatten gehofft, sich anschleichen und im Schatten bleiben zu können, während sie zu der Treppe gingen, die zu den Zellen unter dem Hangar führte.

Dann fiel ihm etwas ins Auge. Er hielt die Kamera an und schwenkte zurück.

Da!

Einer der Arbeiter, der unter der Nase des Hubschraubers hockte, hatte langes Haar. Es war zu einem Dutt hochgesteckt, aber jetzt, da er sich auf die Person konzentrierte, konnte er erkennen, dass es sich offensichtlich um eine Frau handelte.

Es war Laryn!

»Sie ist da!«, rief er leise und mit großer Erleichterung aus.

»Wo?«, fragte Pyro.

»Bei dem Hubschrauber auf der rechten Seite. Unter der Nase.«

»Wie viele Wachen gibt es?«

Das war das Merkwürdige daran. Casper sah niemanden, der mit Gewehren oder anderen Waffen herumstand und jemanden zur Arbeit zwang.

Als er weiter zusah, verwirrte es ihn noch mehr, wie ... *normal* die Szene wirkte. Ab und zu sagte Laryn etwas zu einem Arbeiter in der Nähe und dieser brachte ihr dann irgendein Werkzeug. Es sah buchstäblich wie ein ganz gewöhnlicher Arbeitstag für sie aus. Casper hatte sie Tag für Tag dieselben Dinge tun sehen, während sie an seinem eigenen MH-60 arbeitete.

Ein Moment des Zweifels überkam ihn. Handelte es sich nicht um eine Entführung? Hatte er die ganze Situation missverstanden? Hatte Laryn das *geplant*? Sie war diejenige gewesen, die darauf bestanden hatte, im Hubschrauber auf dem Zerstörer zu bleiben. Sie hätte leicht die Drähte zum FLIR lösen und dann planen können, hineinzuspringen und das Problem zu lösen. Sie hätte auch Informationen darüber weitergeben können, wo die Evakuierung stattfinden würde.

Doch kaum hatte er den Gedanken, verwarf Casper ihn wieder. Dank Tex hatten sie die Männer gefunden, die ihre Mission verraten und ihre Hubschrauber sabotiert hatten. Und selbst wenn sie es nicht getan hätten, hätte Laryn auf keinen Fall wissen können, dass sie landen würden. Sie konnte auf keinen Fall wissen, dass die SEALs von ihrer Gruppe getrennt wurden. Auf keinen Fall würde sie ihr Land verraten. Und *auf gar keinen Fall* hätte sie so viele Menschen in Gefahr gebracht, nur um einen neuen Job anzunehmen.

Nein. Sie hätte einfach ihre Kündigung eingereicht und wäre aus eigenem Antrieb in die Türkei geflogen.

Beschämt darüber, dass er auch nur eine Sekunde lang an Laryn gezweifelt hatte, fuhr Casper fort, den Hangar zu untersuchen. Er betrachtete die Arbeiter rund um den Hubschrauber. Viele sahen unterernährt und abgemagert aus. Sie sahen niemandem in die Augen, und zwischen den Arbeitern wurde kein Geplänkel ausgetauscht. Der Hangar zu Hause war ein lauter Ort, wenn die Mechaniker dort arbeiteten. Es wurde viel gequatscht und herumgealbert.

Die Männer, die hier arbeiteten, wirkten, als seien sie lieber woanders. Und jetzt, da er genauer hinschaute, gab es ein paar Männer, die dasselbe Uniformhemd und dieselbe Hose trugen wie Laryn, die aber nicht zu den anderen Mechanikern zu passen schienen. Sie waren muskulös und groß und ließen den Blick ständig durch den großen Raum schweifen.

Es war nicht klar, wonach sie suchten ... es sei denn, sie

wollten sicherstellen, dass alle ihre Arbeit machten und niemand versuchte zu verschwinden.

Casper runzelte die Stirn, kam sich dumm vor und erkannte zum ersten Mal, dass es sich nicht um einen regulären Militäreinsatz handelte. Dies war Zwangsarbeit.

Osman war im Wesentlichen ein Dienstleister für die Regierung, und er tat offenbar alles, was nötig war, um seinen Arbeitgeber – die Regierung – zufriedenzustellen. Dazu gehörte auch, dass er die Männer zwang, lange für wahrscheinlich sehr wenig Geld zu arbeiten, und dass er ihnen auch ein paar Drohungen gegen ihre Familienangehörigen mit auf den Weg gab. Die Regierung wusste vielleicht nicht einmal, dass einer ihrer Dienstleister abtrünnig geworden war und Männer und Frauen entführte, um sie für ihn arbeiten zu lassen.

Mit dem guten Gefühl, dass die türkische Regierung vielleicht nicht auf stalinistische Praktiken aus der Sowjetära zurückgriff, konzentrierte Casper sich auf Laryn.

Sie lächelte nicht, versuchte nicht, sich mit irgendjemandem zu unterhalten – wahrscheinlich konnte niemand sie verstehen oder umgekehrt –, und schien sehr lange an einem bestimmten Bereich unter der Nase des Hubschraubers zu arbeiten.

Dann wurde Casper klar, was sie da tat.

Sie schindete Zeit.

Ja, es gab eine Menge empfindlicher technischer Geräte unter der Nase, aber das war nicht ihr Fachgebiet. Sie kannte die Grundlagen, aber sie war besser mit Motoren und den eher mechanischen Aspekten des Vogels vertraut.

Einer der großen Männer neben Laryn sagte etwas zu ihr, das Casper offensichtlich nicht hören konnte, aber er konnte Laryns Reaktion auf die Worte sehen. Sie spannte sich an und schüttelte den Kopf. Sie sah erschöpft aus, aber sie behauptete sich gegen den Mann.

Er ignorierte offensichtlich, was auch immer sie geantwortet hatte, und packte ihren Oberarm. Laryn wehrte sich vergeblich gegen ihn, und er begann, sie unter dem Hubschrauber hervorzuzerren.

Casper hatte genug gesehen. Sie hatten Laryn gefunden, sie brauchten nicht an jede Tür im oberen Stockwerk zu klopfen und mussten sich nicht durch den Kerker kämpfen. Sie mussten vorankommen. *Und zwar sofort.*

»Ich gehe rein«, sagte er zu seinem Team.

Die anderen protestierten nicht und fragten nicht, was der Plan war. Sie arbeiteten schon lange genug zusammen, hatten sich schon viele Male in brenzligen Situationen wiedergefunden und hatten spontan reagieren müssen, während sie unterwegs waren.

Für einen Sekundenbruchteil dachte Casper an seinen Bruder. Nate wäre entsetzt über den offensichtlichen Mangel an einem organisierten Plan der Night Stalkers. Als Navy SEAL hatten er und sein Team wahrscheinlich Pläne A, B, C und sogar D, bevor sie einen Fuß auf irgendeine Art von Transportmittel setzten.

Doch selbst der beste Plan könnte durch ein einfaches Element, das sich ihrer Kontrolle entzog, zunichtegemacht werden. Die Fähigkeit von Casper und seinen Kameraden bestand darin, spontan Entscheidungen über Leben und Tod zu treffen.

Da alle hellen Lichter derzeit auf die MH-60 in der Mitte des Raumes gerichtet waren, erreichten die Strahlen nicht ganz die Wände der höhlenartigen Struktur. So konnten die vier Männer unbemerkt in das Gebäude eindringen, ohne dass es jemand bemerkte.

Das Fehlen offensichtlicher Waffen ließ Caspers Hoffnung steigen, dass sie sich Laryn schnappen und ohne großen Widerstand aus dem Staub machen konnten.

Als er sich drinnen nach ihr umsah, geriet Casper kurz in Panik, als er Laryn nicht sofort entdecken konnte. Dann erregte ein Tumult auf der anderen Seite des Hangars, in der Nähe der Treppe, seine Aufmerksamkeit.

Laryn hatte es geschafft, ihren Arm aus dem Griff des Mannes zu ziehen, und sie war auf den harten Betonboden gefallen. Der Mann stand über ihr und runzelte die Stirn.

»Steh auf!«, blaffte er mit einer Stimme, die so laut war, dass sie durch den riesigen Raum schallte.

»Nein! Ich gehe nirgendwo mit dir hin!«

»Doch. Und diese Missachtung wird bestraft werden. Du wirst lernen, deinem Ehemann zu gehorchen, so oder so. Jetzt ... Steh. Auf.«

Ehemann? Auf gar keinen Fall!

Casper sah rot. Nur Pyros Hand auf seinem Arm hielt ihn davon ab, quer durch den Hangar zu Laryn auf dem Boden zu laufen. Sie waren in den Schatten am Rande des Raumes herumgeschlichen und hatten versucht, so lange wie möglich unentdeckt zu bleiben. Es war nicht abzusehen, welches Chaos ausbrechen würde, sobald sie entdeckt würden.

Aber während Casper sich auf Laryn zubewegte, weil er so schnell wie möglich zu ihr gelangen musste, geschah etwas Seltsames um sie herum. Sie wurden bemerkt ... von den Arbeitern, die ihnen am nächsten waren.

Und niemand schlug in irgendeiner Weise Alarm.

Die meisten der Männer, die Casper als eine Art von Wachen erkannt hatte, beobachteten die Szene zwischen Laryn und dem Mann, der behauptete, ihr Ehemann zu sein. Sie achteten nicht auf die Umgebung oder auf jemanden, der sich in den Schatten verstecken könnte.

Mit jeder Sekunde, die verstrich, entdeckten mehr Angestellte Casper und sein Team, aber noch immer sagte niemand ein Wort, was seine Vermutung bestätigte, dass niemand freiwillig dort war. Es handelte sich um Zwangsarbeiter, die kein Interesse daran hatten, in irgendeiner Weise auf sich aufmerksam zu machen.

Oder vielleicht hofften sie sogar auf ihre eigene Gelegenheit zur Flucht ...

Als er und sein Team sich einer der großen Hangartüren auf der Nordseite des Gebäudes näherten, traf Casper in Windeseile eine Entscheidung. Er packte den Türgriff und riss kräftig daran, in der Hoffnung, dass die Tür nicht verschlossen war. Genau wie das verdammte Fenster, durch das sie sich Zugang verschafft hatten.

Das war sie nicht.

Die Tür ächzte und gab ein fürchterliches Quietschen von sich, aber sie rollte weit genug zurück, dass mehrere Personen nebeneinander hindurchgehen konnten.

Dann zielte Casper mit seiner Pistole und schoss ein paar Kugeln in den Boden, direkt vor der Tür. Das Geräusch war erschreckend laut, vor allem weil es im Hangar so unnatürlich still war.

Er rief: »Los!«, während er auf die nun offene Tür zeigte.

Einige der Arbeiter, die neben ihm und seinem Team standen, sahen verwirrt aus, aber er bemerkte genau den Moment, in dem das Verständnis einsetzte.

Es genügte ein einziger Mann, der zur Tür flüchtete, um die anderen um sich herum in Bewegung zu setzen. Casper und sein Team wurden fast zertrampelt, als sie den Männern, die in die Freiheit liefen, aus dem Weg gingen.

Er brauchte eine Ablenkung, und die hatte er bekommen.

Die Männer, die er als Wachen ausgemacht hatte, schrien jetzt. Wahrscheinlich sagten sie allen, sie sollten aufhören und wieder an die Arbeit gehen, aber niemand hörte auf sie. Sie hatten einen Hauch von Freiheit geschnuppert und taten, was sie konnten, um sie zu bekommen.

Casper konzentrierte sich nun darauf, seine Frau zu finden, und stürmte vorwärts, nicht mehr darauf bedacht, in den Schatten zu bleiben. Niemand beachtete ihn und die anderen, als sie in Richtung der Stelle liefen, an der sie Laryn zuletzt gesehen hatten.

Aber sie war nicht mehr da.

Casper sah sich hektisch um, und sein Herz schlug ihm bis zum Hals, als er sie nicht entdeckte. Dann hörte er sie schreien. Als er sich umdrehte, sah er eine Tür.

Natürlich. Die Treppe. Der Mann hatte sie ins Treppenhaus gezerrt und wollte sie wahrscheinlich in eines der Zimmer bringen.

Pyro hatte offensichtlich denselben Gedanken, denn er war schneller als Casper an der Tür, riss sie auf und hielt sie für die anderen auf, als sie hindurchliefen.

Laryns Stimme war jetzt lauter und hallte im Treppenhaus wider.

»*Nein.* Stopp! Lass mich los, du Arschloch!«

Es hörte sich so an, als seien sie oben auf der Treppe über ihnen. Dann drang ein lautes knallendes Geräusch an seine Ohren, kurz bevor Laryn vor Schmerz aufschrie.

Ein roter Schleier fiel über Caspers Augen. Der Mann würde dafür sterben, dass er Hand an Laryn gelegt hatte. Er hatte versprochen, die Zahl der Opfer so gering wie möglich zu halten, aber er freute sich schon darauf, diesen Mistkerl auszuschalten.

Eine Tür schlug über ihnen zu, als Casper begann, zwei Stufen auf einmal zu nehmen, um sie zu erreichen, bevor der Mann sie in einen der Räume im Stockwerk darüber brachte.

Da er nicht wusste, ob der Mann bewaffnet war, öffnete Casper leise die obere Tür, um zu sehen, wie Laryn buchstäblich an den Haaren durch den Flur gezerrt wurde.

Sie strampelte mit den Füßen und hielt sich am Handgelenk des Mannes fest, um den Druck von ihrer Kopfhaut zu nehmen. Außerdem fluchte sie wie ein Bierkutscher und benutzte jedes Schimpfwort, das sie im Laufe der Jahre durch die Arbeit mit ihren Kollegen aus der Mechanikbranche gelernt hatte.

Casper eilte auf leisen Sohlen den Flur entlang und verringerte schnell den Abstand zwischen sich und Laryn. Er war unendlich erleichtert, sie in seinem Blickfeld zu haben, aber er hasste die Angst und den Schmerz, die er aus den wütenden Worten aus ihrem Mund heraushören konnte.

Zu seiner Überraschung veranlasste der Lärm im Flur niemanden dazu, die Tür zu öffnen, um nachzusehen, was es mit dem Aufruhr auf sich hatte. Er hatte keine Ahnung warum, aber er war froh, dass sie sich nicht mit jemandem herumschlagen mussten, der sich entschlossen hatte, in den Kampf einzugreifen.

Der Mann, der Laryn festhielt, blickte zurück, als Casper nur noch wenige Meter von ihm entfernt war, vielleicht weil er seine spürbare Wut wahrnahm, und seine Augen weiteten sich vor Überraschung. Er bewegte seine freie Hand zu seiner Taille, wahrscheinlich um eine Waffe zu ziehen, aber Casper war bereits an ihm dran.

Er griff den Mann an, stieß ihn nach hinten und zwang ihn, Laryns Haare loszulassen. Er hörte, wie sie einen Schmerzenslaut von sich gab, aber Caspers ganze Aufmerksamkeit galt dem Mann, der es gewagt hatte, die Frau, die er liebte, zu verletzen.

Die Waffe, nach der er gegriffen hatte, war ein Messer, aber er hatte keine Zeit mehr, es zu packen, bevor Casper den Mann einmal, zweimal schlug. Dann ein drittes Mal.

Als Casper seine Pistole ergriff, sprach der Mann und klang empört. »Sie gehört mir!«, behauptete er.

»Das tut sie nicht! Sie ist eine Bürgerin der Vereinigten Staaten, die entführt wurde«, knurrte er und drückte dem Mann den Lauf seiner Waffe gegen die Stirn.

Er wurde still unter Casper, lächelte leicht und sagte in perfektem Englisch: »Sie ist meine Frau. Sie wurde mir geschenkt, und in *meinem* Land hat das Vorrang vor allen anderen Rechten.«

Casper war fertig mit Reden. Scheiß drauf. Scheiß auf *ihn.*

Er drückte den Abzug.

Mit klingelnden Ohren von dem Schuss war Casper in Bewegung, noch bevor der Mann unter ihm schlaff wurde. Er stand auf und schnappte sich Laryn von Pyro, der sie zu Beginn des Kampfes in Sicherheit gebracht hatte, und zog sie von dem toten Mann hinter ihr weg an seine Brust.

»Ich wusste, dass du kommst. Ich wusste, dass du kommst«, rief Laryn wiederholt, während sie sich an ihm festklammerte.

Sie zitterte stark, und sie fühlte sich dünner an als zuvor, als er sie das letzte Mal gehalten hatte. Hass auf die Situation, in der sie sich befand, erfüllte Casper. Er bedauerte, dass Osman nicht da war, damit er ihn töten konnte. Der Mann würde sicher alles tun, um Laryn wieder in die Hände zu bekommen, aber das würde nicht passieren. Nicht, solange er noch atmen konnte.

»Das kommt davon, wenn man ein Messer zu einer Schießerei mitbringt«, sagte Chaos, während er mit seinem Stiefel gegen den Arm des Mannes stieß, um sich davon zu überzeugen, dass er tot war. »Gehen wir hinter Osman her?«

Technisch gesehen war das ihre einzige Aufgabe. Altan Osman zu finden und auszuschalten. Aber mit Laryn in seinen Armen, offensichtlich traumatisiert, konnte Casper nur daran denken, sie von hier wegzubringen. Dafür zu sorgen, dass sie in Sicherheit war. Er hatte ihre Sicherheit schon einmal zu oft ignoriert. Auf keinen Fall würde er das noch einmal tun. Selbst wenn es einen Verweis in seiner Akte bedeuten würde.

Er schüttelte den Kopf. »Wir müssen sie von hier wegbringen.«

Chaos nickte, ohne zu zögern.

Casper drückte eine Taste an dem Funkgerät in seinem Ohr.

»Tex?«

»Hier.«

»Wir haben sie. Ruf Buck an. Sag ihm, wir sind auf dem Weg zum Dach.«

»Verstanden. Ende.«

Er brauchte nur eine Sekunde, um Laryn wieder aufzurichten, und versuchte, ihren Zustand zu beurteilen. Sie hatte Prellungen und einen Schock, aber keine ihrer Verletzungen sah lebensbedrohlich aus. Sie mussten auf das Dach gelangen und von dort verschwinden. Er konnte nicht wissen, was im Hangar geschah, ob die Ablenkung durch die Arbeiter, die sich aus dem Staub machten, die anderen Wachen beschäftigte, aber er wollte nicht warten, um es herauszufinden.

»Es ist seltsam, dass niemand herausgekommen ist, um zu sehen, was los ist«, sagte Edge hinter Casper, während dieser einen Arm um Laryn legte, sie an seine Seite drückte und zurück in den Flur ging.

»Die Räume sind von außen verschlossen«, sagte Laryn mit zittriger Stimme. »Sie könnten nicht herauskommen, selbst wenn sie es wollten.«

Keiner sagte ein Wort, aber Casper fühlte sich wieder einmal innerlich krank. Er wollte den Männern und vielleicht auch Frauen hinter den verschlossenen Türen am liebsten helfen, doch seine Prioritäten waren Laryn und sein Team. Sie konnten nicht länger als nötig warten. Aber er schwor sich, Tex alles zu erzählen, was er heute Abend gesehen hatte, und vielleicht konnte der ehemalige SEAL etwas tun, um den Menschen zu helfen, die gezwungen waren, hier zu arbeiten.

Sie erreichten das Treppenhaus, und Edge drängte sich um Casper herum, öffnete die Tür und vergewisserte sich, dass die Luft rein war.

Das war sie.

Die Männer gingen die letzte Treppe hinauf zu der Tür, die auf das Dach führte. Sie war verschlossen, aber Chaos zögerte nicht, seine Pistole zu ziehen und auf den Mechanismus zu schießen. Metallsplitter flogen, und Casper wandte den Splittern den Rücken zu, um Laryn vor Verletzungen zu schützen. Sie schmiegte sich an seine Brust, während sein Teamkamerad das Schloss schnell aufbrach.

Und dann standen sie auf dem Dach. Die Luft war rein, die Nacht klar, und in jeder anderen Situation hätte Casper sich vielleicht die Zeit genommen, den Blick auf die Stadt von diesem Aussichtspunkt aus zu bewundern.

Unter ihnen waren immer noch Rufe zu hören, und Casper war erleichtert, dass die flüchtenden Arbeiter offenbar immer noch eine Ablenkung darstellten. Er konnte nur hoffen, dass sie Glück hatten und Buck und Obi-Wan es schafften, sie hier rauszubringen, bevor die Kacke *wirklich* am Dampfen war.

Bis jetzt hatten sie Glück gehabt, und er betete, dass ihr Glück noch ein wenig länger anhielt.

»Laryn? Sieh mich an. Geht es dir gut?«

Sie hob ihr Kinn, und Casper war nicht erfreut über den benommenen Ausdruck in ihren schönen braunen Augen. Sie hatte dunkle Ringe unter den Augen und zitterte immer noch. Sie sah überwältigt, verängstigt und unsicher aus.

Doch dann sprach sie. »Ich bin am Leben, und du bist hier. Mir geht es bestens.«

Diese Frau. Sie überwältigte ihn. Sie war offensichtlich durch die Hölle gegangen, aber sie stand immer noch aufrecht da. Trotzdem wollte Casper jede Einzelheit darüber erfahren, was ihr zugestoßen war, seit sie ihm weggenommen worden war, damit er alles in seiner Macht Stehende tun konnte, um die Auswirkungen dessen zu lindern, was sie durchgemacht hatte.

Er nahm sich zwei Sekunden, um das Gefühl von Laryn in seinen Armen zu genießen. Gebeugt, aber keineswegs gebrochen. Etwas in seiner Seele veränderte sich in diesem Moment. Er war entschlossen gewesen, sie zu finden und zurückzuholen, aber er war sich nicht sicher gewesen, ob ihm beides gelingen würde. Und doch war sie hier. Es war ein Wunder. *Sie* war ein Wunder. Sein Wunder. Er schwor sich, sie nie wieder für selbstverständlich zu halten. Das hatte er viel zu lange getan.

Gerade als Casper das schönste Geräusch der Welt hörte, das Surren der Rotorblätter, schlug die Tür des Treppenhauses auf.

Instinktiv schob Casper Laryn hinter sich und zog seine Pistole, während seine drei Freunde dasselbe taten. Sie rückten näher an ihn heran und bildeten eine Mauer zwischen dem Treppenhaus und Laryn. Sie waren der Rettung nicht so nahe gekommen, um jetzt zu versagen.

Ein Mann stand keuchend vor ihnen. Seine Augen waren groß und sahen verrückt aus. Sein dunkles Haar stand ab und seine Kleidung war zerknittert. Und wenn Casper sich nicht irrte, war sein Hemd auf links gedreht.

»Nein!«, rief er und ignorierte die vier auf ihn gerichteten Pistolen, während er nach vorn marschierte.

»*Stehen bleiben!*«, rief Pyro aus. »Sofort!«

»Das ist Altan«, sagte Laryn hinter ihnen.

Casper war nicht überrascht. Er nahm an, dass es sich um diesen Mann handeln musste. Er war froh, dass er hier war – er würde diese Mission doch noch zu Ende bringen können.

Der Mann war tot, er wusste es nur noch nicht.

Aber zuerst brauchte Casper Informationen. Er hatte etwa zwei Minuten Zeit, bevor Buck und Obi-Wan eintrafen. Er würde sein Bestes tun, um von diesem Mann das zu bekommen, was er konnte, was sein Land brauchte, bevor er jede zukünftige Bedrohung für Laryn ein für alle Mal beendete.

KAPITEL NEUNZEHN

Laryn blieb so nahe an Tates Rücken, wie sie es wagte. Sie wollte ihn nicht bei dem behindern, was er zu tun hatte, aber sie konnte sich nicht dazu durchringen, den Kontakt zu ihm zu unterbrechen. Er war ihre Rettungsleine. Buchstäblich.

Sie hatte geglaubt, dass es das Ende sei – Mert würde sie zurück in ihr Zimmer bringen und vergewaltigen. Das war sein Plan gewesen, daran hatte sie nicht den geringsten Zweifel.

Sie hatte ihr Bestes getan, um sie hinzuhalten, um grundlegende Wartungsarbeiten am MH-60 durchzuführen, aber sie war erschöpft und es war schwer, sich zu konzentrieren, wenn sie so müde war. Als Mert entschied, dass er lange genug gewartet hatte, und sie packte, war sie völlig überrascht, und ihre Kampf-oder-Flucht-Reaktion setzte ein.

Es war jedoch unmöglich, von ihm wegzukommen. Er war größer, stärker und nicht geschwächt von den letzten Tagen in einem Kerker. Die Männer um sie herum waren keine Hilfe, denn sie saßen im selben Boot wie sie ... sie waren gezwungen, für Altan zu arbeiten. Es war leicht zu erkennen, dass keiner von ihnen freiwillig dort war. Höchstwahrscheinlich wurden sie erpresst oder bedroht, damit sie weiterarbeiteten. Allerdings hatte keiner von ihnen das nötige Fachwissen, um die Hubschrauber richtig auszustatten.

Es war ebenso offensichtlich, dass die Arbeiter abwechselnd in die Räume auf der Etage gingen, in die sie am frühen Nachmittag gebracht worden war. Wahrscheinlich waren in jedem Raum mehrere Männer, wenn man die Anzahl der Arbeiter auf der Etage mit der Anzahl der Türen verglich, die sie auf dem Flur sah. Alle waren eingesperrt und wurden nur zur Arbeit in den Hangar gebracht, während andere Arbeiter ihre Plätze in den Zimmern einnahmen. Es war eine miserable Art zu leben, was sich in der mangelnden Begeisterung der Menschen um sie herum für ihre Arbeit widerspiegelte.

Erst als Mert sie in die Nähe der Treppe gebracht hatte, wurde ihr die Realität bewusst. Tate kam nicht, zumindest noch nicht, und ihre Zeit war abgelaufen. Mert wollte sich an ihr vergehen, aber Laryn war nicht bereit, sich kampflos geschlagen zu geben. Sie würde nie aufhören, sich zu wehren, zu kämpfen. Mert könnte sie als seine Frau beanspruchen, aber sie würde niemals einwilligen. Niemals etwas anderes als eine Nervensäge für ihn sein.

Als er sie schlug, tat es weh. Sehr sogar. Mehr als beim ersten Mal, als er sie geschlagen hatte. Der Schmerz schockierte sie so sehr, dass sie für einen Moment fassungslos auf dem Boden saß, und in dem Moment machte Mert seinen Zug. Er packte sie erneut und zog sie die Treppe hinauf.

Laryn kämpfte mit allen Mitteln, aber als er sie im Flur an den Haaren packte und buchstäblich hinter sich herzog, konnte sie nur versuchen, sich an seinem Handgelenk festzuhalten, um den Schmerz zu lindern.

In der einen Sekunde wurde sie in ihr Zimmer gezerrt, in der nächsten war sie frei, lag auf dem Boden und starrte den Mann an, den sie liebte und der wie aus dem Nichts aufgetaucht war.

Tate.

Er war dort.

Er war zu ihr gekommen.

Pyro hatte sie gepackt und von Tate und Mert weggezogen, aber nicht bevor sie gesehen hatte, wie Tate den Mann, der sie sicherlich sexuell nötigen wollte, verprügelte. Sie schaute nicht weg, auch nicht, als Tate seine Waffe an Merts Stirn hielt und abdrückte. Und dann lag sie in Tates Armen. Die Erleichterung, die sie empfand, war immens gewesen.

Danach war alles irgendwie verschwommen, aber sie konnte sich auf nichts anderes konzentrieren als auf die Erleichterung, die sie in Tates Armen spürte.

Sie stiegen die Treppe zum Dach hinauf, und die Nachtluft fühlte sich an wie ein Neuanfang. Laryn fühlte sich, als würde sie schweben. Sie hatte keine Ängste mehr. Tate war da. Er würde sie beschützen.

Sie hatte keine Ahnung, wie viel Zeit verging, als sie plötzlich hinter Tate geschoben wurde und alle vier Männer einen menschlichen Schutzschild zwischen ihr und Altan bildeten.

Ihn zu sehen riss Laryn tatsächlich aus der Halb-Trance, in der sie sich seit Merts Tod befunden hatte. Jetzt spürte sie, wie sich Wut in ihr aufbaute. Wut auf die Situation, in die Altan sie gebracht hatte. Auf seine Arroganz, weil er glaubte, nicht nur sie, sondern auch alle anderen in diesem Hangar zwingen zu können, seinem Willen zu folgen. Dass er dachte, er könne sie einfach an Mert ausliefern.

»Das ist Altan«, sagte sie zu Tate, aber es war offensichtlich, dass er genau wusste, wer der verzweifelte Mann vor ihnen war.

»Bitte! Bleiben Sie!«, flehte er und blickte auf die Männer, auf die auf seinen Kopf gerichteten Waffen und auf Laryn. »Ich brauche Sie!«

»Klappe halten«, konterte Tate.

»Alles, wofür ich gearbeitet habe, alle Kontakte, die ich geknüpft habe, werden umsonst sein, wenn ich diese MH-60 nicht nachrüsten lasse. Sie sind die Beste, die es gibt. Sie wissen alles, was es über diese Maschinen zu wissen gibt. *Ich brauche Sie!*«

Laryn öffnete den Mund, um ihm zu sagen, er solle sich verpissen. Dass es ihr egal sei, wenn er von seiner eigenen Regierung hingerichtet würde, weil er die Versprechen, die er gegeben hatte, nicht eingehalten hatte. Aber Tate sprach, bevor sie es konnte.

»Lassen Sie uns über diese Kontakte reden«, sagte er leise. »Wie haben Sie so viele Amerikaner dazu gebracht, nach Ihrer Pfeife zu tanzen?«

»Geld«, sagte Altan kurz und bündig, als sei es offensichtlich. Und Laryn nahm an, dass es so war.

»Wie haben Sie sie überhaupt gefunden?«, drängte Pyro.

»Das Dark Web ist ein riesiger Ort, voll von Leuten, die Geld im Austausch für Informationen suchen. Hören Sie ... Laryn. Es tut mir leid, wie das alles gelaufen ist. Aber ich verspreche, dass die Dinge jetzt anders laufen werden. Sie wollen keinen Ehemann? Wie Sie wollen. Wollen Sie mehr Geld? Ich kann das machen. Ich möchte nur, dass Sie bleiben. Sie verstehen nicht ...«

»Sehen Sie sie nicht einmal an, Arschloch«, knurrte Edge.

»Was ist denn los? Haben Sie ohne das Wissen oder die Erlaubnis Ihrer Anführer gehandelt?«, fragte Chaos.

Der Ausdruck in Altans Gesicht beantwortete die Frage, ohne dass er ein Wort sagen musste.

»Das haben Sie«, sagte Tate düster. »Wissen sie *irgendetwas* über Ihre kleine Operation hier? Wie Sie Einschüchterung und Drohungen einsetzen, um die Männer zur Arbeit zu bewegen? Oder wie Sie Laryn *entführt* haben, um sie für Ihr kleines Projekt zu gewinnen?«

»Denen ist das egal, solange sie ihre wertvollen Hubschrauber bekommen!«, brüllte Altan. »Und der Zweck heiligt die Mittel! Wenn sie einen MH-60 einsatzbereit haben, der es mit jedem anderen Militärflugzeug in der Region aufnehmen kann, werden sie mir alles geben, was mir versprochen wurde. Geld, Land, Respekt!«

Laryn war angewidert.

»Und es spielt keine Rolle, wie viele Leben Sie ruinieren, um dorthin zu gelangen«, entgegnete Tate.

»Die Männer hier werden entschädigt. Essen, ein Zimmer zum Schlafen, Arbeit.«

»Sie sind in diesen Räumen *eingesperrt*!«, rief Edge aus. »Und ich schätze, das Essen ist auch scheiße. Und sollten wir überhaupt über die Männer im Kerker reden?«

Altan sah schockiert aus. »Woher wissen Sie das?«

»Wir wissen alles«, sagte Tate.

Laryn blickte hinter sich, als sie das herrliche Geräusch eines MH-60 hörte, der jetzt im Anflug war.

»Wir wissen, dass Sie unschuldige Frauen entführen, um sie zu zwingen, Ihren Willen zu erfüllen. Dass Sie kein Problem damit haben, dabei zuzusehen, wie sie missbraucht werden. Dass Sie nichts dagegen haben, das Leben der Männer zu ruinieren, die Sie gezwungen haben, für Sie zu arbeiten ... und wofür? Für Geld? Vermeintliche Macht? Die Tatsache, dass Ihre Regierung keine Ahnung hat, wie weit Sie für diese Dinge gehen würden, beruhigt mich ungemein«, sagte Tate.

»Wenn Sie gehen, werden Sie es bereuen«, sagte Altan mit Hass in der Stimme. Die vorgetäuschte Reue war nun verschwunden. Laryn erschauderte angesichts des Giftes, das sie hörte. In Bezug auf *sie*. »Das haben Sie sich selbst zuzuschreiben! Sie hätten mein erstes Angebot annehmen sollen. Wenn Sie jetzt gehen, wird das zu einem internationalen Zwischenfall werden. Es würde mich nicht wundern, wenn die USA in einen großen Skandal verwickelt würden, vielleicht sogar in einen Krieg mit meinem Land! Sie können nicht einfach unsere Grenzen überschreiten, ohne die Konsequenzen zu tragen. So oder so, ich werde Sie zurückholen. Merken Sie sich meine Worte, ich ...«

Laryn zuckte bei dem lauten Knall von Tates Waffe zusammen.

Altan landete mit einem Aufprall auf dem Dach, als der MH-60 am Rande des Daches in der Luft schwebte.

»Können wir los?«, fragte Tate ruhig, als sei dies für ihn ein ganz normaler Arbeitstag. Und in gewisser Weise war es das wohl auch.

Pyro lief bereits zum Hubschrauber, und die beiden anderen Männer warteten in der Nähe, ihre Waffen im Anschlag, für den Fall, dass noch jemand nachsehen wollte, was auf dem Dach geschah.

Laryn richtete den Blick auf Altan, der regungslos dalag, während sich das Blut langsam um ihn herum sammelte. Sie sah wieder zu Tate. »Ist er tot?«

»Ja. Ich hätte ihn auf keinen Fall am Leben gelassen, um dir erneut nachzustellen.«

»Wolltest du ihn schon die ganze Zeit töten?«, fragte sie.

»Ja, natürlich. Das ist der offizielle Grund, warum wir hier sind.«

»Was waren das dann für Fragen? Warum habt ihr ihn nicht gleich erschossen, als er auf dem Dach auftauchte?«

»Informationen«, sagte Edge, um ihre Frage zu beantworten. »Wir dachten nicht, dass wir viel herausfinden würden, aber wenn er uns irgendetwas darüber sagen konnte, wie er seine Maulwürfe in unserem Militär gefunden hatte, brauchten wir diese Information.«

Laryn rümpfte die Nase. »Habt ihr aus dem, was er gesagt hat, irgendetwas herausgelesen?«

»Eine ganze Menge. Komm schon, lass uns von hier verschwinden, ja?« Tate klang weder gereizt noch ängstlich. Er gestikulierte in Richtung des Hubschraubers. »Unser Flug ist da.«

Edge stellte sich auf die eine Seite von ihr, während Tate an der anderen klebte. Chaos war ihnen dicht auf den Fersen, als sie in Richtung der Stelle eilten, wo Pyro und der Hubschrauber warteten. Buck und Obi-Wan waren nicht auf dem Dach gelandet. Eine Kufe ruhte auf dem äußersten Rand und sie schwebten in der Luft. Sie war wieder einmal beeindruckt von den Fähigkeiten dieser Piloten.

Pyro und Tate hoben sie in den hinteren Teil des Hubschraubers und sie bewegte sich schnell zur Seite. Es dauerte nur Sekunden, bis die anderen Männer sich zu ihr gesellt hatten und sie in den Himmel stiegen. Buck und Obi-Wan gaben Gas und schossen vom Hangar weg.

Das Letzte, was Laryn sah, war die dunkle Gestalt von Altan Osman, der tot in einer Lache seines eigenen Blutes auf dem Dach lag.

Tate stülpte ihr Kopfhörer über die Ohren, bevor er selbst welche aufsetzte.

»Müssen wir mit irgendwelchen Vergeltungsmaßnahmen rechnen?«, fragte Buck in einem angespannten, ernsten Ton.

»Negativ. Osman war abtrünnig. Er hat außerhalb der Regierung gearbeitet«, erklärte Edge seinem Freund. »Ich meine, die verantwortlichen Regierungsmitglieder wussten, womit er beauftragt war, und haben ihm wahrscheinlich Geld gegeben, um die Hubschrauber nachzurüsten, aber es scheint ziemlich klar zu sein, dass sie keine Ahnung hatten, dass er seine Mitarbeiter entführt, bedroht und erpresst hat.«

»Scheiße. Ernsthaft?«, fragte Obi-Wan.

»Er sagte, dass eure Anwesenheit einen internationalen Zwischenfall auslösen wird. Dass seine Regierung nicht erfreut sei, dass ihr ohne Erlaubnis hierhergekommen seid. Habe ich einen Krieg ausgelöst?«, fragte Laryn, die Angst vor der Antwort hatte.

Zu ihrer Überraschung lachten die Männer um sie herum. Sie war einen Moment lang verblüfft, bevor Pyro erklärte: »Er hat nur Mist erzählt, Schätzchen. Wenn überhaupt, wäre *er* derjenige gewesen, der in der Scheiße steckt. Ich behaupte nicht, dass die türkische Regierung nicht ein paar dubiose Dinge getan hat, aber alles, was Osman gemacht hat, um die Aufmerksamkeit auf sie zu lenken, wird nicht gut ankommen.«

Tate legte einen Arm um ihre Schultern und zog sie an sich. Laryn schmiegte sich sofort an seine Seite. Die letzten zehn Minuten oder so waren verschwommen. Eben noch dachte sie, sie würde vergewaltigt werden, und jetzt lag sie wieder in Tates Armen und war hoffentlich auf dem Weg in Sicherheit.

Ihr ganzer Körper begann zu zittern. »Verzögerte Reaktion«, sagte sie, schloss die Augen und tat ihr Bestes, um die Reaktion ihres Körpers auf die Adrenalinausschüttung zu unterdrücken. »Mir geht es gut.«

»Ich habe dich. Wir alle haben dich«, beruhigte Tate sie.

Mit geschlossenen Augen ließ Laryn einen Teil der Kontrolle los, die sie benutzt hatte, um ihren Körper aufrecht zu halten. Jeder Teil von ihr schmerzte. Sie war erschöpft. Sie hätte tagelang schlafen können – in einem schönen weichen Bett mit einem flauschigen Kissen. Aber sie hatte keinen Zweifel daran, dass es eine Nachbesprechung geben würde, an der sie teilnehmen musste, sobald sie auf dem Schiff ankamen. Sie würde erklären müssen, was mit ihr geschehen war und welche militärischen Geheimnisse sie möglicherweise preisgegeben hatte.

Sie würde alles tun, was nötig war, denn tief in ihrem Inneren erkannte sie, dass sie sich einen Teil dessen, was ihr widerfuhr, selbst zuzuschreiben hatte, genau wie Altan es ihr vorgeworfen hatte. Wenn sie einfach ruhig geblieben wäre und nicht daran gedacht hätte, ihren Gefühlen für Tate zu entkommen, indem sie einen neuen Job annahm ... Wenn sie aus dem Hubschrauber ausgestiegen wäre, nachdem sie das FLIR das erste Mal repariert hatte ...

»Nein«, sagte Tate streng.

Sie sah zu ihm auf und runzelte die Stirn. »Nein, was?«

»Das war nicht deine Schuld.«

Ihre Augen weiteten sich. »Woher willst du denn wissen, was ich denke?«

»Weil ich dich kenne. Das war alles Osmans Werk. Das alles. Er hat Leute in Virginia und auf dem Schiff bestochen, um deine Bewegungen zu verfolgen. Um diese Entführung zu inszenieren. Er hat bekommen, was er verdient hat, und du solltest keine Sekunde lang Reue empfinden.«

»Für Altan? Das tue ich nicht. Ganz und gar nicht. Er war ein Arschloch«, sagte Laryn zu ihm.

Die Männer um sie herum lachten alle.

»Richtig. Weshalb hast du also ein schlechtes Gewissen? Und sag nicht *wegen nichts*, denn ich sehe, dass du hinter deinen schönen braunen Augen Reue verspürst.«

Laryn seufzte. Sie schaute zu den anderen fünf Männern im Hubschrauber. »Ihr alle habt euer Leben und vielleicht auch eure Karriere für mich aufs Spiel gesetzt. Ich weiß besser als die meisten, dass es nicht damit getan war, einfach herzufliegen, um mich zu holen. Es gab eine Menge bürokratischer Hürden, und ich mache mir immer noch Sorgen, dass die Beziehungen zwischen der Türkei und den USA sich wegen all dem verschlechtern könnten.«

»Niemandes Karriere steht auf dem Spiel. Und wir waren nie in Gefahr. Zum Teufel, die meisten Männer in diesem Hangar waren genau wie du, Laryn. Sie waren nicht aus freien Stücken dort. Sobald sie die Chance hatten zu verschwinden, haben sie es getan. Ich denke, wenn die türkische Regierung erfährt, was Osman getan hat und wie er dabei vorgegangen ist, wird es keine Konsequenzen geben«, sagte Edge.

»Bist du ehrlich zu mir? Oder sagst du mir das, von dem du glaubst, dass ich es hören will?«, fragte sie.

»Ich versuche, nicht zu lügen«, antwortete Edge ernsthaft.

Es war nicht gerade eine direkte Antwort, aber Laryn

erkannte, dass es das Beste war, was sie im Moment bekommen konnte. Sie atmete tief durch und wandte sich dann wieder an Tate. »Wie geht es den beiden SEALs? Denjenigen, die du und Pyro holen musstet?«

»Meint sie das jetzt ernst?«, fragte Pyro in die Runde.

Laryn blickte ihn an und entgegnete: »Ja, ich meine es ernst. Warum sollte ich das nicht tun?«

»Vielleicht weil du gerade gerettet wurdest, nachdem du entführt wurdest, und in der Woche, die wir gebraucht haben, um dich zu finden, alles Mögliche mit dir hätte geschehen können, und du willst wissen, wie es den Navy SEALs geht?«

»Nun, ja.«

»Es geht ihnen gut«, sagte Obi-Wan von seinem Co-Piloten-Sitz aus. »Mustang und Pid sind zurück in Hawaii und werden von ihren Freunden und ihrer Familie verwöhnt.«

»Gott sei Dank. Und es geht ihnen gut? Werden sie weiterhin ... SEAL-Sachen machen können?«

Ein weiteres Lachen klang durch die Kopfhörer in ihren Ohren. »Ja, Süße, die werden schon wieder.«

Sie nickte. Dann blickte sie Tate an. »Du hast noch einen Hubschrauber zerstört«, sagte sie streng und verfiel wieder in die vertrauten Sticheleien, in denen sie so gut waren.

»Oh nein, das habe ich nicht. Ich bin perfekt gelandet.«

»Musstest du den MH-60 zerstören, an dem ich so hart gearbeitet habe? Ich habe Stunden über Stunden damit verbracht, ihn flugbereit zu machen.«

Humor brachte Tates Augen zum Funkeln.

»Wir konnten nicht zulassen, dass er in die falschen Hände gerät«, verteidigte Pyro seinen Freund und Pilotenkollegen.

»Ich wäre fast gestorben, als dieses Arschloch ihn zerschossen hat«, gab Laryn seufzend zu. »Ich schätze, ich kann mich auf weitere lange Tage und Nächte freuen, was?«

Tate kraulte sie an der Seite ihres Kopfes. »Ich denke schon.

Aber darf ich zugeben, dass ich über diese Wendung der Ereignisse nicht völlig verärgert bin?«

»Du *magst* es, wenn ich überarbeitet und gestresst bin?«, fragte Laryn, die sich mehr und mehr wie sie selbst fühlte. Das war es, was sie brauchte. Ein bisschen Normalität, um die schrecklichen Erinnerungen an die letzte Woche zu verdrängen.

»Nein. Ich mag es, wenn wir in den Staaten sind. Ohne Hubschrauber ist es unwahrscheinlich, dass wir in nächster Zeit auf irgendwelche Missionen geschickt werden«, sagte Tate.

»Ganz zu schweigen davon, dass die Armee wahrscheinlich nicht so scharf darauf ist, dass wir so kurz nach den letzten beiden einen weiteren Hubschrauber verlieren«, sagte Pyro mit einem Lachen.

»Wir sind nicht mehr im türkischen Luftraum«, teilte Buck ihnen allen über das Headset mit.

Laryn seufzte vor Erleichterung. Sie hatte gar nicht bemerkt, wie angespannt sie gewesen war, aber sie war dankbar dafür, dass alle versucht hatten, sie abzulenken, bis sie wirklich außer Gefahr waren.

Als Buck und Obi-Wan sie alle zurück zum Zerstörer flogen, sagte Tate leise: »Das hast du gut gemacht, Laryn. Ich bin stolz auf dich.«

»Du hast keine Ahnung, *was* ich getan habe. Was ich durchgemacht habe. Vielleicht war ich in einer Dreizimmersuite, in der sich das Essen auf Tabletts stapelte und mir alles zur Verfügung stand, was ich haben wollte«, konterte Laryn.

Tate sah sie an, sein Blick war ernst. »Du hast mindestens vier Kilo abgenommen, seit ich dich das letzte Mal gesehen habe. Du riechst nach Seife, aber das verdeckt nicht ganz den Geruch von Muff und Fäulnis in deinem Haar, was mir sagt, dass du wahrscheinlich im Kerker unter dem Hangar warst. Und an deiner Körpersprache erkenne ich, dass du eine Weile brauchen wirst, um über das Geschehene hinwegzukommen.

Ich bin für dich da, Baby. Ich bin ein guter Zuhörer, und ich will alles wissen, was du überlebt hast, von der Sekunde an, in der wir losgeflogen sind, um die SEALs abzuholen, bis hin zu dem Moment, in dem wir dich mit diesem Arschloch auf dem Flur gefunden haben. Und wenn du es *mir* nicht erzählen willst, wirst du mit einem Psychologen reden. Denn ich habe vor, dass wir ein langes, glückliches Leben zusammen haben, und dafür darfst du nicht ständig daran denken, was passiert ist.«

Als er zu Ende gesprochen hatte, sah er finster drein, und Laryn konnte nicht anders, als ihn anzugrinsen.

»Daran ist nichts lustig«, knurrte Tate.

»Ich weiß«, sagte Laryn nüchtern. »Willst du wissen, was ich die ganze Zeit über gedacht habe?«

»Dass du diese Wichser umbringen wolltest?«, fragte Chaos.

Laryn schenkte seinem Teamkameraden ein kurzes Lächeln, bevor er sich wieder an Tate wandte. »Nun, ja, aber der Gedanke, der mir im Kopf herumging, war: ›Tate kommt.‹ Ich hatte keinen Zweifel daran, dass du alles in deiner Macht Stehende tust, um zu mir zu kommen, und ich musste nur durchhalten, bis du da warst. Ich habe es so lange wie möglich in die Länge gezogen, weil ich dachte, dass das Böse, das ich kannte, besser war als das Böse, das ich nicht kannte. Ja, ich fühlte mich unwohl, hatte Angst und war hungrig, aber ich wurde nicht gefoltert. Ich wurde nicht geschlagen. Ich wurde einfach nur in eine dieser Zellen im Kerker unter dem Hangar gesteckt, wo ich die meiste Zeit verbracht habe. Es war dunkel, stinkend, eklig und ungemütlich ... aber wie gesagt, ich wusste, dass du mich holen würdest. Ich musste nur einen weiteren Tag, eine weitere Stunde, eine weitere Minute durchhalten.«

»Laryn«, sagte Tate, und seine Stimme bebte vor Rührung.

»Bei den Night Stalkers wird nicht geweint«, mahnte sie sanft, während sie den Mann umarmte, den sie seit einer gefühlten Ewigkeit liebte.

»Falsch«, mischte Edge sich ein.

Laryn war es nicht einmal peinlich, dass sie dieses ziemlich intensive Gespräch nicht nur mit Tate, sondern mit fünf seiner besten Freunde führte. Sie kannte diese Männer, hatte jahrelang mit ihnen gearbeitet. Sie respektierte sie. Sie liebte sie, jeden auf seine eigene Art.

»Wir weinen«, fuhr Edge fort. »Wir sind Menschen wie alle anderen auch. Und es ist keine Schande zu weinen. Wir haben es alle schon getan. Manchmal ist es die einzige Möglichkeit, die Emotionen loszuwerden, damit man mit dem Leben weitermachen kann.«

Er hatte nicht unrecht. Aber seine Worte warfen in Laryn auch die Frage auf, worüber genau *er* geweint hatte. Es gab eine Menge über diese Männer, was sie nicht kannte. Und sie freute sich darauf, sie alle besser kennenzulernen. Sehr viel besser. Denn wenn es nach ihr ginge, würde sie viel mehr Zeit mit ihnen verbringen, Zeit außerhalb der Arbeit, und das war ihr mehr als recht.

Sie spürte Tates Hand seitlich an ihrem Kopf, mit der er sie ermutigte, ihren Kopf an seine Schulter zu legen, was sie gern tat. Sie war erschöpft und fühlte sich schmuddelig, aber in diesem Moment, in Tates Armen, in Sicherheit, war es ihr egal.

Laryn hatte keinen Zweifel daran, dass die nächsten Stunden oder Tage nicht lustig werden würden, aber nachdem sie die jüngsten Ereignisse überlebt hatte ... konnte sie ohne Probleme mit »nicht lustig« umgehen. Als sie sich an Tate lehnte, verspürte sie das plötzliche Bedürfnis, sich in ihrer Arbeit zu verlieren. Die Vergangenheit hinter sich zu lassen. Und zum Glück würde sie in absehbarer Zeit jede Menge Arbeit haben, die ihre Zeit vereinnahmte und ihren Geist beschäftigte.

Sie hatte eine Menge, worauf sie sich freuen konnte ... das Wichtigste davon war Tate. Alles deutete darauf hin, dass es ihm mit einer Beziehung zu ihr vollkommen ernst war. Etwas, bei dem Laryn sich immer noch selbst kneifen musste, um es zu glauben.

Sie lächelte und war zufrieden damit, sich in die Hände dieses Mannes zu begeben. Er hatte mehr als bewiesen, dass er sich zwischen sie und jeden oder alles, was ihr schaden könnte, stellen konnte und würde. Mehr konnte sie sich nicht wünschen.

KAPITEL ZWANZIG

Casper war fertig.

Die letzte Woche war voll von pausenlosen Nachbesprechungen gewesen. Ihm wurden die Leviten gelesen, weil er eine Zivilistin mit auf den Flug genommen hatte, um die SEALs zu befreien. Er hatte argumentiert, dass Laryn nicht wirklich eine Zivilistin sei, aber da er sich immer noch in den Hintern trat, weil er sie nicht aus seinem Hubschrauber geworfen und das Risiko mit dem FLIR auf sich genommen hatte, protestierte er nicht allzu sehr gegen die Rüge.

Als sie wieder in Norfolk angekommen waren, hörten die Treffen nicht auf. Er musste sich mit dem Colonel treffen und ihm im Detail erklären, was geschehen war.

Und erstaunlicherweise ... stand er niemand anderem als Tex gegenüber. Der Mann war sogar von seinem Wohnort außerhalb von Pittsburgh gekommen, um sich persönlich mit ihm zu treffen.

Die Legende war eigentlich ziemlich gesprächig, was eine Überraschung war. Er hatte tatsächlich zugehört, als sie Laryn retteten, und er hatte kein Problem damit gehabt, sich während der Mission zu äußern, wenn es nötig war. Es hätte lästig sein können, aber stattdessen war es im Nachhinein betrachtet irgendwie amüsant.

Tex hatte sich über die Informationen, die Osman preisgab, geradezu gefreut. Er ermutigte Casper, ihn am Reden zu halten und ihn nicht zu früh zu töten. Und als Tex das Gefühl hatte, dass er die nötigen Informationen hatte, um die anderen Maulwürfe aufzuspüren, die Osman bestochen hatte, sagte er einfach: »Von wegen Krieg. Töte ihn.«

Casper hatte nicht gezögert. Er hatte dem Arschloch ins Herz geschossen ... und es war so befriedigend gewesen.

Bei dem Treffen auf dem Stützpunkt hatte Tex viel über die Informationen zu berichten, die er über Osman ausgegraben hatte, und darüber, wie er die Männer und gelegentlich auch Frauen gefunden hatte, die ihn mit Informationen versorgt hatten. Diese Soldaten und Matrosen wurden nun wegen Verrats angeklagt, darunter auch die Matrosen, die sich an Bord des Zerstörers befunden hatten.

Mustang hatte aus Hawaii angerufen, um sich nach Laryn zu erkundigen, und er übermittelte die besten Wünsche von sich und seinem Team und natürlich von ihren Familien. Er lud Caspers Team ein, sie zu besuchen, falls sie jemals den Weg nach Oahu finden sollten.

Das Einzige, wovon Casper seit seiner Rückkehr nach Hause nicht genug bekommen hatte, war Laryn. Sie war genauso beschäftigt gewesen. Sie hatte selbst Nachbesprechungen und außerdem Treffen mit einem der Psychologen auf dem Stützpunkt, der sich auf Militärpersonal spezialisiert hatte, das in Kriegsgefangenschaft war. Technisch gesehen konnte man sie nicht als Kriegsgefangene bezeichnen, aber man hatte sie gegen ihren Willen festgehalten, sie mental gefoltert, indem man sie in dieses Drecksloch von einer Zelle gesteckt hatte, und sie körperlich gefoltert, indem sie hungrig, durstig und schmutzig war. Außerdem hatte man sie unter Schlafentzug leiden lassen.

Eines Morgens, als sie gegen drei Uhr nach einem Albtraum aufgewacht war, hatte sie Casper endlich alles erzählt, was sie durchgemacht hatte. Sie hatte zugegeben, dass das Schlimmste der Sack gewesen war, den sie mehrere Tage lang tragen musste, als sie durch die Berge in die Stadt transportiert wurde. Sie hatte geweint, und Casper hatte sich hilflos gefühlt, weil er nichts anderes tun konnte, als sie zu halten, während sie ihre Gefühle herausließ, die sie so sehr zu verbergen versuchte.

Sie schliefen jede Nacht im selben Bett, aber seit ihrer Rückkehr in die Staaten hatten sie nicht mehr miteinander geschlafen. Das Timing stimmte nicht, und da Laryn sich immer noch von ihrer Tortur erholte, wollte Casper auf keinen Fall mit Sex Druck machen. Er war von Erleichterung überwältigt gewesen, als sie ihm sagte, dass sie nicht sexuell missbraucht worden war. Das machte die anderen Dinge, die sie durchgemacht hatte, nicht wirklich besser, aber er war sehr dankbar dafür, dass sie dieses Trauma nicht noch zusätzlich zu allem anderen verarbeiten musste.

Abgesehen davon, dass das Timing nicht stimmte, waren sie beide abends völlig erschöpft. Also aßen sie gemeinsam zu Abend und kuschelten dann auf der Couch. Es dauerte nicht lange, bis einer von ihnen oder beide einnickten.

Es war mehr als an der Zeit, dass sie sich eine Pause von der Arbeit gönnten, von allem, was geschehen war. Laryn rüstete bereits einen weiteren MH-60 für ihn und Pyro um, und er wusste aus Erfahrung, dass ihre Erschöpfung nicht so schnell vergehen würde. Sie war stolz darauf, dass sie den Hubschrauber schneller einsatzbereit machen konnte als jedes andere Mechanikerteam in der Armee.

Er hatte mit dem Colonel einen freien Tag für sie vereinbart, und sein Plan war, sie nach Hause zu bringen und dort vierundzwanzig Stunden lang zu behalten. Keine Besprechungen, kein Gerede über MH-60, nichts als die Gesellschaft des anderen zu genießen und dafür zu sorgen, dass sie wusste, woran sie waren.

Für Casper waren sie zwei Menschen, die auf dem besten Weg waren, den Rest ihres Lebens miteinander zu verbringen. Zu heiraten und eine Familie zu gründen. Er wollte das. Mit ihr. Und er wollte sicher sein, dass sie auf derselben Seite standen. Ja, sie hatte sich in ihn verknallt, ja, sie hatte zugegeben, dass der Grund, warum sie sich überhaupt um einen anderen Job bemüht hatte, der war, dass sie nicht glaubte, dass er in ihr jemals etwas anderes sehen würde als die Mechanikerin, die an seinen Hubschraubern arbeitete. Aber das bedeutete nicht, dass sie ihm wirklich glaubte, wenn er sagte, er wolle mit ihr zusammen sein, und nur mit ihr. Es war an der Zeit, die letzten Zweifel auszuräumen, die sie vielleicht noch hatte.

Casper schritt durch den Hangar und konnte sich ein Lächeln nicht verkneifen, als sie einem der jüngeren Soldaten, der gerade zu ihrem Team gestoßen war, den Arsch aufriss.

»Wir schauen hier nicht auf die Uhr. Wir tun, *was* getan werden muss, *wenn* es getan werden muss. Und wollen Sie wissen warum?« Sie wartete nicht darauf, dass er fragte. »Weil diese Vögel keine verwöhnten Touristen transportieren, die einen Blick auf einen verdammten Wal werfen wollen. Sie haben die mutigsten, verrücktesten und talentiertesten Piloten an Bord, die wir je gesehen haben. Sie transportieren die SEALs und Deltas, die unser Land frei halten. Die die gefährlichsten Dinge tun, die man sich nur vorstellen kann. Wenn wir also noch zehn Minuten länger bleiben, um unsere Arbeit zu beenden, bevor wir nach Hause fahren, ist das keine große Sache. Es ist kein Opfer, das wir bringen müssen. Und wenn Sie das glauben, dann sollten Sie sich einen neuen Arbeitsplatz suchen, und definitiv einen neuen Job. Haben Sie ein Problem damit, Gefreiter?«

»Nein, Ma'am.«

»Gut. Hören Sie, ich bin eine harte Chefin. Ich gebe es zu.

Ich erwarte von jedem, der mit mir arbeitet, Perfektion. Und Loyalität zu den Männern, die diese Maschinen fliegen. Ihr Leben hängt davon ab, dass wir jede Schraube anziehen und dafür sorgen, dass jede Sicherung richtig eingebaut ist. Verstanden?«

»Ja, Ma'am«, sagte der junge Mann erneut.

»In Ordnung. Gehen Sie nach Hause. Denken Sie darüber nach, was ich gesagt habe. Wenn Sie sich entscheiden zu bleiben, kann ich Ihnen sagen, dass Sie nie stolzer darauf sein werden, einen Teil dazu beigetragen zu haben, dass unsere tapferen Soldaten der Spezialeinheiten und unsere Night Stalkers nach jeder Mission sicher und gesund nach Hause kommen. Wenn Sie gehen wollen, suchen Sie sich einen anderen Arbeitsplatz, alles gut. Denken Sie darüber nach und wir reden morgen.«

»Nicht morgen«, mischte Casper sich ein, der sich zum ersten Mal zu erkennen gab und sich von seinem Platz erhob, wo er an einer Kiste mit Teilen lehnte, die darauf warteten, an der Außenhülle des MH-60 vor ihm angebracht zu werden. »Übermorgen. Morgen hast du den Tag frei.« Er blickte den jungen Mann an. »Und ich denke, wenn Sie eine andere Entscheidung treffen, als zu bleiben, sind Sie ein Idiot, Gefreiter.«

»Ja, Sir«, sagte der Junge, salutierte vor Casper und eilte dann so schnell er konnte, ohne zu joggen, von ihnen weg.

»Was? Ich habe morgen nicht frei«, sagte Laryn und stemmte die Hände in die Hüften.

Seit sie vor einer Woche zurückgekehrt waren, hatte sie ein wenig zugenommen, vor allem weil Casper sein Bestes getan hatte, um sie zu versorgen. Ihr Haar glänzte wieder, auch wenn niemand außer ihm es wirklich sah, da sie es bei der Arbeit wie immer zu einem ordentlichen Dutt im Nacken trug. Sie roch wieder nach süßen Vanillekeksen, was sie beide über alle Maßen erfreute. Ihre Duschen waren etwas länger als früher, aber Casper hatte dafür volles Verständnis. Sauber zu sein war nichts, was sie jemals wieder als selbstverständlich ansehen würde.

Als sie vor ihm stand und ihre Gereiztheit sie praktisch vibrieren ließ, konnte Casper nicht anders, als dankbar zu sein, dass sie in seinem Leben war. Dass sie hier vor ihm stand. Gesund und wieder ihr normales, herrisches, stacheliges Ich.

»Doch«, erwiderte er. »Ich habe mit dem Colonel gesprochen und er hat mir zugestimmt, dass wir beide nach all dem eine Auszeit brauchen.«

»Wir?«, fragte sie und ihre angespannte Haltung lockerte sich ein wenig.

»Ja. Ist das okay für dich?«

»Machst du Witze? Ja! Warte ... werden wir unsere freie Zeit *zusammen* verbringen?«

»Natürlich. Ich habe Pläne, die Essen und ein Bett beinhalten, das wir mindestens acht Stunden lang nicht verlassen.«

»Ooooh, du redest so schmutzig. Ich kann es kaum erwarten, acht Stunden durchzuschlafen.«

Casper brach in Gelächter aus. Diese Frau würde ihn auf Trab halten, und er würde jede Sekunde davon genießen. Er verringerte den Abstand zwischen ihnen, zog sie in seine Umarmung und küsste sie. Der Kuss war nicht so tief und leidenschaftlich, wie er es sich gewünscht hatte, aber sie waren ja auch noch bei der Arbeit.

»Tate, das kannst du hier nicht machen!«, protestierte Laryn, aber sie riss sich nicht aus seinen Armen los.

»Ich kann und ich werde. Ich habe es satt, so zu tun, als sei ich nicht verrückt nach dir, während wir auf der Arbeit sind. Es ist nicht verboten, denn du bist nicht im Dienst und arbeitest technisch gesehen nicht für mich. Und nach allem, was passiert ist, weigere ich mich, dir nicht bei jeder Gelegenheit zu zeigen, wie wichtig du für mich bist.«

»Tate.« Diesmal war ihre Stimme weicher, voller Zuneigung. »Hast du wirklich mit dem Colonel gesprochen? Haben wir wirklich den ganzen Tag frei?«

»Ja zu beidem.«

»Fantastisch.«

»Eigentlich beginnt unsere Auszeit jetzt. Bist du an einem Punkt, an dem du abhauen kannst?«

»Ja. Ich muss nur mit Chuck sprechen und ihm sagen, was als Nächstes gemacht werden muss. Und da ich morgen nicht hier sein werde, soll er den Motorträger überprüfen, um sich davon zu überzeugen, dass es weder Risse noch Schwachstellen gibt, da wir den Motor in der nächsten Woche einbauen werden. Oh! Und ich möchte die Kalibrierung des Motorsteuergeräts besprechen. Wir können es nicht gebrauchen, dass das verdammte Triebwerk mitten im Testflug ausfällt, weil es nicht richtig kalibriert wurde ...«

»Sergeant Wells!«, rief Tate quer durch den Hangar in Richtung einer Gruppe von Männern, die um ihn herumstanden.

Einer schaute auf, dann joggte er zu ihm und Laryn hinüber.

»Ja, Sir?«, fragte er und salutierte vor seinem Vorgesetzten.

»Ich bringe Laryn nach Hause. Sie wird morgen nicht hier sein. Versauen Sie mir nicht den Hubschrauber, okay?«

Chuck grinste. »Natürlich nicht, Sir. Es wird Zeit, dass sie einen freien Tag bekommt.«

»Tate! Ich muss mit ihm reden.«

»Nein, musst du nicht. Du musst nach Hause fahren. Dich für eine halbe Sekunde entspannen.«

»Ich stimme zu«, sagte Chuck. »Keine Sorge, wir werden nichts tun, was du nicht gutheißen würdest.«

»Das solltet ihr auch besser nicht tun«, sagte Laryn, kniff die Augen zusammen und funkelte den Mann an.

Der Sergeant lachte nur.

Casper legte eine Hand auf Laryns Rücken und drückte sie

in Richtung der großen, offenen Türen. »Wenn Sie etwas brauchen ... rufen Sie nicht an«, sagte er zu dem Sergeant.

»Verstanden.«

»Ignoriere ihn!«, rief Laryn über ihre Schulter. »Falls etwas passiert, sag mir Bescheid!«

Chuck winkte nur und wandte sich dann wieder der Gruppe von Männern zu, mit denen er gesprochen hatte.

»Das war unhöflich«, tadelte sie ihn.

Er zuckte nur mit den Schultern. »Wenn ich dir dein Gespräch erlaubt hätte, hätte es mindestens eine Stunde gedauert. Ich habe einfach den zweckmäßigeren Weg gewählt.«

»Du nervst«, schimpfte sie, doch Casper bemerkte, dass sie ihm nicht widersprach.

»Aber du liebst mich trotzdem«, entgegnete er mit einem Lächeln.

»Ja, das tue ich.«

Ihre Worte wurden ihm erst bewusst, als sie nach draußen traten, und Casper hielt inne. »Was?«

»Was, was?«, fragte Laryn und sah sich alarmiert um.

Casper nahm ihr Gesicht in die Hände und hob ihr Kinn an, sodass sie keine andere Wahl hatte, als ihm in die Augen zu sehen. »Was hast du gerade gesagt?«

»Ähm ... ich weiß nicht.«

»Du liebst mich?«, fragte er, wobei er sich aus irgendeinem Grund unsicher fühlte.

Sie lachte ein wenig nervös und zuckte dann mit den Schultern. »Oh. Ja.«

»Du liebst mich.« Diesmal war es keine Frage.

»Tate, ich liebe dich schon seit Jahren. Wir haben darüber geredet. Deshalb habe ich nach einem anderen Job gesucht. Weil es zu schmerzhaft wurde, in deiner Nähe zu sein und du nicht einmal wusstest, dass es mich gibt.«

Ohne ein Wort zu sagen, nahm Casper Laryns Hand in seine eigene und schritt schneller zu seinem Wagen.

»Tate! Wozu die Eile?«

Auf der Beifahrerseite drehte Casper sich um und drückte sie gegen das Blech. Er beugte sich vor und sagte: »Die Eile besteht darin, dass ich die Frau, die ich liebe und die mich auch liebt, in meine Wohnung bringen will. In mein Bett. Ich will mit ihr schlafen und ihr auf tausend verschiedene Arten zeigen, wie leid es mir tut, dass ich nicht gesehen habe, dass sich das Beste in meinem Leben jahrelang direkt vor meiner Nase befand. Ich will dafür sorgen, dass sie weiß, dass sie von jetzt an an erster Stelle in meinem Leben steht. Vor meinem Job, vor meinem Team, vor allen Kindern, die wir vielleicht haben werden. Du bist mein Ein und Alles, Laryn Hardy. Ich werde den Rest meines Lebens damit verbringen, die letzten drei Jahre wiedergutzumachen, wenn du mich lässt.«

»Tate«, flüsterte Laryn, während ihr die Tränen in die Augen stiegen.

»Nicht weinen«, ermahnte er sie, denn er konnte es nicht ertragen, ihre Tränen zu sehen, auch wenn es Freudentränen waren.

»Tut mir leid«, sagte sie und schniefte.

Casper wischte ihr die Nässe von den Wangen. »Ich liebe dich, Laryn. So sehr, dass es mir Angst machen sollte. Aber stattdessen fühlt es sich einfach richtig an.«

»Ebenso.«

»Gut. Hast du irgendwelche Einwände dagegen, dass ich dich mit nach Hause nehme und in meinem Bett mit dir schlafe? In meiner Domäne. Ich bin ein Mann, hör mich brüllen. Ich Mann, du Frau.«

Sie kicherte. »Nein.«

»Gut. Denn wenn ich mit dir fertig bin, wirst du nie wieder einen anderen Mann *ansehen* wollen.«

»Ich will niemanden sonst. Nur dich. Du warst es schon immer für mich, Tate.«

Ihre Worte hallten in seinem Kopf nach, als Casper sich

hinunterbeugte und sie heftig küsste. »Mein Bruder möchte dich kennenlernen. *Wirklich* kennenlernen, nicht nur im Vorbeigehen auf einem Schiff wie beim letzten Mal. Er wird Josie mitbringen. Hast du ein Problem damit?«

»Natürlich nicht. Ich möchte auch eine Chance haben, beide kennenzulernen. Josie hat mir sehr gut gefallen, als wir neulich miteinander telefoniert haben.«

Ein knochentiefes Wohlgefühl machte sich in Caspers Bauch breit. Er erkannte, dass es Glück war. Zufriedenheit. Ein Gefühl, jemanden gefunden zu haben, der perfekt zu ihm passte. So hatte er sich in seinem ganzen Leben bisher nur mit einem anderen Menschen gefühlt ... mit seinem Zwillingsbruder.

Er starrte sie einen Moment lang an, bevor er sie von der Tür wegzog und sie öffnete. »Rein«, befahl er.

Laryn rollte mit den Augen. »Nein, ich dachte, ich fahre oben mit.«

»Ich lasse dich oben sitzen«, sagte er anzüglich.

»Das war so kitschig«, seufzte sie, aber sie lächelte, als sie es sagte, sodass Casper sich keine Sorgen machte, dass seine Worte sie abschreckten.

Er merkte, dass er wie ein Verrückter grinste, als er zur Fahrerseite lief. Er konnte es kaum erwarten, sie nach Hause zu bringen und endlich lange, langsame, süße Liebe mit der Frau zu machen, mit der er den Rest seines Lebens verbringen wollte.

Laryn wachte auf, drehte sich um und grinste, als sie Tate neben sich liegen sah, einen Arm über den Kopf gelegt, den Mund offen, leicht schnarchend. Als sie am Abend zuvor nach Hause gekommen waren, hatte er beschlossen, dass sie noch etwas essen sollten, bevor sie ins Bett gingen, da sie die Energie und die Kalorien für das brauchten, was er an diesem Abend vorhatte. Sie hatten beide ein Glas Wein zum Abendessen getrunken, und als sie ins Schlafzimmer gegangen war, während er die Küche aufräumte, war sie eingeschlafen, bevor er überhaupt eingetroffen war. Der volle Bauch, die Erschöpfung der vorangegangenen Woche, die noch immer nicht überwunden war, und der Alkohol – all das hatte dazu geführt, dass sie praktisch ohnmächtig geworden war.

Aber jetzt war sie wach, nach einer erholsamen Nacht ... und die Erinnerung an die süße Art, wie Tate gesagt hatte, dass er sie liebte, hatte Laryn mehr als bereit gemacht, die verlorene Zeit nachzuholen. Ja, sie hatten schon einmal Sex gehabt ... Liebe gemacht ... aber dieses Mal fühlte es sich anders an. Besonders. Dauerhafter.

Sie schlug die Decke zurück und lächelte, als sie sich daran erinnerte, dass sie das schon einmal getan hatte, in ihrem eigenen Bett. In ihrer Wohnung. Aber dieses Mal wachte er in der Sekunde auf, in der sie ihre Hand um seinen Schwanz legte. Er brauchte nur den Bruchteil einer Sekunde, um zu begreifen, wo er sich befand und mit wem er zusammen war. Dann lag Laryn auf dem Rücken, den sehr erregten Tate über ihr.

»Morgen«, sagte er heiser.

Würde sie sich jemals daran gewöhnen, mit diesem Mann an ihrer Seite aufzuwachen? Sie hoffte nicht. Sie hoffte, es würde sich so besonders anfühlen wie in diesem Moment.

»Guten Morgen«, sagte sie mit einem schüchternen Lächeln. Sie hatte keine Ahnung, warum sie plötzlich so verlegen war. Sie hatten in der letzten Woche aneinandergekuschelt geschlafen, und er hatte schon einmal seinen Mund zwischen ihren Beinen gehabt, von seinem Schwanz ganz zu schweigen.

»Wie fühlst du dich?«

»Ähm ... gut. Warum?«

»Ausgeruht? Bist du hungrig oder durstig?«

»Ja, nein und nein.«

»Es ist mir egal, wer anruft, wer an die Tür klopft oder ob Außerirdische vor diesem Wohnhaus landen, nichts wird mich davon abhalten, mit dir Liebe zu machen.« Laryn wand sich vor Erregung unter ihm. »Klingt gut für mich.«

»Ich liebe dich, Laryn. Es ist scheiße, dass wir so viel Zeit verloren haben, weil ich drei verdammte Jahre lang Scheuklappen aufhatte. Aber ich bin zur Vernunft gekommen und freue mich so sehr auf das, was die Zukunft für uns beide bereithält.«

»Ich auch«, sagte sie und spürte, wie sich die lästige Gänsehaut, die sie so oft in der Nähe dieses Mannes bekam, auf ihren Armen bildete. »Ich sollte dich warnen, dass ich nicht die Art von Frau sein werde, die ihren Job aufgibt, um zu Hause zu bleiben und die Kinder zu erziehen.«

Ihre Worte ließen Tate noch breiter lächeln.

»Was? Warum lächelst du so?«

»Wenn ich höre, wie du davon sprichst, mit mir Kinder zu haben, wird mir ganz schwindelig.«

Laryn rollte mit den Augen. »Ich bin im Moment noch nicht bereit«, fügte sie hinzu.

Tate nickte. »Aber eines Tages. Ich kann es kaum erwarten, unsere kleinen rothaarigen Schrecken herumlaufen zu sehen. Wir werden zelten gehen und ich werde eine Baumfestung im Garten des Hauses bauen, das ich eines Tages für dich kaufen werde.«

»Warte, warum kann *ich* kein Haus für *dich* kaufen?«, widersprach Laryn.

»Es ist mir egal, wer was für wen kauft. Hauptsache, wir sprechen vorher darüber und es ist das Beste für unsere Finanzen.«

»Gute Antwort«, sagte Laryn mit einem Grinsen. »Und ich

möchte unseren Kindern, egal ob sie Jungen oder Mädchen sind, alles beibringen, was mein Vater mir über Fahrzeuge beigebracht hat.«

»Klingt gut. Und ich werde so viel Zeit wie möglich mit Nate verbringen wollen. Und mit den Kindern, die er mit seiner Frau haben wird. Ich möchte, dass die Cousins und Cousinen sich so nahestehen wie Geschwister.«

»Das klingt toll. In meiner Kindheit habe ich mir immer jemanden gewünscht, mit dem ich abhängen kann. Ich glaube, deshalb standen mein Vater und ich uns so nahe. Oh! Und wir brauchen einen Beagle.«

»Der, den du Waffles nennen willst«, sagte er.

»Du erinnerst dich daran?«, fragte Laryn.

»Ich erinnere mich an alles.« Tate lächelte immer noch. »Ich bin glücklich«, sagte er fast ehrfürchtig. »Ich weiß, dass einige Leute sagen würden, dass unsere Beziehung zu schnell voranschreitet. Dass deine Entführung die Dinge nur noch mehr beschleunigt hat und wir die Pausentaste drücken sollten. Aber vergiss das. Ich weiß, was ich fühle, und ich liebe dich. Ich kenne dich seit Jahren und umgekehrt. Du weißt all die negativen Dinge über mich, und trotzdem bist du wie durch ein Wunder immer noch hier. Bei mir. In meinem Bett. Mein Job ist nicht einfach, ich bin viel unterwegs ... und du auch. Aber wir können das hinbekommen. Ich weiß es. Ich behalte dich, Laryn. Du bist die Eine für mich.«

Laryn hatte in ihrem Leben noch nie romantischere Worte gehört. Als Tate sagte, er würde sie behalten, fühlte es sich ganz anders an als damals, als Mert sie zu seiner Frau erklärt hatte. Sie *wollte* zu Tate gehören. *Wollte*, dass er sie für immer und ewig behielt. »Ich hätte nie gedacht, dass dies mein Leben sein würde«, sagte sie leise, ihre Stimme voller Emotionen. »Ich habe versucht, mich damit zufriedenzugeben, nur in deiner Nähe zu sein und nicht mit dir zusammen zu sein. Es wird nicht einfach sein, aber ich hoffe, ich habe dir bewiesen, dass ich hinter dir stehe, und du hast das Gleiche für mich getan. Hey, warte mal ... was ist eigentlich aus Barb, dem Miststück aus dem *Anchor Point* geworden?«

»Sie ist weg.«

»Ach ja? Was ist passiert?«

Tate grinste. »Sagen wir einfach, es gab Gerüchte über Barbs ... äh ... exzentrische sexuelle Vorlieben. Alles Lügen natürlich, und nichts Illegales, aber peinlich genug, dass die Leute jedes Mal lachten, wenn sie sie bei der Arbeit sahen. Matrosen, die in die Kneipe gingen, machten lautstarke Witze über sie. Im Grunde machten sie jede Schicht, in der sie arbeitete, extrem unangenehm. Alle machten sich über sie lustig, und schließlich kündigte sie. Ich habe gehört, dass sie den Staat verlassen hat.«

»Oh. Gut.«

»Sind wir fertig damit, über andere Frauen zu reden?«

»Ich weiß nicht, sind wir das?«, stichelte Laryn ihn. Sie liebte das verdammt noch mal. Scherze waren schon immer ein Teil von ihrer und Tates Beziehung gewesen, aber sie hätte nie gedacht, dass es eines der Dinge sein würde, die sie am meisten an ihm liebte. Zusammen mit seiner Loyalität, Arbeitsmoral, seinem Sinn für Humor ... sie könnte immer so weitermachen.

»Wir sind fertig«, bestätigte Tate. »Ich werde der beste Partner sein, den du je hattest.«

»Das bist du bereits«, gab Laryn zu.

Tate ließ den Kopf sinken, und Laryn kam ihm auf halbem Weg entgegen, mehr als bereit, ihn in sich zu spüren.

Was dann folgte, war einer der intimsten Momente, die sie je mit einem anderen Menschen erlebt hatte. Es war nicht nur, dass sie nackt waren und sich liebten, es war die Art, wie Tate sie ansah, während er langsam in ihren klatschnassen Körper hinein- und wieder herausglitt. Wie er sich sinnlich über die Lippen leckte, die Geräusche, die er machte, als er sich selbst dabei beobachtete, wie er sie nahm.

Der Stolz, den sie in seinen Augen sah.

Er war stolz, mit ihr zusammen zu sein. *Mit ihr.* Der Wildfang mit Schwielen an den Handflächen und Fett unter den Nägeln. Das Mädchen, über das andere sich lustig gemacht hatten, weil sie sich nicht die Haare machen lassen wollte, um stattdessen auf die Rennbahn zu fahren und stundenlang in der Hitze und im Staub zu stehen.

Tate machte langsame, süße Liebe mit ihr und zeigte ihr mit seinen Handlungen, dass jedes Wort aus seinem Mund von Herzen kam. Und nachdem sie ihn angefleht hatte, schneller zu werden, sie kommen zu lassen, griff er zwischen sie und massierte ihre Klitoris so stark, dass sie sofort vor Lust explodierte.

Dann und nur dann begann er, sie zu ficken. Für Laryn war das immer noch Liebe machen. Tate hörte nicht auf, sie mit seinem Herz in den Augen anzustarren. Er war immer noch sehr darauf bedacht, sie nicht zu verletzen, während er sein eigenes Vergnügen genoss. Zu wissen, dass sie diesem Mann, der in ihren Augen alles hatte – einen fantastischen Bruder, eine Gruppe bester Freunde, die buchstäblich durch die Hölle gehen würden, um dafür zu sorgen, dass er in Sicherheit war, einen großartigen Job und die Bewunderung von so ziemlich jedem, den er traf –, etwas geben konnte, was niemand sonst konnte ... die Art von Liebe, die er brauchte ... war überwältigend.

Er stöhnte, als er kam. Er hielt sich so tief in ihr, wie er konnte, dann fiel er plötzlich auf sie.

Laryn stöhnte, dann kicherte sie.

Er murmelte eine Entschuldigung, wich aber nicht von ihr, obwohl er zumindest sein Gewicht so verlagerte, dass er sie nicht mehr erdrückte.

»Das war ... ich habe keine Worte.«

»Was? Der große Night Stalker hat keine Worte?«, stichelte Laryn, während sie mit ihren Fingernägeln leicht über seinen verschwitzten Rücken strich. Sie fühlte sich selbst ein wenig aufgewühlt, aber auch ermutigt.

»Du willst Worte? Ich liebe dich. In dir zu sein fühlt sich an wie nichts, was ich je zuvor gefühlt habe. Wenn deine Muschi flattert ...«

»Okay, genug der Worte«, unterbrach Laryn ihn. Sie hatte das Gefühl, dass sie knallrot war.

Er lachte, und sie spürte, wie sich sein Bauch auf ihrem zusammenzog.

Dann führte Tate eine Hand an ihre Stirn und strich ihr das Haar zurück. »Ich danke dir. Dafür, dass du mir vertraut hast, dich zu holen. Dass du nicht aufgegeben hast. Dass du stark warst. Dass du durchgehalten hast. Dafür, dass du einfach du selbst bist. Du bist mein Ein und Alles, Laryn Hardy. Ich kann mir mein Leben ohne dich nicht vorstellen.«

Die Gefühle in ihr waren so groß, dass sie sich fühlte, als würde sie in eine Million Stücke zerbrechen. Der Gedanke an das, was sie durchgemacht hatte, war beschissen, aber ehrlich gesagt würde sie alles noch einmal durchmachen, wenn es bedeutete, dass sie genau hier landete. In Tates Wohnung, in seinem Bett, in seinen Armen.

»Ich liebe dich«, flüsterte sie.

»Ich liebe dich auch«, erwiderte er. Dann drückte er sich nach oben, wobei er darauf achtete, dass seine Hüften an den ihren blieben, sein Schwanz tief in ihrem Körper. »Und du siehst toll aus auf meinem Laken.«

Laryn rollte mit den Augen. »Du weißt, dass das lächerlich ist, oder?«

Tate zuckte mit den Schultern. »Vielleicht, vielleicht auch nicht. Aber ich kann nicht leugnen, dass sich die Dinge solider anfühlen, jetzt, da ich dich in meinem Bett beansprucht habe.«

Laryns Muschi schloss sich um seinen halb harten Schwanz.

Er grinste. »Dir gefällt, dass ich ein Höhlenmensch bin«, murmelte er.

»Wie auch immer«, sagte sie und versuchte vergeblich, das Grinsen zurückzuhalten.

»Wie ich schon sagte, du bist perfekt für mich. Aber ich bin nicht mehr so jung, wie ich einmal war. Wie wäre es, wenn wir aufstehen und frühstücken, dann kannst du dich wieder mit mir vergnügen?«

Laryn war nie besonders sexuell gewesen, aber plötzlich hatte sie das Gefühl, von ihrem Mann nicht genug bekommen zu können. Sie nickte und fühlte sich wieder schüchtern.

Tate starrte sie einen Moment lang an und sagte dann: »Ich werde die Vorstellung von Kindern immer wieder ansprechen. Fühl dich nicht unter Druck gesetzt. Ich möchte mich nur gern ab und zu mit dir darüber austauschen. Ich möchte sicher sein, dass wir beide auf der gleichen Seite stehen. Wenn wir entscheiden, dass wir bereit sind, kannst du die Pille absetzen. Wir werden sehen, was passiert, okay?«

Laryn konnte sich ein glückliches Lächeln nicht verkneifen. Es gefiel ihr, dass Tate nicht davon ausging, dass sie sofort Kinder haben wollte. Sie war noch nicht bereit, war sich nicht sicher, wann sie es sein würde. Aber sie nickte. Dann warnte sie ihn: »Selbst wenn wir uns für Kinder entscheiden, heißt das nicht, dass es sofort passieren wird.«

Tate grinste. »Ich bin in allem, was ich tue, gut. Ich habe keine Zweifel, dass mein Sperma der Aufgabe gewachsen ist. Und zur Erinnerung ... Zwillinge liegen in meiner Familie.«

Der Gedanke, mit diesem Mann Babys zu bekommen, noch dazu Zwillinge, ließ Laryns Eierstöcke auf Hochtouren laufen. Plötzlich war sie versucht, ihm zu sagen, dass sie jetzt bereit war. Aber das war reine Lust. Die Realität war, dass ihr Leben sich drastisch ändern würde, sobald sie sich für Kinder entschieden. »Ich hätte gern Zwillinge«, sagte sie leise. »Jungs wie du und Nate.«

»Mädchen. Dann kannst du ihnen beibringen, wie man einen Schraubenschlüssel benutzt, und sie können unsere Reifen wechseln, wenn es nötig ist.«

Laryn kicherte.

»Und ... fürs Protokoll ... ich hoffe, dass du eines Tages einen ehrlichen Mann aus mir machen wirst. Es ist mir egal, ob du deinen Nachnamen in Davis änderst, und ich verstehe, dass es einige Zeit dauern könnte, bis wir an den Punkt kommen, an dem wir bereit sind zu heiraten, aber das ist das Endziel für mich. Ich rede nicht nur davon, dich zu schwängern, ohne die Dinge zwischen uns offiziell zu machen. Nicht dass mir das besonders wichtig wäre, aber für dich und unsere Kinder wäre es besser, wenn wir verheiratet wären.«

Wärme breitete sich in Laryn aus, als sie hörte, wie er seine Absichten erklärte. Wenn es nach ihr ginge, würde sie Tate noch heute heiraten.

Als Antwort darauf drückte sie auf seine Schulter, und er drehte sich pflichtbewusst, wobei sie an der Hüfte verbunden blieben. Es war eine beeindruckende Bewegung, aber es hätte sie nicht überraschen sollen, dass der eingebildete Pilot es ohne jede Anstrengung ausführen konnte.

Sie setzte sich auf und stützte ihre Hände auf seine Brust, während sie ihn ansah. »Wenn du bereit bist, sag es. Ich gehöre dir.«

»Verdammt, das höre ich gern aus deinem Mund«, sagte er mit einem zufriedenen Lächeln.

»Wie wäre es, wenn wir das Frühstück auslassen?«, schlug Laryn vor, während sie ihre Hüften bewegte und seinen Schwanz stimulierte.

Tate atmete scharf ein und legte die Hände um ihre Hüften, um sie so zu bewegen, wie er es wollte.

»Wer hat denn überhaupt Hunger?«, fragte er, wobei das letzte Wort in einem Stöhnen endete, als Laryn ihre Kegelmuskeln um ihn anspannte. »Mach das noch mal«, befahl er.

Sie tat es, und einfach so war der kitschige Mann, der ihr seine Liebe erklärt und von Babys gesprochen hatte, verschwunden. Er hob sie leicht an und begann, von unten in sie zu stoßen. »Bleib. Einfach. Genau. So«, stöhnte er, während er sie fickte.

Laryn stöhnte und warf den Kopf zurück, als der Mann, den sie liebte, Nervenenden stimulierte, von denen sie nicht einmal wusste, dass sie sie hatte. Die Geräusche, die ihre Körper machten, als sie zusammenkamen, waren laut, und in jedem anderen Fall, bei jedem anderen, wäre es ihr wahrscheinlich peinlich gewesen. Aber bei Tate fühlte sich nichts unangenehm an. Außerdem waren diese Geräusche eine direkte Folge der Lust, die er ihr bereitete und die er im Gegenzug erhielt. Das konnte ihr nicht peinlich sein.

Als sie beide wieder kamen, zitterten Laryns Schenkel und sie fühlte sich wie eine nasse Nudel.

Tate zog sich zurück, legte sie auf den Rücken und rutschte dann vom Bett. »Bleib. Schlaf. Ich werde das Frühstück vorbereiten. Wenn dir danach ist, komm raus.« Er küsste sie sanft auf die Lippen, dann ging er zu seinem Kleiderschrank. Dort erwähnte er beiläufig, dass er später am Nachmittag Platz für ihre Sachen schaffen würde.

Laryn drehte sich auf die Seite und lächelte bei dem Gedanken, dass ihre Kleidung mit der von Tate vermischt war.

Er kam heraus, immer noch völlig nackt, und grinste sie an.

»Zieh dir etwas an, nackter Junge«, neckte sie.

»Warum? Ich mag es, wenn meine Frau mich betrachtet.«

»Ich betrachte dich nicht«, log sie.

Er hob eine Augenbraue und warf ihr einen Blick zu, der besagte: »Na klar.« Dann stand er einen langen Moment in der Tür seines Kleiderschranks, ohne sich in Richtung Badezimmer zu bewegen oder irgendetwas anderes zu tun, als sie einfach anzustarren.

»Was?«, fragte sie und überlegte, was er dachte.

»Ich genieße nur den Anblick von dir in meinem Bett. Selbst wenn wir noch siebzig Jahre zusammen sind, glaube ich nicht, dass ich jemals genug davon haben werde.« Schließlich machte er sich auf den Weg zur Tür und ließ Laryn fast atemlos zurück.

Sie schloss die Augen und dankte ihren Glückssternen, dass sie genau da war, wo sie war. Dass Altan seinen Willen nicht durchgesetzt hatte. Dass Tate und seine Freunde es geschafft hatten, sie zu finden. Dass, auch wenn sie immer noch mit einigen psychischen Problemen zu kämpfen hatte, die durch das Geschehene entstanden waren, das Gefühl, nicht sicher zu sein, nicht zu ihren Auslösern gehörte. Denn sie hatte keinen Zweifel daran, dass sie mit Tate so sicher war, wie sie nur sein konnte.

Sie drehte sich auf den Rücken und starrte an die Decke. Ihr Schritt tat weh – Tate war schließlich kein kleiner Mann – und sie war immer noch müde, ein Gefühl, von dem sie wusste, dass es so schnell nicht verschwinden würde, bei all der Arbeit, die sie vor sich hatte, um einen weiteren MH-60 für Tate auf den neuesten Stand zu bringen. Aber sie war zufrieden.

Viele Leute würden das nicht verstehen. Sie würden denken, dass sie nervös oder sogar angespannt sei, weil sie entführt und geistig und körperlich gefoltert worden war. Aber das war sie nicht. Sicher, sie war ein wenig durcheinander, aber das Wissen, dass sie geliebt wurde, trug viel dazu bei, ihr Herz und ihren Kopf zu heilen.

Ihr Bauch knurrte plötzlich und erinnerte Laryn daran, dass es schon nach der üblichen Essenszeit war. Lächelnd und gespannt darauf, was Tate ihnen zum Frühstück machen würde, erhob sie sich aus dem Bett. Sie schnappte sich eines von Tates ARMY-T-Shirts und zog es sich über den Kopf. Vielleicht konnten sie nach dem Essen die Dusche ausprobieren ... zusammen. Es würde eng werden, denn sie war nicht wirklich für zwei gedacht. Aber das war für sie in Ordnung.

Laryn machte sich eine mentale Notiz, dass das Haus, in dem sie einmal wohnen würden, eine riesige Dusche brauchte, die sie sich teilen konnten, und ging aus dem Schlafzimmer in Richtung Badezimmer.

Das Leben war gut. Auch wenn es nicht immer so verlief, wie man es sich wünschte, wenn man es sich wünschte, war es doch das, was man daraus machte ... wie man mit den Rückschlägen umging, die man bekam, und wie man andere behandelte. Ihr Vater hatte ihr das beigebracht. Und obwohl Laryn seinen Rat in ihrem Leben oft infrage gestellt hatte, wurde ihr klar, dass ihr alter Herr immer genau gewusst hatte, wovon er sprach.

EPILOG

Das konnte nicht geschehen.

Aber natürlich tat es das.

Amanda kauerte im heißen, nassen Dschungel des Amazonas und erlaubte sich einen Moment der Verzweiflung. Sie war voller Vorfreude nach Guyana gereist. Mit dem Wunsch zu helfen. Mit der tiefen Befriedigung, dass sie etwas in der Welt bewirken konnte. Und jetzt war sie hier. Entführt. Hungrig. Zu Tode verängstigt.

Sie war nach Guyana geflogen, um mit Waisenkindern zu arbeiten. Um sie zu unterrichten. Um vielleicht etwas Freude in ihr Leben zu bringen. Und das hatte sie getan und noch mehr. Bis vor einer Woche, als bewaffnete Männer in die Schule eindrangen und alle in Lastwagen mit schweren Planen schickten, die sie vor Blicken schützen sollten.

Als einer der ehrenamtlichen Mitarbeiter vor Ort protestiert hatte, war er aus nächster Nähe erschossen worden.

Amanda war die einzige Erwachsene, die mitgenommen wurde, und sie hatte nun die Aufgabe, dreiundzwanzig zu Tode erschrockene Jungen und Mädchen im Alter von vier bis dreizehn Jahren zu beruhigen. Was fast unmöglich war, wenn sie selbst alles andere als ruhig war.

Sie war sich nicht sicher, was die Männer wollten. Die Lastwagen, in denen sie unterwegs waren, mussten anhalten, als die Straße endete, und seitdem waren sie eine Woche lang durch den Dschungel unterwegs, ohne viel zu sagen, außer dass sie die Klappe halten und schneller gehen sollten. Jeden Abend, wenn es dunkel wurde, hielten sie an, aber das war ihre einzige Ruhepause. Alle waren nervös, und das Fehlen jeglicher Informationen darüber, warum sie entführt worden waren, war fast noch beängstigender als die Wanderung durch den Dschungel.

Amanda war vor den Gefahren gewarnt worden, die ein Leben so nahe an der Grenze zu Venezuela mit sich brachte, aber sie hatte die Bedenken ihrer Freundinnen bedauerlicherweise ignoriert. Schließlich würde sie keinen Fuß in das Nachbarland setzen. Sie würde in Guyana sein. In Sicherheit. Sich um ihre eigenen Angelegenheiten kümmern.

Aber jetzt war sie hier.

Und das Schlimmste an der ganzen Situation war nicht der ständige Regen. Es war nicht das Nagen in ihrem Bauch. Es war nicht die Verantwortung für dreiundzwanzig kleine Leben. Es war das Wissen, dass niemand zu ihrer Rettung kommen würde.

Die Organisation, bei der sie ehrenamtlich tätig war, wurde nicht von der Regierung unterstützt. Es war eine kleine, unabhängige Gruppe von Männern und Frauen, die ihr Bestes für die Waisenkinder in ihrem Land gaben.

Amanda hatte einen kleinen Nachrichtenbeitrag über sie in den sozialen Medien gesehen und war sofort fasziniert gewesen. Sie nahm Kontakt zu ihnen auf, da sie in ihrem Job als Lehrerin in Virginia schon seit einiger Zeit unruhig und unbefriedigt war, und ehe sie sichs versah, hatte sie sich für ein sechsmonatiges Praktikum angemeldet. Sie hatte ihren Job aufgeben müssen, aber sie glaubte nicht, dass es schwierig sein würde, einen neuen zu finden, sobald sie wieder zu Hause war. Sie war qualifiziert und erfahren genug, um in so ziemlich jedem Schulbezirk mit einer freien Stelle eingestellt zu werden. Die Frage war nur, ob sie im Lehrerberuf bleiben wollte. Sie war sich nicht sicher. Sie hatte ihre Zeit in Guyana nutzen wollen, um das herauszufinden, und war zuversichtlich, dass ihr das gelingen würde.

Jetzt war zum ersten Mal in ihrem Leben ihr natürlicher Optimismus verschwunden. Was auch immer die Entführer wollten, es konnte nichts Gutes sein. Daran hatte sie keinen Zweifel. Und die einzige Frau in einer Gruppe von furchterregenden und rücksichtslosen Männern zu sein war keine angenehme Sache. Seit sie entführt worden waren, war sie von Kindern umgeben, und sie hielt das für einen der wenigen Gründe, warum sie bis jetzt in Ruhe gelassen worden war. Aber es war nur eine Frage der Zeit, bis einer ihrer Entführer beschloss, sich zu nehmen, was sie nicht geben wollte.

Und sie sah keinen Ausweg aus dieser Situation. Selbst wenn sich eine Gelegenheit zur Flucht ergeben würde, würde sie die Kinder nicht verlassen. Sie waren noch verletzlicher als sie selbst. Sie hatten keine Eltern. Niemanden, der für sie kämpfte. Sie war buchstäblich alles, was sie hatten. Außerdem hatte sie nicht die geringste Ahnung vom Überleben im Dschungel. Oh, sie hatte ein paar Grundkenntnisse, aber sie hatte sich selbst in ihrer Heimatstadt in Virginia verlaufen, sogar mit eingeschaltetem Telefon und Siri, die ihr den Weg wies. Zwei Minuten allein im Dschungel, und sie würde sich hoffnungslos verirren.

Ihre einzige Chance bestand darin, gerettet zu werden, aber sie war kein besonderer Mensch. Sie kannte keine Generäle in der Armee. Sie kannte keine Politiker. Sie hatte keine Kontakte, die für sie kämpfen würden. An der letzten Schule, an der sie gearbeitet hatte, gab es nur eine Handvoll Bekannte, die sich vielleicht darüber wunderten, dass sie sich nach ihrer vermeintlichen Rückkehr in die Staaten nie bei ihnen meldete. Ihre Eltern waren vor ein paar Jahren gestorben, und sie hatte weder Geschwister noch andere Verwandte, denen sie nahestand.

Sie fröstelte, obwohl es nicht kalt war. Eigentlich war das Gegenteil der Fall. Sie neigte den Kopf zum Himmel und ließ zu, dass sich der allgegenwärtige Regen mit den Tränen auf ihren Wangen vermischte. Sie hatte nie viel über das Sterben nachgedacht, und jetzt konnte sie an nichts anderes mehr denken. Ihre Leiche würde nie gefunden werden, sie würde in diesem Regenwald einfach verwesen und in der Erde verschwinden. Asche zu Asche, Staub zu Staub.

»Mandy, ich habe Angst.«

Amanda atmete tief durch und schlang die Arme um das kleine Mädchen auf ihrem Schoß. Sharon war sieben und in letzter Zeit besonders anhänglich. Aber wer konnte es ihr verdenken?

»Ich auch«, flüsterte sie, »aber es wird alles gut werden. Wir müssen nur stark sein.«

Sie glaubte zwar nicht, dass es gut werden würde, aber sie wollte auf keinen Fall Sharons Ängste noch verstärken. Oder die Ängste eines der Kinder. Amanda atmete tief durch und holte den Optimismus hervor, für den sie bekannt war.

»Es wird doch jemand kommen, um uns zu holen, oder?«, fragte Michael von ihrer rechten Seite. Er war zwölf und hatte sich zu Amandas Beschützer gemacht.

»Natürlich«, log sie. Die Wahrheit war, dass niemand kommen würde. Sie waren auf sich allein gestellt. Aber sie würde lieber sterben, als das einem der Kinder gegenüber zuzugeben. Sie waren alles, was sie hatten, und sie würden während dieser Tortur zusammenhalten. Ganz gleich, was vor ihnen lag.

»Wer sind diese Kinder und warum interessiert die Regierung sich für sie?«, fragte Edge. Er klang nicht gereizt, nur neugierig.

Buck war genauso neugierig. Sie waren es gewohnt, mit Navy SEALs oder Delta-Force-Soldaten in die Schlacht geschickt zu werden. Sie wurden in gefährliches Terrain und in gefährliche Situationen gebracht, während sie nach hochrangigen Zielen oder anderen Terroristen suchten, die die USA ausschalten wollten.

Aber im Moment befanden sie sich in einer Besprechung mit ihrem Vorgesetzten auf dem Marinestützpunkt, und er hatte ihnen gerade mitgeteilt, dass zwei von ihnen zu einer Rettungsmission nach Südamerika geschickt wurden, während der Rest nach Mexiko gehen sollte, um bei den extremen Überschwemmungen zu helfen, die das Land infolge des letzten Hurrikans an der Ostküste heimgesucht hatten.

»Und warum nur ein Team?«, fragte Chaos.

Der Colonel hob eine Hand, um weitere Fragen abzuwehren. »Ich weiß, dass das ungewöhnlich ist.«

Es war mehr als ungewöhnlich, es war ... seltsam. Merkwürdig. Verdammt verwirrend. Buck wartete ungeduldig auf ein paar Antworten.

»Der Vizepräsident hat ein persönliches Interesse an Guyana. Als junger Mann verbrachte er Zeit im Friedenskorps. Er arbeitete als Mathelehrer in einem abgelegenen Dorf in Guyana. Während seiner gesamten Laufbahn hielt er Kontakt zu Menschen, die immer noch in der Gegend arbeiten, und diese wandten sich vor ein paar Tagen an ihn, um ihn über eine alarmierende Situation zu informieren. Venezolanische Soldaten haben eine Gruppe von Schulkindern entführt und sie in den Regenwald jenseits der Grenze gebracht.«

»Warum?«, platzte Buck heraus, verärgert über die langsame Erklärung.

Der Colonel runzelte die Stirn und sprach weiter. »Wir sind uns nicht sicher. Der allgemeine Konsens ist, dass es etwas mit Zwangsarbeit oder Einberufung zum Militär zu tun hat.«

»Aber das sind doch Kinder, oder?«, fragte Casper.

»Ja. Aber selbst Zehnjährige können ein Gewehr halten und schießen.«

Buck war angewidert. Einst war Venezuela das Paradies in Südamerika gewesen. Doch im Laufe der Jahre hatte die diktatorische Regierung die Rechte beschnitten und die Bürger gezwungen, unter strenger autoritärer Herrschaft zu leben. Wenn sie nun unschuldige Kinder aus den Nachbarländern entführten, wäre dann eine Annexion in weiter Ferne?

»Diese dreiundzwanzig Kinder sind ein Symbol. Wenn wir sie retten können, sagen wir Venezuela, dass wir sehen, was sie tun, und wenn sie weitermachen, werden die USA kein Auge zudrücken«, fuhr der Colonel fort. »Aber wir wollen die Sache erst einmal geheim halten. Retten Sie die Kinder. Wir wollen unseren Standpunkt deutlich machen, ohne dass es zu einem großen internationalen Zwischenfall wird. Wie die Regierung reagiert, wird den nächsten Schritt des Präsidenten bestimmen. Er ist nicht bereit, deswegen in den Krieg zu ziehen, aber er stimmt mit dem Vizepräsidenten darin überein, dass etwas getan werden muss.«

»Und dieses Etwas sind wir«, sagte Obi-Wan.

»Ja. Weil Sie die Besten bei nächtlichen Einsätzen sind. Sie können reingehen, die Kinder holen und wieder rauskommen.«

»Wie lautet der Plan?«, fragte Casper.

»Wir werden das besprechen, sobald feststeht, wer in den Amazonas und wer nach Mexiko gehen wird. Oh, und noch eine Sache. Es ist eine Amerikanerin beteiligt. Eine ehrenamtliche Mitarbeiterin an der Schule. Eine Lehrerin, Amanda Rush. Unseren Informationen zufolge sollte sie nicht mitgenommen werden, aber sie weigerte sich, die Kinder zu verlassen. Es versteht sich von selbst, dass wir sie unbedingt wiederfinden müssen, denn sie ist der Vorwand, den wir benutzen, um in den venezolanischen Luftraum einzudringen.«

Das gefiel Buck gar nicht. Er hatte sehr gute Erinnerungen an einige seiner Lehrer aus der Kindheit. Er war das arme Kind gewesen. Derjenige, der nie dazugehörte. Er hatte nicht viele Freunde gehabt. Und seine Lehrer behandelten ihn mit Freundlichkeit. Sie ermutigten ihn. Sie ließen ihn glauben, dass er alles tun konnte, was er wollte – auch Pilot werden. Dass ihre Regierung diese Amanda als *Ausrede* benutzte, hinterließ einen schlechten Geschmack in seinem Mund. Vor allem weil sie sich offenbar selbst in Gefahr gebracht hatte, um die Kinder in ihrer Obhut zu schützen.

»Ich werde gehen«, sagte er, bevor er sich zu Obi-Wan umdrehte und eine Augenbraue hob, weil ihm erst verspätet klar wurde, dass die Entscheidung, nach Südamerika zu reisen, nicht allein seine war. Sein Co-Pilot hatte auch ein Mitspracherecht. Zum Glück nickte sein Freund zustimmend.

»Irgendwelche Einwände?«, fragte der Colonel die anderen. Als es keine gab, sagte er: »Besprechung morgen früh um sechs Uhr. Abflug für beide Gruppen um dreizehn Uhr. Der Präsident und der Vizepräsident wollen, dass die Sache schnell erledigt wird. Wegtreten.«

Buck hatte eine Menge Fragen, aber die würden hoffentlich morgen früh beantwortet werden. Im Moment konnte er nur an Amanda Rush denken. Wo war sie? Was war mit ihr und den Kindern passiert? Ging es ihr gut? War sie überhaupt noch am Leben?

Die letzte Frage ließ ihn die Stirn runzeln. Jeder, der ehrenamtlich seine Zeit opferte, um Kindern in Not zu helfen, war sein Gewicht in Gold wert. Und der Gedanke, dass sie verletzt oder getötet werden könnte, weil sie sich weigerte, die Waisenkinder in ihrer Obhut der Gnade ihrer Entführer zu überlassen, beunruhigte Buck auf eine Weise, die er weder verstehen noch beschreiben konnte.

Er war bereit für diese Mission. Er wollte Amanda und die Kinder finden und sie in Sicherheit bringen. Er konnte nicht die ganze Welt retten, wie er einst gedacht hatte, als er dem Militär beigetreten war, aber vielleicht, nur vielleicht, konnte er seinen Teil dazu beitragen, eine kleine Ecke der Welt zu retten. Amanda Rushs Ecke.

Ich denke, wenn Sie schon eines meiner Bücher gelesen haben, wissen Sie inzwischen, dass Bucks Rettung von Amanda und den Kindern nicht nach Plan verläuft ... aber wie schief kann sie gehen? Ha! Sehr schief sogar! Finden Sie in *Hilfe für Amanda* mehr heraus!

BÜCHER VON SUSAN STOKER

Die Rescue Angels
Hilfe für Laryn (1 Jul)
Hilfe für Amanda (4 Nov)
Hilfe für Zita
Hilfe für Penny
Hilfe für Kara
Hilfe für Jennifer

SEALs of Protection: Alliance
Schutz für Remi
Schutz für Wren
Schutz für Josie
Schutz für Maggie
Schutz für Addison
Schutz für Kelli (2 Sept)
Schutz für Bree (6 Jan 2026)

Die Zuflucht in den Bergen
Zuflucht für Alaska

Zuflucht für Henley
Zuflucht für Reese
Zuflucht für Cora
Zuflucht für Lara
Zuflucht für Maisy
Zuflucht für Ryleigh

Ein Spiel des Glücks
Ein Beschützer für Carlise
Ein Prinz für June
Ein Held für Marlowe (1 Aug)
Ein Holzfäller für April (1 Okt)

Die Männer von Silverstone
Vertrauen in Skylar
Vertrauen in Taylor
Vertrauen in Molly
Vertrauen in Cassidy

Die Zuflucht in den Bergen
Zuflucht für Alaska
Zuflucht für Henley
Zuflucht für Reese
Zuflucht für Cora
Zuflucht für Lara
Zuflucht für Maisy
Zuflucht für Ryleigh

Das Bergungsteam vom Eagle Point
Ein Retter für Lilly
Ein Retter für Elsie
Ein Retter für Bristol
Ein Retter für Caryn
Ein Retter für Finley

Ein Retter für Heather
Ein Retter für Khloe

SEALs of Protection: Legacy
Ein Beschützer für Caite
Ein Beschützer für Brenae
Ein Beschützer für Sidney
Ein Beschützer für Piper
Ein Beschützer für Zoey
Ein Beschützer für Avery
Ein Beschützer für Kalee
Ein Beschützer für Jane

Die SEALs von Hawaii:
Die Suche nach Elodie
Die Suche nach Lexie
Die Suche nach Kenna
Die Suche nach Monica
Die Suche nach Carly
Die Suche nach Ashlyn
Die Suche nach Jodelle

Delta Team Zwei
Ein Held für Gillian
Ein Held für Kinley
Ein Held für Aspen
Ein Held für Jayme
Ein Held für Riley
Ein Held für Devyn
Ein Held für Ember
Ein Held für Sierra

Mountain Mercenaries:
Die Befreiung von Allye

Die Befreiung von Chloe
Die Befreiung von Morgan
Die Befreiung von Harlow
Die Befreiung von Everly
Die Befreiung von Zara
Die Befreiung von Raven

Ace Security Reihe:
Anspruch auf Grace
Anspruch auf Alexis
Anspruch auf Bailey
Anspruch auf Felicity
Anspruch auf Sarah

Die Delta Force Heroes:
Die Rettung von Rayne
Die Rettung von Emily
Die Rettung von Harley
Die Hochzeit von Emily
Die Rettung von Kassie
Die Rettung von Bryn
Die Rettung von Casey
Die Rettung von Wendy
Die Rettung von Sadie
Die Rettung von Mary
Die Rettung von Macie
Die Rettung von Annie

SEALs of Protection:
Schutz für Caroline
Schutz für Alabama
Schutz für Fiona
Die Hochzeit von Caroline
Schutz für Summer

HILFE FÜR LARYN

Schutz für Cheyenne
Schutz für Jessyka
Schutz für Julie
Schutz für Melody
Schutz für die Zukunft
Schutz für Kiera
Schutz für Alabamas Kinder
Schutz für Dakota

Eine Sammlung von Kurzgeschichten
Ein langer kurzer Augenblick

BIOGRAFIE

Susan Stoker ist die New York Times, USA Today und Wall Street Journal Bestsellerautorin der Buchreihen »Badge of Honor: Texas Heroes«, »SEAL of Protection«, »Die Delta Force Heroes« und einigen mehr. Stoker ist mit einem pensionierten Unteroffizier der US-Armee verheiratet und hat in ihrem Leben schon überall in den Vereinigten Staaten gelebt – von Missouri über Kalifornien bis hin zu Colorado. Zurzeit nennt sie die Region unter dem großen Himmel von Tennessee ihr Zuhause. Sie glaubt ganz und gar an Happy Ends und hat großen Spaß daran, Geschichten zu schreiben, in denen Romantik zu Liebe wird.

Besuchen Sie Susan im Netz!
www.stokeraces.com
facebook.com/authorsusanstoker
twitter.com/Susan_Stoker
bookbub.com/authors/susan-stoker
instagram.com/authorsusanstoker
Email: Susan@StokerAces.com